淡藍之眸

THE PALE BLUE EYE

LOUIS BAYARD

路易斯・貝雅德

SP SELECT

獻給A・J・

為逝者所悲，是我們唯一不願捨棄之悲。

——華盛頓·歐文，〈鄉間治喪〉（*WASHINGTON IRVING, "Rural Funerals"*）

身處充盈切爾克斯之美的林間，
在那點綴暗夜的溪澗，
在那天光遍灑、明月碎落的溪澗，
玫瑰般窈窕優雅的雅典娜之女
嬌音輕吐，含羞敬拜。
在此我望見淒清柔弱的麗諾爾
迸發撕裂雲霄的哭喊；
地崩山摧一般，我不由自主臣服於
那姑娘的淺藍雙眼，
那死靈的淺藍雙眼。

古斯・蘭德的最終證詞

一八三一年四月十九日

再過兩到三個鐘頭……唔，這可不大好說……三個鐘頭總會成的，最長不過四個鐘頭……那就這麼說吧，不出四個鐘頭，便是我的大限。

我會提起這事，是因為這能讓人更明白一些事的緣由。好比說，近來我挺愛盯著自己的手指瞧，以及百葉簾最底端那條葉片，它有些歪了。還有窗外那條岔出主莖的紫藤，恰似絞刑架地搖曳著，先前我從沒留意到。不僅如此，就在這個剎那，往日竟如同當下那般鮮明，瞧我那些故交舊識，豈不是把這地方擠得水洩不通？為何他們不會磕撞到彼此的頭，我還真不明白。爐邊有位哈德遜公園的市政委員；他身旁便是我太太，身穿圍裙，正把爐灰舀進集灰桶；在一旁凝視著她的，可不是我那隻紐芬蘭獵犬？我母親在走廊另一端，雖說她在我不到十二歲時便去世了，從未踏足這間屋子，但此時此刻她正替我熨燙上教堂做禮拜的衣裳。

我這些客人有個奇妙之處：彼此絕不交談。他們自有一套嚴密的禮節，我琢磨不透那些規矩。

我得說，不是每個人都守規矩。這一個鐘頭以來，有個叫克勞狄・福特的傢伙對著我絮絮不休，念叨得我耳根子都快爛了。十五年前我將他逮捕歸案，罪名是搶劫羅徹斯特郵局，想不到大大冤枉了他，三名目擊證人指天發誓當時他正在搶劫巴爾的摩郵局。此事令他激憤不已，保釋出獄後遠走高飛，時隔半年再度現身，因染上霍亂而神志癲狂，飛身撲在出租馬車前，至死仍滿嘴嘮叨個沒完。這會子仍嘮叨個沒完。

哦，我向你擔保，人實在多得很。要不要把他們放在心上，端看我的心情，端看陽光自客廳窗子流瀉而入的角度。我承認，偶爾我也盼望能見見更多活人，只是這些日子以來，他們越來越少登門。帕希如今再也不來了……菠菠教授在哈瓦那量測頭顱……至於**他**，這個嘛，我有什麼理由找他回來？唯有在心中召喚他的身影，只消這麼一回想，昔日那些漫談便再度重演。比如我們暢談靈魂的那一夜，我不信我有靈魂，他卻堅信我有，要不是他態度實在真摯懇切，聽他這般滔滔不絕倒也好笑。話又說回來，從來沒人為了這事如此決意說服我，連我自己的父親也不曾這麼做（父親是浪跡天涯的長老會教士，忙著看顧他那群信眾的靈魂，卻無暇多管我的）。那夜，我翻來覆去地說：「是啊，是啊，你也許是對的。」卻只讓他愈發激昂，說我不過是在逃避問題，不願親身實證。隨後我問：「既然缺少實證，除了『你或許是對的』之外，我又有什麼可說呢？」我們就這麼反覆兜圈，直到有天他道：「蘭德先生，有朝一日，你的靈魂將以最真切實在的方式，回過頭與你對證——亦即靈魂離你而去的那一日。你會試著抓住靈魂不放，終究不過是徒勞！只得眼睜睜看它生出鷹翅，向東飛向天際的窩巢。」

對，他性喜堆砌詞藻，真要我說，是有那麼些做作。我呢，比起那些哲思玄談，一向更講究事實。冷硬樸素的事實，堪比能喝一整天的燉湯。事實與推論是這個故事的主軸，亦是我這一生的主軸。

退休滿一年後，有天晚上我女兒聽我發夢囈，進房時只見我正盤問一名死了二十年的嫌犯，再三說著：**這事說不通，你明白吧，皮爾斯先生**。這人把他老婆的屍體給肢解，餵給炮臺地某個倉庫的一群看門犬。在我夢中，他的雙眼因羞慚而泛紅，對於占用我的時間相當過意不去。記得我告訴他：**即便不是你，總會有別人**。

這個嘛，就是那個夢使我領悟，人不可能與職業一刀兩斷。即便幽居於哈德遜高原，即便藏身於書堆和密語簿之中，拄起手杖……差事仍會不請自來。

我大可一走了之，大可隱遁於荒山野嶺。我說不出為何允諾重操舊業，然而有些時候，我相信這種種安排是為了讓我倆相遇——讓他和我相遇。

揣想無益。我有個故事得說，有人命得交代。其中一些人與我少有往來，因此在必要環節，我便讓出位置藉他人之口述說，尤其是我那位年輕朋友。他是這段往事的靈魂人物，每當我設想誰將率先讀到這份手稿，腦海總是浮現他的身影，想像他用手指劃過這一行行文字，用雙眸辨認我的潦草字跡。

啊，我明白，我們無從選擇讀者。找到這份手稿的人大有可能與我素不相識，甚至尚未出世，而我也唯有以此聊作慰藉了。這篇記述是為你而寫，我的讀者。

於是，我也成了自己的讀者。這是最後一次了。可否再往爐裡添個柴火，杭特市委？

於是，一切再度開始。

古斯・蘭德的陳述：一

我受託介入西點一案，始自一八三〇年十月二十六日早晨。那一日，我照常去散了個步（雖說比平時略晚一些），就在酪乳瀑布附近的山坡。記得當天是個暖秋，樹葉蒸騰著熱氣，連落葉也不例外，燥熱感自腳底向上發散，充盈於農舍四周的霧靄。我沿著山丘之間的蜿蜒小路獨行，一路上只聞靴底輕響、杜夫・馮柯洛家那條狗的吠叫，以及我自己的喘息，只因那天我爬得挺高。當時我打算登上一座花崗岩海岬，當地人管它叫沙得拉之踵（註1）。我扶著一株白楊，正想邁步走完最後一段路，只聽法國號的一顆音飄然而至，自北邊數哩開外傳來。

我聽過那聲音，住在軍校附近很難不聽見。然而這天清晨，那顆音不知為何在我耳際繚繞；我破天荒地好奇起來，法國號的樂音怎能傳得那麼遠？平時我多半不去想這些事，照理也不該拿它對你絮叨，不過從中便可看出我當時的精神狀態。要知道，換作尋常日子，我根本不會想著法國號。我不會尚未登上山頂便折返，也不會這麼晚才發覺車輪印痕。

註1 沙得拉（Shadrach）的典故源自聖經但以理書。沙得拉、米煞和亞伯尼歌不願敬拜尼布甲尼撒王的假神，遭王丟入烈火，卻毫髮無傷。

印痕共有兩道，各自深達三吋，長約一呎。我是在回家途中瞧見的，但同時還有其他東西映入我眼簾，好比一朵紫菀，以及呈人字形飛過的雁陣。各種事物連成一氣，於是我只心不在焉瞥了車輪痕跡一眼，卻未曾細想可能的前因後果（不像我平日的作風）。因此，待我爬上坡頂，眼見一輛四輪馬車停在我屋前的空地，車前繫有一匹黑馬，自是吃了一驚。

車上坐著一位年輕炮兵，但我的雙眼熟悉軍階職等，早已盯住了倚著馬車的人。那人身著全套軍裝，精心打理過，彷彿預備畫張肖像，渾身鑲金，軍帽上有金釦、金穗，佩劍是鍍金的黃銅劍柄，那身姿在我眼中耀眼奪目更甚太陽。我不由得暗忖，這人會不會是法國號做成的？畢竟我才聽見了樂音，隨即便見著了他。如今想來，我那時略略鬆了口氣，有如拳頭逐漸鬆開：張開手指，露出掌心。

好歹我占了個便宜——那軍官渾然不知我就在一旁，白晝的慵懶氣息令他放下了戒心。看他靠著馬匹，把玩韁繩，將那繩來回甩動，呼應著黑馬左搖右擺的尾巴。看他雙眼半閉，一顆頭直往前點……

若不是突遭打岔，估計我們還會維持這狀態好一陣子，我看著他，他被我看。闖來的是頭乳牛，身材肥碩，牛毛邋遢，牛尾使勁甩著，步出幾棵梧桐之間，伸舌舔去一株苜蓿。母牛立時在四輪馬車旁繞起圈來，我甚少見她這麼講分寸，彷彿認定那青年軍官之所以擅入此地，必然有個緣故。

軍官向後一退，像是戒備著母牛朝他衝來，哆嗦的手飛快移向劍柄。或許是怕鬧出性命（誰的性命？），我總算動起身來，跌跌撞撞大步奔下山坡，邊跑邊扯開嗓子大喊。

「那母牛叫夏甲（註2）！」

軍官太過訓練有素，做不出慌忙旋身這種事來，而是將頭逐步轉向我，身體其餘部位依序跟進。

「起碼，她聽了那名字有反應。」我道：「她比我晚來幾天，從沒提起她的名字，我只得給她取一個。」

他擠出一絲微笑，說：「這牛不錯，先生。」

「公家的牛。愛來便來，愛走便走，誰也用不著對誰負責。」

「這個嘛。那敢情……我是覺得……」

「倘若世上所有女子都能如此就好了，我明白。」

青年軍官其實沒我原以為的那麼年輕，依我推估，約莫四十好幾。只比我小了十歲左右，卻仍在幹跑腿的活。但他對自己被交辦的差事頗為篤定，抬頭挺胸，渾身打直。

他問：「先生，您可是奧古斯都．蘭德？」

「我是。」

「梅朵斯少尉在此為您效勞。」

註2 夏甲（Hagar）一名出自聖經，為亞伯拉罕之妾，以實瑪利之母。亞伯拉罕的正妻為撒拉，在新約聖經的加拉太書中，保羅認為撒拉象徵恩典之約，夏甲則象徵律法之約，並說：「你們這願意在律法以下的人，請告訴我，你們豈沒有聽見律法嗎？」（加拉太書4:21–31，譯文引自和合本。）

「請多指教。」

他清清喉嚨，清了兩次。「先生，我來此通知您，薩耶爾校長意欲與您見面一敘。」

我問：「見面談些什麼？」

「無可奉告，先生。」

「我想也是。敢問可是公事？」

「無可奉——」

「既然如此，可否請教是何時見面？」

「先生，若您有空，他想即刻見您。」

實話相告，在這一剎那，那日的美景在我眼中格外清朗動人。空氣中飄著奇異的氤氳，在十月底甚為罕見；片片薄霧籠罩山岬；一隻啄木鳥敲擊著紙皮楓，奏出密語：**別去**。

我抬起手杖，往家門口一指。「少尉，不喝杯咖啡再走？」

「不必了，先生。」

「我可以煎點火腿——」

「不，我吃過了。謝謝。」

我轉身，朝我家踏出一步。

「我來此地是為了療養，少尉。」

「什麼？」

「醫生囑咐我，假使我想長命到老，唯有**往上走**。來到高原，遠離城市，他是這麼說的。」

「嗯。」

看他那雙平淡無波的褐眼。看他那扁塌的白皙鼻頭。

我續道：「如今瞧我身強體健的。」

他點頭。

「我想世人未免把健康捧得太高了。不知你贊不贊同，少尉？」

「不曉得。說不定您是對的，先生。」

「少尉是軍校畢業？」

「不是，先生。」

「哦，看來是腳踏實地打拚上來的。行伍出身，是吧？」

「正是。」

「我自己沒讀過大學。」我道：「既然我對布道沒甚興趣，繼續讀書有什麼用處？我父親是這麼想的——當年做父親的多半都這麼想。」

「原來如此。」

要知道，盤問的道理不適用於日常對話；在日常對話中，看誰說話，便是誰屈居劣勢。可惜我體格不夠壯碩，沒能試試另一個做法，於是踢了馬車車輪一腳。

我道：「就為了帶走一個人，竟勞駕這麼漂亮的車。」

「只有這輛能派，先生。況且我們不曉得您是否有馬。」

「倘若我打定主意不去呢，少尉？」

「蘭德先生，去不去是您自己做主。畢竟您是身無軍職的一般平民，何況這國家自由得很。」

這國家自由得很，他如是說。

可這裡才是我的王國。夏甲在右手邊幾步之遙；小屋門扉半掩，與我出門時毫無二致；屋裡頭擺著剛從郵局送達的一套密語簿、一壺冷咖啡，垂著一面喪親似的黯然百葉簾，另外還有一串桃乾；煙囪角落懸著一顆鴕鳥蛋，是多年前一位來自第四區的香料商所贈；屋後，籬笆上拴了一頭年紀老大不小的雜色馬，身周堆滿乾草。我管牠叫「馬」。

我道：「今天倒是兜風的好日子。」

「是，先生。」

「有消遣解悶的機會自然得把握，這是不容置疑的事實。」我望向他，「薩耶爾上校正在靜候，這也是不容置疑的事實。少尉，不知薩耶爾上校是否也不容置疑？」

「您想的話，騎您自己的馬也行。」他有些窘迫。

「不了。」

說罷旋即一陣靜默，我倆呆站在原地，相對無言。夏甲仍繞著馬車轉。

「不了，」最終我複述一遍，「我很樂意同行，少尉。」我垂眸凝視雙腳，心意已決，說道：「老實告訴你，有你相陪我很慶幸。」

他正等我這話。只看他自馬車內拖出一架小梯，斜靠車廂，甚至伸手讓我在上梯時扶著——攙扶蘭德先生這把老骨頭！我踏上最低的橫桿，使勁想撐起身子，偏偏在上午散步時耗盡氣力，腿一軟，重重跌靠在梯上，他只得又推又擠地幫著我上車。待我坐上硬實的木製座位，他跟著爬上車來。我不由得露了手我最是**篤定**的絕活，開口道：「少尉，回程不妨改走郵路。在這時節，胡斯曼農夫家那條路不大適合馬車走。」

他的反應正合我心意：動作一頓，將頭一偏。

「對不住，」我道：「我該解釋才是。你大約已經發現了，馬具上頭夾了三片向日葵花瓣，每瓣都大得很。要說向日葵，沒有比胡斯曼家更大朵的，每次經過，那些花總是迎面打來。再看看車廂側邊那抹黃色，這顏色的玉米唯有胡斯曼種得出來。人家告訴我，他家肥料有個獨門祕方，據說是雞骨跟連翹花，但荷蘭人口風可緊了，是吧？對了，你家人現下是否還住在惠靈？」

他看也不看我一眼，但只看他雙肩一垮，伸手往車廂天花板猛敲，我便明白全說中了。黑馬顛簸著步上山坡，我整個人隨之往後傾，不禁思量，若少了身後這堵廂壁擋著，我說不定會繼續向後倒，再向後，再向後……那畫面相當鮮明，歷歷如見。登上坡頂後，馬車轉而向北，我從側窗瞥見屋前的院落與夏甲從容的身影，她不再等我給個交代，已然邁步離去，永不回頭。

古斯・蘭德的陳述：二

咚、噠噠噠咚，咚、噠噠噠咚。

啟程後約九十分鐘，距軍事用地尚有半哩之遙，此時鼓聲傳入耳中。起初不過是空氣微響，接著那震盪傳遍四面八方，待我低頭一瞧，只見自己的腳已跟著鼓聲打起拍子，儘管我嘴上一聲沒吭。我暗想：**潛移默化，他們就是用這法子叫你服從。**

在與我同行的軍官身上，這招無疑成效頗彰。梅朵斯少尉全程目不斜視，即便聽我問了些話，亦不過敷衍幾句，姿勢從未變換，連馬車撞上石塊差點傾覆時，居然也沒動上一動。從頭到尾，他儼然一副行刑者的姿態；坦白說來，由於我尚未完全醒過神來，有那麼幾個片刻，馬車彷彿化為趕赴刑場的囚車——眼看著前方正是人群……正是斷頭臺……

經過漫長的上坡，馬車總算抵達頂端。東邊地勢凹陷，望去即是哈德遜河，灰白色的河水波光粼粼，碎成千萬波濤。早晨的水氣凝結成乳白薄霧，對岸的線條將天空一刀兩斷，疊嶂山巒融為一片藍色暗影。

梅朵斯少尉道：「就快到了，先生。」

哦，哈德遜河有種奇效，能使人思緒清明。我們爬上最後一段坡，登上西點崖，隱隱可見藏身林後的軍校，這時我已重振精神，準備好面對即將到來的一切，自然也能以遊人的心情欣賞風景了。瞧！那棟陽臺環繞的灰石樓房，不正是柯森斯先生的旅店？普特南堡遺跡高踞西側，更往上是連綿起伏的褐色山陵，林木蓊鬱，山陵之上只餘一片天。

再十分鐘便是三點，我們抵達崗亭。

「停車！」有人喝道：「報上名來。」

車夫答道：「梅朵斯少尉護送蘭德先生前來。」

「上前查驗身分。」

站哨的衛兵走近馬車一側，我向外一瞥，只見一個男孩回望著我，不禁愕然。那男孩向少尉敬禮，隨後見著了我，舉手行禮到一半，方才發覺我僅是一介平民。那隻手於是垂落，垂在身側時仍微微打顫。

「少尉，剛才那位可是學員？或是二等兵？」

「是二等兵。」

「但學員也會站崗吧？」

「是，在課餘時間。」

「那就是晚上了？」

「是，在晚上。」

打從離開我那小屋以來，他頭一回看向我。

值此之際，我們已身處校園。我原想用「進入」這個詞，然而嚴格說來，我們並未「離開」任何地方，自然稱不上進入哪裡了。這裡建有幾幢樓房，有木造、有石砌、有灰泥，彷彿多虧了大自然百般容忍才得以聳立，隨時被抓回地下也不稀奇。又過許久，我們終於踏上一片不屬於自然之地：閱兵場。這塊地足有四十畝大，表面凹凸不平，草坪坑坑窪窪，淺綠與淡金交雜，東禿西殘，綿延向北，直至哈德遜河岸。哈德遜河隱沒於林後，往西奔流而去。

「這是練兵原。」少尉稱職地宣告。

其實我早知道了，何況我與軍校為鄰，十分清楚此地的用處。正是在這狂風獵獵的校場，西點軍校生將成為軍人。

可那些將士在哪裡呢？舉目所及，唯有一雙無人大炮、一根旗桿、一座方尖碑，和正午太陽也驅不散的細細一道陰影。馬車駛過結實堅硬的泥土路，途中再無一人窺見我們的到來，連鼓聲也已停歇。整個西點好似向內收折了起來。

「少尉，學員都去哪了？」

「聽下午的課，先生。」

「軍官呢？」

他略微一頓，才告知我許多軍官身兼講師，此刻想必在小組教室。

「那其他人呢？」我問。

「我不清楚，蘭德先生。」

「哦，我不過是疑惑，難不成我們拉響了什麼警報。」

「這我恕難奉……」

「那或許你能說說，校長是否打算單獨見我？」

「我想希區考克上尉也會在場。」

「希區考克上尉是……？」

「是學院司令，先生。職權僅次於薩耶爾上校。」

他只肯透露這麼多。他打定主意辦好這樁差事，也漂亮達成任務，將我直送至校長宿舍，領我走進接待室，那裡有位薩耶爾的僕從正等著。此人名喚派翠克．莫菲，原也是個軍人，（我後來才得知）如今是薩耶爾的情報總長，而且一如多數情報頭子，熱心親切得很。

「蘭德先生！今天日暖風和，您這一路上想必風光明媚。請隨我來。」

他笑意吟吟，卻總不與你對上眼。只見他領你下樓，打開校長辦公室的門，像門口報訊的雜役那般朗聲報上你的名號，你轉身正想道謝，他已沒了影蹤。

過後我才明瞭，塞萬努斯．薩耶爾之所以在地下辦公，是出於一種傲氣——特意顯示自己與平民無異。我只能說，辦公室裡頭昏天黑地，樹叢遮窗，蠟燭似乎什麼也照不亮。因此，我與薩耶爾校長首度正式會面，是在一片漆黑之中。

但那些都是後話。我頭一個見到的人其實是伊森．艾倫．希區考克上尉，即是薩耶爾的副手。讀者，日復一日管理軍校生的麻煩事，正是由他來做；人人都說薩耶爾負責開口，希區考克負責張羅。憑他是誰，想與軍校打交道，都必須先與希區考克打交道。希區考克恰似一座堤防，一力攔住不停撲向海岸的人間俗務之浪，護住高高在上的薩耶爾，讓他渾身乾爽，純淨宛若朝陽。

簡言之，希區考克乃是習於藏身暗處之人。初次見到他，他亦是這般向我露臉：唯有一隻手沐浴著光，其餘整個身軀隱而不見。待他走上前，我才看清他竟是如此氣宇軒昂（據說眉眼神似他赫赫有名的祖父），一望即知他是憑一己之力掙得如今的地位。他腰板筆挺，胸膛結實，嘴脣微翹，彷彿總銜著圓石或西瓜籽之類硬物，一雙褐眸透著憂鬱氣息。他緊握住我的手，聲調出奇溫和，像是來探病的口吻：「蘭德先生，退休生活可好？」

「對我的肺很好，承蒙關心。」

「容我為你介紹校長。」

眼前一片脂油似的黃光，照亮伏在木桌上的頭。那人棕髮圓頷，顴骨高聳，輪廓冷硬，渾身上下毫無一絲柔情；沒錯，坐在桌後的男人打理自己，為的是能夠承受後世批判檢視。這理想談何容易，看他身材這般瘦削便足以略窺一二，縱使身披藍色大衣、配戴藍色肩章、套上金邊軍褲，縱使彎式劍格的佩劍靜置於身側，也掩不住他的單薄。

不過，這些全是日後積累的印象。在那幽暗的房間，我坐在低矮的椅上，面對高立於面前的辦公桌，說實話，我只見著那顆頭，穩穩當當、清清楚楚地映入眼中。隨後他牽動臉上皮膚，猶如撕下面具。頭顱居高臨下俯視著我，開口說話，說的是：

「久仰大名，蘭德先生。」

不，錯了。說的是：「可要來杯咖啡？」這才對了。我則答道：「若有**啤酒**就更好了。」

一片靜寂，隱隱有些肅殺。我心下不解，**難不成薩耶爾上校忌諱飲酒？**但接著塞萬努斯·薩耶爾右手手指微抬，只消這麼一個動作，希區考克旋即喚來派翠克，派翠克便找來茉莉，茉莉則直奔酒窖。

他道：「我倆有過一面之緣。」

「確實，在冷泉鎮的坎伯爾宅。」

「正是，坎伯爾先生對你讚譽有加。」

「坎伯爾先生過獎了。」我含笑道：「多年前有幸為他兄弟略盡綿力，僅此而已。」

「他也提過此事，」希區考克道：「聽說跟地產炒作有關。」

「對，簡直不可思議，是不是？曼哈頓居然有那麼多人要賣你不存在的地。不曉得如今可還有人這麼幹。」

希區考克將他的椅子稍稍拉近，又把手中蠟燭往薩耶爾桌上一擱，放在一個紅皮文件匣旁，說道：「據坎伯爾先生所說，你在紐約警探之間是個傳奇人物。」

「什麼樣的傳奇？」

「別的不說，要緊的是你做人正直實在。光憑這點，我想便稱得上紐約警隊中的傳奇人物了。」

我看見薩耶爾垂下眼睫，投下陰影：**說得好，希區考克**。

「都說成傳奇了，哪裡談得上實在。」我不慌不忙答道：「真要我說，你和薩耶爾上校才是出了名正直實在的人。」

希區考克雙眼微瞇，可能在忖度我這話是否純屬奉承。

「你功績斐然，」薩耶爾接口道：「警方捕獲破曉少年幫的首腦，少不了你的功勞。那些匪徒對各地的老實商人是一大禍害。」

「他們的確可惡。」

「衫尾幫之所以潰散，你也出了一分力。」

「可惜不長久，他們已捲土重來。」

「此外，若我記得沒錯，」薩耶爾說道：「從前有椿命案，被害人死狀甚慘，其他人早已不抱希望，你卻把案給破了。是樂原的一個雛妓。蘭德先生，這案子似乎不屬於你的轄區？」

「被害人算是。後來得知凶手也是。」

「我還聽說你是牧師之子，蘭德先生。原籍匹茲堡？」

「從小到大住過不少地方。」

「你十幾歲便來到紐約。跟坦慕尼會社有些過節，我說的可對？看來你受不了拉幫結黨這類事，搞不了政治。」

公允之至，我不由頷首，也好將薩耶爾的雙眼瞧個明白。

「特長包括密語破譯，」只聽他口中說著：「鎮暴，與天主教人民鞏固關係，以及——刑問。」

來了，只見他眼睫微揙。估計連他自己也沒察覺這動作，若不是我細加留意，定然不會見著。

「可否請教一個問題，薩耶爾上校？」

「請說。」

「是鴿籠式檔案架嗎？我說上校你收這些資料的地方。」

「蘭德先生，我不大懂你的意思。」

「喔，別這麼說，不懂的人**是我**。怎麼，我總覺得自己像你的學員似的。那些學員踏進這屋裡，想必早就膽顫心驚，我敢說你便這麼坐著，一語道破他們的排名次第、記了幾個申誡，哦對，再費點心思想想的話，你連他們欠了幾屁股債都說得出來。哎呀，他們走出去時，肯定將你視若天神。」

我傾身向前，雙掌按住桃花心木製成的桌面。「說吧，」我道：「上校，你那一小格架子上，還收集了些什麼？我說關於我的事。裡頭八成寫了我已喪偶，應該挺明顯的，畢竟我每件衣裳都穿了五年不止。我也好些日子沒上教堂了。對了，是否提到我有個女兒？前陣子跟人跑了，夜裡真有些寂寞，好在我有條上好的牛——裡頭可寫了這頭牛，上校？」

男僕恰在此時推門進來，端來我的啤酒，以盤子托著。那是顏色近黑的好酒，冒著泡沫。估計是貯存在酒窖深處，我只啜了一口，暢快涼意便激盪全身。

只聽薩耶爾和希區考克忙不迭好言安撫。

「萬分抱歉，蘭德先生……」

「給了不好的印象……」

「無意冒犯……」

「絕無不敬之意……」

我豎起一手，說道：「不，兩位先生，理應由我道歉才是。」我拿起沁涼的玻璃杯，貼在太陽穴旁。「十分抱歉。請說下去吧。」

「當真不礙事嗎，蘭德先生？」

「不巧我今日有些疲憊，但我很樂意……我是說，還請明說用意，我自當盡力……」

「要不要……」

「不必了，多謝。」

希區考克於是起身，重掌局面。

「蘭德先生，接下來的談話事關重大，希望你能守口如瓶。」

「這是自然。」

「首先容我說明，之所以訪查你的生涯經歷，為的是判斷將此事交託給你是否妥當。」

「那也許你該說說是什麼樣的事。」

「我們需要一位人才——必須是無軍職在身的平民，並有真憑實據可證明他辦事勤勉，才幹過人，足以代本校調查機密事件。」

他的態度舉止未曾改變，屋內的氣氛卻變了。或許只因我恍然了悟，靈光如同啤酒的沁涼感那般驟然襲來：他們的目的是尋求一介平民的援手——而那人正是**我**。

「這個嘛。」我小心試探道：「這不大好說，是不是？得看查的是什麼，得看——得看是否在我力所能及……」

「我們對你的才幹並無顧慮，」希區考克說道：「只顧慮該查的案。我得說，此案極其複雜，非同小可。因此，在往下細說之前，且讓我重申，絕不可走漏半點風聲至西點之外。」

「上尉，」我道：「你曉得我過著什麼樣的生活。我沒有任何一個人能洩漏，除了我家那匹馬，我擔保馬會三緘其口。」

他似乎把我這話視為鄭重允諾，轉身歸座，凝視雙膝好半晌，才抬頭望著我道：

「事關一位學生。」

「我想也是。」

「是位二年級生，肯塔基人，姓弗萊。」

「**勒羅伊．弗萊。**」薩耶爾補充道，又是那般定定注視著我。彷彿他有整整三鴿籠關於弗萊的檔案。

希區考克再度從椅中猝然站起，身影在燭光中乍隱乍現，待我的視線終於追上他，只見他人在薩耶爾桌後，緊貼牆壁立定。

「好吧，」希區考克道：「犯不著拐彎抹角的。昨晚勒羅伊．弗萊上吊死了。」

霎時間，我覺得自己像是半途闖進一段精心鋪排的笑話，偏偏不知這笑話是即將收尾，抑或才剛起了個頭，只得順勢配合、靜觀其變。

「遺憾之至，」我說：「非常遺憾。」

「多謝關心——」

「悲劇一樁。」

「人人都這麼認為，」希區考克說著上前一步。「對這位年輕人而言實在是件憾事。家人也痛心之極……」

塞萬努斯．薩耶爾道：「弗萊年紀輕輕，我有幸與他父母見過一面。不妨告訴你，蘭德先生，向他們捎去愛子的死訊，是我畢生做過最令人心酸的事。」

「當然了。」我道。

「更不消說……」希區考克接下話頭。我有預感，這番談話來到了緊要環節。

「更不消說，這對學院也是件壞事。」

「你瞧，軍校不曾出過這樣的事。」薩耶爾道。

「以往從未發生過。」希區考克應聲道：「只要我們有辦法，決計不容這種事發生第二次。」

「唔，兩位，」我說：「恕我直言，我們誰也沒辦法，不是嗎？依我看，誰曉得年輕人每天腦袋裡想的是什麼？倘若換個日子……」我抓了抓頭，「換作明天，只怕那可憐的孩子就不會動手了。換作明天，他說不定會活下去。可是今天……他今天偏偏就是死了，對吧？」

此時希區考克走上前，倚在他那張溫莎椅的梳齒椅背上。

「蘭德先生，你得想想我們的立場。照顧這些年輕人是我們的責任，我們有義務代行父母之責，使他們成為正人君子，成為將士，為達目的，不惜加以鞭策。是，我們**鞭策**學生，對此我毫無歉疚之意，蘭德先生。可是，我們自認能拿捏好鞭策的**分寸**。」

「我們認為，」塞萬努斯·薩耶爾說道：「無論何時，假使任何學生身體不適或心有煩憂，理應會來找我們商量，不管是我本人也好，希區考克上尉也好，教師也好，學員軍官也好。」

「看來你對此毫無心理準備。」

「完全沒有。」

「哎，別太介懷。」我道（我看得出來，他們覺得我的口氣未免太不把這當回事）。「兩位想必已經盡力，任誰也沒法多要求什麼。」

聞言，他們兩人皆沉吟片刻。

「兩位，」我開口：「如果我猜得沒錯——也許是我想錯了，但我猜想，現在兩位該告訴我，究竟有什麼是我不知情的。只因我仍想不出個所以然，有個年輕人吊死了，照理該由驗屍官出馬才是，而不是——不是肺臟疲弱、氣血不暢的退休警探。」

我瞧見希區考克的胸膛一陣起伏。

「很不幸，」他道：「蘭德先生，此案的確不只如此。」

語畢又是一默，這回氣氛比先前更緊張。我輪番望著兩人，看誰率先啟齒。然後希區考克再度吸了口長氣，道：

「夜裡——約莫在凌晨兩點半至三點之間，弗萊學員的遺體遭竊了。」

當下我就該想通：那擂鼓似的一響，絕非什麼鼓聲，竟是我自己的心跳。

「你說『遭竊』？」

「顯然……顯然程序上出了點差錯。」希區考克招認道：「負責看守遺體的中士以為有人找他，因而離開崗位。待他發覺不對——也就是他返回原有崗位時，屍身已不翼而飛。」

我小心將玻璃杯擱在地上，不自覺闔上雙眼，不久傳來一陣奇異的聲響，倏地將眼睜開，卻是我搓起雙手的聲音。

「是誰動了遺體？」我問。

頭一遭，希區考克上尉柔暖溫潤的嗓音流露慍怒。「假使我們知道，」他厲聲道：「自然用不著驚動你了，蘭德先生。」

「那能不能告訴我，後來可有找著屍首？」

「找到了。」

希區考克返回牆邊，自主擔當站哨之職。此後又是一靜。

「是在軍校用地？」我催促道。

「在冰庫附近。」希區考克說。

「後來送回原處了？」

「送回了。」

他本想再往下說，臨到口邊卻打住。

「唔，」我道：「軍校裡想必有不少傢伙就愛戲弄人，年輕人拿遺體惡作劇也稱不上多稀罕，沒跑去掘墳就該額手稱慶了。」

「這絕不只是惡作劇，蘭德先生。」

他傾身靠向薩耶爾的桌邊，只聽這位老練軍官忽然支吾其詞起來。

「不論是哪個人——不論是**哪些人**盜走弗萊學員的屍首，在我看來，他們犯下了特殊的，我認為是極反常、極**惡劣**的大不敬之事，這等慘事——這行徑絕不能……」

可憐的傢伙，我看他大約會這麼吞吞吐吐、迂迴閃躲個沒完，到頭來終究是塞萬努斯・薩耶爾把話給挑明。薩耶爾坐得筆直，一手置於文件匣上，另一手捻起城堡的棋子，微微偏頭，將消息道出，彷彿在朗誦學生的年級。他道：

「弗萊學員被剜去了心臟。」

古斯・蘭德的陳述：三

在我兒時，除非你想死或窮到不在乎死了，否則誰也不願踏進醫院。要我父親上醫院，他寧願改信浸信會；不過，他見了西點醫院八成會改觀。初次踏進醫院那日，醫院落成剛滿半年，四壁粉刷得簇新，樓板、木件光鮮潔淨，桌椅床鋪飄著硫磺與氧化鹽酸的氣味，摻有苔蘚氣息的清風拂過走廊（註3）。

換作尋常日子，大約會有兩位打理整潔的護士長相迎，引我們參觀通風系統或開刀房，可惜不是今天。一位護士長暈死過去，告假回家；另一位護士長心神煩亂，見了我們一個字也沒說，兩眼發直，瞪著我們後方，好似有一整個兵團尾隨在後。待她看清我們身後再無別人，她搖搖頭，領我們上了樓梯，來到B－3病房，繞過壁爐，走向一張金屬床。在此，她頓了片刻，才扯下蓋住勒羅伊・弗萊屍首的亞麻被單。「容我告退。」她道，步出病房，掩上房門，猶如女主人自請離席，留下男客享用嚼菸。

讀者，即便我花上百年，耗盡千言萬語，也形容不出那幅光景。且讓我從小處逐一說來。

註3　苔蘚曾被用於替代繃帶。

那床架周遭飾有鐵環，架上放了羽毛床墊，躺著渾身冰冷的勒羅伊·弗萊。

他一手置於胯部，一手蜷曲成拳。

雙目微啟，有如晨號的鼓聲剛剛敲響。

嘴角歪斜，上唇底下露出兩顆泛黃的門牙。

脖頸紅紫斑斑，摻雜條條黑痕。

胸膛……

無論胸膛還殘餘什麼，觸目只見一片紅。各色深淺不一的紅，有幾處皮裂肉綻，有幾處是直接開膛。乍一看，我還以為他遭遇劇烈撞擊，也許是松樹傾頹——不，那力道太小了。也許是雲端墜下一顆隕石……

然而他的傷並非穿胸而過。是的話說不定還好些，如此一來，便不會見到他胸口光滑無毛的皮膚片片向上翻起，骨骼斷開之處碎骨零星，內裡更有一團稠糊摺皺的隱祕物事。我見著了一對曲皺的肺、橫隔膜那片肌肉、形狀飽滿的深褐色肝臟；還見著了……我什麼都見著了。唯獨見不著消失無蹤的那個臟器，但這卻是放眼望去最明顯之處：一瞥即知**少了那樣東西**。

讀者，說來慚愧，此時我滿心只轉著一個念頭，甚至是原本不值一提的念頭。在我看來，勒羅伊·弗萊全身只剩下一個**疑問**。他四肢上的傷痕，他蒼白平滑、些微泛綠的皮膚，在在點出了一個疑問：

是誰？

我內心震顫，登時明瞭，我非解開這個疑問不可。無論遭逢何等險境，我都必須找出是誰取走勒羅伊·弗萊的心臟。

於是，我以慣用的法子應對這個疑問，亦即**提問**。並非對空自問，而是詢問一位離我三呎之遙的人——西點的外科醫師，丹尼爾．馬奎斯醫生。方才他隨我們進了病房，正定睛凝視著我，滿布血絲的雙眸羞澀而熱切，看似頗急於為人答疑解難。

「馬奎斯醫生，這事——」我往床上的遺體一比，「是怎麼辦到的？」

醫師一手抹了抹臉。我原以為是他累壞了，實則是為了掩飾他那股熱切的興頭。

「要下第一刀稱不上多難。」他道：「只要有手術刀就行，要不，隨便一把鋒利的好刀都成。」

他越談興致越旺，站到勒羅伊．弗萊的屍身旁，用看不見的刀鋒在空中比劃。

「難處在於如何深入心臟部位。得挪開肋骨、胸骨，這些骨頭嘛，雖不如脊椎那般堅韌，卻也夠硬的了。用敲的可不成，」他道：「撞碎骨頭也不妥，難保不會傷到心臟。」他盯住了勒羅伊．弗萊大敞的胸腔，「既然如此，唯一的問題在於：該從何處切開才好？頭一個選項是，順著胸骨向下直剖開來……」咻的一聲，馬奎斯醫生的刀將空氣一分為二。「哎呀，可這麼一來就得一一撬開肋骨，縱使有撬棍可用，仍得費上許多工夫。不，應當採圓弧狀切割——犯人亦是如此為之，首先將肋骨架割開，再分別從兩處截斷胸骨。」他後退一步，細瞧結果。「從種種跡象看來，」他道：「我推測他用的是鋸子。」

「鋸子。」

「比如外科醫師用來截肢的骨鋸，我自己便在藥房放了一把。若是沒有骨鋸，鋼鋸也能湊合著用，但絕不容易，得一面動刀，一面留心著防止鋸刃刺入胸腔。唉喲，往這裡瞧瞧，就是肺部這裡，見著那些一吋來長的裂口沒有？肝臟上的更多。

依我推測，這幾處都是無辜遭殃；犯人動手時特意將鋸鋒**朝外**，為的正是保全心臟。」

「醫生，你真是幫了大忙。」我道：「可否請你說說，鋸開肋骨架與胸骨之後，又該如何是好？」

「唔，再來就單純了。得把心包膜割開，那是包覆著心外膜的一層薄膜，用處是固定心臟。」

「明白……」

「然後該切斷的是，喔，是主動脈來著，以及肺動脈。還得搞定靜脈，但花不上幾分鐘，任何一把堪用的刀都成。」

「醫生，血液是否會噴濺？」

「假如已經死了好幾個鐘頭便不至於。倘若他下手速度夠快，屍身裡頭或許仍會殘留少許血。不過照我猜想，在他取出心臟之際，那顆心已然——」他的聲調流露一絲滿足，「——半點血不剩了。」

「再來呢？」

「哦，到這裡就差不多完事了，」這名外科醫師答道。「我想整顆心可以挺乾淨俐落地拿出來。而且輕得很，一般人多半不曉得這點。心臟只比拳頭大上一些，由於血液已然流盡，估計不會超過十盎司重。」說著他輕點自己的胸膛，以示強調。

「這麼說來，醫生——但願你不介意我問了這許多問題。」

「哪裡的話。」

「說不定你有辦法瞧出一些關於犯人的端倪。除了那麼些工具以外，這人還得具備哪些條件？」

他將視線自遺體轉開，神色微露迷茫。「這個嘛，我想想。他──基於我剛才所說的原因，他勢必得強壯有力。」

「可見不會是女子了？」

他嗤笑一聲，「不可能是我這輩子有幸認識的任何一個女子。」

「還要有哪些條件？」

「得有充足的光源。在伸手不見五指之處，想開這樣的刀，非得有光才行。假如我們在胸腔中找到好些蠟燭用的蠟油，也不足為奇。」

他眼饞地再度望向床上的屍體，我使了點勁扯他衣袖，總算將他拉回神來。

「醫生，此人的醫學素養又該如何？他是否──」我衝著他微笑，「──得如你這般，是位學問淵博、訓練有素的頂尖人才？」

「啊，那倒未必。」他這下難為情起來，「他自然得知道……該怎麼找那顆心，會碰上什麼情形，該從哪裡下刀。是需要些人體知識，但不見得是醫生。也未必是外科醫師。」

「是個瘋子！」

打岔的是希區考克。實話相告，我不由得一驚；不知從何時起，我只當屋裡唯有我與馬奎斯醫生（以及勒羅伊．弗萊）。

「不是瘋子，又會是誰？」希區考克質問：「據我們所知，這瘋子仍逍遙法外，密謀再逞惡行！難道只有我……這人依然逍遙法外，難不成只有我一想到便義憤填膺？」

其實希區考克心思纖細，儘管外表剛硬，內裡卻是個軟心腸。好在勸慰他仍是有用的，只見薩耶爾上校輕拍他肩膀後側，他緊繃如弦的全身頓時放鬆。

「行了，伊森。」薩耶爾道。

那是我頭一遭（但不是最後一遭）暗忖，他倆的合作關係恰似一場聯姻。我這麼比喻別無他意，純粹是形容這兩名獨身男子的同盟靈活卻穩固，許多事雙方心照不宣。我稍後得知兩人一度離異，不過也僅僅那麼一回：三年前，為了西點軍校偵查庭是否違反軍法條例的問題，他倆不歡而散。不打緊，只過一年，薩耶爾便召回希區考克，嫌隙從此化解。就這麼一下輕拍，表露多少情誼。從中也可看出，掌握主導權的是薩耶爾。永遠都是薩耶爾。

「我敢說，我們都與希區考克上尉深有同感。」他道：「可不是嗎，各位？」

我道：「多謝上尉替我們說出心中所想。」

「我們之所以在這裡，」校長續道：「正是為了逮住行凶之人。你說是不是，蘭德先生？」

「那是自然，上校。」

希區考克依舊激動難平，坐在其中一張空床上，呆望一扇面北的窗戶出神。眾人稍停片刻，好讓他冷靜些，猶記我當下暗自計秒，一**秒**、**兩秒**……

「醫生，」我微笑道：「你能不能說說，動這樣的刀耗時約需多久？」

「不好說，蘭德先生。要曉得，我已經多年未曾解剖，也從未——做到這番地步。非要猜測的話，基於當下的棘手狀況，我推估一個鐘頭跑不了，也許一個半鐘頭。」

「時間大半耗費在鋸骨。」

「是。」

「假如有兩人呢？」

「唔，那樣的話，一人一側，時間即可減半。三人反倒嫌多，第三人派不上多大用場，最多幫著提燈。」

燈，是了。看著勒羅伊．弗萊，說不上為什麼，我總覺得像是有誰提燈照著他一般。估計是因為他雙眸恰巧朝著我，在半闔的眼皮底下向我望來，如果這也能算是望的話；他的瞳仁如窗簾捲起般向上吊，眼白只餘一線。

我走近床邊，用拇指尖拉下眼皮。那雙眼皮停留半晌，旋即彈回。我幾乎沒留心，只因我這下瞥見了勒羅伊．弗萊頸項上的傷痕。與我最初料想的不同，傷口並非僅有一道，而是許多條小痕細密交織，因摩擦而形成複雜紋樣。在繩索勒緊他的頸項前，想必搓揉、削磨多時，硬生生卸掉好些皮肉，直至他嚥氣。

「希區考克上尉，」我道：「我曉得你派人搜查過，但他們確切來說找的是什麼？找人？找心？」

「我只能告訴你，我們搜遍了那一帶，什麼也沒找著。」

「原來如此。」

勒羅伊．弗萊有一頭泛著粉色的金髮，細長的白金睫毛，右手因持槍長出老繭，指尖生了幾個鮮紅水泡，兩趾之間有塊黑痣。就在昨日，他仍是個活生生的人。

「麻煩誰再告訴我一遍，」我道：「心臟被偷後，屍身是在哪裡發現的？」

「冰庫旁。」

「馬奎斯醫生，恐怕又得仰賴你的專業。假若……假若要保存心臟，你會用什麼法子？」

「這個嘛，大約會找個容器。用不著多大。」

「是。」

「再來會找些東西包住心臟，比如薄紗布。若是手頭沒錢，報紙也好。」

「請繼續說。」

「然後我會……會在四周放些——」他住了口，手指撫上喉頭，才道：「**冰**。」

希區考克從床緣起身。

「竟有這種事。」他道：「那瘋子不僅剜出勒羅伊·弗萊的心，竟然還要用冰保存心臟。」

我一聳肩，向他攤手。「不過是個可能。」

「究竟是為了什麼喪心病狂的用意？」

「哎，恕我無法回答，上尉，畢竟我剛到這裡不久。」

值此之際，工作繁忙的可憐護士長返回病房，催著馬奎斯醫生去料理事務，我記不得是什麼要緊事，只記得馬奎斯醫生面露遺憾，顯然走得不情不願。

而後，現場只剩我、薩耶爾、希區考克，以及勒羅伊·弗萊。接著鼓聲傳來，召集軍校生參與降旗典禮。

「唔，兩位先生。」我道：「我便直說了吧，這是個難題。」我再度摩挲雙掌，「我也沒個頭緒。有件事我尤其不解：為何不請軍方介入調查？」

良久無言。

「此案理應交由軍方處置才是，」我道：「而非求助於我。」

「蘭德先生，」塞萬努斯．薩耶爾說道：「可否陪我出去走走？」

我們沒走遠，只沿著走廊一去一回，隨後再一趟，又一趟，倒有些像是軍事操演。薩耶爾比我矮了四吋，可是站得更為挺拔，姿態更顯堅毅。

「蘭德先生，眼下我們的處境相當為難。」

「無庸置疑。」

「本校……」他開口道，但聲調拉得太高，於是放低了些。「你或許知道，本校創立不足三十年，而我擔任校長的時間將近校史的一半。無可否認，無論是本校或是我自身，至今未能創下永傳不朽的偉業。」

「不過是遲早的事罷了。」

「唔，一如每個創立不久的組織，我們贏得了可堪景仰的盟友，卻也招來了惡言中傷的強敵。」

我垂首注視地板，大膽猜測：「傑克遜總統屬於第二類，是吧？」

薩耶爾飛快瞄了我一眼，道：「我不敢胡亂猜測誰屬於哪一類，只知我們身負與眾不同的重擔。哪怕培育再多軍官，為國付出再多貢獻，我們恐怕時時刻刻都必須為自己辯白。」

「辯白什麼，薩耶爾上校？」

「哦。」他凝視天花板，「菁英主義算是老調了。有人抨擊本校偏愛富家後裔，殊不知學生中多的是農家子弟，多的是技師工匠之子。本校可謂美國的縮影，蘭德先生。」

美國的縮影，這話鏗鏘有力地在廊間迴盪。

「那些人還批評了什麼，上校？」

「說我們一味培養工程師，卻疏於訓練將士。說我們的畢業生占去太多軍職，可那些職務理應讓給正統的軍旅之人。」

我暗想：**梅朵斯少尉**。

薩耶爾腳下不停，步調呼應外頭鼓聲的節奏。「最後一種指謫不消多言。」他道：「有些人巴不得我國壓根不設常備軍才好。」

「這我就參不透了。不設常備軍，該由誰保家衛國？」

「顯然是舊時民兵。在村莊廣場上集合、自認為士兵的烏合之眾。」他答道，語調卻無一絲憤懣。

「打贏上一場仗的可不是民兵，」我道：「而是——傑克遜將軍（註4）等一干將才。」

「很欣慰你與我意見一致，蘭德先生。可惜，不少美國民眾見到身著制服之人便退避三舍，這是不爭的事實。」

我輕聲道：「所以我們不穿制服。」

「『我們』？」

「抱歉，我說的是**警官**。不管你上哪去找，絕見不到哪個警官用衣著自曝身分，

註4　此處是指托馬斯・傑克遜將軍，並非前文提及的傑克遜總統。托馬斯・傑克遜曾參與南北戰爭，隸屬南方邦聯，時人譽為「石牆」。

仔細想來，紐約市無論哪個執法人員都不可能這麼穿。普通百姓見了制服總是敬而遠之，是不是？」

說也奇怪，我原本沒打算說這些，這番話卻使我們對彼此頓生親切之感。塞萬努斯．薩耶爾並未展顏微笑（我這輩子沒見他笑過），但稜角卻柔和下來。

「蘭德先生，實不相瞞，我本人也是眾矢之的。有人斥我為暴君，說我獨裁，**野蠻之人**一詞尤其常見。」

說到此處，他收住話頭，細細玩味這個詞彙。

「這麼一來可就不妙了，是吧？上校。」我道：「至少，以你的立場而言是如此。倘若消息傳出去，讓外頭曉得學員受不住你的──你的暴政，竟然精神崩潰，不惜**走上絕路**……」

「勒羅伊．弗萊的消息已經傳出去了，」他道，神色冷若冰霜（剛才的親切感消失無蹤）。「我封不住消息，也止不住他人妄加揣測。現下我唯一關切的，就是避免特定人士干預查案。」

我望向他。

「想是**華府**的特定人士。」我推測。

「正是。」他答道。

「極力反對軍校存在的特定人士。一旦逮住機會，他們定然將軍校剷除乾淨。」

「正是。」

「然而，若是他們知道局面全在你掌握之中，知道你已派人查訪，說不定你能多捱一段時日，擋住那些餓犬。」

他道：「多捱一小段時日，是。」

「假使我一無所獲呢？」

「那麼我將呈報工兵署長，署長則會與伊頓將軍商討，本校唯有靜待那兩位的共同決議。」

此時，我們在B－3病房門外停步。樓下飄來護士長忙來忙去的響聲，以及外科醫師不疾不徐的走動聲；窗外傳來鼓笛清亮的旋律；B－3病房內則鴉雀無聲。

「誰想得到？」我說，「一人之死竟牽動大局，甚至可能葬送你的前途。」

「蘭德先生，即便你不相信我其他的話，也只信我這句：前途於我根本無關緊要。假如能確保學院存續無虞，我甘願明天便離開此地，絕不回頭。」

他向我點頭，以他而言算是極其親和，隨後續道：「蘭德先生，你有種天賦，讓人樂於向你坦言心事。這種特質想必頗有用處。」

「那倒未必，上校。還請直說，你當真認為我是不二人選？」

「若我不這麼想，自然不會找你商談。」

「你決意徹查此案？務求水落石出？」

「不查明絕不罷休。」塞萬努斯・薩耶爾說道。

我微微一笑，望向走廊盡頭的圓窗，窗外射入的日光打亮一道飄揚的塵埃。

薩耶爾雙眸一瞇，「蘭德先生，你這樣一言不發，究竟意在允諾抑或推辭？」

「兩者皆非，上校。」

「如果問題出在酬勞……」

「我不缺錢花用。」

「看來是有別的顧慮了。」

「全是些你幫不了我的事。」我盡可能和氣地答道。

薩耶爾清清喉嚨。實際上不過是一聲輕嗽，我聽來卻像是他喉間卡著什麼。

「蘭德先生，學員英年早逝，更何況是自我了斷，固然使我痛心；可歹徒乘人不備對他的屍身下此毒手，更是令人怒不可遏。此乃違背天理之罪，在我看來，亦是劍指本校心——」他打住，只不過話已出口。「劍指本校**心臟**之舉。假若犯事者不過是個偶經此地的瘋子，那便罷了，一切全是上天安排。然而，假若犯事者來自**校內**，那麼除非將此人逐出西點，否則我絕不善罷甘休。將他逮捕上銬也好，被他逃出法網也好，我定要把他送上下一班汽船，以求保全本校。」

說罷，他一聲輕吁，微微頷首。

「蘭德先生，如果你願意接下這樁差事，這便是你的使命。期盼你揪出真凶，幫助我們避免此事重演。」

我凝視著他好半晌。然後，我從口袋掏出錶來，輕敲玻璃錶殼。「再過十分鐘正是五點整。」我道：「六點在這裡碰頭如何？會不會太麻煩你？」

「一點也不。」

「好極了。我向你擔保，屆時必定給你答覆。」

我原本打算依我平時的習慣，一個人四處走走，可惜軍校不贊成這樣的主意。不，我還是得有人護衛才好。這件工作再度落到梅朵斯少尉頭上，即便他心有不滿，臉上也瞧不出來，反倒比早先送我來時更有精神了。我猜這意味著他沒見過勒羅伊・弗萊的慘狀。

「蘭德先生，您要往哪走？」

我朝河的方向一比，「往東。」我道：「往東挺好。」往東勢必得穿過練兵原。此時練兵原不再空曠，黑壓壓一地全是人，正是舉行降旗典禮的時刻。美國軍事學院（註5）全體學生分為數連，在原上散開，編為四隊踏步行進。軍樂隊吹打著最後幾段樂音，領頭人手持綴有流蘇的指揮杖，頭頂一個布丁袋似的紅帽；只聽降旗炮鳴放，星條旗飄揚落地，宛如美貌姑娘的手帕。

「行舉槍禮！」副官斷喝，登時響起兩百把槍的鏗鏘撞擊聲，不到一秒，學生便個個盯著槍管瞧。肩負指揮之責的軍官抽出佩劍，猛地併攏腳跟，高呼：**「舉槍！」**隨即嚷道（聽在我耳裡像是）**「吃蛋衝鋒！」**話音一落，學生全數向右半轉，預備殺退敵軍。

哦，這場演出煞是精采。淺綠草地上踢起碎泥細草，刺刀反射著即將隱沒的陽光，年輕人身著領口勒頸的服貼軍服，揮汗如雨。

「舉槍！……槍放下！」

此時此刻，勒羅伊・弗萊的死訊定然已傳遍軍校（摻雜著半真半假的流言），但在此打擊之下，全校師生竟然絲毫沒亂了陣腳，可知薩耶爾的體制確有成功之處。勒羅伊・弗萊平時的位置已由他人補上空缺，旁觀者絕猜不到隊列中少了一人。

註5 美國軍事學院（United States Military Academy），即西點軍校的正式名稱。因位於紐約州西點，所以常稱為西點軍校。

唔，假如眼睛犀利些，或許是看得出這裡踩錯一步，那裡慢了半拍，甚至是踉蹌了下，卻很可能將之歸咎於每連各二十來位的一年級生。他們稚氣未脫，投犁從戎不過數月，仍有些跟不上節奏……但就連他們也一樣，全心投入壯闊的樂聲之中。

「向前看！」

眼前確是奇景，讀者。

在這十月，白晝將盡，夕陽西沉，灰藍山陵與軍裝服色互相映襯，不知何處傳來嘲鶇的低鳴……這番體驗也稱得上享受了。如此消磨時光的不單我一個，有群乘船而來的遊客立在地勢較低的經理官辦公室旁，淑女們雙臂套著羊腿袖，紳士們身穿米色西裝背心、外罩藍色禮服大衣，一夥人洋溢著度假似的快活氣氛，估計是清早僱了小帆船從曼哈頓過來，也說不定是群正巡遊北美的英國人，一干旅客就這麼融入整個奇觀之中。

「紐約州西點美國軍事學院，十月二十六日，五點三十分！特別命令第二條！」

藏身於觀眾之間的那位，豈不正是塞萬努斯・薩耶爾？顯然他是不打算讓命案耽擱了公事。乍一看，你鐵定以為他整天都待在這地方，哪裡也沒去，兩頭兼顧的技藝堪稱高超。他在必要時開口，適時保持緘默，對幾位先生的疑問洗耳恭聽，為太太小姐點出易於忽略的細節，未曾流露一絲疲態。我幾乎能「聽見」他所說的話：

「布雷沃夫人，不知您瞧出來沒有，本次演習頗有歐洲之風。這套操練乃是腓特烈大帝所創，其後由拿破崙在揮軍遠征尼羅河時發揚光大……哦，也許您看到了第二連最前頭那位年輕人？那是亨利・克雷二世。是，是，他父親就是那位了不起的

人物（註6）。將全級榜首拱手讓給了來自佛蒙特的農家子。本校便是美國的縮影哪，布雷沃夫人……」

這時學生以連為單位，由士官長帶隊跑步退場，軍樂隊亦翻過山丘，觀眾開始散去。梅朵斯少尉問我是想留在原地，或者再往前走？我答說再走走，於是我們一逕來到情人崖。

展眼望去便是河水，奔流於百呎之下，滾滾波浪乘載船隻，當中有駛往伊利運河的貨船，有直奔紐約大城的汽船，亦有小艇、獨木舟、樹皮舟，全浸淫著橘紅的光輝。離此地不甚遠的演習場傳來大炮發射的鳴響，先是一聲轟隆雷鳴，緊接著一連串回音在山嶺間迴盪。西面是河，東面更是河，南面亦是河；我佇立於河水相交之處，倘若我更有思古之幽情，大抵會遙想當年的印第安人，或者是也曾在此駐足的班乃迪克・阿諾德（註7），要不便是為了阻止英國海軍北上，拖動巨鍊攔住哈德遜河的一群好漢（註8）……

註6　老亨利・克雷（Henry Clay Senior）為美國十八至十九世紀的重要政治家，曾任美國國務卿，被譽為偉大的協商專家。其子小亨利・克雷於一八三一年畢業於西點軍校，後來也踏上政治之路。

註7　班乃迪克・阿諾德（Benedict Arnold）為美國獨立戰爭時期的軍官，奉華盛頓之命指揮西點，後變節投降英軍。

註8　一七七八年獨立戰爭期間，美軍在西點至憲法島之間架設鐵鍊，橫亙哈德遜河，藉此阻止英國海軍通過西點。

再不然，倘若我熱衷思考哲理，大概會琢磨起命運或神之類的命題。只因我本來決意引退，不想竟受塞萬努斯・薩耶爾請託，要我回歸老本行，挽救美國軍事學院的校譽。冥冥之中必有安排，我不敢妄稱天意，可定然有**某種力量**在其間運作。

唔，在我腦裡轉的思緒沒那麼深刻。當時，我想的是這個：母牛夏甲。坦白說吧，我心裡忖度著她上哪去了。她是往河邊去，還是往高原去？瀑布後頭是否藏著什麼山洞？是否有什麼唯有她知曉的隱密所在？

是的，我揣想著她可能去了什麼地方，又有什麼辦法能使她回來。

差十分鐘便是六點整，我自河邊轉過身，只見梅朵斯少尉站的位置與剛才完全相同，雙手交握於背後，兩眼直視前方，屏除一切雜念。

「我想定了，少尉。」

五分鐘後，我返回B－3病房。勒羅伊・弗萊的屍身仍安放於原位，覆著那張粗亞麻布。薩耶爾和希區考克以近似稍息的姿態站著，我踏進門內，準備要說：「兩位先生，我願一試。」

但我卻脫口說出了別的話。我甚至沒察覺自己開了口。

「兩位是要我揪出剜心的犯人，」我道：「抑或是一開始把勒羅伊・弗萊吊死的凶手？」

古斯・蘭德的陳述四

十月二十七日

原來是棵槐樹。這棵黑槐距離南岸約莫一百碼，模樣纖瘦，儼然像個苦行僧，樹幹遍布深溝，枝頭垂吊長莢。看似與高原上叢生的槐樹並無二致，差別只在枝枒間落下了一條藤。

這個嘛，我**以為**那是藤蔓，瞧我多傻。我得辯駁一句，打從命案發生以來，已過了不止三十二個鐘頭，繩索已然一點一滴與周遭環境交融。我原以為這時繩索早該被解下來了，不過他們採取了更快捷的手段：找到屍身的當下，便將死者頭上的繩子割斷，任憑殘繩在空中晃蕩，於是那段繩子便留了下來，精瘦的繩身映著點點晨光。希區考克上尉雙手握住繩索，測試般地輕拉，隨後又是一**扯**，彷彿另一端連著教堂鐘。他將渾身重量靠在繩上，兩膝微微一曲，我才明瞭他是多麼疲倦。

也難怪，畢竟他整夜沒睡，接著奔波一日，隨後又收到傳喚，在上午六點半趕赴塞萬努斯・薩耶爾的宿舍共進早餐。我比他更神清氣爽一些，昨夜下榻在柯森斯先生的旅店。

一如西點的許多事物，這間旅店也是薩耶爾的主意。假如要讓乘小帆船前來的遊客遍覽學院風光，勢必需要可供他們過夜休憩的場所，為此，英明睿智的美國政府決議在軍校用地上建造一所高檔旅店。每逢旺季，天天都有旅客自世界各地遠道而來，躺臥在柯森斯先生剛拍鬆的羽毛床鋪上，為薩耶爾的山中王國屏息驚嘆。

我自然不算遊客，但我那屋子離學院太遠，往來不便，所以他們撥了個房間供我無限期居住，房內還可遠眺憲法島。

窗簾幾乎全然阻絕了星月的光輝，睡眠猶如直墜深淵，晨號的聲音好似來自遙遠星辰，我躺在床上，凝視窗簾底部隱隱透出紅光。黑暗香甜誘人，我思量著，說不定從軍才是我的天職。

但我隨即幹了件有失軍人品格之舉，在床上繼續賴了十分鐘。之後我從容穿衣，也沒奔出門趕早點名，反倒披了條毯子，信步邁向登船碼頭。等我抵達薩耶爾的宿舍，校長已梳洗打理完畢，讀完了四份報紙上的各項消息，正端坐於一碟牛排前，等候希區考克和我前來享用。

我們三人默默吃過早餐，喝過茉莉煮的上好咖啡，待碗碟挪開，彼此放鬆地向後坐，我便在此時開出條件。

「第一件，」我道：「倘若兩位先生不介意，我打算把我那匹馬帶來。畢竟，我還得在旅店中住上一段時日。」

「希望不至於太久。」希區考克插口道。

「是，希望不至於太久，但有馬在身邊以備不時之需總是比較妥當。」

他們答應將馬牽來，安置在馬廄裡頭。接著我又說，我打算每週日回我那小屋一趟，他們則答道，我本無軍職在身，想何時離校都無妨，只要事先報備要去哪裡即可。

「最後一件，」我道：「在這裡的日子，我希望能自由行動。」

「蘭德先生，你所謂的自由行動是指？」

「不要護衛。別找梅朵斯少尉跟著，老天保佑他。別叫誰每隔三個鐘頭護送我去解手，別叫誰給我晚安吻。這不成的，兩位先生，我天生是個獨行俠，太多人在旁邊看著我就心煩。」

哎，他們說萬萬不行。他們說，如同所有軍事用地，西點必須嚴加巡邏；此乃國會賦予之**義務**，務必確保每位來客的人身安全，避免**軍務受到滲透**，諸如此類……

我們找出了折衷之道。我獲准在校地外圍自由行動，哈德遜河岸隨我愛怎麼走便怎麼走，他們會告知我暗語及應答口令，好讓我被步哨攔下時能通過盤查。然而我若打算踏進主校地，那麼非得有護衛隨行不可，如欲向任何學員攀談，亦應有學院代表在場。

總括而言，這場對談堪稱愉快……直到換他們開起條件來。我早該料到才是，但方才我可提過？當時我的狀態實在稱不上頂好。

蘭德先生，無論在本校內外，切勿向任何人透露有關調查的一字一句。

還行……

蘭德先生，你必須每日向希區考克上尉彙報。

還行……

蘭德先生，你必須每週撰寫一份詳盡報告，列出所有發現與結論。此外，你必須隨時做好準備，在必要時向任何軍官報告案情。

樂意之至，我如是說。

再來，伊森・艾倫・希區考克使勁抹了下嘴，清清喉嚨，對桌面肅穆地點了個頭。

「還有最後一個條件，蘭德先生。」

他顯然大不自在。原本我還挺同情他，直到我聽了條件，從此對他再無半分惻隱之心。

「請你避免飲酒——」

「避免飲酒**過當**。」薩耶爾用較輕的音調補充道。

「——直到案情查明為止。」

聽了這一句，我豁然醒悟一切的來龍去脈，明白了整個時序。既然他們曉得**這件事**，表示他們早已調查過我，叨擾過我的左鄰右舍、長官同僚，以及班尼・海溫斯那間酒館的一票酒友，這絕非一朝一夕可成，而是日積月累之功。我唯有如此斷言：塞萬努斯・薩耶爾早已對我這個人留了心，早在他知道我能為他所用之前，便派人明查暗訪，打聽關於我的大小事蹟。而我還傻坐在這裡，吃他的飯菜，應承他的條件，任他宰割。

假使我有心與他們對著幹，我大可不認帳。我大可告訴他們，我已三天滴酒未沾，這也是天大的實話。但我隨即想起，醉倒在石榴石酒吧外的愛爾蘭酒鬼個個都這麼說。

「三天，」他們總念叨著：「我已經三天沒碰一滴了。」在他們口中，老毛病再犯的速度跟耶穌復活差不多快，從前我聽了總是莞爾。

「兩位，」我道：「在我們打交道的這段期間，我定然效仿衛理教會，一杯不貪。」

他們倒也沒窮追猛打。如今回想，我不禁思忖，或許他們真正憂心的是我會給學生立下壞榜樣，軍校生自然是無從享受飲酒之樂。以及床鋪之樂，牌桌聚賭之樂，下棋之樂，菸草之樂，音樂之樂，小說之樂。有時我光是想到他們有那麼多事碰不得，連頭都疼了起來。

「我們還沒談酬勞。」希區考克上尉道。

「用不著談。」

「理當……有些酬金……」

「有所答謝也是應當的，」薩耶爾說道：「在你退休前想必……」

是，是，當警探是有酬的。要不有人付你工錢（比方市政府或家屬），要不就別幹。可惜人總有那麼些時候會忘了這條規矩，我自己便忘過一兩回，偶爾想起依舊懊惱。

「兩位先生，」我說著取下前襟的餐巾。「希望這話不致讓你們誤會。兩位都是不得了的人物，但這案子了結之後，如果兩位從此別來打擾我，我便很感激了。不時寫個信給我說說近況倒是無妨。」

我面露淺笑，表示我絕無惡意，他們亦報以笑容，表示軍校省了筆開銷，又讚美我是有風骨的美國人，還添上好些我沒記住的溢美之詞，只記得提到**氣節**什麼的，**典範**什麼的。接著薩耶爾去辦他的公務，希區考克與我來看槐樹，疲倦的上尉就這麼倚住那截斷繩。

不到十呎遠之處，站著希區考克的一名學生，名喚以巴弗・杭頓，就讀三年級，原先在喬治亞當裁縫學徒。他身材高大，虎背熊腰，瞧他那副如在夢中的神色，彷彿仍對自己這身肌肉嘆為觀止似的，說話有著悅耳的清脆音調。正是這位學生走了霉運，撞見勒羅伊・弗萊的屍體。

「杭頓先生，」我道：「容我略表同情之意。你想必大受驚嚇。」

他焦躁地猛點了下頭，好似我打擾了他跟誰的私會。隨後他微微一笑，張口欲言又止。

我道：「麻煩你把事情經過告訴我。週三晚上是你負責值夜？」

從小事情問起果然有效。「是，先生。」他答道：「我九點半去站哨，到了午夜，尤瑞先生給我解除了勤務。」

「再來呢？」

「我回衛兵室去了。」

「衛兵室位在何處？」

「在北營。」

「那……你在哪裡站哨？」

「四號崗位，在克林頓堡，先生。」

「這麼說……」我含笑環顧四周，「杭頓先生，我得說我對這一帶不大熟悉，可據我看來，我們此刻所站的位置，並不是克林頓堡到北營的路。」

「是的，先生。」

「既然如此，為何繞路？」

他偷覷希區考克上尉一眼，希區考克回望他半晌，語調平淡地道：「你只管說，杭頓先生。沒人會告你的狀。」

這年輕人安下心來，厚實雙肩一挺，對我略略咧開嘴角。

「這個嘛，先生。是這樣……輪到我站哨時……我就愛去碰一碰河水。」

「碰一碰？」

「用手或腳趾沾一沾。這樣我能睡得好些，我也說不清為什麼，先生。」

「用不著解釋，杭頓先生。不過還請告訴我，你去河邊走的是哪條路。」

「我走了往南岸的路，先生。快則五分鐘，慢則十分鐘。」

「到河邊之後呢？」

「喔，我沒走到河邊，先生。」

「怎麼回事？」

「我聽見了什麼。」

聽到此處，希區考克上尉抖擻精神，開口詢問，語調絲毫不顯疲倦：「你聽見什麼了？」

就是個**聲音**，他只能這麼說。也許是樹枝折斷，也許是吹了陣風，也或許根本沒有什麼。每當他想給那聲響冠上某個名稱，總又疑心可能是別的東西。

「年輕人，」我道，一手按在他肩上。「千萬別心急。想不起來也不稀奇……你當時心情激動，四處奔走，腦袋自然亂成一團。也許我該問，你是出於什麼原因，才會循著聲音過去？」

聽了這席話，他似乎心神一定，全身凝結了好半晌。

「我以為是動物，先生。」

「什麼動物？」

「不曉得，我……我想牠說不定被陷阱給逮住了……我很喜歡動物，尤其是獵犬，先生。」

「所以你做了全天下基督徒都會做的事，杭頓先生。你趕了過去，向神的造物施以援手。」

「我想是吧。我原本打算爬上山坡，但那道坡實在是陡，在我正要往回走的時候——」

他停住話頭。

「你便瞧見了……？」

「沒有，先生。」他連忙接下去道：「我什麼也沒瞧見。」

「你什麼也沒瞧見，然後……」

「這個嘛，我只是有個感覺，似乎有誰在附近。有什麼**東西**在。所以我說了：『誰在那裡？』您懂的，盡我的職責。可沒人答腔，那我怎麼辦呢，我就端起槍來，說：『上前報口令！』」

「依然沒人應聲。」

「對，先生。」

「再來你怎麼做？」

「這個嘛，我向前走了幾步。可我一次也沒瞧見他，先生。」

「誰？」

「弗萊學員，先生。」

「原來如此。那你怎麼找到他的？」

他費了幾秒穩住嗓音。

「我碰到了他。」

「啊。」我清清喉嚨，溫聲道：「你想必嚇壞了，杭頓先生。」

「起初沒有，先生，因為我不曉得。但我**曉得**之後，那真是——我是嚇壞了，是。」

後來我常尋思，當時以巴弗・杭頓假如往北偏了一碼，或往南偏了一碼，也許便不會發現勒羅伊・弗萊了。那夜一片漆黑，雲層密布，僅透出一小塊月亮，唯有杭頓手中的燈籠照亮前路。是啊，一旦他往哪個方位偏了一碼，說不定就會與勒羅伊・弗萊擦身而過，卻渾然不覺。

「再來呢？杭頓先生。」

「這個嘛，我就往後一跳。」

「情理之中。」

「然後，燈籠從我手中飛了出去。」

「飛出去？還是你鬆手掉了？」

「唔……大約是掉了。我說不上來，先生。」

「再來呢？」

他又是一默，至少嘴上沒說話。然而他渾身上下各個部位卻喧鬧個沒完：牙關互擊，雙腳微動，一手擺弄衣角，一手撥弄褲管側邊的那排鈕釦。

「杭頓先生？」

「我不知如何是好，先生。您瞧，我不在崗位上，縱使叫嚷也不知會不會有人聽見。所以我跑了，就是這樣。」

說到此處，他垂下視線。見了他這副模樣，我腦中勾勒出當下的光景：以巴弗．杭頓奔過樹林，幾乎看不清前路，不時扒開拂在臉上的枝葉，斗篷下金屬鏗鏘互擊，彈藥盒匡噹亂響……

「我一路跑回北營。」他悄聲道。

「然後，你找誰報告這件事？」

「當班的學員軍官，先生，然後他又去找金斯萊少尉，他是那日的值勤軍官，先生。然後他們要我去找希區考克上尉，然後大夥一同趕回去，然後……」

這時他看向希區考克，神色明顯帶著懇求：**您跟他說吧，上尉**。

「杭頓先生，」我道：「若你不介意，且讓我們再回頭談談前面的事，回到你發現屍體的那個當下。你是否有辦法再回想一遍？」

他雙眉緊蹙，牙關一咬，點頭道：「可以，先生。」

「好傢伙。我問你，那時你是否聽見了別的聲音？」

「都是些尋常聲音。有一兩隻鴞在叫，先生，還有……可能有隻牛蛙……」

「周遭可有別人？」

「沒人，先生。話說回來，我也沒想到要留意別人。」

「據我猜測——你碰到屍體後，並沒有再次碰觸屍身，是吧？」

他扭頭回望那棵樹，道：「我辦不到。看清楚之後……」

「合情合理之至，杭頓先生。再來，也許你能說說——」我打住，端詳他的臉色，「也許你能說說，勒羅伊・弗萊看起來是什麼樣子。」

「看起來不好，先生。」

那是我頭一回聽希區考克上尉發笑，從他腹部迸出一聲**噗嗤**，估計連他自己也始料未及。他這一笑更有個好處：我因此免於笑出聲來。

「自然是了。」我盡可能柔聲道。「處於這種境地，誰好看得了？我想問的是……屍體的姿勢，如果你記得的話。」

他聞言轉過身，正視槐樹（可能是他首次這麼做），任憑回憶浮現。

「他的頭。」他緩緩說道：「頭歪向一邊。」

「還有呢？」

「還有，他整個人……像被往後撞似的。」

「何以見得？」我問。

「這個嘛。」他闔上雙眼，咬住下脣。「他不是直直吊著的。先生，他的下半身，活像是……活像是他正要往下坐，好比坐進椅子、躺進吊床什麼的。」

「他會是這個姿勢，是不是由於你撞上了他？」

「不是，先生。」我記得他語氣十分堅決，「不是，我只輕輕擦到他，千真萬確。他連動也沒動一下。」

「那你接著說，你還記得什麼？」

「他的腳。」他伸出自己的一條腿，「我記得他兩腳岔得很開。而且——擱在前面。」

「杭頓先生，我不大懂。你是說他的雙腿在他**前方**？」

「因為他雙腳著地，先生。」

我聽了邁步朝樹走去，站在垂吊的繩索底下。繩子觸到我的鎖骨，有些刺癢。

「希區考克上尉，」我道：「你可曉得勒羅伊．弗萊多高？」

「哦，跟一般男性差不多高，或是再高些。約莫比你矮上一兩吋，蘭德先生。」

我回頭走到以巴弗．杭頓面前，他仍閉著眼。「唔，先生，」我向他說道：「這點很有意思。你是說他的腳……想是他的**腳跟**──」

「是，先生。」

「──擱在地面上，我說的可對？」

「是，先生。」

「他所言不假。」希區考克道：「我見到時，屍首就是這個模樣。」

「杭頓先生，從你首度見到屍體到你返回此地，中間相隔多久？」

「估計不超過二十分鐘。半個鐘頭。」

「這段期間，屍身的姿勢是否動過？」

「沒有，先生，至少我沒留意到。那時候暗極了。」

「杭頓先生，我只剩最後一個問題，之後便不再打擾你。你撞見屍體時，知不知道他是勒羅伊．弗萊？」

「知道，先生。」

「怎麼知道的？」

他雙頰泛起一片紅，右嘴角斜勾。

「這個嘛，先生，剛撞上他時，我把燈籠往前一揮，像這樣，就照見他啦。」

「你立即認出了他來？」

「是，先生。」又是那憨笑。「我還是新生那時候，弗萊學員剃光了我半顆頭，當時就要餐前集合了。老天，我可吃了好一頓罰。」

古斯·蘭德的陳述：五

拉撒路死後幾日亦免不了發臭（註9），更何況是勒羅伊·弗萊？再說，短時間內可沒人盤算著要使他還魂復活，眼看他雙親還要三週才能趕到，幾位軍校師長手上便多了個燙手山芋。一方面，若是即刻將這年輕人下葬，不免受弗萊一家埋怨；另一方面，若是暫且不令他入土，就得冒著他那慘遭蹂躪的屍身日漸腐敗的風險。幾經計議，眾人商定採行第二種方案，偏偏冰塊短缺，不得已之下，馬奎斯醫生仿效了他多年前在愛丁堡大學習醫時所見的手法，亦即將勒羅伊·弗萊浸泡於酒精之中。

希區考克上尉和我抵達時，見到的正是這番光景：他渾身赤裸，身處盈滿乙醇酒精的橡木棺中。胸骨至下頷之間抵了根棍，好使他的嘴合攏，胸腔內又填了些炭，好使他不致上浮，可他的鼻尖老穿透水面，眼瞼也未曾闔上。他便這麼漂著，卻帶著活人的生氣，彷彿要乘著下一道波浪回歸人間。

木箱的縫隙已然填上，但填得不夠緊實，只聽棺架上滴答作響。我們身周捲起

註9 拉撒路（Lazarus）的典故出自約翰福音，他患病後等不及耶穌救治便過世，數天後耶穌令其復活。據約翰福音記載：「耶穌說：『你們把石頭挪開。』那死人的姊姊馬大對他說：『主啊，他現在必是臭了，因為他死了已經四天了。』」（11:39，譯文引自和合本。）

清冷的團團酒霧，我心下忖度，短時間之內，這恐怕是我最接近醉酒的時刻了。

「上尉，」我道：「你去過海邊沒有？」

希區考克答說去過幾次。

「我只去過一趟，」我道：「記得我在那裡見到一個八歲左右的小女孩，用沙子堆教堂玩。手藝巧極了，有寺院、有鐘樓……細膩到沒法逐一說給你聽。她什麼都設想好了，偏偏沒預料到海浪，她堆得越快，浪也來得越快，不出一個鐘頭，她那美麗的作品便只剩幾個沙堆。」

我用手畫了個夷平的動作。

「那女孩倒是明智，」我道：「一滴淚也沒流。每當我想在單純的事實上建構點什麼東西，常會想起她來。有時你做了個漂亮的推論，一道浪打來，便只剩幾個沙堆。那些沙堆就是你的根基，忘了根基可不是好事。」

「這麼說，我們有什麼根基？」希區考克問道。

「唔，」我道：「且來瞧瞧。我們推測勒羅伊・弗萊有求死之志，這看來是個挺穩固的根基，上尉。若非如此，一個年輕人何以在樹梢自縊？想是他已萬念俱灰，這不是什麼新鮮故事。萬念俱灰的人會怎麼做來著？自然是寫封遺書，向親友說明自己為何出此下策，抒發他生前未曾吐露的心聲。那麼……」我雙掌一攤，「上尉，遺書何在？」

「沒找著什麼遺書。」

「嗯，這個嘛，也無妨，自殺之人未必會留遺書。我就見過好些人索性直接從橋上躍下，次數還不少。那好，勒羅伊・弗萊飛快趕往最近的懸崖——哦不，且慢，他打定主意上吊。他選在一個旁人**不易找到**的地方，但也許是他不想給人添麻煩……」

我收住，然後重新拾起話頭。

「行，他尋了棵牢固強健的好樹，將繩索套上樹枝……噢，可惜他太過心神不寧，忘了要——要**測試**繩長。於是……」我伸出一條腿，接著是另一條腿。「他發現，這座小型絞架壓根沒法把他從地面吊起來。好吧，他重綁一次繩子……不，不，他沒這麼做。不，勒羅伊．弗萊的死意實在堅定，乾脆……就這麼踢著腿。」

我使勁抖了抖雙腿。

「直踢到繩子發揮作用為止。」我皺眉凝視地板，「是，這種做法無疑**更花時間**。倘若他頸子沒斷，時間想必更久……」

希區考克接下了我的戰帖。「如你所言，當時他心煩意亂，豈會理智行事？」

「哦，上尉，依我經驗，決意求死之人最是理智，他們很清楚自己該怎麼死才好。有回我——有回我目睹一個姑娘尋短，她已在腦中規劃妥當，等她終於放手實踐，那模樣簡直像是**重溫**死亡一般，只因她早已一遍又一遍見證過那番情景。」

然後希區考克上尉道：「你所說的姑娘，是不是……？」

錯了。錯了，他沒這麼說。他好一會什麼話也沒說，只繞著勒羅伊．弗萊的棺木打轉，好些地蠟被他的靴底搓起。

「說不定，」他道：「他只是想先做個測試，卻一時失了手。」

「上尉，假如證人的供詞可信，這不可能是失手。勒羅伊．弗萊雙腳及地，雙手也搆得著，若他打算罷手，那是輕而易舉。」

希區考克依舊磨著地板。「繩子。」他道：「也許是他上吊之後，繩子撐不住重量往下掉。要不，也許是杭頓學員撞到他時，力道比他以為的大。有無數種可能……」

他奮力反抗，畢竟他性格如此。我本該仰慕他的奮戰精神，可他轉得我雙眼發起疼來。

我道：「你瞧瞧。」

我脫了粗呢外套，捲起衣袖，一手探入酒精。一陣涼意傳來，隨後是陣灼燙的錯覺，更有種詭譎的感受，彷彿皮膚在融化的同時亦轉趨堅硬。然而我的手未曾動搖，首先把勒羅伊・弗萊的頭顱拖出水面，再來是全身，屍身如他所躺的棺材板那般硬挺。我將另一手伸至他身下撐著，免得他再次下沉。

「看那頸子，」我道：「那是我頭一件注意到的。瞧見沒有？不是乾淨簡斷的一條勒痕。繩索在他頸間上下摩擦，沒能固定住。」

「就像是……」

「像是他在掙扎。還有，你瞧瞧手指。」

我用下巴示意，希區考克上尉頓了片刻，跟著捲起衣袖，俯身細看屍首。

「看見沒有？」我道：「在**右手**指尖上。」

「是水泡。」

「正是，看那樣子是**新鮮**水泡。依我說，是由於他……**死命**抓著繩子，想把它扯開。」

我們低頭凝視勒羅伊・弗萊緊閉的雙唇，盯住不放，彷彿這麼看著便能使他開口。出於奇異的巧合，屋內果真響起了宏亮的說話聲，說的人既不是我，亦非希區考克，驚得我們抽回雙手，只聽一聲撲通，伴隨一聲輕嘶，勒羅伊·弗萊沉回酒精之下。

「**請問這是怎麼回事？**」

在馬奎斯醫生眼中，我倆肯定怪誕之極，竟捲起袖口彎身湊在棺材旁，看起來活像大白天的盜墓賊。

「醫生！」我嚷道，「你來了真好，我們亟需醫學專家呢。」

「兩位先生，」他有些結巴，「這可不大正常。」

「確實，我正想著，能否請你摸一摸弗萊先生的頭？」

他努力把守禮俗倫常的底線，或者該說，他用了幾秒斟酌這麼做是否適當，最後終究聽從了我們的指揮。

摸著弗萊的後腦勺時，他原先因使力而皺起的臉登時平復，神色近乎祥和，顯然回到了他最感自在的領域。

「可有找到什麼，醫生？」

「還沒，我……哦。嗯，是，某種瘀傷。」

「也就是有腫塊？」

「是的。」

「麻煩描述給我們聽聽。」

「在頂骨位置，我最多只摸得出……周長約三吋。」

「厚度大約如何？」

「在頭骨上……喔，腫起約四分之一吋高。」

「醫生，什麼情況會造成這樣的腫塊？」

「我想跟造成所有腫塊的因素差不多，亦即頭部接觸到硬物。現下看不見傷口，沒法說更多了。」

「瘀血是否可能在死後形成？」

「不大可能。要形成瘀傷得先有出血，亦即血液自血管外滲。假若體內沒有血液流通——確切地說，是連心臟也沒有——」好歹他識相，出聲笑到一半便止住了。「便不會有瘀傷。」

我們費了點時間回歸文明狀態，拉下袖口，穿回外套，過程中近乎害臊。

「那麼，兩位先生，」我拗著指關節，說道：「如今我們曉得了什麼？」

無人答腔，我只得自問自答。

「在我們眼前的年輕人，從未對誰吐露他心有死意，不曾留有遺書，死時雙腳似乎仍安放在地，後腦勺有一處——如馬奎斯醫生所言，是個瘀傷。指尖帶有水泡，頸部有繩索上下摩擦的傷痕。容我請問各位，綜上所述，這人可像是心甘情願投向造物主的懷抱？」

我記得，當時希區考克摩娑著藍色短外套上的兩條槓，好似提醒自己不忘軍階。

「**你**認為是怎麼回事？」他問。

「哦，只是個推測罷了。勒羅伊·弗萊在十點過後離開營房，假定是十點至十一點半之間吧。當然，他心知此舉有其風險——對不住，希區考克先生，他冒了什麼風險來著？」

「在就寢後離營？記十支申誡。」

「十支，是吧？這麼說，他冒的險可不小，是不是？原因何在？難不成他一如那位討人喜歡的杭頓先生，只盼去瞧瞧哈德遜河？是有可能，也許你們的學生軍團裡頭藏著不少大自然愛好者。然而，就弗萊先生的例子而言，我推測他是有事得辦。想必有人等著見他。」

「這人是……？」馬奎斯醫生沒把問句說完。

「姑且假設，正是此人往他腦袋上一敲，拿繩圈套住他頸子**往死裡勒**。」

我走開一步，對牆壁一笑，再回頭望向他們，道：「這自然只是我的推論，兩位先生。」

「我想你未免過謙了，」希區考克上尉說道，語調越來越激動。「若說你會提出自己沒有把握的推論，我是決計不信的。」

「哎呀，話雖如此，」我答道：「明日又將打來一道海浪，就這麼……**嘩啦啦**。」

此後一片靜寂，只聞打在棺材支架上的滴答聲，希區考克靴底的摩擦聲……最終，希區考克的嗓音響起，每說一字，聲調便愈顯緊繃。

「撇開這個不談，蘭德先生，你還把我們手上的一樁謎案變成了兩樁。據你所言，我們不光得找出褻瀆勒羅伊．弗萊遺體之人，還得找出殺害勒羅伊．弗萊的凶手。」

「除非，」馬奎斯醫生道，略顯膽怯地瞥了我們一眼，「兩者是**同一個案子**。」

這話由他來說是有些出人意表，但他確實這麼說了，隨之而來的沉默又是一番不同的氣氛。

我們三人內心所想多半天差地遠，卻不約而同感受到情勢有了變化。

「這個嘛，醫生，」我道：「能回答我們的，只有躺在那裡的可憐小夥子了。」

勒羅伊．弗萊在酒精浴中微微搖晃，雙眼依然半啟，身軀依然僵直。我明白，不消多久，屍僵便會緩解，關節將能夠活動……我暗想，或許到了那時候，從他的屍身會看出什麼端倪。

就在此時，我留意到——該說**又一次**留意到，他的左手緊握成拳。

「抱歉，」我道：「讓一讓。」

我大概是這麼說了，但其實我沒留神自己說了什麼，一門心思全放在要做的事上頭。我只是一心想著，非瞧瞧勒羅伊．弗萊那隻手不可。

如果要把他的手拉到光下細看，便得將他全身拖出來，於是我索性在水面下動手。

另外兩人摸不著頭腦，直到我把勒羅伊．弗萊的拇指自掌心掰開，發出「喀」的一聲脆響；即便是隔著酒精傳播，那聲響聽來依舊猙獰，猶如折斷雞頸那般。

「蘭德先生！」

「這是做什麼！」

其餘幾根手指扳斷得快些，大概是因為我明白該使多少力了。

喀、**喀**、**喀**、**喀**。

勒羅伊．弗萊五指大張，掌中有一小團物事，顏色泛黃，已然溼透，有撕裂的痕跡。那是一小張紙。

我抬起手將它拿到光線下，希區考克及馬奎斯分別湊到我左右兩旁，三人一同閱讀，三對嘴脣默然念誦，宛如學生注視教師在黑板寫下一行拉丁文。

「唔，也許算不上什麼。」我道，把字條按原樣摺妥，收進上衣口袋。我長長吹了聲口哨，然後目光轉向兩位同伴，問道：

「可要我把手指回復原狀？」

在滯留軍校期間，我並非全無自由可言。此後幾週，我的護衛偶爾會暫時退開幾步，或依我的意思繞些遠路，在那麼一時半刻，我身上的枷鎖便會鬆開，任我獨自佇立於西點中心，全身感覺再度回歸：頭上的髮絡，左邊胸腔的哮鳴，髖部的抽疼……穿透這一切的，是我曾在薩耶爾辦公室感受到的節律：**咚**、**咚**、**咚**。種種感受都讓我欣喜，只因這代表我身上仍有些許部分尚未與軍校同化，全校又有幾個學生能這麼說？連那些軍官也未必能。

那麼，讀者，容我接著往下說。話說希區考克上尉和我留下馬奎斯醫生修復勒羅伊．弗萊遺體上的損傷，一同前往校長宿舍，途中給一位姓虔極的教授給攔了下來，這位教授有事投訴，要私下與希區考克分說。他倆退至一旁，我悄悄走開了些，來到校長花園。此處地方雖小卻頗為宜人，栽有杜鵑、紫菀，一株橡樹上攀著玫瑰藤蔓。我閉上眼，靠向一株山毛櫸。獨自一人。

實際上並非如此。我身後冒出一個極力壓低的聲音。

「抱歉叨擾。」

我轉過身，見著了半掩在米迦勒梨樹後的他。在我眼中，眼前之人恍如矮妖那般虛幻；說起來，我不是才剛目送（及聽聞）軍校生踏著步伐，邁向早餐、午餐、晚餐，踏步前往教室、演習場、營房，踏入夢鄉，醒後繼續踏步不休？我心中早已認定這些小夥子只有奉命行事的份，如今竟目睹其中一人脫離隊列，做了件出於自身意志的事（比用腳趾沾沾哈德遜河水更緊要的事），於我而言，簡直像石頭長腳那般不可思議。

「恕我打擾，先生。」他道：「您可是奧古斯都・蘭德？」

「我是。」

「四等學員坡，在此聽候差遣。」

先從這點說起：他年紀太大了，起碼比起同級生是大了好些。**那些**男孩下巴仍散落點點痘斑，擁有一雙大手，胸膛還不夠精實，容易受到驚嚇，彷彿教師的藤條尚在耳際迴蕩；面前**這位**一年級生卻自不同，痘斑已然結痂，站姿筆挺，整個人有如大病初癒的軍官。

「幸會，坡先生。」

從他頭上那頂可笑的皮帽底下，露出了細細兩綹頭髮，襯托著他的眼睛。那雙灰褐色眼眸擺在他臉上顯得過大，相較之下，一口牙卻小巧漂亮，恰似食人族酋長會做成項鍊戴的那種。那口纖巧牙齒倒也與他的身量相襯，他瘦如麥稈，稱得上單弱，唯獨那額頭飽滿得連皮帽也蓋不住，白皙厚實，從帽身直鼓出來，堪比蟒蛇進食後食物從蛇身外凸的情景。

「先生，」他道：「如果我沒弄錯，您受託調查勒羅伊．弗萊的疑案。」

「確實。」

校方尚未正式公布此事，但矢口否認似乎沒有意義。實際上，這名青年顯然也認定我不會否認，然而他仍遲疑好一陣，我只得出聲詢問：

「有何貴幹，坡先生？」

「蘭德先生，基於我應盡之責，也為體現本校榮譽，我認為應該向您據實告知我的推論。」

「推論……」

「有關**弗萊案**的推論。」

他說著將頭一揚。還記得我在那一刻尋思，會說「弗萊案」三字的人都該把頭往上一揚，恰恰像他這樣。

「願聞其詳，坡先生。」

他正要說話，倏地又打住，雙眼朝兩旁一掃，估計是想確保四下裡無人撞見，更有可能是為了吸引我把全副精神集中在他身上。終於，他自樹後步出，讓我看清他的完整面目……旋即傾身湊近我（動作帶著一絲歉意），在我耳畔悄聲道：

「您要找的人是個詩人。」

說罷，他輕碰帽簷，深鞠一躬，大步走開。等我再度見著他的身影，他已混入向食堂行進的學員隊伍，看似不費吹灰之力。

與人初識的那個瞬間，我們多半轉眼即忘。唯有等到對方變得舉足輕重，才會為初識賦予日後產生的重大意義……真要說起來，我們不過是記住了對方的一張臉，或是當時的處境。然而以坡而言，他給我的第一印象便已豐滿鮮活，不遜於日後幾次會面。原因說來單純：他身上彷彿總有些古怪。事後證明，他永遠不會是個尋常人物。

古斯・蘭德的陳述：六

十月二十八日

隔日我便破了戒酒之誓。如同每個墮落之人，我的破戒始於一番美意。我正在回家途中，想著該打點收拾些物品，且看途中經過的那階梯，豈不正是通往班尼・海溫斯那家酒館的路？我只能說，這定是命運的安排，否則我嘴裡何以如此乾渴？何以酒館後又有一堆上好乾草，任我的馬去吃？何以又有好些**平民百姓**坐在酒館裡頭？

推門走進班尼的紅館之際，我心中並無半點碰酒的念頭，只想著也許來塊海文斯太太的蕎麥蛋糕，也許來杯冰鎮檸檬水。偏偏班尼正調製他的招牌惠而浦酒，熱鐵浸入雞蛋與麥酒相混的酒液，滿室焦香飄散，爐中火焰顫舞，待我回過神來，人已坐在吧檯前，看老闆娘切著烤火雞，班尼將惠而浦酒倒進錫壺，不禁備感親切自在。

瞧瞧，我右手邊坐著賈斯博・麥坤，曾任紐約晚報助理編輯，如我一般離開城市調養身體。如今才不到五年，他已雙眼全盲，兩耳半聾，落得必須求人對準他的左耳，朗讀時下新聞給他聽。**共濟會會所集市……每週死亡人數……複方菝葜糖漿……**

那個角落是艾許・利帕德，曾是聖公會堂區長，險些跌進黑麥汁海，而後洗心革面了一回，創立美國戒酒推行協會……沒多久，又是一回洗心革面。眼下他盡心竭力地酗酒，對飲酒的態度之虔敬，堪比神父對待傅油禮那般隆重。

隔壁那桌是傑克・德溫特，官司纏身多年，只因他聲稱自己比傅爾頓更早發明蒸汽船。在此地，他算得上是傳奇人物，原因有二：一是他付帳只用俄羅斯戈比硬幣，二是他支持的候選人必敗無疑。一八一七年的波特，一八二四年的楊，一八二六年的羅徹斯特（註10）——大夥都說，哪裡有艘船要沉了，德溫特都能把船找出來。話雖如此，他這人卻快活得很，逢人便說只等傅爾頓那傢伙賠錢給他，他便要出發探索西北航道，此刻他已經著手尋覓雪橇犬了呢。

再看看眼前，正是班尼本人，專門照料這群被扒了好幾層皮的羊。他個頭不高，三十好幾，脣顯老態，雙眸青春，頭上一叢黑髮因汗溼而散亂；他一身傲氣，別看他成天伺候船夫閒人，可他的襯衫必定以滾水燙得乾淨，領結更少不了。儘管人人都說班尼一輩子沒出過哈德遜谷，他說話卻不時夾著愛爾蘭腔。

「蘭德，我跟你講過吉姆・多尼根他爹沒有？那傢伙在村裡當教堂司事，負責在喪禮前替死人打扮，給他們穿上最好的衣裳、打打領帶啥的。喏，每回吉姆老兄打領帶需要人幫一把，他爹便說：『好啦，吉姆，來這邊床上躺好，就是這麼著。眼睛閉上，行吧？再把你兩隻手交叉起來擱在胸前，這就是了。』我可告訴你，他非要

註10 應是彼得・波特（Peter Porter）、山謬・楊（Samuel Young）、威廉・羅徹斯特（William Rochester），這幾位都曾競選紐約市長。

這麼幹才能替兒子穿戴，連他要打理自己時都得躺平才行。壓根沒想過背後整不整齊，畢竟誰會去看死人屁股來著！」

在曼哈頓，高級些的酒吧會供應雞尾酒，但班尼．海溫斯的酒館不搞這套。這裡喝的是純威士忌、純波本，喝的是蘭姆酒、啤酒，多謝客倌；假使有誰喝糊塗了，拿麥根啤酒充當波本也行。話雖如此，讀者，千萬別以為班尼像身邊人一樣，不過是個小人物；海溫斯夫妻（他倆會很樂於親自告訴你，而且聲調沾沾自喜）乃是整個美國上下，**唯**二受法律明令禁止踏足西點之人，原來他們數年前曾私帶威士忌進入軍校用地，遭人活逮。

「要我說，國會該頒獎章給我們才是。」班尼．海溫斯如是說：「士兵需要子彈，也需要喝酒。」

軍校生與班尼所見略同，每當他們渴得狠了，就會鋌而走險直奔海溫斯的酒館，萬一沒法子過來，酒館的女侍帕希總能幫忙，趁夜挾帶幾手酒送去校內。許多學生也偏好這方式，傳說帕希不似那等心高氣傲的女子，還挺樂意把自己也添進菜單裡。謠傳起碼有兩打軍校生是多虧了帕希，才得以一嘗女子的奧妙，大家還拿人數打過賭，然而誰說得準？帕希老是不談這回事，說不定她只是配合演出一般人眼中的酒吧女侍，表面上扮演刻板形象，實際上離那形象遠遠的。實話說來，我相信她只委身於一個人，而那人不大可能四處吹噓。

她這不就從洗碗間過來了？瞧她一雙黑眸，腿上套著細布燈籠褲，有的人可能覺得她那頂無邊帽太小，腰又稍嫌太寬。「我的天使！」我嚷道，沒有半點虛情假意。

「古斯。」她應道。

她的語調如桌面一般平板，但傑克·德溫特並未因此退卻。「哎喲，」他哀叫，「帕希姑娘，我要活生生餓死啦。」

「嗯哼。」她道，雙手往眼睛一抹，回身又進了廚房。

「她在傷心什麼？」我問。

「哦。」瞎眼賈斯博陰鬱地搖頭，「怪不得她，蘭德。她死了個情人。」

「是嗎？」

「想必你也聽說了，」班尼道：「是個叫弗萊的小夥子。有回他用一塊防水布跟我換兩杯威士忌，不消說，那塊布當然不是他自己的。唉，這可憐小子幾天前上吊了……」他雙眼往兩旁一掃，湊近我，用響亮的氣音說道：「我聽人說，他的屍體遭狼撕咬，把肝挖出來吃了。」他挺直上身，悉心擦拭酒杯。「哦，但這哪用得著我來告訴你，蘭德？你自己不就去西點走了一遭嗎？」

「班尼，你從哪聽來的？」

「估計是哪隻小鳥吧。」

村子越小，流言傳得越快，酪乳瀑布也就是個小地方，連居民的塊頭都比常人小了點。除了那個一年來兩趟販售錫製品的魁梧賣貨郎，這一帶個子最高的八成是我了。

「鳥兒就是多嘴多舌。」瞎眼賈斯博怏怏不樂地點頭。

「班尼，我問你，」我道：「你跟弗萊說過話沒有？」

「只那麼一兩回，那可憐小鬼想找人幫他解圓錐曲線。」

「喔，」傑克道：「我看他欠幫忙的可不光是圓錐曲線。」

他本想順著這話頭說下去，誰知這會子帕希又端著一盤薄麥餅出來，眾人訕訕地住了嘴。待她走近，距離我僅咫尺之遙，我才大起膽子輕碰她的衣角。

「請節哀，帕希。我不知道這個叫弗萊的年輕人是妳的……」

「他不是。」她道：「我跟他不是那種關係。但他的確有那個心，這份心意總該算得上什麼，不是嗎？」

「妳說說，」賈斯博道，微微喘著。「妳究竟不中意他哪裡，帕希？」

「都是些他改不了的事。老天，你也曉得我偏愛黑髮黑眼，紅髮頂在頭上是好看，放在下半身可不妥，這是我揀對象的一個標準。」她放下盤子，蹙眉盯著地板。「我就是不明白這男孩到底在想些什麼，竟要自尋短見。年紀還那麼輕，連上吊也做不好。」

「怎麼說，『做不好』？」我問。

「哎，古斯，他連繩子的長度也沒搞對。大家說他耗了三小時才死呢。」

「『大家』？帕希，『大家』說的是誰？」

她尋思半天，然後把方才估計的人數下修。「就是他。」她說著，頭往遠處的角落一點。

那是離班尼的火爐最遠的一角。這夜是個年輕軍校生占了那個位子，火槍倚在背後的牆上，皮帽擱在桌面邊緣，黑髮沾著汗水，白皙渾圓的一顆頭半掩在陰影中，上下輕點。

他這一趟過來，不知已壞了多少規矩：擅離西點校地……私訪販售烈酒的店家……特意來這店家飲酒。雖說不少軍校生都曾違逆同一套規矩，但他們多半會挑在晚上，趁著那些看門犬在臥榻上酣睡時溜出來。光天化日之下有軍校生直闖班尼的酒館，我還是頭一遭見到。

這位四等學員坡從頭到尾沒察覺我走了過去，不知是在出神，抑或是已經醉了。我足足站了半分鐘，等他自行抬起頭，正想放棄，只聽一陣輕微的聲響從他的方向傳過來，像是語句，又像念咒。

「午安。」我道。

他倏地抬頭，一雙灰色大眼四處亂轉。「啊，是你！」他叫道。

他起身，連帶使座椅歪向一邊，抓住我的手猛搖。

「我的老天爺。請坐，對，您請坐，好不好？海溫斯先生！再給我這位朋友來一杯！」

「酒錢該算誰的？」我聽見班尼嘟囔。年輕軍校生大約是聽見了，招手示意我靠近，悄悄道：「那邊的海溫斯先生……」

「蘭德，他在說我什麼？」

坡大笑出聲，雙手圈在嘴邊：「在這荒涼之地，唯有海溫斯先生最是親切！」

「你這麼說真教我欣慰。」

容我解釋，通常只有老客人才會發覺班尼總是話中有話，一層是字面上的意思，同時又有他對那番話的反諷。坡在這混得不夠久，於是他把自己方才的話重述一遍——還提高了音量。

「在這**慘澹無光**、**偏遠荒涼**……人人貪婪無厭、**胸無點墨**的……蠻荒之地！就**只**

有他了，若有半字虛言，叫我天打雷劈！」

「我真要喜極而泣了，再多說點，坡先生。」

「以及他的嬌妻。」那年輕人道：「以及帕希，這位上天眷顧的……高原之花！」自鑄的新詞使他十分得意，舉杯向成為他靈感源泉的女子致敬。

「你這是喝了幾杯？」我問，聽在我自己耳中酷似塞萬努斯．薩耶爾，令我頗不自在。

「不記得了。」他道。

其實他右手肘旁便排列著四個酒杯。他留意到我在算杯子。

「我向您擔保不是我喝的，蘭德先生。帕希似乎沒把桌子收拾得如以往乾淨，想是傷心過度之故。」

「你看來是有些……酒意，坡先生。」

「您說的大約是由於我體質太過虛弱。一杯下肚，我便腦筋糊塗，兩杯下肚，便像個拳擊手似地左搖右擺。已有數位頗具名望的醫師證實這是種症候。」

「深表遺憾，坡先生。」

他猝然點了下頭，接受我的同情。

「趁著你走路還沒東倒西歪，」我道：「也許你能告訴我一些事。」

「榮幸之至。」

「你為何曉得勒羅伊．弗萊的死狀？」

他彷彿覺得我這麼問是瞧不起他。「怎麼，自然是杭頓說的。他活像個政令宣傳官逢人便講，我看再過不久就要**換他**被吊死了。」

「被吊死。」我重複道，「聽你言下之意，難道勒羅伊・弗萊是遭人吊死的？」

「我沒什麼言下之意。」

「那告訴我，你為何認定剜走勒羅伊・弗萊心臟的犯人是個詩人？」

他對這問題另眼相待，換上一副正經面孔，推開酒杯，理了理軍用外套的衣袖。

「蘭德先生，」他道：「心臟若不是個象徵，便別無意義。拿掉象徵，還剩下些什麼？充其量只是拳頭大的肉塊，論起美感來，也沒比膀胱更了不起。奪走一個人的心臟，也就是奪取象徵。撇開詩人，誰更有理由這麼做？」

「要我說，這詩人的腦筋似乎太直白了點。」

「喔，您可別告訴我，蘭德先生——您可別**假裝**這番暴行未曾觸動您內心深處，勾起您對文學的情思。要不要我細說我自己的思路？起初我想到的是柴爾德・海羅那句（註11）：『人心將破碎，殘缺度餘生。』我又旋即想到薩克林勳爵（註12）那動人的小曲：『請將我的心送還／既然無緣蒙你傾心相待。』意料之外的是，儘管我不大在乎宗教訓誡，卻頻頻想起聖經：『神啊，求你為我造清潔的心……神啊，憂傷痛悔的心，你必不輕看。』（註13）」

「坡先生，如此說來，我們要找的人也可能是個宗教狂熱分子。」

「哦！」他一拳擊向桌面，「剜心是為了宣示信仰，您可是這個意思？那麼回

註11 出自《柴爾德・海羅遊記》（*Childe Harold's Pilgrimage*），為詩人拜倫的長篇敘事詩。

註12 約翰・薩克林（John Suckling），十七世紀英國詩人，以情詩聞名。

註13 出自聖經詩篇第五十一篇，譯文引自中文和合本。

頭細究做為語源的拉丁語吧。*Credere* 這個動詞衍生自名詞 *cardia*，意即——意即『心』，是吧？當然了，在英語當中，**心**這個字並無謂語形式，於是拉丁單字 *credo* 常譯為『我相信』，但字面意義應是『我把心放下』或『我把心**擱置**』；換言之，拉丁原文既非否定肉體，亦非超脫於肉體之外，而是予以**剝奪**。此即世間信仰的發展軌跡。」他肅然微笑，向後靠著椅背：「換句話說，這正是詩。」

或許是他察覺我斂起嘴角，他似乎陡然自我質疑起來……接著又冷不防笑出聲，一手點了點太陽穴。

「忘了告訴您，蘭德先生，我自己就是個詩人，所以慣用詩人的方式思考。您瞧，我克制不住自己。」

「也是個症候嗎？坡先生。」

「是，」他道，雙眼沒眨一下：「我該捐出遺體供科學研究才是。」

我頭一次思忖，他想必是個撲克牌好手，竟有辦法面不改色瞎扯到這個地步。

我道：「我對詩恐怕懂得不多。」

「那是當然，」他答道：「您是美國人呀。」

「難道你不是，坡先生？」

「我是藝術家。藝術家無國籍之分。」

他顯然覺得這話說得漂亮，停了半晌細細品味，猶如欣賞在半空中旋轉著落下的金幣。

「不打擾了，」我說著站起身。「多謝，坡先生，你幫了大忙。」

「啊！」他抓住我的手臂，將我扯回座位（看他手指纖細，力氣倒挺大）。「有個叫羅浮堡的學員，您最好查一查。」

「坡先生，這是為何？」

「在昨晚的降旗典禮，我發覺他踏步踏得不對，三番兩次把『向後轉』跟『向左轉』弄混，定是他心有旁騖之故。不光如此，今早他在食堂的神態舉止也不大對勁。」

「這又表示什麼？」

「嗯，假如你認識他，自然知道他比預言家卡珊德拉更愛絮聒不休，別人對他的反應也和碰上卡珊德拉差不多（註14）。誰都不愛聽他說話，您懂吧，連他最要好的朋友也不愛。但他今日偏不想要任何聽眾。」

彷彿要加強戲劇效果，他端坐原位，臉上有如罩了層看不見的紗，模仿羅浮堡深思狀。差別在於坡的神色又驀地重燃光采，好似有人用一根火柴把他渾身點亮。

「有件事我忘了提，」他道：「羅浮堡曾是勒羅伊・弗萊的室友，後來他倆不知為了什麼事鬧不愉快。」

「坡先生，你會知道這些還真怪。」

他懶洋洋聳了下肩。「自然是有人告訴我的，」他道：「否則我怎麼會知道？許多人樂於向我傾吐心聲，蘭德先生。我的遠祖是法蘭克人的酋長，可知早在文明萌芽之初，我族已深受他人信賴，而這份信賴從不曾錯付。」

註14 卡珊德拉（Cassandra）為希臘神話中的特洛伊公主，擁有預言能力，但遭阿波羅詛咒，因此沒有人相信她的預言。

他言辭倨傲，再度把頭一揚。我記得他在校長花園也這麼做過，以示他敢於直面任何訕笑鄙薄。

「坡先生，」我道：「恕我直言，雖說我對學院的日常作息仍不大熟悉，但我想你該另有要務才是。」

這下他彷彿被我從幻夢中驚醒，對我露出無比慌亂之色，將酒杯一推，一躍而起。

「什麼時候了？」他抽了口涼氣道。

「哦，我瞧瞧。」說著，我從口袋掏出錶來，「三……三點二十二分。」

他沒應聲。

「下午。」我補上一句。

那雙灰眼中燃起了什麼。

「海溫斯先生，」他宣布道：「下回我再把酒錢付清。」

「喔，總有下次，坡先生。」

他以盡可能冷靜之姿，把圓皮帽戴回頭上，重新扣妥子彈似的黃銅鈕釦，抓起火槍。這幾個動作做起來是輕而易舉，五個月的軍校日課已在他身上留下痕跡；但走路又是另一回事了。他猶如橫越河床般萬分小心地穿過酒館，來到門前，倚著門上的過梁穩住身體，含笑道：「先生女士，祝各位今日愉快。」隨即往門外撲去。

我說不清自己為何要追上去。我很想說我是顧慮他的安危，然而更有可能的原因是，他有如一篇尚未完結的故事。於是我在他後頭跟著……緊追不捨……就在我倆登上石階之際，我聽見一陣不緊不慢的踏步聲，自南而來，迅速逼近。

坡已撒開腿循聲奔去，抵達最上方那階時，他回過頭，朝我微勾嘴角，豎起一根手指擱在嘴前，接著從一株榆樹後探頭，瞧瞧從道路另一端過來的人是誰。

先是一串熟悉的鼓聲，接下來，樹木的間隙隱約透出一隊人影。原來是兩列軍校生，他們越過一道長坡，看來是正在走今天的行軍。他們緩緩行進，個個身子往前垮，負著背包的肩膀駝起，已然累極，經過時瞄也不瞄我們一眼，只是埋頭走著。直等到幾乎看不清他們的身影，坡才拔腿飛奔，逐漸縮短他和隊伍的距離，十五呎……十呎……最後總算追平，踏步跟上隊列尾端，宛若安然重返橡實串的一顆橡子。他邁步向前，翻過坡頂，迎向飄飛的紅棕色落葉，乍看與同伴毫無分別，只差在他身姿硬挺，以及他走遠時將手輕揮了一下，向我道別。

我繼續望了半晌，有些捨不得他留下的身影。隨後我返回酒館，進門時正聽利帕德牧師道：「早知道在軍隊能喝這麼多，當初我就參軍去了。」

古斯・蘭德的陳述：七

十月二十九日

下一件正事是查問勒羅伊・弗萊的友人。這些青年在軍官食堂外排成一列，神情凝重，嘴唇尚沾著餐點的油光。他們進來時敬禮，希區考克則回敬軍禮，說道：「稍息。」聞言他們便將雙手交握於背後，昂起下巴；讀者，若這稱得上「稍作休息」，那我也沒什麼可說了。他們總要過上一、兩分鐘，才會明白提問的人是我，縱使明白了，視線也依舊黏著上尉不放。待問話告終，他們會繼續看著希區考克，問道：「長官，還有其他事嗎？」沒事了，指揮官如是答道，於是他們敬過軍禮，大步離開。循著這個模式，我們在一小時內查問了約有一打學員。最後一名學生離去後，希區考克轉頭向我道：「恐怕浪費了你的時間。」

「這是怎麼說，上尉？」

「沒人曉得弗萊死前幾個小時的行蹤，沒人見著他離開營房。我們一無所獲。」

「唔，可否再請史塔德先生回來一趟？」

回來時，史塔德又蹭又扭地像尾鯡魚。他現為二等學員，家鄉在南卡羅萊納，是高粱農之子，頰上有顆黑紫的痣。這可憐的傢伙紀錄不良，名下記有約莫一百二十個申誡，學年還要兩個月才會結束，眼看著他是退學退定了。

「希區考克上尉，」我道：「倘若哪位學員能告訴我們勒羅伊・弗萊死前的行蹤，可否考慮……這麼說吧，豁免他往日**可能**犯下的任何過錯？」

經過一番躊躇，希區考克依允了。

「好了，史塔德先生，」我道：「我正想著，你是否還有些事沒告訴我們。」

有。十月二十五日那夜，這位史塔德因逗留於友人寢室而晚歸。熄燈號過後差不多一個鐘頭，他才偷偷爬上北營的樓梯，卻聽見有人走下樓的聲響。他猜想定是巡夜的洛克中士，便盡可能緊緊貼著牆，只聽腳步聲越走越近……

白擔心了一場，不過是勒羅伊・弗萊。

我問：「你怎麼曉得是誰？」

剛開始史塔德也不曉得。但弗萊下樓時手肘擦過了史塔德的肩膀，登時厲聲道：

誰在那裡？

勒羅伊，是我。

朱利斯？附近有軍官嗎？

沒有，一切安全。

弗萊接著往下走，史塔德一逕回房睡下，直睡到晨號奏起，渾然不知這是與友人的最後一面。

「喔，真是幫了大忙，史塔德先生。也許你能再告訴我們一些別的，比方說，弗萊先生看起來怎麼樣？」

哎呀，樓梯間黑沉沉的，這方面他估計說不出什麼來。

「史塔德先生，你是否瞧見他身上帶了什麼？好比一段繩子，或諸如此類的物品？」

他沒瞥見。當時很暗……實在是暗極了……

不，慢著——他說。有那麼一件事。弗萊臨走之際，史塔德對著他的背影揚聲問道：

這個時間，你要上哪去？

勒羅伊．弗萊這麼答道：

去辦要緊事。

是個小玩笑，您懂的。每逢學員晚上得解手，又不想用房裡的夜壺，便會匆匆趕往外頭的茅廁，倘若路上遇到軍官，只消說句：「長官，我去辦要緊事。」軍官就會通融放行（但得盡快回房）。然而，讓史塔德印象深刻的是，弗萊特別把重音放在其中兩個字。

要緊。去辦**要緊**事。

「史塔德先生，你覺得他這是什麼意思？」

他不曉得。弗萊是用氣音說的，整句話聽來有些喘。

「這麼說，他聽來很急了？」

也許是很急。也許只是要去鬼混一場。

「所以他看來心情不錯？」

是，挺愉快的，不像是打定主意要尋短的樣子。可這種事誰說得準呢？史塔德有個叔叔，上一秒嘴裡哼著〈嘿貝蒂馬汀〉的小曲，正往臉上抹刮鬍泡，下一秒刀片打橫往頸子一劃，死時鬍子還沒刮乾淨。

唔，朱利斯·史塔德學員能告訴我們的就這麼多了。這天下午離去時，他面帶一絲遺憾，卻又流露微帶羞愧的得意之色。我也在其他學員臉上見著了同一種神情，他們都很樂於宣告自己認識勒羅伊·弗萊，不是因為他多優秀或多善良，而是因為他死了。

希區考克目送他走出房間，雙眼依然盯著門扉，嘴裡吐出心中第一個疑問。

「蘭德先生，你是怎麼知道的？」

「你指的是史塔德？大概是肩膀吧。我想你也留意到了，上尉，叫來學員問話時，如有軍官在場，學員的肢體會略顯緊繃。我的意思是，比平時更緊繃。」

「這我很熟悉，我們管那姿勢叫『視察肩』。」

「當然了，等折磨結束，他們的肩膀便自然而然回歸本來位置。史塔德先生卻不是如此，他出去時，姿勢仍跟進門時一樣。」

希區考克一雙俊秀的棕眸打量我半晌，嘴角隱隱有絲笑意。接著，他語氣略嫌沉重地開口道：

「還要叫哪個學員回來嗎？蘭德先生。」

「該**叫回來**的倒是沒有。但如果可以，我想找羅浮堡學員談談。」

這就花了點時間安排。用餐已畢，羅浮堡上自然科學與實驗課去了，接獲傳喚時他正站在黑板前，想必如蒙大赦。待他走進門來，估計便不覺得是大赦了，只見司令雙臂交疊，擱在桌上，而我……不知他眼中的我是什麼模樣？他的家鄉在德拉瓦，是個短手短腳的小夥子，配上圓滾滾的雙頰，一雙黑亮的眼睛總像是往內看，而非向外。

「羅浮堡先生，」我道：「據我所知，你曾與弗萊先生同住一間寢室。」

「是，先生，一年級的時候。」

「後來鬧翻了？」

「噢，這個嘛，關於這事，先生，我不覺得那算是鬧翻。不如說是漸行漸遠了，先生，我想這說法比較接近事實。」

「漸行漸遠的原因何在？」

他皺起眉頭。「喔，沒有什麼……我想也沒特別為了什麼。」

希區考克上尉的嗓音響起，他一個瑟縮。

「羅浮堡先生，如果你知道任何與弗萊先生有關之事，你有義務立即揭露。」

老實說，我挺同情這孩子。若他果真如坡所言性格聒譟，像這樣啞然無言對他來說必定痛苦萬分。

「是這樣，先生，」他道：「打從聽說了弗萊學員的消息，我便不停想起某次事件。」

「發生在什麼時候的事？」我問。

「很久以前了，先生。兩年前。」

「也不算太久。請繼續說。」

然後他道：「我不說，你這混帳。」

錯了，他說的是：「是五月的某天晚上。」

「一八二八年五月？」

「是，先生。我記得是因為我妹妹捎信來，說她要嫁給加百列・居爾德，收到信時，再過一週便是她的婚禮，我的回信得交給叔叔，他人在多佛，因為我曉得妹妹**婚後**一週會去拜訪他，也就是六月的頭一個星期——」

「謝謝，羅浮堡先生。」（顯然他話匣子開了。）「繼續談談那個事件，可好？那晚發生了什麼事，能否請你告訴我們？說得簡短些。」

他接下任務，為了完成使命而雙眉緊鎖。「勒羅伊溜出去了。」他道。

「去了哪裡？」

「不曉得，先生。他只叫我盡量替他遮掩。」

「隔天早上回來的？」

「是，先生。但他錯過早點名，所以被逮著了。」

「他沒對你說他去了哪裡？」

「沒有，先生。」他瞄了希區考克一眼。「但他回來後，我覺得他有些心神不定。」

「心神不定？」

「先生，我會這麼說，是因為就算在認識之初他是有些害臊，可混熟了以後，要他開口說話並不難，但他這下卻一句也不說。這我還不大在意，偏偏他甚至不敢**正眼**瞧我。我再三問他是不是我哪裡冒犯了他，但他說沒有，問題不在我身上。看在我倆交情那麼好的份上，我問他究竟問題在誰。」

「他不肯說。」

「就是這樣，先生。不過有天晚上，約莫在七月的某天，他透露了些……他說他誤交了一群惡友。」

從眼角餘光，我瞥見椅子上的希區考克傾身向前，只有前傾稍許。

「一**群**惡友？」我重複道，「這就是他用的詞？」

「是，先生。」

「他沒告訴你——是**哪方面**的惡友。」

「沒有，先生。我自然是跟他說了，假如有什麼非法的勾當，他非通報不可。」

這位二等學員朝希區考克微笑，期盼他表示讚許，可惜沒等到。

「羅浮堡先生，他說的『惡友』是不是指其他學生？」

「他從來沒說。我覺得是，畢竟這地方還有什麼人？當然了，除非勒羅伊是跟哪個炮手牽扯上了，先生。」

這時我待在西點已經夠久，明白他口中的炮手是指與學生軍團同樣駐紮於此地的炮兵團。軍校生對炮兵團的看法，恰似標致的農家小姑娘對一頭老驢的看法：不可或缺，但不夠光鮮亮麗。炮手則是覺得軍校生被慣壞了，跟半熟蛋一樣嫩。

「所以說，羅浮堡先生，儘管你百般追問，你的朋友對此卻一句不肯多說。後來，時間一長，你們倆……我想你方才用的詞是『漸行漸遠』。」

「就是這樣了，先生。他再也不想跟我待在同一個地方，不想一塊游泳，甚至連學生舞會也不去。後來有段日子他參加了祈禱團。」

希區考克的雙手漸漸滑開，再開，更開。

「這倒奇了，」我道：「他向宗教尋求慰藉，是嗎？」

「這我不……我的意思是，我原以為他一直是有信仰的。但他似乎堅持得不久，他一向愛抱怨要上教堂。不過那時他交上了新朋友，我大概被歸類到舊的那群朋友去了，所以——就成了這樣子了，先生。」

「他的新朋友呢？你知不知道名字？」

五個名字，除此之外他再也想不出了，可惜那五位都是我們剛才問過話的人。儘管如此，羅浮堡仍翻來覆去拋出同樣幾個名字，絮絮說著關於他們的軼事……最後希區考克抬起一隻手，問道：

「為何你不及早回報此事？」

這年輕人的話正講到一半，雙脣張開。「這個嘛，現下我說了，長官。我不——先前我沒想到其中有什麼關聯。那麼久的事了。」

我道：「我們一樣很是感激，羅浮堡先生。假如你想起任何可能有助查案的事，還請不吝告知。」

二等學員對我點了頭，向希區考克行了軍禮，走向門口，卻又停住腳步。

「還有什麼事嗎？」希區考克問。

羅浮堡又變回了剛進門時那副樣子。「長官，」他道：「我有個……該說是個疑問，一直沒想出個結果。是跟道德有關。」

「你說。」

「假使某人明知朋友心有煩憂，後來這朋友做了件……憾事……這個，就是說，我的難處在於，那人是否該心有歉疚？如果他是個更盡責的朋友，方才所說的友人說不定還在，一切也都會……好些？」

希區考克擰了擰耳朵。「羅浮堡先生，以你提出的假想例子而言，我認為那個人用不著心有愧疚。他已盡力了。」

「謝謝您，長官。」

「還有別的事嗎？」

「沒有了，長官。」

羅浮堡臨走前，希區考克在他後頭補上了一句。

「羅浮堡先生，下回見到長官，記得把外套釦子從上到下全數扣好。一支申誡。」

根據我與軍校的君子協定，我得定期向希區考克匯報。這回，薩耶爾要求出席。我們齊聚於他的接待室。茉莉端上玉米煎餅和牛肉糰子，薩耶爾倒了茶，走廊的落地鐘滴答作響，酒紅色簾幕隔絕陽光。嚇人哪，讀者。

足足過了二十分鐘，才有人提起正事，即便如此，也不過是針對調查進度問些籠統的問題而已。眼看再過十三分鐘整便是五點，薩耶爾校長將茶杯放在桌面，雙手置於腿上，十指交叉。

「蘭德先生，」他道：「你仍認為勒羅伊·弗萊是遭人謀殺？」

「是。」

「那麼，在查明真凶這方面可有進展？」

「在查到之前都不好說。」

這話讓他思量片刻，在玉米煎餅上咬了硬幣大小的一口，才道：

「你仍認為謀殺及毀壞屍首兩案彼此相關？」

「唔，這個嘛，我就說一句：除非有人不要自己的心了，否則你是剜不了那顆心的。」

「意思是？」

「上校，兩組不同人馬挑在十月的同一夜謀害勒羅伊・弗萊，這可能性多大？」

我看得出薩耶爾早已琢磨過這個問題，不過聽旁人把這話說出口仍有效用。他嘴邊的兩道紋路往皮膚切得更深。

「這麼說來，」他道，音量更低，「你查案是基於一個前提：兩樁罪行出自同一人之手。」

「也可能是一人外加一名同夥，不過暫且假定是一位吧。這看來是個不錯的起點。」

「這人沒有當場挖出勒羅伊・弗萊的心臟，全是因為被杭頓先生撞見了？」

「暫且這麼認為吧。」

「計畫遭到打斷之後——倘若我這麼推測過於輕率，請不吝指正——不久，此人乘隙從醫院劫走弗萊先生的遺體，終於遂其所願。」

「也這麼假設吧。」

「我們口中的這個人……是不是校內人士？」

希區考克猝然站起，轉身正面朝著我，像要斷絕我的退路。

「薩耶爾上校和我想知道的是，」他道：「這瘋子是否會危及其他學生的安全。」

「這我沒法肯定。十分抱歉。」

他們盡可能平心靜氣地接受了這個答覆。我有種感覺，見我這麼一問三不知，他們幾乎要同情起我來了。他們給自己倒了更多茶，忙著問些更細節的問題；好比說，他們想知道我從勒羅伊．弗萊手中撬出那張紙條後，破解出內容沒有。（我答說仍在解讀中。）想知道我是否有意找教職員來問話。（我回答是，任何教過勒羅伊．弗萊的人。）是否要再找其他學生問話。（是，任何曾與勒羅伊．弗萊相識的人。）

襯著時鐘的滴答聲，逗留於薩耶爾上校接待室的這段時光寧靜而枯燥。轉眼間，大夥逐漸靜了下來，我卻屬於例外，只聽我那顆心開始狂跳，**撲通**、**撲通**。

「蘭德先生，你身體不適嗎？」

我抹去額角的一滴汗水，開口道：

「兩位先生，若是可以，我有件事相求。」

「說吧。」

他們估計以為我打算要條冷毛巾，或者去透透氣。但他們耳中聽到的卻是：「我打算找個學生擔任助手。」

話一出口，我便明白自己越了界。打從合作之初，薩耶爾與希區考克便極其小心，把持住軍方與平民之間的界線，不料我卻要毀了他們的一番努力。他們大受震動，擱下茶杯，倏地抬頭，拋出一連串冷靜、正當、**合情合理**的理由……逼得我掩住雙耳，好叫他們住口。

「請聽我說！兩位沒弄明白我的意思。這份工作並非正式職銜，我需要有人在學生軍團中充當我的耳目，不妨說是我的**線人**。在我看來，越少人知情越好。」

希區考克望向我，眼中微現怒意，用那斯文的聲調問道：

「你想找人刺探他的同袍？」

「是，替**我們**刺探。這不至於對軍隊榮譽造成多大損害吧？」

儘管如此，他們仍舊抗拒這個主意。希區考克一門心思都放在茶杯上，薩耶爾反覆摩娑藍色衣袖上同一小塊脫線處。

我從座位上起身，踱至房間另一頭。

「兩位，」我道：「你們的要求令我綁手綁腳。我不得任意調查學生，不得在未經允許之下與學生攀談，不得做這個那個。即便我能，」我抬手阻止薩耶爾反駁，「即便**我能**，又能有什麼進展？年輕人別的不會，專會保密。恕我直言，薩耶爾上校，你的制度逼得他們隱藏祕密。這些祕密，他們只會向同伴透露。」

我是當真這麼認為嗎？我不曉得。可我明白，告訴別人你相信一件事，有時就和你真心相信沒兩樣。最起碼，我這番話令薩耶爾及希區考克一陣沉默。

然後，他倆的心意慢慢回轉過來。我忘了先動搖的是誰，總之其中一位有了那麼一絲動搖。我擔保，他們珍愛的學生照樣能上課，能操練，能盡他所有義務，能維持修課進度。我向他們說，這位學生將獲得出色的情資蒐集經驗，於他的前途大有益處，要獎章有獎章，要綬帶有綬帶，一片錦繡前程……

對，他們回心轉意了。雖說他們不是真心喜歡這主意，但沒過多久，他們便輪流拋出一個個名字，像在打槌球。克雷二世如何？杜邦如何？基畢為人審慎，里哲利行事低調但頗有手腕……

我坐在位子上，手中捧著一塊煎餅，臉上含著溫順的微笑，傾身過去。

「兩位認為，坡學員怎麼樣？」我問。

他們一時啞然，我原以為是因為不記得這名字，但我錯了。

「**坡？**」

反對意見多到不知該從何考量起。頭一件是這個：坡只是個尚未考過試的四等學員。再來是這件：他雖入學不久，卻已因缺乏紀律而成了問題人物。（怎麼我一點也不驚訝。）他曾缺席降旗典禮、年級閱兵、衛兵交接，因此遭到扣分；他數度表現出倨傲不恭的態度，雖說程度尚屬輕微，他上個月的違規次數在學生間數一數二；他目前的排名是……

「七十一，」薩耶爾立即接話道，「全級共八十人。」

論等級、軍階、操守，哪裡沒有更出色的人才，卻選中紀錄不良、缺乏歷練的區區新生，這會樹立壞榜樣，立下一個……前所未聞的前例……

我聽他倆說了個痛快（身為軍人，他們很堅持要我聽他們說完）。等他們告一段落，我道：「兩位，容我提醒，基於這工作的性質，這件事並不適合交給位階較高的人去辦。學員軍官——喏，任誰都知道學員軍官是你們的人，是吧？倘若我想隱瞞什麼，相信我，我是不會告訴學員軍官的。我會告訴像——像坡這樣的人。」

此時薩耶爾做了個怪動作：他連揉好幾下雙眼眼角，表皮被他給拉開，露出底下的紅膜。

「蘭德先生，」他道：「這實在非同尋常。」

「這整個案件都不大尋常，不是嗎？」我接口道，語調略轉強硬：「指引我去找羅浮堡那小夥子的人正是坡，可見他觀察力絕佳。他確實是愛自我吹噓個沒完，但我相當擅長篩選可用的情報，兩位先生。」

右手邊響起希區考克的嗓音，音量低微，滿是驚異：「你當真認為坡適合？」

「這個嘛，我不曉得。但他的確展露了一些潛力。」見薩耶爾搖起頭來，我道：

「若他真做不來，我聽你們的改找克雷或杜邦就是。」

希區考克雙手指尖相抵，擋在嘴前，所以他的話聽來就像剛出口便準備要收回似的。「單看學科成績的話，」他道：「坡倒是表現不錯，連貝哈德也說他有幾分才智。」

「羅斯也這麼說過。」薩耶爾沉鬱道。

「甚至可以說，他比別的新生來得成熟些，也許是先前入伍的經驗讓他多了點穩重。」

這是我整個下午以來頭一次聽聞新消息。

「坡參過軍？」我問。

「據我所知，他入學前當了三年兵。」

「啊，真教我吃驚，兩位先生。他對我說他是詩人。」

「喔，他是，」希區考克慘然一笑，「我蒙他餽贈了兩本詩作。」

「寫得可好？」

「是有些優點，可惜文理不通之極，至少我才疏學淺讀不通。我看是他少年時期過於嗜讀雪萊了。」

「不光嗜讀，還嗜酒。」薩耶爾低聲道。

讀者，說來慚愧，聽了這話我不禁渾身一寒。我目送坡學員踉蹌步出班尼・海溫斯的酒館，還是不到二十四小時前的事；假如說薩耶爾在一草一木上都安插了眼線，我也不會奇怪。

「這麼說，」我忙道：「很高興他在寫詩這方面小有成就。照我看，他這人似乎就愛憑空杜撰故事，好叫人注意他。」

「那些故事也都挺有意思，」希區考克道：「他起碼對三個人說過，他是叛將班乃迪克．阿諾德的孫子。」

估計是這話實在太荒誕，我腹中不由得迸出一聲笑，響徹整間密不透風、令人昏沉欲睡的涼冷會客室。他竟敢在西點聲稱這種事——當年班乃迪克．阿諾德密謀進獻給英王喬治的正是西點這塊地，若不是安德烈少校（註15）遭逮，他早將西點雙手奉上了。敢在西點出此狂言，簡直是膽大包天。

但這麼做顯然討不了塞萬努斯．薩耶爾的歡心，我留意到他將嘴唇抿得奇緊，寒光冷冽的雙眼幾乎呈現藍色，轉頭對希區考克道：「你忘了坡**最有意思**的故事。他說自己殺過人。」

他說罷，好半晌沒人吭聲。只見希區考克搖了搖頭，朝地板露出一副苦相。

「哎呀，」我道：「這種胡說八道可不能信。我見到的那位年輕人不可能——不可能把人——」

「假如我信了，」薩耶爾怒聲說：「他也不會是美國軍事學院的學生了，你只管放心。」他再度端起茶杯，把所剩的濃茶一飲而盡。「問題在於**你**信不信，蘭德先生。」茶杯在他膝上一晃，往下一滑，不過薩耶爾隨即伸手接住。「我看，」他說著微微打了個呵欠，「你若鐵了心要用坡這小子，還是親自去問他的好。」

註15 約翰．安德烈（John André）為美國獨立戰爭時期的英軍少校，在美國進行情報活動，成功策反班乃迪克．阿諾德，後來被捕並處以死刑。

古斯·蘭德的陳述：八

十月三十日

塵埃既已落定，餘下的問題便是如何跟「坡這小子」商量才妥當。希區考克打算把他抓進閣樓來場密會，我則傾向光明正大接近他，反倒更容易掩飾我們的目的。也因此在週三早晨，希區考克和我不請自來地現身於坡上午那堂課，該堂教師為克勞狄·貝哈德。

貝哈德先生是土生土長的法國人，擁有豐富的逃兵史。他年少時正值拿破崙掌權，為了逃避兵役，他使了個文明手段：僱人代他從軍。本來一切順利，不想那人一時大意，在西班牙吃了顆炮彈，導致貝哈德先生重回徵兵名單。貝哈德也不是省油的燈，包袱一捲逃亡海外，成為四處飄泊的法語教師，先是在狄金森學院任教，其後落腳於——沒錯，正是美國軍事學院。無論你躲得再遠，總翻不出軍隊的掌心。貝哈德先生想必是認為，既然如此，在哈德遜高原服役，聽美國青年發憤苦讀法語，豈不是好得多。然而，這豈不也是種折磨？程度也許不亞於他可能會在家鄉遭逢的苦難。一言以蔽之，貝哈德先生頗有自我質問的理由，這份疑慮始終在他心頭縈繞，化為眼中的一顆黑點，即便他全身上下紋絲不動，那黑點仍亂轉個不停。

此刻他一見著司令，立時跳了起來，學生也紛紛自沒有靠背的長凳上起身。希區考克揮手要眾人回座，隨後招手示意我走向教室裡頭靠著門邊的兩把椅子。貝哈德先生坐回椅上，抬起布滿青藍血絲的眼皮，盯住了佇立在教室中心的四等學員。那學員周身毫無防備，瞇眼細看一本四開大小的紅皮書。

「繼續，普朗克先生。」法國教師道。

倒楣的學生再度栽進密密麻麻的字句間，勉力讀道：「**他到了一間旅店，把馬拴好，然後吃了……豐盛的一餐，有麵包跟……毒**。」

「啊，普朗克先生，」教師說道：「即便是軍校生，大約也不會覺得毒好吃。Poisson 應譯作『魚』才是。」

糾正過後，學員正準備好往下念，不料貝哈德先生舉起白胖的手來，制止了他。

「行了，你坐吧，下回務必多加留心介系詞。給你一點三分。」

此後又有三名學生為了同一本書絞盡腦汁，分別拿了二點五分、一點九分、二點一分；另外兩名學生在黑板前搜索枯腸，寫下動詞變化，也各領分數而去。沒人說上一句法語。他們學習法文純粹是為了解譯軍事文件，想必有不少年輕人自問為何要把時間浪費在麵包與毒上頭，而不是攻讀約米尼對於軍事地形的見解；唯有貝哈德先生能為伏爾泰或勒薩日抗辯，但他實在心力交瘁。他只有那麼一次打起精神來，也就是下課前十分鐘。只見他雙掌相貼，音調微微提高。

「坡先生，請。」

教室另一端有顆頭猛地一抬，一具身軀倏地立起。

「坡先生，可否請你翻譯《吉爾布拉斯傳》第二章的以下這段？」

這名學員邁開三個箭步，來到教室中央。前頭坐著貝哈德，周遭圍著同學，一旁有司令看著，處境可說十分困窘，他也心知肚明。他翻開那本書，清清喉嚨（清了兩遍），便開始翻譯。

「正等他們料理煎蛋之際，我和地主夫人攀談起來。我從未見過她，在我看來她頗具姿色……」

我立時領悟了兩件事。其一，他比別人更加通曉法文。其二，他彷彿期盼這段《吉爾布拉斯傳》翻譯能百世流芳。

「他態度和氣地向我走來：『聽說您是』……哦，這麼說好了，**『聽說您是桑地亞納那位鼎鼎大名的吉爾・布拉斯，奧維埃多的瑰寶，哲學的火炬』**——抱歉，**『引領哲學之光』**。」

我入神地觀賞他演出（瞧他下巴昂起，雙手比劃），遲了幾步才察覺貝哈德的神情變了。儘管他臉上笑著，眼中卻隱含狡黠冷酷之色，令我疑心他設下了陷阱。不久我的猜疑果然印證，只聽在座學員開始吃吃竊笑。

「『這可是真的嗎？您竟』——我想他這裡是指在場的其他人——**『眾位竟有幸一見這位天才，這位享譽全國、聰慧超群的大師？難道兩位不知，』他繼續對地主夫妻說道：『難道兩位不知自己邀來了何等貴客？』」**

竊笑漸響，學生愈發大膽地互使眼色。

「『我說，您這位來賓乃是貨真價實的珍寶！』」

一個學生用手肘輕推鄰座，另一個陡然用手臂按住了嘴。

「『眼前這位先生堪稱世界第八奇蹟！』」

抽氣和哼笑此起彼落，不過坡仍奮力往下讀，提高音量好蓋過四周的聲音。

「『隨後他向我轉過來，雙手抱住了我。『恕我唐突，』他又說道：『我永遠壓抑不了』——」

最後他稍停片刻，但終究強打精神，朗聲賣力讀出末尾幾個字：

「——**『您帶給我的狂喜之情！』**」

貝哈德面帶淺笑坐在原位，聽著學生哄堂大笑，若不是希區考克上尉輕咳一下，笑聲八成會把軍校屋頂給掀翻。只那麼一聲咳嗽，甚至低得我幾乎沒聽見，教室卻頓時安靜。

「謝謝，坡先生。」貝哈德說道，「你一如既往超出了直譯的要求，我建議你，往後還是把文辭修飾交給翻譯家史摩萊特（註16）先生即可。然而你巧妙掌握了這個段落的神韻，給你二點七分。」

坡一語不發，動也不動，只是站在教室中央，雙眼冒火，下巴高昂。

「請回座，坡先生。」

他這才拖著腳步返回座位，姿態僵硬，看也不看旁人一眼。

不久，召集軍校生餐前集合的鼓聲響起，學生紛紛起身，推開手寫板，扣上軍帽。直等到眾人魚貫走出敞開的教室門，希區考克才揚聲道：

「坡先生，請留步。」

坡猝然停下，他背後的學員只得往旁閃開，免得撞上他。

註16 應是指多比亞斯・史摩萊特（Tobias Smollett）。史摩萊特為十八世紀蘇格蘭文學家，曾翻譯《吉爾布拉斯傳》（*The Adventures of Gil Blas of Santillane*）。

「長官？」他瞇起眼，好把我們瞧個清楚，沾滿粉筆灰的雙手抬起皮製帽舌。

「有幾句話要和你談談。」

他的嘴脣緊抿成一條直線，走上前來，轉頭目送最後幾位同學步出教室。

「坡先生，請坐。」

希區考克示意這位學生在長凳上坐下，我察覺他的語氣比平時更柔和。依我猜，好歹對方送了你兩本詩集，你想必不忍心擺臉色給人家看。

「蘭德先生想借用你幾分鐘的時間。」指揮官道：「我們已准許你不必參與餐前集合，過後你直接前往食堂即可。蘭德先生，你是否還需要什麼？」

「不必了，謝謝。」

「既然如此，祝兩位今日愉快。」

這倒是出乎我意料之外：希區考克沒打算干涉，貝哈德亦尾隨著他離去，只留我們兩人在這滿布沙塵的狹小房間，坐在長凳上頭，雙眼直瞪前方，猶如正在聚會的貴格會教徒（註17）。

「你方才的表現很勇敢。」我終於道。

「勇敢？」他答道：「我不過是聽貝哈德先生的話罷了。」

「我敢打賭你早就讀過《吉爾布拉斯傳》。」

我從一側的眼角餘光，瞥見他緩緩勾起嘴角。

註17 貴格會為基督教流派之一，其名Quaker意為「顫抖的人」，來源是創始人認為「在神的話語前應當顫抖」，有心懷敬畏、戰戰兢兢之意。

「坡先生，你為何要笑？」

「只是想起了我父親。」

「坡老先生？」

「是**愛倫**先生。」他道：「他一門心思都放在做生意上頭。有次——那是幾年前的事了，他撞見我在起居室讀《吉爾布拉斯傳》，痛罵我為何浪費時間讀這種垃圾。沒想到如今……」他攤開雙手，朝整個教室一比，「在這個工程師的國度，竟是吉爾．布拉斯稱王。」他笑了下，細瘦的手指連續輕敲，「史摩萊特的譯本確實有其長處，但他有時挺畫蛇添足的，不是嗎？倘若我今年冬天得空，一定要動筆寫下我自己的譯本，頭一本就送給愛倫先生。」

我掏出一些菸草，扔進嘴裡，辛甜的汁液在口腔內漫溢，一陣暢快從臼齒傳開。

「如果你有哪位同學問起，」我道：「還請你轉告，這是例行查問，只談了你和勒羅伊．弗萊的交情，此外什麼也沒做。」

「我們沒有交情，」他道：「我壓根不認識他。」

「那就說是我誤會一場，十分遺憾，我倆當成趣事笑了一回，友善地互道再見。」

「假如這不是查問，又是什麼？」

「是個邀請。一份差事的邀請。」

他轉頭直視我，一聲不吭。

「在詳細說下去之前，」我道：「我得告訴你——是什麼來著——『若是接下本職務，也應圓滿履行你身為軍校生之義務。』哦，還有，『假如你未能善盡義務，或是表現不盡人意，本職務將隨時撤銷。』」我瞅了他一眼，才道：「這些話是薩耶爾上校和希區考克上尉要交代給你的。」

這兩個名字發揮了意料之中的效果。正如我所想，多數新生都以為上級從未注意到自己，即便是常說大話的他也不例外。得知實情並非如此的剎那，這些學生便會開始奮發向上，以求配得上長官的關注。

「沒有酬勞，」我續道：「這部分該讓你知道。你也沒法拿它來誇耀，即便在這件工作宣告結束的許久以後，你的同學也未必會知道你做過什麼，知道了多半還會咒罵你。」

他懶洋洋對我一笑，灰眸熠熠。「真是難以抗拒的邀請，蘭德先生，麻煩再多說些。」

「坡先生，不久前我還在紐約市擔任警探，當時我極其仰賴各種**消息**。不是報紙上的新聞，而是人與人之間口耳相傳的小道消息。能帶消息給我的人幾乎沒一個出身良好，你沒法邀他們共進晚餐或聽音樂會，甚至該說，你在外頭壓根不會和他們走在一起。這些傢伙大多是不折不扣的匪徒，偷盜的、分贓的、銷贓的，為了那麼幾毛錢，他們甘願發賣兒女，兜售母親——或編個不存在的老母親來賣。可要是少了他們，我還真不曉得有哪個警察能辦案。」

坡垂頭凝視雙手，思索這番話的涵意。接著他一字一字緩緩道出口，像要傾聽每個字的回音：

「你要我當臥底。」

「我要你**觀察**，坡先生。換言之，我要你做你已經在做的事。」

「那我該觀察什麼？」

「我沒法告訴你。」

「為何？」

「因為我也還不曉得。」我道。

說到此處，我起身，逕直走向黑板。

「坡先生，容我說個故事給你聽。在我兒時，我父親帶我去印第安納參加一場深夜營會，他也是為了蒐集一些消息。我們目睹好些美貌姑娘又哭又嚎，叫得臉色發青，那喊聲真是難以形容。講道的牧師是位正直高尚的紳士，那些姑娘被他引得激動不已，不出多久竟一個個暈厥在地，有如傾頹的枯木。記得我當時暗忖，算那些姑娘走運，有人接住她們，因為她們沒一個注意自己是往哪裡倒。唯有一個姑娘與眾不同，她在昏倒前把頭……**向後**稍稍一轉。你懂吧，她想確定接住她的人會是誰。那幸運的傢伙又是誰呢？怎麼，竟然是牧師本人！是牧師親手將她迎入神的國度。」

我一手撫過黑板，感受掌心下的粗糙紋理。

「半年後，」我道：「牧師與那姑娘私奔了，臨走前先要了他妻子的命。他不想犯重婚罪，你明白吧。兩人在加拿大國境以南幾哩之處落網，先前沒人曉得他倆的私情——除了**我**之外，但就連我也……我壓根不曉得他倆的事，不過是瞧見了那個光景。當下，我甚至沒領會到那情景背後的意義。」

我回過身，只見他細細打量我，嘴角含著戲謔的笑。

「於是在那瞬間，」坡說道：「您領悟了自己的天命。」

有件事挺有意思——其他學員私下和我說話時，對我總懷著敬畏之心，就像對司令說話那般。可是坡從未如此。打從我倆相識之初，彼此間便有種……那稱不上熟悉感，也許該說是**氣味相投**之感。

「我問你。」我道：「那一日，你跟著行軍隊伍返回學校時……」

「是？」

「在隊伍末端獨自走著的那位先生，是你朋友對吧？大約是你室友？」

沉默了好一段時間。

「是我室友。」坡戒備地答道。

「我想也是。瞧，他在你跟上隊伍時**回了頭**，卻沒被你嚇著，我據此猜測他料到你會來。坡先生，他是你朋友，還是欠了你的情？」

坡仰頭凝視天花板。

「兩者皆是，」他嘆了口氣回答，「我替他寫信。」

「寫信？」

「傑瑞德在北卡羅萊納的窮鄉僻壤有個戀人，打算等他一畢業便成婚。光是有她這個人，就足以讓傑瑞德慘遭退學。」

「那你為何替他寫信？」

「哦，他大字不識得幾個，連間接受詞都搞不清楚。他的字跡倒是端正，蘭德先生。我不過是代他擬上幾封情書，再由他自己謄寫一遍。」

「對方真以為是他親筆所寫？」

「我總沒忘了摻上幾句——不大自然的用詞，或粗心大意的錯字。就當嘗試不同的文風。」

我在他正對面的長凳上坐下。

「喏，這就是了，坡先生。這下我得知了幾件挺有趣的事，只因為我湊巧發覺有個軍校生轉了頭。正如你發覺羅浮堡學員在典禮上踩錯了幾步。」

他用鼻子哼了聲，垂眸盯著靴子，半是自言自語地道：「以毒攻毒，以學員抓學員。」

「這個嘛，我們還不曉得是不是學員幹的。但若是有人在裡頭臥底，將對案情大有助益，而我眼下想不出比你更好的人選。或是會比你更**享受挑戰**的人選。」

「我該做的就只有這樣？只要觀察？」

「唔，越往下查，我們會更清楚該找什麼線索，你自然能隨之調整觀察的目標。在那之前，我有件東西要給你瞧瞧。是一張字條的碎片，希望你試著把內容解讀出來。當然，」我補充道：「你得盡可能祕密進行，解讀則要盡可能明確。力求明確準沒錯。」

「我明白了。」

「明確為上。」

「明白。」

「好了，坡先生，現在你該回答你是否願意了。」

打從我們開始這段對話，他頭一次站起身，走向窗邊，佇立在那裡遠眺窗外。我猜不透他內心有什麼感悟，但我敢說：他深知自己站得越久，戲劇張力便越強。

「答案是願意。」最終他說道。

他轉身面向我，斜勾嘴角。

「能替您當密探我深感榮幸，雖說這榮幸並不道德。」

「能當你的密探**頭子**，」我道：「我的榮幸不亞於你。」

在雙方同意之下，我倆握手約定。此後，我們對彼此再也不曾這麼拘禮。我們猝然收手，彷彿已然打破了什麼戒律似的。

「那麼，」我道：「我想你該去食堂了。週日做完禮拜後見個面如何？你可有法子避開別人的耳目，來柯森斯旅店一趟？」

他點了兩下頭，沒再多說一字，逕自準備動身，將軍裝外套抖直，皮帽戴回頭上，大步邁向門口。

「坡先生，能否請教一件事？」

他往後退了一步，「請說。」

「你當真殺過人嗎？」

他臉上綻出我平生見過最燦亮的笑容。想像一下，讀者：兩排小巧可愛的貝齒，在口腔中閃耀。

「您要問得更**明確**點才行，蘭德先生。」

古斯・蘭德致亨利・柯克・雷德的信函

一八三〇年十月三十日

收件人：
紐約州紐約市
格雷西街七一二號
雷德偵探社

親愛的亨利：

許久沒給你捎來消息，抱歉之至。自從我們搬來酪乳瀑布，我老想著要回去拜訪你，偏偏日子一天天過去，船隻來了又走，蘭德總不啟程。或許改日再登門吧。

閒話少提，我有件事想託你去辦。別擔心，報酬絕不會少給，況且由於時間緊迫，我打算給你一筆頗為豐厚的酬勞。

若你願意，這工作是盡你所能調查一位名叫愛德加・愛倫・坡的人。此人近年曾居住於里奇蒙，現為美國軍事學院四等學員，曾出版兩冊詩集，雖說名氣不大。除此之外，我對此人所知極少。希望你查明他所有底細——祖宗八代、出身背景、工作經歷、恩怨過節；無論他在世間留下什麼痕跡，都請你找出來。

我也想知道他是否曾遭控任何罪名，例如謀殺罪。

如前所述，此事相當急迫。假如你能在四週後寄來所有調查結果，我願永生永世做你的僕人，並向神擔保你有資格進入天國。（替我自己擔保倒是不必了。）

一如以往，有任何開銷都報給我。

替我向瑞秋問好！對了，回信時記得給我說說如今在市區街道肆虐的公共馬車這東西。我只聽說了隻言片語，可人人都說出租馬車和文明社會就要宣告終結了。請說點什麼讓我放寬心吧，少了文明我不要緊，少了出租馬車我可活不了。

摯友

古斯・蘭德

致古斯・蘭德的信函

一八三〇年十月三十日

親愛的蘭德先生：

我預計在會面前，將此信送至您的旅店。您凡事要求明確的堅持令我靈光乍現，思及過去作的一首詩，或許您會覺得頗為應景。（我自然沒忘了您對詩「懂得不多」，是，我仍記在心上。）

科學啊，汝可謂時間老人的正統傳人！
　憑汝一雙銳眼，將天地萬物革新。
挾一雙枯燥現實之翅，汝這禿鷹，
　為何一意獵捕摧殘詩人之心？
詩人豈能對汝心醉，豈能承認汝之智慧？
　只因汝不願放任他四處翱翔
於星輝斑斕之天，探求珍物瓊瑰，

縱使他無所畏懼乘翼而上。
難道汝不是自天輿拽下月之女神，
又將樹之女神自山林逐出
尋覓更安樂的星辰棲身？
難道汝不是迫使水之仙子拋下江湖，
使精靈捨下如茵碧草，又從我身上奪走
夏日在羅望子樹下的好夢悠悠？（註18）

每當球面幾何或拉克魯瓦的代數逼得我喘不過氣，我常回想這首詩尋求慰藉。（若要我把這詩從頭擬過，我可能會把倒數第二句的「如茵」換成別的形容詞。「殘敗」？「偽冒」？）

蘭德先生，警告說在前頭：我新作了首詩準備給您一讀——只是尚未完成。我想您到時一定有辦法「讀懂」它，而且會看出它與我們的調查關係不小。

忠僕

愛・坡

註18 此詩為愛倫坡的真實詩作，名為〈十四行詩——致科學〉（Sonnet—To Science），收錄於一八二九年出版的《艾爾・阿拉夫、帖木爾和其他小詩》（*Al Aaraaf, Tamerlane and Minor Poems*）。

致四等學員愛德加·愛倫·坡的信函

一八三〇年十月三十一日

坡先生：

拜讀大作，樂趣良多，卻也（恕我魯鈍）滿腹疑惑，恐怕水仙子、樹女神什麼的已超出我理解範圍之外。多希望我女兒在身邊為我解析一番，她熟讀浪漫時期詩作，而且還能將密爾頓倒背如流。

但願我的愚陋不致讓你打消把詩給我瞧的念頭，無論內容是否與正事有關都好。誰都想在讀詩上有所進益，至於誰能讓我進益，我是不大在乎。說到科學，可千萬別以為我幹的任何事情是科學。

你的

古·蘭

註：善意提醒，我們將於週日做完禮拜後，下午在旅店見面。房號是十二。

波啟浦夕報，要聞版

一八三〇年十月三十一日

女子學校——E．H．普特南夫人將從八月三十日起於白街二十號續辦學校，英語課學生上限為三十人，由普夫人親自教導。法語、音樂、繪畫、習字各科教師皆為一時之選。

駭人慘案——哈福斯托的伊萊亞斯．亨弗萊先生於週五驚見他擁有的一對牛羊死狀悽慘，竟是遭人割喉而亡。亨弗萊先生並且表示，兩頭牲畜被以殘忍手法開膛剖腹，心臟皆遭剜去，不知去向。犯案的凶徒身分不明。本報接獲通報，指出約瑟夫．L．羅伊先生擁有的一頭牛也遭遇類似情形，羅伊先生正是亨弗萊先生的近鄰。上述傳聞無法證實是否可信。

運河稅收——截至九月一日為止，紐約州運河所收通行稅已達五十一萬四千美元，較同期高出十萬美元……

古斯・蘭德的陳述：九

十月三十一日

「家畜和羊！」希區考克上尉嚷道，揮動報紙，有如舞著短劍。「如今輪到牲畜被獻祭了。難道神的造物沒有一樣逃得出這瘋子的魔掌？」

「唔，」我道：「牛總比學生好。」

只見他的鼻孔像公牛般一張，我再度體會到當學員是什麼感覺。

「上尉，千萬別為了這事心煩氣躁。還無法確定是同一人所為。」

「倘若不是，那可真是天大的巧合。」

「若是這樣，」我道：「起碼他已經把心思從西點挪開，我們也寬點心了。」

希區考克蹙起眉頭，手指撫過佩劍的劍格。「哈福斯托離這裡稱不上遠，」他道：「如果是個學員，最多一個鐘頭即可抵達，要是他設法弄到一匹馬，時間更是短得多。」

「你說的是。」我道：「這趟路程對一個學員來說不是難事。」或許我確實是想挑釁這位正直的美國人兼模範軍人，否則我何必追加一句：「也可能是軍官？」

我的這番良苦用心，只換來他一道冷冽的目光與一下搖頭，隨之而來是一串迅疾的盤問。我查看過冰庫了沒有？是，看過了。有什麼發現？挺多冰的。還有呢？

沒找著心臟，沒找著任何線索。

那好吧，我跟軍校的教師談過了沒有？是，談過了。他們說了些什麼？他們給我報告了勒羅伊・弗萊的礦物學及森林測計學成績，要我知道他喜愛山核桃木屑，而且他們的推論揣測之多，簡直不可勝記。金斯萊少尉建議我細究行星落在什麼位置，虔極教授想知道我是否聽過一些極端的德魯伊儀式，擔任經理官的伊尼亞斯・麥凱上尉則一口咬定，部分塞米諾爾部落的成年禮正是偷心（這習俗至今依然存在）。

希區考克緊抿雙脣聆聽這一切，隨後緩緩吐出一口長氣。

「蘭德先生，實不相瞞，我從未如此擔憂。先是一名年輕人，如今又多了一對牲畜，兩者必定彼此相關，我卻沒法找出任何關聯。就是想破了頭，我仍想不通為何有人想要這麼多——」

「這麼多顆**心臟**。」我道：「的確，此事匪夷所思。我那位叫坡的朋友呢，認定此乃詩人所為。」

「既然如此，」希區考克說著，使勁一拂外套袖口，「也許我們該聽從柏拉圖的勸告，將詩人全數放逐於社會之外，就從你這位坡先生開始。」

那個週日天氣涼爽，我無事一身輕。記得我那天獨自坐在旅店房間，開著窗，抬頭即可遙望紐堡風景，以及更遠處的沙旺岡山。雲朵絲絲縷縷，猶如起了毛絮的衣領，陽光沿著哈德遜河灑下一道閃爍金帶，河谷吹來陣陣清風，在水面吹起波紋。

瞧！來得準時——名為「帕利薩德號」的北河汽船四小時前自紐約市啟程，此刻正駛進西點碼頭，各個甲板上都擠著密密麻麻的乘客，彼此依偎得比戀人還近，有的靠著欄杆，有的縮在遮陽棚下，展眼望去盡是一片粉紅女帽、青藍陽傘、深紫羽飾，就連神也配不出這許多顏色。

汽笛響起，一朵蒸氣雲向上飄，船工紛紛在跳板旁就位，我看著一艘小艇載著人與行李降至水面，翩然如一片白楊葉。又是一批觀光客蜂擁而來，只為一睹塞萬努斯・薩耶爾的王國。我向他們靠過去，想將這些人瞧得更清楚——

竟發現這些人回望著**我**。

千真萬確，他們仰起頭來，手上的觀劇鏡及望遠鏡對準了我的窗子。我從椅中站起，直往後退，再退，退到幾乎看不見他們為止，即便如此，我仍感覺到那些視線追著我進入屋內。我正想猛力拉下窗戶，關上百葉簾，卻在這一刻，有隻手——就那麼一隻人類的手——攀上了窗框。

我沒叫。甚至連動也沒動一下。如今回想，我只記得當時感到純粹的好奇；步兵眼見砲彈即將砸中自己的腦門時，想必正是這種感受吧。我呆站在房間中央，注視另一隻手抓住窗框——是與先前那隻成對的手。只聽一聲低沉的悶哼，我屏息以待，旁觀一頂上下顛倒、略顯歪斜的皮帽穿過窗框。緊接著是一叢汗溼的黑髮，一雙直瞪過來、似乎頗為費勁的灰色大眼，兩個因施力而大張的鼻孔。啊，是了，以及兩排使勁緊咬的精巧牙齒。

四等學員坡，在此任我差遣。

他不發一語，將上身拖進大敞的窗戶……停頓片刻，緩口氣……隨後把雙腿扯進來，以雙臂支撐著向前爬，最後在地上倒成一團。他立時站起，脫下帽子拍了拍頭髮，再次對我行了個歐式鞠躬禮。

「恕我來遲，」他上氣不接下氣地說：「希望沒讓您久候。」

我呆瞪著他。

「我們約好會面，」他道：「如您所言，在做完禮拜後即刻前來。」

我走向窗邊往下看。這裡足有三層樓高，其下是長達百呎的峭壁，再往下則是亂石與河川。

「你這傻子，」我道：「做這什麼該死的傻事。」

「是您要我務必在白天前來，蘭德先生。若不走這條路，如何避人耳目？」

「避人耳目？」我用力拉下窗，「你怎麼沒想到，那艘汽船上人人都瞧見你了？多少雙眼睛看著你爬上旅店？倘若國民衛隊馬上派人來，我可一點都不奇怪。」

我大步邁向門口，當真等了一陣，好像隨時會有炮手衝進屋裡似的。眼見沒人現身，我的怒氣漸漸消散（卻也略感失望），只能嘀咕一句：

「你說不定會沒命的。」

「哦，那道坡其實沒您想的可怕。」他用實事求是的口吻道：「儘管這麼說有自誇之嫌，不過蘭德先生您要知道，我極為擅長游泳。十五歲那年，我在詹姆斯河游了七里半之遠，當時可是六月的炎炎夏日，還得對抗每小時三里的波速。相較之下，拜倫泳渡赫勒斯滂海峽根本不值一提。」

他抹抹額頭，坐進窗邊的梳齒椅背搖椅，逐一拉動每根手指，直到指節發出脆響，恰似我將勒羅伊・弗萊十指掰斷的聲音。

「你說，」我一面說著，一面在床尾坐下。「你怎麼曉得我住哪一間？」

「我在底下看見您了。不消說，我試著對上您的視線，可惜您實在看得太出神。無論如何，我很高興向您回報，我已成功破解您的訊息。」

他將手探進外套，抽出一張紙片，紙張仍因酒精而硬挺。他小心地展開紙條，平放在床上，跪坐於地，食指撫過上頭的幾行字。

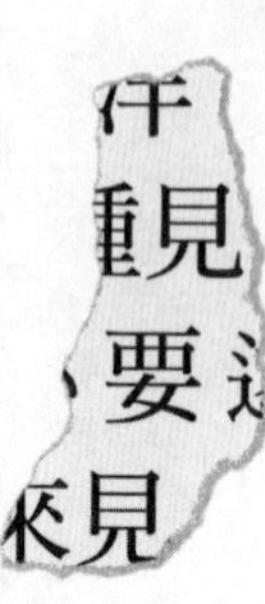

「是否該先向您說明我的推理過程，蘭德先生？」他沒等我同意。「首先便從這紙條本身開始。上面能看出什麼端倪來？字條是手寫的，可見內容顯然涉及私事。勒羅伊·弗萊死時仍拿著字條，據此應可斷定，這張紙條的內容便足以促使他在案發當夜離營。紙張其餘部分被撕走了，由此可推測，撰寫者的身分或許能從這張字條辨識出來；每個字皆以簡單的大寫組成，可見撰寫者是有意隱藏身分。我們能從這幾個事實推敲出什麼？說不定，這字條是某種邀約？或者，是否該更精確地稱之為『圈套』？」

在說出最後兩字之前，他停頓半晌，足見他多麼樂在其中。

「先將這點謹記在心，」他續道：「接下來，在這神祕的隻字片語中，我們將心思專注於**第三行**。在此，有個字確定是完整的，也就是『要』。沒幾個字比它更單純，也沒幾個字能表達更強烈的宣告語氣，蘭德先生。**要**。據我推想，這個字立即引領我們來到命令句的領域。撰寫者**要**勒羅伊．弗萊做某件事。『要』做什麼？是個辶字旁的字。遠？近？連？這些字沒一個像邀約信會寫的。要**避**？這組合未免奇怪，要說也該說要躲避，要回避。不對，假如撰寫人希望勒羅伊．弗萊在指定時間現身於指定地點，唯有一個詞合理：**遲到**。」

他伸出一手，像要把字詞托於掌心。

「這便是一組詞彙了，蘭德先生：**要遲到**。無論放在什麼邀請函裡頭，都是相當古怪的要求，遲到理應是撰寫人最不希望勒羅伊．弗萊做的事。因此，若是回頭細究第三行，唯一的答案便是我們目前只解出否定句的一半。如此一來，頭一個字推敲起來就容易多了，甚至簡單易懂得有些丟人：**不**。**不要遲到**。」

此時他站起來，開始繞著床鋪踱步。

「簡而言之，時間極其緊要。既然要強調這點，何不用第四行來徹底說個明白？據我們所知，這也是最後一行，就用這句來重申前文的訊息。起首是個謎樣的『人』字；它是否如前面的『要』那般，本身便是個完整的字？抑或只是另一個字的一部分？按照其位置看來，我判斷是後者。若此假設為真，我們只消往近處去想，即可找到合適的選項。對勒羅伊．弗萊而言，他是要**前往**某個預先指定地點，可對於撰寫人而言，弗萊應當是——您猜到我要說什麼了嗎，蘭德先生？應當是**過來**。」他伸長了手，比了個招呼的動作。「**來吧**，弗萊先生。有了這個字，要推斷下個字更是簡單之至。除了『早』，還有別的可能嗎？把這字安插進去，看哪！這封短信終於揭露面目：**不要遲到**，**來早些**，或者要是更緊急的話，也能說**來早一點**。」他雙掌一拍，微微俯首，「蘭德先生，以上便是這個小謎題的謎底，敬呈閱覽。」

他看似等著什麼——估計是掌聲吧。也可能是賞金？或是一波彈雨？然而我只是拾起那張碎紙片，臉露微笑。

「哦，坡先生，真是卓越的推理，確實卓越。萬分感謝。」

「是我該感謝您才是，」他道：「給了我這麼有意思的事情來打發時間。」他坐回搖椅，一腳擱在窗臺上，補上一句：「儘管不長久。」

「是我的榮幸，真的，是我……哦，只差那麼一件事，坡先生。」

「請說。」

「你解出**頭兩行**了沒有？」

他對我將手一揮。「解不出的，」他道：「頭一句只有三個筆畫；至於第二句，唯一的可能是『鍾』，那究竟指的是什麼，必須有前文才能推敲，可惜缺了上下文。無可奈何之下，我只能宣告頭兩行破解無望，蘭德先生。」

「嗯。」我來到床邊的桌子前，拿出一疊米白色的紙張和一枝筆。「坡先生，告訴我，你常寫錯字嗎？」

他略略抬起身，「斯多克紐溫頓的約翰．伯蘭斯比牧師曾稱讚我下筆從無錯字，他是這方面的權威。」

瞧，他總不給個爽快的「是」或「否」，凡事都要引經據典，援引名家……這次的名家又是哪位來著，什麼約翰．伯蘭斯比？斯多克紐溫頓？

「看來你不會犯我們許多人常犯的毛病了。」我道。

「什麼毛病？」

「把形似的字混為一談。我指的是，好比說：**鍾**，」我一面說，一面將字寫出來給他看，「以及**種**……啊，還有**鐘**。」

他傾身端詳紙張，把肩一聳。

「這種訛誤常見得可怕，蘭德先生。我室友一天就要犯個十次——假如他自己寫信的話。」

「既然如此，倘若撰寫這張短箋的人沒那麼像**你**，而是更像你室友呢？這麼一來又將如何？」我把**鍾**劃去，圈起**鐘**。「這可不正是邀請函會提到的嗎，坡先生？幾點**鐘**。哦，但我們馬上又碰到了另一個字，是吧？像個『目』字旁。」

他再度低頭瞇眼，嘴裡喃喃念了幾個字。半晌，他語氣驚嘆地開口：

「**見**。」

「**見**，正是！怎麼，若是這句話前面接了個時間，我也不覺得奇怪——例如**我們十一點鐘見**，夠清楚明瞭了，是不是？話說回來，既然撰寫人定了個明確的時間，他總不至於又在第四句要弗萊**來早些**，否則豈不是有些矛盾？恐怕更接近的句子是**來見我**。」

坡愣愣注視紙張，沒作聲。

「問題只剩一件，」我道：「我們對見面地點依然毫無頭緒，是吧？僅有的線索便是那三個筆畫：干。有意思的是，按照字形組合來看——你定然也留意到了，坡先生——這樣的筆畫常出現在字的下半部。軍校周遭有哪個地名包含了這樣的字，你可想得到？」

他望向窗外，彷彿解答便在那一方窗框之中——隨即了悟，答案確實就在那裡。

「海**岸**。」他答道。

「海岸！選得好極了，坡先生。**我在海岸等你**。哎呀，但有兩個地方都叫海岸，是不是？據我所了解，這兩處都有第二炮兵團駐守，稱不上隱密，對吧？」

他尋思片刻，瞥了我兩回，才壯起膽子再次開口。

「有個小海灣，」他最終道：「離北岸不遠。海溫斯先生會把東西送去那裡。」

「海溫——你說的應該是**帕希**吧。唔，既然這樣，想必是個頗為隱蔽的所在。你們學生知道這個地方嗎？」

他聳了聳肩，「曾經私自挾帶啤酒或威士忌進來的人都知道。」

「這麼說，我們算是給這小謎題解出了一個答案——起碼目前是這樣。**我在北岸的海灣等你，十一點鐘見，不要遲到，來見我**。是，現在解出這些已經很夠了。勒羅伊・弗萊收到了邀約，拿定主意赴會，假如史塔德先生所言屬實，他赴約時心情輕鬆，甚至可以說他快活得很。『去辦要緊事』，他是這麼說的，一面說一面在黑暗中眨了下眼。坡先生，你覺得這意味著什麼？」

他嘴角一彎，高高挑起一邊眉毛。

「在我聽來，」他道：「像是跟女人有關的事。」

「哦，女人，說得是。這個推測相當有意思。當然了，如你所說，紙條上那些字全是大寫，照這個寫法，想推斷撰寫人的性別並非易事。因此，勒羅伊・弗萊那夜動身時，或許以為在北岸海灣等他的是名女子。就我們所知，那人確實可能是個女子。」我彎身坐到床上，往背後墊了塊枕頭，向床頭板一靠，凝視著腳上飽經風霜的靴子。「唔，這問題留著改天再解吧。先不說這個了，坡先生，我簡直——我要說的是，實在感謝你的協助。」

假使我指望他會接受我的感謝之意，靜靜離去……唔，其實我也沒這麼指望過。

「您早就知道了。」他低聲說道。

「知道什麼，坡先生？」

「謎底，您從頭到尾都知道。」

「不過是有些推測罷了。」

他沉默了好半天，我內心暗忖，也許我倆的合作會就此結束。他說不定會氣惱有人比他棋高一著，說不定會痛斥我耍著他玩。（難道不是嗎，蘭德？）他甚至可能會從此與我斷絕往來。

然而，這些事他一件也沒做。即使他不肯表現出來，但他這趟爬上來的確累著了，紋絲不動坐在搖椅上，連搖也沒搖一下。每當我說些什麼，他會簡短應答，語氣中全然不帶怨憤，也毫無矯飾。我們就這麼共度了一個鐘頭，起初說不上幾句話，不過隨著他氣力恢復，我倆談了越來越多勒羅伊·弗萊的事。

有個情況一向令我深感惋惜：會把死者的事告訴你的人，多半也是對死者認識最淺的人，這些人往往他只認識死前幾個月的樣貌。我一向認為，如果想解開一個人的祕密，就得追溯到他六歲時在學校女教師面前尿褲子的那天，或是他頭一次把手探向胯下的那天……這一次次微小的羞恥感，日後終將累積成了不得的虧心事。

無論如何，勒羅伊·弗萊的軍校友人一致認為，他這人沉默寡言，總要旁人好言細問才肯多說。我告訴坡，羅浮堡提及弗萊誤交「一群惡友」，事後向宗教尋求慰藉，於是我們思索了一番，他在十月二十五日當晚可能尋求什麼樣的慰藉去了。

在那之後，我倆談起了別的話題……各式各樣的事情……我說不清究竟談了什麼，因為我在下午兩點鐘左右睡著了。真是怪得很，上一刻我還在說話（儘管思緒有些迷糊，但口中仍說著）；下一刻，我竟坐在某個昏暗的房間，是我從沒去過的地方。有隻蝙蝠或小鳥在窗簾後撲翅，某個女子的襯裙擦過我的手臂。我的指關節冰冷僵硬，不知什麼東西搔著我的鼻孔，一條從天花板垂下的藤蔓摩娑著我頭頂光禿之處，觸感有如手指。我倒抽一口涼氣，驚醒過來……只見他依舊注視著我。四等學員坡，在此任我差遣。他看似正等著什麼，好像我的笑話或故事說到一半。

「真是抱歉。」我喃喃道。

「不會。」

「不曉得我是怎麼了……」

「用不著在意，蘭德先生。我自己每晚睡不上四個鐘頭，後果有時頗為慘重，有天晚上我在站哨時沉沉入睡，夢遊了整整一小時，差點開槍打了另一位學員。」

「這個嘛，」我說著站起身，「趁我還沒開槍打學員，我該出發上路了。我打算趕在天黑前回到家。」

「哪天我也想去您家裡作客。」

他語調輕快，說話時沒看我。彷彿渾不在意我是否答允他的要求。

「你肯來是我的榮幸。」我道，他面露欣喜。「現在呢，坡先生，千萬請你從門口離開，走樓梯下去，省得我這老頭子操上許多不必要的心。」

他向前一搖，離開座椅，逐步將身軀扳直，道：「也沒那麼老。」

這回輪到我臉上一喜，雙頰微微泛紅。誰想得到要奉承我居然這麼容易？

「是你太客氣了，坡先生。」

「沒這回事。」我等著他離去，但他另有主意。只見他又一次將手探進外套口袋，又一次掏出一張紙來，這張雅致得多，從中對摺。他攤開紙，露出秀逸的草寫字跡，幾乎壓不住嗓音中的顫抖：「蘭德先生，倘若我們要找的人當真是個女子，我想我說不定曾遇見她。」

「當真？」

沒過多久我便明白，這種說話方式是他的習慣動作。他一激動就會壓低音量，轉為嗡嗚般的低語，只聽得見氣音，有時低微得難以聽清。不過，這回我字字聽得分明。

「勒羅伊・弗萊喪命的隔天早晨，」他道：「當時我對一切尚不知情，醒來後立即提筆寫下一首詩的開頭——字裡行間描述一名謎樣的姑娘，儘管含意晦澀難解，但悲苦之意即為濃烈。我全寫在這裡。」

說實話，起初我百般抗拒。我已經讀過他寫的詩，自認對他的詩不感興趣。到頭來，我會答應全是因為我拗不過他，於是接過他手中的紙，讀道：

身處充盈切爾克斯之美的林間，
　在那點綴暗夜的溪澗，
在那天光遍灑、明月碎落的溪澗，
玫瑰般窈窕優雅的雅典娜之女
　嬌音輕吐，含羞敬拜。
在此我望見淒清柔弱的麗諾爾

迸發撕裂雲霄的哭喊；
地崩山摧一般，我不由自主臣服於
那姑娘的淺藍雙眼，
那死靈的淺藍雙眼。

「當然了，這是未完之作，」他道：「日後再續。」

「原來如此。」我將紙遞還給他，「為何你斷定這首詩與勒羅伊·弗萊有關？」

「那潛藏的暴戾之氣，那——那隱晦暗示的慘烈脅迫行徑，那謎樣的女子，以及寫詩的**時機**，蘭德先生，這絕不可能是巧合。」

「但你任何一天醒來都有可能寫下這首詩。」

「確實，可這首詩並非由**我**所寫。」

「方才你說——」

「我的意思是，有人**借我的**筆寫下了這首詩。」

「是誰？」

「我母親。」

「既然如此，」我道，語調禁不住染上笑意，「請務必去問問你母親，她肯定能提供不少關於勒羅伊·弗萊之死的線索。」

我永遠記得他那時的神色。那是萬分詫異的神色，好似我忘了什麼理應像自己的姓名一樣熟記於心的事。

「她早已離世，蘭德先生。她過世將近十七年了。」

古斯．蘭德的陳述：十

十一月一日

「不，過來點……這就是了……再用力些……啊，真舒服，古斯……嗯……」

說到一嘗女子奧妙這回事，沒什麼比接受指令更好的了。我與妻子結縭二十餘載，在這方面，她最多只肯對我一笑；話說回來，對當年的我而言，有她這一笑足矣。帕希正好相反——唔，儘管我已經四十八歲，她仍讓我自覺有如那些圍著她亂轉的軍校生。她拉著我的手，直截了當地跨坐在我腰上（一如驅趕牲畜的人跨坐上一頭騾），把我整根納入。她的動作宛如潮汐——我是說，那有種感覺，好像會持續到天荒地老似的。另一方面，她又是如此充滿地氣：身材豐腴，臂上冒著黑色毛髮，腰腿有力，雙乳與臀部圓潤飽滿，兩腿偏短。當你摟住她，有那麼一時半刻，你會想像這雙腿、這柔軟雪白的小腹全然**屬於你**，任誰也奪不走。唯有她的眼神……我得說，唯有在她焦糖色的美麗大眼中，才會讓你瞥見彼此的距離。

讀者，我在此招認：在那個禮拜日，我之所以急於向坡道別，正是為了帕希。她與我相約六點鐘在我的小屋相會，在那之後她是去是留，端看她的心情而定。那晚，她樂意留宿。然而在我約莫凌晨三點醒來時，床的另一側卻空無一人。我躺臥在夜燈微亮的光暈中，感受身下一束束稻草，靜候著……不消多久便聽見：

唰唰。唰唰。

等我下床，她早已將灰燼全數舀出、把壁爐掃得乾乾淨淨，正坐在廚房那張鋸木桌的一頭，狠命刷洗一把鐵壺。她估計是隨手抓了件衣物便披上（是我的睡袍），寬鬆的衣領露出乳白酥胸，在廚房幽藍的光線下宛若星辰；香汗淋漓的額頭映著光輝，恰似深夜的豔陽。

「你的柴火沒了，」她道：「刷子也是。」

「妳行行好，別做了。」

「銅的那件我沒轍，沒救了，你得僱人來清才行。」

「別做了，別做了。」

「古斯，」她拋下馬毛刷，音調一揚，抑揚頓挫宛如歌唱，「你的鼾聲連死人都能吵醒，我要嘛回家，要嘛替你收拾屋子。你這裡亂得不忍卒睹，你自己明白。用不著擔心，」她加上一句：「我沒打算搬進來。」

她常彈起這首老調：**古斯，我沒打算搬進來**。活像那是我一輩子最怕的事，殊不知更可怕的事多著呢。

「就算你愛跟蜘蛛老鼠一起住，」她道：「但大多數人都不想讓這些東西進門。再說，倘若愛蜜莉亞還在——」

另一首老調。

「倘若愛蜜莉亞還在，也會這麼做的，我跟你擔保。」

聽帕希這麼說挺妙的，彷彿她跟我太太是為了同一目標齊心奮鬥的老戰友。聽她這般直呼愛蜜莉亞的名字，看她如此自然地把愛蜜莉亞的事攬過來做（雖說每

一、兩週只有那麼一、兩個鐘頭），也許我該心生不快才是。然而我總是禁不住心想，假如愛蜜莉亞還在，她該有多喜歡這年輕姑娘，喜歡她的勤快與鎮靜，喜歡她巧妙拿捏的道德感。帕希無論做什麼都想得透徹，天曉得她是怎麼說服自己待在我身邊的。

我回到臥室，尋出一盒鼻菸，帶去廚房。一見到我，她高高挑起雙眉。

「你還剩多少？」她問。

她只吸了一口，把頭向後一仰，粉末化為輕煙，穿過她的鼻腔。她維持這動作好半晌，吸入空氣，吐出悠長的呼息。

「古斯，我說過沒有？你的雪茄也沒了。煙囪會往屋裡噴煙。放食物的地窖有松鼠。」

我倚著牆壁向下滑，坐在石磚上頭。有如躍入湖中一般，一陣冷冽感自尾骨向上竄，涼透脊椎。

「帕希，既然咱們都醒了……」

「嗯？」

「給我說說勒羅伊·弗萊的事吧。」

她抬手抹了抹額頭。映著燭光，我可以瞥見她身上的汗珠沿著下頷滴落，順著鎖骨淌下，以及她乳上透出的青筋……

「噢，我從前說過的，不是嗎？你一定聽過。」

「我實在記不清妳每個追求者。」

「唔，」她臉色微慍，「也沒什麼可說的。他沒對我講過半句話，連碰也不曾碰我一下。幾乎沒膽子正眼瞧我，他就是這麼害臊。他常在晚上跟摩西、坦奇一起來，那兩人老說同樣的笑話，他老用同樣的方式笑。那就是他來的理由，負責笑，聲音又急又尖，像隻鷓鴣似的。他只喝啤酒。偶爾我往他那邊一瞥，便看見他盯著我瞧，然後他又一下子轉過頭去。就像這樣，古斯，像有誰在他頸子套了個繩圈——」

她意會過來時已經太遲了，刷洗的動作一僵，抿住雙唇。

「對不住，」她道：「你明白我的意思。」

「當然。」

「他是我見過臉紅得最快的人。估計是因為他太白了。」

「他沒破處？」

瞧她瞪我的目光之凌厲。「我怎麼曉得？」她問，「男人又沒法子驗，是吧？」說罷她默然片刻。「但我幾乎能想像他找頭母牛來發洩的光景。一頭又健壯、又慈愛、又**強悍**的母牛，要有肥肥的奶子。」

「別說了，」我道：「弄得我想念起夏甲來了。」

她拿了塊棉布，動手擦乾鐵壺，手臂來來回回兜著圈，我不自禁盯住了她的雙手，凝視她肌膚上因肥皂和摩擦而產生的紋路。一雙老婦的手掌，安在姑娘家光裸豐潤的臂膀上。

「弗萊被害那晚似乎去見了個人。」我道。

「見了個人？」

「還不知是男是女。」

她頭也不抬地說道：「你要問我了嗎，古斯？」

「問妳……？」

「問那晚我人在哪裡……是幾日來著？」

「二十五日。」

「二十五日。」她神色緊繃地瞅了我一眼。

「我沒打算問妳。」

「沒有就沒有吧。」她垂眸，把棉布探進壺裡頭，使勁一轉，隨後又抹了把臉，道：「那晚我在姊姊家過夜。她頭痛又發作了，著實痛得緊，總得有人幫忙照看孩子到他退燒為止，她丈夫又不中用，所以……那天我就去了。」她忿忿地搖了搖頭，「本來我**今天**也該去的。」

但若是她去了，自然來不了**這裡**，那可就……怎麼，難道她是想聽我說那可就怎麼了？

我再次吸了口鼻菸，腦中一陣暢快，如此清明。在這秋夜，眼前有個年輕姑娘離你不到五呎遠，是個男人就該好言安撫，是不是？偏偏我腦中思緒糾結，亂成一團。原先我想不透究竟是什麼緣故，直到腦海喚起一幅情景：在柯森斯旅店，兩隻手緊抓住窗框。

「帕希，」我道：「妳對坡這小夥子了解多少？」

「你說愛迪？」

聽她給坡取了這樣的暱稱，我吃了一驚。不知以前有沒有人這麼喚過他。

「看著挺可憐的傢伙，」她道：「教養好極了。手指也漂亮極了，你留意過沒有？講話愛掉書袋，但酒量還比不上破洞的水桶。要我說，**這傢伙**才是沒破處的那個。」

「他這人挺怪的，這點倒是無庸置疑。」

「因為他沒破處？」

「不是。」

「因為他會喝點小酒？」

「不是！他──他滿腦子淨是胡思亂想跟……跟**迷信**。帕希，妳聽聽：他給我看了首詩，說那和勒羅伊．弗萊的命案有關，還說是他亡母在夢中要他寫下來的。」

「他亡母。」

「比起在兒子耳邊念些差勁的詩，他母親在陰間鐵定有更好的事可做──如果陰間果真存在的話。」

聞言她挺起身來，將壺擱在木頭料理臺上，傲然把胸脯收回睡袍內。

「我想要是她知道寫得很差，她絕對不會念的。」

她一臉正經八百，我差點以為她是在哄著我玩。但她不是。

「喔，帕希，」我道：「別連妳也說這種話。求妳了。」

「我天天跟我母親說話，古斯，說得比她生前還多呢。坦白告訴你，我來這裡的路上跟她談得可愉快了。」

「老天爺。」

「她問我你這人長什麼模樣，我說這個嘛，他年紀是大了點，老愛講些胡話，不過媽媽，他那雙大手真好看，還有他的肋骨，摸著觸感挺好。」

「所以她──怎麼樣？她就聽著？她回答過妳沒有？」

「有時候。我要她答她就答。」

我猝然起身。寒意已然爬上我的下巴，我在廚房裡轉了幾圈，好讓血液流回手臂。

「所愛之人永遠與我們同在。」她柔聲道，「你應該比誰都明白——」

「我沒見到有旁人在，」我道：「妳見著了嗎？在我看來，這裡只有我倆。」

「你不是說真的吧，古斯。你可不能眼睜睜告訴我**她**不在。」

那晚，夜空一片濃紫，山巒隱沒難辨，唯見杜夫・馮柯洛的農舍閃著一盞燈光。不知何處，有隻公雞醒得太早，正扯開一聲長啼，聲音越趨低微。

「說來好笑，」我道：「我從來不習慣跟別人同睡一張床。要不是手肘揮到我的臉，就是……天曉得，我嘴裡吃到頭髮什麼的。偏偏過了這許多年，我反倒不習慣單獨睡一張床了，甚至沒法往床的另一邊躺。我就只躺在這一側，試著不占用整條棉被。」我雙手按住窗玻璃。「唔，」我道：「她都走好久了。」

「我說的不是愛蜜莉亞，古斯。」

「**她**也不在了。」

「隨你怎麼說吧。」

跟她爭辯也無益。我女兒確實不在了，任誰都看得出來。對旁人而言，她彷彿從來不曾存在，這些日子以來，連我在回憶時也會**避開**她本身。打個比方，我會憶起妻子老是心懷歉疚，說她沒替我生個兒子，我總是勸慰她：「反正女兒更適合我的性子。」畢竟，若不是女兒，誰伴我度過那些寂靜時光？若是今天這般寧靜的夜，我會沉浸在慣常的消遣中（玫蒂常戲稱我這是「光棍脾氣發作」），猛一抬眼……只見她便在房間另一頭。是我那女兒。身材纖瘦，腰板挺直，雙頰由於坐得太靠近爐火而染得嫣紅，也許正縫補袖子，也許正寫信給她姨母，也許正為了波普先生寫的什麼詩而發笑。每當我的視線落在她身上，便再也不願離開。

越是凝視著她，我越是心碎難抑，只因就連在那個當下，她似乎已漸漸離我越來越遠。打從我初次摟她入懷，瞧她面皮紫漲、哇哇大哭，她便註定離我而去。到頭來，什麼都阻止不了我失去她。愛阻止不了，什麼都阻止不了。

「現下我只想念夏甲，」我對帕希說道：「要是咖啡能加點鮮奶油就好了。」

她細細打量我，好似在細讀一張契據。

「古斯，你喝咖啡從不加鮮奶油的。」

古斯・蘭德的陳述：十一

十一月一日至十一月二日

在西點，四點鐘最接近魔幻時刻。那時午後課程告一段落，降旗典禮尚未開始，苦捱一整天的軍校生總算稍有空閒，此時多數人選擇一親女子芳澤。一到準點，早有大批年輕姑娘在戀人小徑上徘徊，她們盛裝打扮，穿著或粉或紅或藍的衣裳；不消多時，一群灰衣學生蜂擁而至，紛紛朝粉衣或藍裙姑娘遞出手臂，若雙方日已久情已深（拿這裡的標準來說，約莫一、兩日吧），可能灰衫青年會拔下心口附近的鈕釦，換得粉衣少女的一綹青絲，山盟海誓，灑淚而別。從頭到尾只需半小時便宣告結束，沒什麼比這更有效率的了。

單就今日而言，這套習俗另有個好處：軍校中沒剩幾位學生，而我得以不受干擾，獨自佇立於冰庫的北側入口，望著杳無人跡的練兵原。

落葉飄飛，連日來猛烈如火的陽光在今天轉趨溫潤柔和，灑落在逐漸升起的薄霧中。此地唯有我孤單一人。

隨後傳來一聲窸窣……踩斷樹枝的聲響……輕得幾乎聽不見的腳步聲。

「啊，好極了，」我一面轉身，一面開口道：「你收到了我的字條。」

四等學員坡並未答話，腳步不停，繞過冰庫側面，猛地拉開門，閃身進了冰庫，一陣涼風隨之湧出。

「坡先生？」

黑暗中，不知何處傳來長而沙啞的氣音：「有沒有人跟在我後頭？」

「這個嘛，我來……沒有。」

「您可確定？」

「確定。」

他這才挪近門邊，直到臉上的幾個部分被光打亮：鼻子，下巴，白皙寬闊如冰川的額頭。

「蘭德先生，您這要求令我大惑不解。是您要求調查務必保密，如今您卻又約我在光天化日之下見面。」

「說得極有道理。坡先生，我想您最好趕緊再爬一次牆壁。」

「萬一我被誰撞見了呢？」

「沒別的法子，抱歉了。」

我指向冰庫用乾草堆成的屋頂，映著天空，看來像個被壓扁的箭簇。坡扭頭朝我指的方向望去，往後直退到日光之下，瞇眼注視太陽。

「不算太高，」我道：「估計十五呎左右。好在爬牆是你的拿手好戲。」

「可是……這是為什麼？」他悄聲道。

「行了，我先幫你一把，這樣的話你是否上得去？然後你再試著抓住門框上緣，就在那裡，瞧見沒有？再來你應該碰得到屋簷……」

他看著我的眼神，彷彿我把話都倒過來說似的。

「假如你那日爬完之後氣力還沒恢復，就算了吧。」我道：「我完全能諒解。」

他有什麼選擇？他將帽子擱在地上，搓了搓雙手，皺著眉朝我點了個頭，道：「準備好了。」

他個子嬌小，輕而易舉沿著冰庫的石牆往上攀，途中只在爬上屋簷時失手滑脫一次，幸虧他右腳踩得穩，不久便向上一拉，翻上屋頂。半分鐘後，他已蹲踞於屋脊之上，宛如一尊石像鬼。

「從你那位置看得見我嗎？」我揚聲問道。

嘶嘶滋。

「抱歉，我聽不到，坡先生。」

「**看得見**。」帶著嘶聲的氣音。

「你無須擔憂，眼下除了我們之外並無旁人，倘若有誰聽見，他們只會當作我瘋了——對不住，坡先生，你說什麼？」

「**請告訴我上來做什麼**。」

「啊，對！你眼前的正是犯罪現場。」我用雙腳邊走邊勾勒出長寬各約二十碼的區域。「**第二起**犯罪的現場，」我更正道：「勒羅伊·弗萊正是在此遭人剜心。」

此時我站在冰庫門口的北方，稍微往東北偏了些。西北方是軍官宿舍，西方是學生營房，南方是軍校，東方是克林頓堡崗亭；犯人的選擇可謂明智之極，他在此處最有機會得手，又不致遭人撞見。

「有意思的是，」我道：「先前我搜遍了整座冰庫，甚至手腳並用地爬在地上，弄髒了少說兩條褲子，卻直到如今才想起來，或許該換個——換個**角度**來看。」

我指的是**那個人的**角度。

將勒羅伊・弗萊割肉斷骨，把手探進那曾有生命的軀殼，浸透了血水與腥氣的人。

「坡先生，聽得見嗎？」

「**聽得見**。」

「那好，現在麻煩你低頭，朝我站著的位置看，然後請告訴我是否瞧見任何——任何在地被植物上的**缺口**。意思是說，雜草或泥土看似有斷裂的任何地方，可能是石頭或樹枝在地面留下的痕跡。」

靜默良久，久到我正打算開口重複一遍，隨即聽見一陣綿長的氣音。

「對不住，坡先生，我聽不——」

「**您的左腳旁**。」

「我的左……我的……是，是，我找著了。」

只見一道小小凹痕，周長約三吋。我伸手進口袋，掏出一顆白得發亮的石子（當天一早在河畔收集來的），按在那凹痕之上，接著退開。

「好了。」我道：「坡先生，這下也許你能體會神之視角的價值了。要是我用這雙——這雙**凡人**之眼來看，估計永遠發現不了。接下來，也許你能告訴我**其他**哪些地方有同樣的缺口，要形狀、大小約略相等的。」

這工程時斷時續。過了起碼五分鐘，他才打起精神認真找起來，然而每找到一個，他便得耗費好半晌才找得到下一個，中途還數度改變心意，要我收回剛放下的石頭記號。

不僅如此，他堅持只用氣音說話，跟從他的指令恰似摸黑在小巷中前行，偏偏只有螢火微光照亮前路。

他再度安靜下來。然後為我指了個出乎意料的方向，我快步趕過去，但那位置已超出我方才劃出的範圍，相距約有三碼。

「坡先生，這已經不屬於犯案現場了。」

但他堅持要我在那裡放顆石子。隨後不斷堅持，不斷將範圍往外推，直到再無任何道理可言。

我感覺得到口袋的石頭存量愈漸減少，況且我腦中原本將案發現場切分得乾淨俐落，眼見它的界線就此拆毀，心底不禁有些發悶。

「坡先生，還有別的嗎？」我倦怠地揚聲喊道。

工作至此已進行了半個鐘頭，小石像鬼宣告仍有一處。不知為何，這處竟是最難找著的。

往北三步……向東五步……不對，向東六步……不，您走過了……那裡……錯了，不是那裡，在那裡！

從頭至尾，他刺耳的氣音如影隨形，宛若蚊蠅……終於，我發現了那凹痕，安放了記號，我於是開口，連我自己都聽得出我彷彿大大鬆了口氣：

「可以下來了，坡先生。」

他忙忙爬下牆來，在離地六呎處縱身躍下，落在草地上，雙膝著地。他隨即再度閃進冰庫，隱身於黑暗。

「坡先生，那天你曾提及，這樁命案的性質——亦即勒羅伊・弗萊的心臟遭人挖出這點，令你聯想到聖經。實話相告，當時我也朝這方向揣測。確切來說並非聖經，沒什麼線索讓我往聖經去想，可我禁不住尋思，這案子不知什麼地方隱約有種**宗教**味。」

黑暗中，只見他的雙手一閃。

「唔，真要說起來，這整件案子處處是宗教味。」我道：「勒羅伊・弗萊幾年前的夏天誤交『一群惡友』，再來怎麼著？沒過多久他便加入了祈禱團。薩耶爾一見著弗萊的屍身，想到的是什麼？一個宗教狂熱的瘋子。既然如此，我們不妨假設此案與宗教有關，自問：犯案之際，會不會留下點蛛絲馬跡？某種祭禮的痕跡，某種**儀式**。會不會用石頭或——或蠟燭之類的物事，刻意排成某種圖樣？」

此時坡雙手交疊，那是雙柔軟、牧師一般的手。

「這個嘛，」我續道：「假如犯人**當真**使用了這些東西，在完事後立即將其撤走也在情理之中。沒道理留下證據。但是那些——那些物事留下的**印子**呢？消除印痕得花更長的時間，況且當時校方已派人展開搜索，因此犯人時間不多，更不用說他手上還有顆**心臟**等著處置。那好，他帶走了東西，但他不大可能留下來掩蓋凹痕。」我對冰庫中的那雙手一笑，「坡先生，這正是我們今天做的：找出他留下的痕跡。」

我掃視散布在淺綠草地上的白石子，一眼望去猶如一個個小巧墓碑。

我從大衣口袋掏出記事本和筆，彎來繞去地走動，估算每顆石頭之間的距離，邊走邊畫記，直到紙上遍布小點。

「您發現了什麼？」人在冰庫深處的坡悄聲道。

我想，大約是在把紙遞給他的剎那，我才真正醒悟紙上畫了什麼。

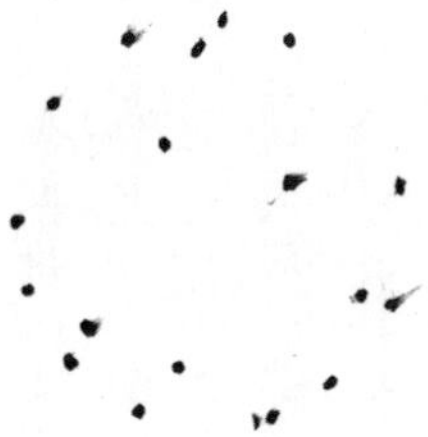

「是個圓。」坡說道。

確實是個圓。據我估計，直徑足有十呎。比起勒羅伊·弗萊那具屍首所需的空間大了不少，要容納半打勒羅伊·弗萊也沒問題。

「可是圓裡的圖樣，」坡低頭將臉湊近紙張，「我看不出那是什麼。」

我倆一同呆看著紙張好一會，嘗試連起內部與外部的點，卻毫無收穫。我越是聚精會神凝視，那些小點便似乎越是零落散逸……最終，我的目光落在石子本身。

「唔，」我道：「這才合理。」

「什麼？」

「既然我們遺漏了圓周的幾個點——瞧見沒有？——我敢說，圓裡必定也有幾個點被我們遺漏了。我來……」

我將紙攤在記事本上，動手畫起線來，串起位置最相近的點。我就這麼畫著，幾乎沒意會到自己畫了什麼，末了只聽坡開口道：

「三角形。」

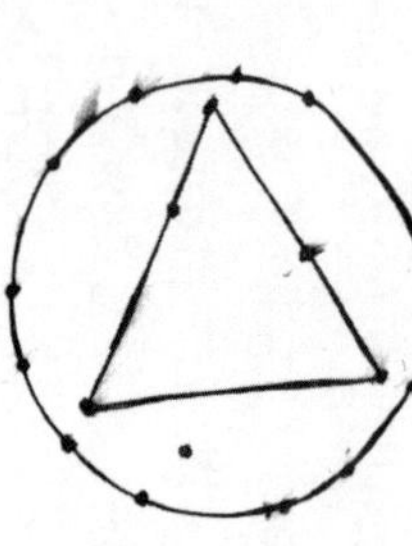

「的確，」我道：「由此看來，我猜勒羅伊．弗萊便在這三角形**之中**。至於犯人則是……則是……」

在何處？

多年前，我受曼哈頓五點區一位釘蹄師的家屬之託（酬勞優渥得夠我過上好幾輩子），調查該釘蹄師的死因。那老兄捱了一陣亂棍，慘遭烙印，用的還是他自己的烙鐵。我在他額頭見著一道凸起的U字形傷疤，彷彿有匹馬踩在他頭上。記得我當時以手撫過疤痕，思忖是什麼樣的人會這麼做，抬眼便見著——不，不能這麼說——便**想像**那凶手立在門邊，手上的烙鐵仍冒著煙，眼神中流露著——我想是盛怒與畏懼，加上些許羞赧，好似他自覺配不上我的關注。嗯，抓到真凶時，犯人的真正面目與我的想像相差甚遠，但他的眼神——那眼神倒是如出一轍。直到臨刑，他始終是同樣的眼神。

這樁案件使我相信……怎麼說，相信腦中畫面的力量。然而，讀者，在冰庫的那日下午，我的腦海並無畫面。沒人迎上我的視線。也許更貼切的說法是，那人不斷改變位置、改變形貌，數量持續增加。

「這個嘛，坡先生，多謝相助。你該動身去參加閱兵了，而我得去見希區考克上尉，就此——」

我轉身，發現他跪在草叢中，低著頭，像隻碎語的烏鴉般喃喃念叨。

「怎麼回事，坡先生？」

「我在屋頂上看見了這些，」他道：「可是您瞧，這些不符合條件，所以我沒有……」他音量漸小，又開始喃喃叨絮。

「坡先生，我不大明白。」

「是焦痕！」他嚷道：「快，給我！」

他從我的記事本撕下一張紙，鋪在草地上，著手用鉛筆在紙上塗抹，快速來回畫線，旋即填滿了整張紙——確切地說，是**幾乎**整張紙。待他舉起紙來，對準陽光，紙上便透出字樣，宛如在起霧的玻璃窗留下的訊息：

SHJ

「看來像是……SHJ。」坡讀道，「估計是什麼組織的縮寫？」

哦，沒錯，我倆列舉了所能想到的各種會社組織：姊妹會，學會，愛狗交流會。就這麼跪在草叢中，搜索枯腸，耗費老半天。

「且慢。」坡忽道。

他瞇眼細瞧紙張，低聲道：「既然每個字都反了過來，難不成整句都該是反的？」

我立即另撕下一張紙，以粗重的筆畫大大寫下字母，填滿紙上的空間。

JHS

「耶穌基督（註19）。」坡說道。

我向後一坐，揉揉雙膝，接著伸手掏出一些菸草。

「早年在碑銘上倒是常見，」我道：「但我從沒見人反著寫。」

「除非，」坡答道：「這人要召喚的並非基督，而是與基督恰好牴觸的對象。」

我坐在草地上，咬著嚼菸。坡細細察看一縷浮雲。黑鸝啁啾吟唱，樹蟾嘓嘓鳴叫。一切已然改變。

「說起來，」我終於張口道：「我有位朋友或許幫得上忙。」

註19 JHS為代表耶穌基督的符號之一，又作IHS，常見於教會建築。其來源有一說為耶穌（Jesus）的希臘文拼寫為ΙΗΣΟΥΣ，取頭三個字母再以拉丁字母轉寫，即為JHS。另有一說是JHS為拉丁文Jesus Hominum Salvator（耶穌為人類救主）的縮寫。

坡只是斜瞥我一眼，「當真？」

「千真萬確，」我道：「他是符號與……宗教儀式等知識的專家。他藏書頗豐，許多都涉及——涉及……」

「神祕學。」坡接話道。

我嘴裡嚼了好一會，終究承認了「神祕學」估計是最恰當的詞。

「是個挺有趣的傢伙，」我道：「我說我那位朋友。名喚菠菠教授。」

「真是獨樹一幟的名字！」

我向坡解釋，菠菠乃是印第安裔，精確點說，是有一半的印第安血統，另有四分之一的法國血統，天曉得還混了什麼。隨後坡問我，他是貨真價實的教授嗎？我答說他毫無疑問是名**學者**，頗受貴婦名媛的歡迎。有回李文斯頓夫人支付了十二枚銀幣，只為請他相陪一個鐘頭。

坡漫不經心地聳聳肩。「那麼，但願您有法子酬謝他，」他道：「我身上還欠著別人的帳，偏偏愛倫先生連捎錢給我買數學用具也不肯。」

我要他不必擔心，我自有辦法。於是我與他道別，目送他纖瘦的身影（以拖磨的步調）邁向練兵原。

我沒告訴他的是（返回旅店的途中，想起這事，我不禁大笑一聲）——我已經相中了最適合給菠菠教授的報酬：我將為他獻上愛德加・愛倫・坡的項上人頭。

古斯．蘭德的陳述：十二

十一月三日

自我家往山中再走五點五公里左右，便是菠菠教授的小屋，只是那屋子位在一個陡坡的頂端，草木蔓生，逼得你非得在門前不到五十公尺處下馬，披荊斬棘穿過一排雪松灌木叢。做為回報，你將一睹開遍了茉莉與香甜忍冬的庭院。哦，以及一株枯萎的梨樹，一面直瀉下來的紫薇花牆；此外，四處還吊滿了柳條編成的鳥籠，裝著嘲鶇、黃鸝、長刺歌雀、金絲雀，一隻隻從黃昏直唱到黎明，不曾稍歇。牠們啼得不怎麼和諧，但只要聽得夠久，或許能從嘰喳聲中聽出一首調子來，要不（這是菠菠說的）就是索性放棄從中找出任何規律。

按照坡的意思，我們當晚便啟程拜訪菠菠才好。我說黑燈瞎火的，我們絕對找不著他的住處，何況我打算讓教授有個心理準備。是夜，我託一位軍校傳令員代我捎信過去。

隔日一早，坡起床，嚼了塊粉筆，伸出一根白舌頭給馬奎斯醫生瞧了瞧，醫生給了他一把甘汞粉，替他寫了張診斷證明，便讓他回營去了。隨後坡鑽過貯木場一處鬆脫的柵欄，在崗亭南邊與我會合。我們乘上我那匹馬，踏上通往酪乳瀑布的大路。

那天早晨頗有涼意，陰雲蔽日。散發著熱氣的彷彿只有挺立於淺色花崗岩上的樹木，以及水窪、低谷與溼軟苔蘚中反射光澤的枯葉。路途陡峭，我們繞過嶙峋山石，坡在我耳際滔滔說著〈丁頓修道院〉（註20），念叨著柏克的「壯美」準則（註21），以及**自然乃是美國最實至名歸的詩人，蘭德先生**。他越是說個沒完，我越是心中不安；我暗助一名軍校生溜出校地，但我明知希區考克與他麾下的軍官日日巡查營房，絕不懈怠。這學生告了病假，到時敲門卻無人回應，豈不是要大禍臨頭！

唔，我刻意不去想後果，反倒把我所知有關菠菠的一切統統告訴了坡。

菠菠的母親是休倫族女子，父親是加法混血軍火商。他幼時成長於懷安多特部落，不久該部落遭易洛魁人謀害，屠戮殆盡，只餘菠菠一人倖存。救了菠菠的人是由提卡的販骨商，他替菠菠取了個教名，嚴格地管教他長大：一日上兩次教堂，睡前溫習教理問答與讚美詩，每週背七十句聖經經文。（就各方面而言，與我所受的教養完全相同，差別在於菠菠還能打撲克牌。）六年後，販骨商死於瘰癧，年少的菠菠轉由一名慈善心腸的紡織鉅子收養，不料他亦旋即亡故，留給菠菠每年六千美金的收入。菠菠立時恢復印第安舊姓，遷至澤西市華倫街上一所軟砂石房子，寫了一篇

註20〈丁頓修道院〉（"Tintern Abbey"）為英國浪漫主義詩人威廉・華茲華斯（William Wordsworth）的詩作，描繪了詩人在威河河岸所見的自然景致。

註21 此處指的是愛爾蘭美學家愛德蒙・柏克（Edmund Burke），著有《壯美與優美的觀念起源之哲學探究》（*A Philosophical Enquiry into the Origin of our Ideas of the Sublime and Beautiful*）一書。

又一篇專文探究酗酒、廢奴、莨菪——以及解讀人類顱骨。正當他聲名鵲起之際，他再度搬遷，這回來到了高原。如今他對外大多透過書信交流，一年沐浴兩次，對自己的過往戲謔以待。有次別人管他叫「上流野人」，據聞菠菠答曰：「何必用『上流』兩字糟蹋這個稱號？」

要我說，上了那麼多次主日學只把他憋得慌，如今他以嚇人為樂。也許正因如此，為了迎接我們這次造訪，他在門上掛了條死響尾蛇，又在門前小徑撒滿青蛙骨頭，骨頭在我們腳下輕聲碎裂，卡在靴底的縫隙間，結果菠菠亮相時，我們仍忙著把碎骨挑出來。菠菠短小精悍，胸膛厚實，看似滿不在乎地立在門口，彷彿單純是出來看看天氣如何。我倆看著他發愣，只能說他生來便是為了給人盯著瞧，畢竟他熱衷此道，亦講求效果。我頭一次來訪時，他身穿全套印第安服飾，頭上插著燧石製的箭矢相迎。今日，基於我琢磨不透（或許連他也不明白）的理由，他扮成了個荷蘭老農：手織的外套與短褲、錫製皮帶釦，再配上我平生所見最大的鞋子，大到把人裝進去也不成問題。只有他頸間掛著的鷹爪項鍊，以及自他右額角直達鼻尖的一道靛藍細線（這倒是新花樣），顯得與裝束不大搭調。

他似乎恍悟過來，那雙俊俏的褐眸逐漸亮起。「哦！」他一逕趕到坡身前，抓住坡的手臂便往門裡拖。「你說得對！」教授回頭朝我嚷道：「他果然非同尋常。居然有人的頭顱大成這副德行！」

他與坡快步往會客室直奔過去。我於是緩步穿過教授的門廳，野牛皮、鳴角鴞標本、博物館藏品似掛在牆上的連枷與轡頭等物，又一次映入眼簾。待我抵達會客室，爐火中已有一串蘋果烤得滋滋作響，坡被推到一張著名工匠鄧肯·費福所製的扶手椅上頭，菠菠居高臨下站在他身前，只見他一身古銅皮膚，頂著酒糟鼻，搓著指尖湊了過去，不是要遞上飲品，而是露出了他一口殘缺不全的灰牙。

「小夥子，」他道：「可否麻煩你脫下帽來？」

坡略一遲疑，才摘下頭上的皮帽，擱在布魯塞爾地毯上。

「絕對不會痛。」教授說道。

假如我是首次見到菠菠，可能不會相信他這句話。他用一條細繩圍住坡頭上最厚之處，雙手顫個不停，像個生平頭一遭為姑娘寬衣解帶的男人。

「二十三吋。沒我預料的那麼大，之所以看來如此驚人，顯然是比例的緣故。坡先生，你體重如何？」

「一百四十三磅。」

「身高呢？」

「五呎八。又半吋。」

「噢，又半吋，是吧？好了，小夥子，我想摸摸你的頭。別露出那種表情，不會痛的，除非以手剖析你的靈魂稱得上是種折磨。你坐著別動就是，行吧？」

坡已然嚇傻，連頭也點不了，只是眨了眨眼。教授連吸兩口氣，十指抽動，觸上那從來無人探索的頭顱。自他發灰的雙脣之間逸出一聲嘆息，幾不可聞。

「愛慾，」菠菠吟詠道：「適中。」

他以耳湊近坡的顱骨，宛如傾聽囊鼠動靜的農夫，手指梳過糾結的黑髮。

「安居的傾向，」教授道，音量稍大：「小，依戀：最大值。才智：大——不，**極大**。」坡聞言面露微笑。「獲得肯定的渴求：最大值。」輪到我一笑。「愛子之心：極小。」

如此這般持續好半天，讀者。謹慎、仁慈、希望……一個接一個人格特質，那頭顱不得不坦露其中奧祕，確切說來是暴露給**整個世界**，只因教授每斷定一項結果便扯開嗓子**斷喝出聲**，恰似一名拍賣師。直到他沉厚的中音漸弱，我才明瞭他即將告一段落。

「坡先生，你頭上的突起表明你生性飄泊。你顱中主宰獸性的部分，亦即後腦下方及兩側下方，此處發展較少。然而，守密與鬥志皆高度發展。依我分析，你的性情頗為兩極，幾乎可以肯定會害得你**喪命**。」

「蘭德先生，」坡有些畏怯，「您沒說這位教授能鐵口直斷。」

「再說一遍！」菠菠喝道。

「您……您沒說……」

「對，對。」

「沒說這位——」

「里奇蒙！」菠菠大嚷。

被按在椅中的坡支吾道：「正——正是，我是……」

「如果我猜得沒錯，」我打岔：「他也在英格蘭待過幾年。」

坡聽了雙眼瞪得渾圓。

「斯多克紐溫頓的約翰．伯蘭斯比牧師，」我解釋道：「你所說的那位寫字權威。」

菠菠雙手一拍。「啊，好極，**妙極**，蘭德！那英式口音與南方林地腔調結合得天衣無縫。讓我瞧瞧，這年輕人身上還能看出些什麼來？是個藝術家，看那雙手便知，絕不可能是別的。」坡面上一紅。

「算是藝術家。」

「還是個……」氣氛一陣緊張，之後菠菠伸出食指往這年輕人的臉一戳，叫道：「是個孤兒！」

「也說中了。」坡悄聲道：「我父母——我是說**親生**父母，他們命喪於一場火災。一八一一年的里奇蒙劇場大火。」

「他們去那劇場做什麼？」菠菠低吼。

「他們是**演員**。」坡道：「演技精湛，頗富盛名。」

「盛名，哎喲。」教授說著，嫌棄地撇過頭去。

隨之一陣難堪；坡心懷不滿地坐在原位，教授則在房裡踱步，好把傷感之情驅散。而我只是等著，眼見沉默依舊，雙方無話可說，才道：

「教授，是否該來談談正事？」

「也行。」他皺眉道。

他先給我們沏了壺茶。茶水裝在變形的銀壺中，嘗起來挺像焦油，入口辛辣，入喉黏稠。我連飲三杯，彷彿喝的是威士忌。有什麼法子？菠菠連瓶酒也沒有。

「那麼，教授，」我道：「這是什麼？」

我取出坡和我畫的圖樣，也就是圓內有個三角形的圖，平放於菠菠的桌上。說是桌子，不過是將旅行箱平放，再安上一片壓扁的錫板罷了。

「這個嘛，」教授道：「端看你問的人是誰。若是古希臘人，又是個煉金術師，他便會告訴你這圓代表銜尾蛇，象徵永恆的結合。若是個**中世紀**思想家——」他兩眼向上一翻，「他便會告訴你這圓既是創造，亦是虛無，而創造必定歸於虛無。」他的目光再度落到紙上，「但這個呢——這絕對是魔法陣無疑。」

坡和我互望一眼。

「是了，是了，」菠菠續道：「我記得在《真赤龍書》（*Le Véritable Dragon rouge*）中見過一個。假如我的印象沒錯，魔法師會站在……**那裡**，在三角形當中。」

「只有魔法師一個人？」我問。

「喔，說不定他會有好幾位助手，大夥一同站在三角形裡頭。兩旁點起蠟燭，前方——就姑且說是那裡吧，前方擺個火盆。到處火光通明，儼然光之盛典。」

我闔上雙眼，試著揣想那情景。

「進行這類儀式的人，會是基督徒嗎？」坡問道。

「多半是。魔法並非純屬黑暗。如你所見，你們畫的圖中即有基督教的銘文——」

這時，他的指尖恰恰點在逆反的JHS上。彷彿那幾個字母透過他的皮膚向他說了什麼話，只見他倏地抽回手，站起身，後退兩步，面露慍怒。

「老天爺，蘭德，你怎麼也不打個岔？你以為我整天沒事幹來著？快跟我來！」

教授的藏書室長什麼樣子，要形容給沒見過的人聽並不容易。房間很小，沒有窗子，長寬皆不超過十二呎，整個空間全讓給了書：對開本、四開本、羊皮紙封面的十二開本，一冊冊向上疊起，一本本左右排開，在架上搖搖欲墜，在地上蔓延鋪展。其中許多書仍保持攤開，停在教授上次所讀的那頁。

菠菠已動手在架上翻找，不到半分鐘便尋獲獵物，拖到地上來。那是本黑色書皮的大部頭，帶有銀製書釦。教授拍了拍這本書，一團煙塵自指間飄出。

「德朗克著，」他道：「《*Tableau de l'inconstance des mauvais anges*》（論飄忽無常之惡天使）。坡先生，你懂法文嗎？」

「*Bien sur.*」（當然懂。）

坡動作輕柔地翻開最上層那張羊皮紙，清清喉嚨，挺起胸膛，準備朗讀。

「且慢，」菠菠道：「我受不了有人念出來給我聽。麻煩帶著那本書到角落去，靜靜地讀你的。」

角落自然沒有桌椅，別處也沒有。坡難為情地笑了笑，在一個織錦靠枕上落坐，教授則正經地向我招手，示意要在地板坐下，可我決定倚著書架，掏出一條嚼菸。

「給我說說這位德朗克先生吧。」我道。

菠菠雙臂環過腳踝，下巴擱在膝蓋上。「他名為皮耶・德朗克，」他說道：「乃是令人聞風喪膽的巫師獵人，短短四個月內在巴斯克一帶尋獲並處決六百名巫師，留下一本巨著，也就是坡先生正在細讀的那本。討人喜歡的傢伙。啊，慢著！我可真是待客不周！」

他一下躍起身，衝出門，五分鐘後端來一盤蘋果，正是先前在爐中烤著的那幾顆。現下那些蘋果已面目難辨，凹凸摺皺，帶有焦痕，流淌著汁液。我推辭不吃，菠菠聽了略顯憤慨。

「隨你高興。」他吸吸鼻子，拿起一顆往口中塞。「說到哪裡了？是了，德朗克。蘭德，要我說，我真正想給你瞧瞧的是另一本書，叫做《*Discours du Diable*》（惡魔之語）。作者是亨利．勒克萊爾，他在金盆洗手前處決了七百名巫師。這人的特殊之處在於，他人到中年立場丕變，恰似行路至大馬色的掃羅，可他改信的方向恰恰相反。他入了魔道。」

一道蘋果汁液流到他的下巴，他以手指拭去。

「勒克萊爾一六〇三年在卡昂被捕，死於火刑。傳聞他手中抱著我方才提及的那本書，整本書以狼皮包裹，隨著火勢越來越旺，他向——向他追隨的神祈禱，隨即將書扔進火中。目擊者對天發誓那本書轉眼消失無蹤，彷彿有誰直接把書從火堆中取走。」

「唔，可以想見為什麼——」

「故事還沒說完呢，蘭德。不久流言四起，據說除了已燒毀的那本，勒克萊爾仍有兩三本一模一樣的著作。無人確知那幾本書的下落，但此後數百年來，不少神祕學收藏家一心一意要覓得這些失落之書。」

「你也是其中之一嗎，教授？」

他嘴角一撇。「我自己不怎麼想收藏那本書，但我明白別人為什麼想。傳說勒克萊爾寫下了如何治療絕症，甚至能夠獲得永生。」

談到此處，我感到手上一陣輕癢，低頭一瞧，原來有隻螞蟻爬過我的指節。

「我還是吃顆蘋果吧。」我道。

看哪，竟是人間美味。焦黑的外皮如紙般剝落，內裡是半融的珍饈，甜美可口。我留意到菠菠對著我笑，像在說：**這下信了吧？**

「也許，」他道：「該瞧瞧那小夥子讀得如何了。」

坡待在角落讀書不過幾分鐘，此時卻一動不動，雙肩積了薄薄一層灰。我們走上前去，他仍不願抬頭，我只得探頭越過他，好看清他正在端詳什麼。

那是一幅跨頁版畫，描繪一場狂宴。胸脯低垂的巫婆跨坐於濃毛大公羊身上；有翼惡魔高舉尚未斷氣的嬰孩；骷髏戴著女帽，惡鬼婆娑起舞；中心便是盛筵之主，端坐於黃金寶座上——原來是隻斯文有禮的山羊，頭上的雙角噴著火焰。

「精美至極，是不是？」坡說道，「我簡直移不開視線。哦，教授，可否准許我朗讀一段就好？」

「那你讀吧。」

「德朗克在這段談的是巫魔會儀式。如果我念得不流暢請多包涵，我還在翻譯。**在一眾惡天使之間，此乃普通常識，亦即——亦即，巫魔會之餚饌僅限於下列幾種。其一為不潔淨之動物，且為基督徒不食者……**」

我緩緩靠向前去。

「……**其二，未受洗孩童之心臟……**」

坡頓住，先是看了看教授，接著望向我，咧起嘴角。

「……**其三，吊死者之心臟**。」

古斯·蘭德的陳述：十三

十一月三日至十一月六日

返回西點的途中，我和坡全程一言不發。到了距崗亭四分之一哩處，坡翻身下馬，這時他才開口。

「蘭德先生，」他道：「方才我思考了此後的調查方向。我恍然領悟，若要找到那群……」他遲疑片刻，「那群**撒旦信徒**的祕密會社，那我們應該仰仗對這種會社最敏銳的人。換言之，便是與這類會社**截然相反**的人。」

我思索片刻。

「基督徒。」我謹慎地說。

「正是，基督徒。而且是最為虔誠的基督徒。」

「你不是要說贊辛格牧師吧？」我問道。

「老天，不是！」坡叫道，「即便惡魔對著贊辛格的聖袍打噴嚏，他也決計認不出那是惡魔。不，我想到的是祈禱團。」

我登時了悟，這策略極有道理。那正是勒羅伊·弗萊曾短暫加入的團體，是由軍校生自行籌組的祈禱會，裡頭的成員認為西點禮拜堂受聖公會影響太深，希望透過更直接的方式敬拜神。

當然了，在此之前，坡對祈禱團壓根不屑一顧。「蘭德先生，如果您肯讓我去辦，我認為現在正是善加利用這個團體的時機。」

「自然是好。但你要怎麼——」

「喔，您交給我便是。」他拖長了音說道。「撇開這個不談，您跟我得想個更妥當的聯繫方式。就我而言是相對容易，只要溜進您的旅店，把信從您門縫塞進去就行。但您還是別在我營房宿舍留任何字條的好，我室友全是專愛打探別人私事的討厭鬼。我建議改至柯斯丘什科花園，您可知道這地方？那裡有座天然泉水，泉水南端有塊石頭已然鬆脫，那應該是塊火成岩——大小足以遮住任何紙條，只要將紙適當摺妥即可。您只消早上把信箋留在該處，我自會設法趁著空檔來取——怎麼了？蘭德先生，您為何要笑？」

說實話，我單純是覺得總算有人懂我了。我手下的線人從沒一個煞費這般苦心，我等不及要對別人大大表揚他一番，就算所謂的別人只有希區考克一個。隔天稍晚，他和我依約在薩耶爾上校的接待室碰頭（天神般的薩耶爾並未出席），喝著加了濃濃鮮奶油的咖啡，吃著玉米糰子與醃漬牡蠣。空氣中飄著茉莉的燉肉香，希區考克談起他正在讀的一本書，我想是蒙特龍所寫的拿破崙時代回憶錄；整體來說氣氛輕快，彼此言談高雅，儘管這優雅的背後是壓力如山。原因在於工兵署長近日要求校方呈上有關調查進展的完整報告，這份報告預計將轉呈戰爭部長，傳聞總統亦對此案表達關切——既然總統開始關切，便可知事態日漸嚴峻，得盡快採取行動來挽回情勢。表面上我倆和樂交談，實則私底下藏著定時炸彈，滴答聲之響亮，一如薩耶爾在樓下書房所擺的鐘。那鐘在五點整敲響，鐘聲自樓下直穿上來。

我對希區考克的處境感同身受，也盡我所能協助他，把我知道的、我不知道的、我推測的統統向他說了，甚至連菠菠的事也告訴了他，縱使菠菠這人的怪癖多半討不了從軍之人的喜歡。我履行了我們之間的每條約定，起碼我是這麼以為；但我隨即瞧見希區考克站起身，凝視一座擺滿戰時獎章的玻璃櫃，登時醒悟我的工作才剛要開始。

「所以說，蘭德先生，你憑藉……幾個地上的洞，斷言此事涉及某個崇拜惡魔的……該稱之為什麼？**團夥**？」

「也行。」

「這個團夥或——或邪教組織，正在西點一帶活動，極有可能便在校內。」

「是，有這可能。」

「不僅如此，你還認為此人——」

「或一夥人。」

「或這一**夥人**深信什麼中世紀的……我原打算管那叫無稽之談……」

「你儘管這麼叫吧，上尉。」

「……因此殺害勒羅伊．弗萊，剜其心臟，只為完成什麼怪誕的獻祭儀式。蘭德先生，你是這個意思？」

「唔，上尉，」我溫和地笑道：「你明白我不是這樣的人。你可曾聽我一口咬定什麼事來？我只能告訴你，眼下是有這樣的可能。犯罪現場遺留的一系列印記可能具有異教涵義，另有幾項極為明確的指示——明確的**異教**指示，也可能與此案相關。」

「你據此推斷出什麼？」

「我什麼也沒推斷。我純粹是說，根據勒羅伊・弗萊的死法看來，他的心臟對某些宗教信徒而言是有可用之處。」

「『可用之處』、『某些宗教信徒』——說得可真含蓄，蘭德先生。」

「上尉，倘若你想稱他們為嗜血狂魔，請便。這麼做也無益我們查明犯人身分，以及他們是否有更重大的目的。」

「但蘭德先生，若是接受你所謂的『可能』，那麼兩案出自同一人之手的機率就更高了。」

「一如馬奎斯醫生所言。我想頭一個提出的人是他。」我道。

我竟然搬出別人的名諱，以示不是只有我這麼想，由此可知我是多麼——多麼無聊？多麼絕望？然而希區考克壓根不管馬奎斯醫生，只管往我的假說猛戳漏洞。戳、戳、戳，戳個無止無休，最終我道：

「上尉，親自去一趟冰庫瞧瞧吧，說我錯了，說沒有那些凹洞，沒有那些字，說那些痕跡不會構成我方才描述的圖樣，我從此不再拿我的推論煩你，隨你去找另一個出氣包。」

聽我要脅拆夥，他才住了嘴。我也住了嘴。等我再度張口，我將語氣放柔許多：

「我不曉得你想聽什麼，上尉。無論是誰，取走勒羅伊・弗萊心臟的人必然殷殷渴求**某樣東西**——那怎麼不能是異教呢？」

哦，讀者，歸根究柢，重點在於希區考克有份報告得交，報告裡頭總得有字。於是，他多提了幾個問題好來「擴展內容」，又針對合適的用字遣詞商討一番，不消多久，我們便備妥工兵署長要的東西——起碼這下能應付過去了。眼見這次會面的真正目的已然了結，虎口逃生的我向自己賀喜，準備動身離去……偏偏一時疏忽，提起了我那年輕的朋友。

「**坡？**」希區考克嚷了起來。

是這樣的，希區考克這才適應了我找坡相助的主意，可惜他沒料到同一個坡將主動查案，沒料到我在取得這些進展後，仍主張要讓坡繼續參與。他又直跳起來，再度提起什麼代行雙親之責，什麼國會所賦予之職守，什麼法定義務，聽得我腦子快要炸了。不知何故，在他一陣絮叨之中，我抓住了他這番話的關鍵，於是豁然開朗：希區考克滿心憂懼。

「上尉，」我道：「一切都會沒事的。」

仔細想來，這正是我女兒常對我說的話，即便處境無比惡劣，她依然這麼說。出自我口中，不知是否有同樣的說服力。

「但倘若，」希區考克道，嘴邊擠出條條細紋：「倘若這種——這種**團夥**果真存在，其成員想必不好應付。」

「那是自然。因此坡的任務只有收集情報，不會再給他更多職責了，其餘一切風險由我承擔。」

唉，這些不知變通的軍人！無論如何都不肯聽平民的建議，即使對方是總統也不願（遇到總統尤其不甘願）。他就這麼拚死頑抗，到頭來我只得說道：

「還請放心，上尉。我已告知坡先生，千萬不要涉入險境，一旦察覺危險就應立即抽身。」

坦白說，我還來不及對坡學員說這些話，但我確實有意這麼告訴他。我抓住隨之而來的空檔，補上一句：「一如往常，他應以學業為重。」

「前提是他健康狀況允許。」希區考克道。

我心裡一涼。

「健康狀況？」我問道。

「坡先生近日抱恙，想必你也希望他早日康復吧。」希區考克道。

「就我所知，他已經好些了。」

「那太好了。」

「我會向他轉達你的關心。」

「麻煩了，」希區考克道：「務必代我轉達。」

離開校長宿舍之際，正和我握手的希區考克頓住動作，滿臉疑慮地看著我。

「蘭德先生，據我了解，無論是教師、學員軍官或軍士，從來沒人在西點發覺任何撒旦崇拜的蛛絲馬跡。這事瞞過了這麼多人，為何你認定坡先生能發現？」

「因為從來沒人留心過，」我道：「況且，沒人有坡那樣的洞察力。」

每回我結束與希區考克的會面，必定會去一趟軍校醫院，看看勒羅伊・弗萊的屍首。我也不大明白為什麼。如今想來，我是在考驗自己的決心。幾日前，馬奎斯醫生著手在遺體內填入硝酸鉀，這種化學物質常用於保存火腿及香腸，成果顯而易見：屍身日漸轉青，病房充斥濃濃腥肉味，飢渴難耐的蒼蠅漫天飛舞。

然而當夜，我夢見勒羅伊・弗萊時，他的氣色好得多了。是，他頸子上仍套著繩圈，可他胸前的窟窿消失無蹤，身上的衣著亦非灰色學員制服，而是藍色軍官服。他一手握著一塊炭，另一手拿著鳥籠，裡頭裝有幾隻藍眼小鳥；每當他開口說話，那聲音便有如鳥兒的啼唱，只聽牠們翻來覆去地吟誦：「我不說。」鳥鳴之間，不知何處傳來另一個聲音，是高得幾乎岔氣的女子歌聲。從頭到尾，西點的鼓聲都節奏規律地響著，在清醒的剎那，我才知鼓聲源於我的胸腔，夢境的殘影在黑暗中依稀可辨。

唔，讀者，一切不過是腦袋裡的胡思亂想罷了。我提起這些，單純是為了說明我要好好睡上一覺是多麼困難。這些日子以來，睡眠得來不易，失眠輕而易舉，我曾想著，也許我在西點的時光都連綿不絕地串成一線：做夢醒來，醒著入夢，無間無斷，無始無終。還看不見終結。

隔天早晨醒來時，那張字條已等著我。是從門縫塞進來的，上頭沒有問候，沒有署名……但我一見便明白是誰捎來的。即便他是用左手寫，我也知道。

蘭德先生，我有個重大發現。

相隔兩吋的下方寫著較小的另一行，但筆跡同樣倉促：

明日可否去您家中拜訪？

古斯・蘭德的陳述：十四

十一月七日

讀者，我也曾經初來乍到，所以我能想像頭一遭前來我這小屋會是什麼樣子，一如坡在那個週日下午來訪。首先得渡過一條溪，得渡溪兩次；接著會瞧見一株鵝掌楸低垂的枝椏下，豎著以紅磚砌成的細瘦方形煙囪，煙囪之下是座老式灰瓦屋頂，籠罩著兩側的山形牆。屋子不如從遠處看起來那麼寬闊，僅二十四呎長、十六呎寬，並無廂房。屋外爬著一條葡萄藤，幾乎直達屋頂。沒有門鈴，只能敲門，若是無人應門，別客氣，當自己家就行。

坡就是這麼做的——大步進門，活像我不在家一般。我看得出他並非故意唐突，純粹是他**非看不可**。我說不出他為何如此在意這屋子，但既然有個軍校生決定把週日下午耗在你身上（在一整週當中，這可是軍校生唯一能夠自由運用的時間），必然有他的道理。

他從一樣物品筆直走向另一樣，手指撫過百葉簾與那串桃乾，在煙囪角落懸著的鴕鳥蛋前略停片刻。不止一次，眼看他的疑問已到口邊，他卻旋即受某個出乎意料的物事吸引，非得上前細瞧才行。

這地方本就罕有來客，但會這般嚴密審視的人，我想也只有他了。這令我大不自在，我老想為自己疏於打理致歉，或是替每樣東西好好解釋明白。

坡先生，照理來說這些盆裡該有花的，我太太在世時擅於照料天竺葵和三色堇。瞧見那提花地毯沒有？被我的靴子踩髒前可真是美極了。窗子原本都配著白色細棉布的窗簾，哦對，那盞磨砂玻璃燈先前有個義式燈罩，可惜燈罩被撕壞了，我忘了是怎麼撕的……

坡兜了一圈又一圈，直看到沒東西可看為止。再來他走到窗邊，以手指撐開百葉簾，朝東望去，前頭是拴著馬的籬笆，稍遠處是一塊岩架，更遠之處是哈德遜谷，以及高低起伏的甜麵包山與北碉堡。

「這地方迷人得很。」他對著玻璃喃喃說道。

「你太客氣了。」

「比我預想的乾淨。」

「偶爾有人會來。」

聽在我耳中可真滑稽：**有人會來**。頃刻之間，我腦中閃過那情景——帕希大半夜在我廚房刷洗鐵壺，汗溼雪乳。

此時坡在壁爐前跪下，往一個大理石紋花瓶裡頭瞧。天知道他以為會找到什麼，樹枝？花朵？塵灰？但想必不是**這個**。他將之抽出，吹了聲口哨。那是把一八一九年的五四口徑燧發手槍，滑膛式槍管長約十吋。

「肥料嗎？」他戲謔地問。

「留下來做個紀念罷了。上回用它射擊時，門羅還在當總統。裡頭沒子彈，但還剩一些火藥，你想弄出什麼聲響的話不妨試試。」

要不是別的東西轉移了他的注意力，搞不好他真會照做。誰知道呢？

「是書，蘭德先生！」

「我也是會讀書的。」

儘管稱不上藏書室，總共只有少少三排書，但確實是我的。坡以指尖滑過書皮。

「史威夫特，誰比他更適合？可歌可泣的庫柏。《紐約外史》！當然，每間藏書室都該……都該……喔，《威弗萊》！我簡直不忍心再讀它。」他湊得更近，「啊，這個有趣。《談破譯密碼的藝術》，約翰・戴維著，以及沃利斯博士與特里特繆斯……一整排全是密碼學。」

「退休後的消遣。我想挺無害的。」

「蘭德先生，要我說，最不適合您的形容詞就是無害。我看看。語音學、語言學，這些還挺合理。《愛爾蘭自然史》、《格陵蘭地理》，您想必熱愛極地探險……啊哈！」他從最上層書架抽出一本書，旋身面對我，雙眼熠熠發光。「您可被逮到了，蘭德先生。」

「哦？」

「您讓我以為您不讀詩。」

「我是不讀。」

「拜倫！」他喊道，抓著那本書往天花板一揮。「恕我這麼說，但這本書看來**飽經翻閱**，蘭德先生，可見我倆的共通之處比我以為的要多。您最喜愛的是哪一首？是不是〈唐璜〉？再不便是——便是〈曼弗雷德〉？〈海盜〉如何，我特別愛這首，懷著小男孩似地嚮往——」

「請你放下，」我道：「那是我女兒的。」

我費盡全力保持語調平穩，但想必有什麼流露出來，只見他登時面紅耳赤，大窘之下手一鬆，書頁打開，倏地有條黃銅鍊子掉了出來，他來不及接住，「叮」一聲落在木地板上，回音繚繞。

「這個——」

坡神色一垮，跪下來拾起鍊子，捧在掌心上朝我遞來。

「也是我女兒的。」

我看著他使勁嚥了下口水。我看著他把鍊子夾回書中，將書擱回架上。他拍去雙手的灰塵，走向楓木製的長型靠背椅，坐進藤編的椅面。

「您女兒不在這裡？」

「不在。」

「她是——」

「前陣子離家了。」

他雙手交握，一下鬆開，一下捏緊，如是交替。

「私奔。」我道：「你想知道她是不是跟人私奔。她是。」

他聳了聳肩，垂頭望著地面。

「是您認識的人嗎？」

「我見過。」

「她不會回來了？」

「不大可能。」

「看來我們都是孤苦伶仃之人。」

他說著，臉上含著一絲笑意，有如正轉述從別人那裡聽來的笑話。

「**你**不是孤苦伶仃，」我道：「你有里奇蒙的愛倫先生。」

「噢，這個嘛，愛倫先生有別的妻小要顧。其實他近來喜獲一對雙胞胎，而且眼看著就要再婚，可惜對象不是給他生了雙胞胎的那女子。無所謂，如今我對他而言算不上什麼。」

「你母親呢？你還有她，是吧？」我竭力壓抑刻薄的語氣，卻未能成功。「起碼她仍舊會對你**說話**？」

「是，我相信她時不時會。但從來不是**直接**對我說話。」他雙手一攤，「我沒有跟她有關的記憶，蘭德先生。她在我三歲前便撒手人寰，當時我哥哥四歲，他向我提過關於母親的事，比方她走路的姿態。哦，以及她的味道。她身上總帶著鳶尾花根的氣味。」

讀者，怪事就在這時開始發生。我只能說，那簡直像是氣壓產生了變化，讓我有種風暴將起之感，就在我頭頂上方醞釀；皮膚一陣酥麻，雙眼抽動，連兩個鼻孔中的毛髮都倒豎起來。

「你說過她是演員。」我嗓音微弱地說。

「是。」

「我想她也會唱歌？」

「噢，是的。」

「她叫什麼名字？」

「伊萊莎。伊萊莎．坡。」

實在詭異！我感到兩側太陽穴一陣發漲，但並無痛楚，亦無不適，純粹是提醒著我，要我對接下來的話做好心理準備，也讓我迫不及待要聽下去。

「多說些。」我道。

「該從何……」他的目光在室內轉了一遭。「她是英格蘭人，我想關於她的事得從這裡說起。她在一七九六年隨母親來到美國，當時她仍年幼。娘家姓氏是阿諾德。她從孩子的角色開始演起，接著演純樸少女，再來演女主角。啊，她在**好多地方**演過戲，蘭德先生──波士頓、紐約、費城……回回博得滿堂彩。在她演藝生涯結束前，她演過奧菲莉亞，還有茱麗葉、黛絲德夢娜。她能演鬧劇、情節劇，甚至是活人畫，沒有什麼難得倒她。」

「她長什麼模樣？」

「俏麗動人，別人是這麼告訴我的。我有個她的浮雕小畫像，改天再給您看看。個子相當嬌小，不過體態婀娜，有……一頭黑髮。」他撥弄自己的頭髮。「一雙大眼。」他意識到自己邊說邊把雙眸瞪大，淘氣地露齒一笑。「對不住，我每次說起她總是忍不住這麼做。想是因為我身上所有的好，無論是外表或精神方面的優點，悉數傳承自她。我是這麼認為的。」

「她叫伊萊莎．坡？」

「是。」他面露疑惑，「您似乎有什麼煩憂，蘭德先生。」

「倒不是煩憂。只是我看過她演的戲，好多年前的事了。」

容我招認一件事，讀者。我沒讀過幾本詩書，沒參加過幾次歌劇、音樂會、講演會，梅森－迪克森線以南的地方全沒去過，但我去過劇院，還去了不少次。在我父親告誡我不得沾染的惡習當中，打從我能夠選擇要破哪條戒開始，我最常犯的罪便是上劇院。年事稍長之後，我太太曾說，她從不擔心我在外搞七捻三，只擔心我會被劇院勾引走。我會帶著戲單回家，猶如狐狸精的裙下之臣；夜深時，當愛蜜莉亞在我枕邊鼾聲細細，我會在腦中重溫整場演出，耍火把的、塗黑臉說笑話的，以及悲劇女演員。在我有生之年，我有幸一睹艾德溫・佛雷斯特和一匹蹦跳的三腳馬、亞歷山卓・德雷克夫人、滑稽歌舞舞者西臺人祖辛那、約翰・霍華・佩恩，還有個女孩能將整條腿環在頭頂，用腳趾給鼻子抓癢。我牢記他們每個人的名字，爛熟得彷彿我在本地酒館與他們稱兄道弟。時至今日，只消提起其中一個名字，便能接連喚起一整串記憶：那聲音，那情景……那**氣味**。什麼也無法比擬十一月午後的紐約劇場，蠟燭的味道混著各種臭氣——椽木上的塵埃、凝結唾液的花生殼、汗水溼透的羊毛布料，純粹得比任何一種毒品都更令人上癮。

唔，聽聞伊萊莎・坡這名號的剎那，我便是這個反應。轉瞬間，我重返二十一年前，坐進票價五十分錢的觀眾席，是公園路劇場的池座第八排。時值冬季，天氣寒涼，從最上層座位探出頭來的妓女在披肩下瑟瑟發抖。那晚的演出中，兩隻老鼠跑過我靴子，後頭相隔十排之處有個婦人袒胸露乳，好餵養她啼哭不止的孩子，後排座位甚至起了場小火災，可我幾乎沒留心注意，只因我聚精會神地看戲。劇名叫《泰克里傳：蒙喀茲圍城》，是齣有關匈牙利愛國烈士的情節劇，我對劇情印象不深，大約是什麼土耳其大軍、悲劇之戀，裡頭有幾個戴著毛帽的男人（叫什麼來著？哦，喬吉和波格丹），也有幾個身穿馬札爾背心的女子轉來轉去，她們以假髮編成長辮，掃把似地拖在身後甩。然而，我確實記得飾演泰克里公爵千金的演員。

她給人的第一印象是嬌小玲瓏：纖弱的雙肩與手腕，嗓音清脆如笛。乍看令人心想，以這麼耗費體力的職業而言，她實在太弱不禁風。我仍記得她奔過整個舞臺，撲向飾演她情人的演員，那名中年男子身材肥壯，她簡直是**隱沒**在對方懷中，我頭一回發覺戲臺對年輕姑娘竟是如此危機重重。

儘管如此，隨著戲演下去，她身上逐漸散發某種氣勢，吸引了眾人的目光，她身邊的一干演員也連帶迷人起來，圓潤的情人漸漸化為她眼中的形象，每個杜撰的情節、喪命的場景全染上她的風采。她的演技撐起了整齣戲，我不再為她擔憂，而是盼著見到她，她一下了舞臺，我便冀望她回到臺上。這般仰慕她的不只我一人，每逢她上臺，觀眾總會掀起一陣叫好，在她死時（如同茱麗葉那般倒臥於已逝情人的屍身上）甚至有人發出撕心裂肺的哭喊。劇末，可憐的老泰克里自覺無顏面對自由的匈牙利，發出聲聲悲嘆，全劇就此幕落；這時，全場觀眾獨獨喊了**她**的名字要她再來段表演，委實不令人意外。

她佇立於幕前，橘黃光芒灑落在她髮上、手上，只見她微微一笑。在這個剎那，我才恍然明白她不如我以為的那般年輕。她雙頰凹陷，臉帶皺紋，雙手骨瘦如柴，手肘處有片片疹子，整個人看起來簡直憔悴得沒法繼續表演了，雙眼幾乎稱得上空洞失神，像是忘了自己身在何處。不過，她旋即朝樂池的指揮點了點頭，只下了兩小節前奏，便張口歌唱。

她的歌聲恰如其人，十分微小。以公園劇場如此廣闊的空間而言，那聲音未免太過單薄纖弱。但這對她也有好處，只見眾人屏息凝神，連上層觀眾席的妓女也停止談天，好聽清她唱的是什麼，也由於她的歌聲清澈乾淨、毫無矯飾，反倒傳得比歌喉渾厚的人更遠。她一絲不動地站著，唱罷行了個屈膝禮，再度微笑，比了幾個手勢，讓大家知道謝幕後的表演到此為止。在她正要下場之際，她倒退一步，好似突如其來的一陣風扯了她的裙子一把，但她迅即站穩腳步，假裝成行禮般掩飾過去，小心翼翼走向側臺，揮了最後一次手才離場。

我當時早該猜到才是。她死期已近。

嗯，我自然沒把這番話統統告訴我那年輕朋友，只揀了好的部分說：那些啜泣，那些喝采。從來沒人這般全神貫注聽我說話，他坐在我腳邊，聽得入了迷，簡直是**盯著**字句從我口中吐出。說完之後，他像個調查官似地犀利審問我，什麼都要我再說一遍，要我回想早已淡忘的細枝末節：她所穿戲服的顏色，其他演員姓什名啥，池座的大小……

「她的歌呢，」他呼吸急促地問道：「您可還會唱？」

不行，估計沒法子。事隔二十餘年，抱歉得很，我真唱不出來。

不要緊，坡自己唱了出來，就坐在我的客廳地板唱。

夜裡狗兒放聲叫，
我到門邊往外瞧。
姑娘個個會情郎，

偏我孤單無人靠。
哦！此生歸宿在何處，
哦！叫我該如何是好，
形單影隻未出嫁，
空守春閨無人來，
空守春閨無人來。

待他唱到尾聲，我才想起這首曲子。臨到結尾，旋律越升越高，一路爬至屬音，旋即向下直落至主音，極富感染力。坡自己似乎也明白，刻意拖長了最後三顆音。他有副情感豐沛的男中音好嗓子，唱起歌來不像講話那般裝腔作勢。他像是邊唱邊想下一顆音落在何處，等最後一個音結束時，他抬起頭道：「我唱的調子跟她不一樣。」接著，他滿懷感情地說道：「蘭德先生，您能親耳聽她唱真是幸運。」

確實是三生有幸，我如是答道。可就算當初她唱得不好，我也會這麼回答坡。千萬別惹死了媽媽的男人，這是我的座右銘。

「她在臺上是什麼樣子？」他問。

「很是迷人。」

「您不是在客——」

「不，不，她非常討喜。有種少女的神態，而且……很澄澈，相當動人。」

「別人也是這麼告訴我的。但願我親眼見過。」他雙手捧住下巴，「蘭德先生，說來真是神奇，命運竟讓我倆以這種方式相遇。我不禁覺得，當年您之所以見到她，正是為了有朝一日轉述給我聽。」

「我也說給你聽了。」我道。

「正是，這當真……當真是我的福氣。」他垂下頭，十指交叉，感受手指之間相互摩擦。「蘭德先生，想必您也明白這種感覺——我指的是失親之痛。痛失至親骨肉的感覺。」

「我想我是明白。」我語氣平穩。

「我在想。」他抬眼望來，臉上含著示好的笑。「您願不願意跟我說說**她**的事？」

「誰？」

「您的女兒。假如您不介意，我很樂意聽。」

好問題。我是否介意？

太久沒人問我是否介意，我已不記得有什麼可介意的了。於是，由於他詢問得如此有禮，由於四下裡並無旁人，由於爐火轉趨微弱、周遭起了些涼意——我想，也由於當時正值週日午後，每逢此時，我總覺得她就在我身邊。於是，我開口談了起來。

說得沒什麼條理。我從某一年跳到另一年，想起什麼就說，再隨之談起另一個回憶。說起有回在綠蔭公墓，她從榆樹上栽了下來。說起她坐在福爾頓市集裡頭的模樣；打從她小時，即便把她留在繁忙無比的市場，她也絕不會挪動半分，絕不埋怨，只因她心裡一向清楚，一定會有人回來接她。說起她十三歲生日那年，在阿諾・康斯特柏商店買了條裙子，哦對了，又在康托公園吃冰淇淋，還抱了一下大都會旅店的調酒師傑瑞・托馬斯。

她的裙襬總會發出她獨有的聲響，聽來像是溪水輕撲河堤。她走路時會微微低頭，好似正檢查靴上的鞋帶。唯有詩人能使她落淚，她幾乎沒為了其他人哭過。倘若有誰對她態度惡劣，她會定睛直勾勾望著那人，像是想弄明白這人著了什麼可怕的魔。

她能說好幾種語言，愛爾蘭語、義大利語、起碼三種方言的德語，天曉得她怎麼學來的，估計是在紐約的街道上吧。要不是她這麼——這麼**內向文靜**，說不定她也能進劇場當個演員。噢，還有她握筆的姿勢真是怪極了，是用整隻手握拳似地握住筆身，好似要拿魚叉捕魚。儘管她的手再怎麼不適，我們始終沒能讓她改掉。

還有她的笑聲，我說過沒有？好**隱密**的笑法，充其量只是從鼻中迸出一股氣流，也許加上下巴微顫、頸子略略一僵。啊，你得仔細留神才能察覺那女孩在笑，否則肯定會徹底錯過。

「您還沒說她叫什麼名字。」坡說道。

「她的名字？」

「是。」

「玫蒂。」我道。

我的嗓音洩漏了一絲情緒。我該索性閉上嘴才是，但我勉強說了下去。

「她叫玫蒂。」

我兩眼一熱，以手臂覆住雙眼，笑了一聲。「對不住，我怕是有些精神不佳……」

「如果您不想說，」他柔和地說道：「就用不著再往下說。」

「我先說到這裡吧。」

這下尷尬得很。我原想裝作一切從未發生，但坡不認為有這必要。他把我說的話全記在心上，隨後以彷彿和我熟識多年的親近態度，對我這麼說。

「多謝您了，蘭德先生。」

他的語調令我如獲大赦。我從未細想我是什麼地方受到寬宥，只知方才那陣難堪之情已然消解。

「我才要感謝你，坡先生。」

我向他點了點頭。接著我倏地起身，尋起鼻菸來。

「看來，」我揚聲對著身後喊道：「東拉西扯了這許多，我們都忘了手上還有正事要辦。你說你發現了什麼東西？」

「比東西更好，蘭德先生。我找到了個人。」

坡按照計畫，在週五下午採取行動，當時降旗典禮剛剛結束，但學員還用不著到食堂集合。趁著這個空檔，他找上了祈禱團的領袖人物，那人是個三等學員，名叫盧埃林·李。坡壓低音量，語氣哀懇，詢問是否能參加下一場祈禱團集會，因為他實在等不了週日的禮拜。李迅即召來幾位團員，相約就在槍架旁來場臨時討論會。

「沉悶至極的一夥人，蘭德先生。萬一我說出我真正的宗教觀，他們想必會立即將我逐出團外。當下我只得強裝溫和恭順、唯唯諾諾，實在有違我的本性。」

「多謝你這麼費心，坡先生。」

「算我們走運，他們身為宗教狂熱分子，什麼事都會輕易相信，結果毫不疑心地邀我參加下次集會。我說我前幾日碰上了一名學員，如今亟需靈性方面的指引——不消說，這話勾起了他們的興趣，對我說：『麻煩你解釋解釋。』於是我裝出畏懼的口吻，說那位學員向我提出一個**邀約**，內容頗為邪門，在我看來偏離了基督之道。在他們進一步催促之下，我說那人煽動我質疑我信仰的根基……還要我學習有著古老淵源、神祕難解的儀式。」

（他當真是這麼說的？想必是。）

「蘭德先生，他們就這麼上鉤了，向我逼問那纏人的學員是誰。我答說既然他是私下對我吐露祕密，基於道義，我不能透露那人的名字。他們說：『是，我們明白。』可過沒多久又回頭追問：『誰？究竟是誰？』」

他一面回想，眼裡一面流露笑意。「哎呀，但我堅決不從。我告訴他們，即便是神親口說要降下落雷劈死我，我也決計不告訴他們。我說洩密是不對的，違背了身為軍人與君子的每個信條。唔，我們來回拉鋸，直到其中一人再也按捺不住，終於衝口而出：『是不是馬奎斯？』」

說到此處，他粲然一笑，無疑很是沾沾自喜，誰又怪得了他？學弟擺了學長一道可不是常有的事。

「就這麼著，蘭德先生！多虧我的小伎倆，加上他們心思單純，如今我們有了個名字。」

「除了名字，他們沒說別的？」

「他們不敢再說了。說溜嘴的那傢伙立時遭到喝止，住了口。」

「但我不明白。你明明清楚說了那人是個學員，為何他們反倒提起馬奎斯醫生？」

「不是馬奎斯醫生——是**艾提默斯**·馬奎斯。」

「艾提默斯？」

他咧嘴笑得更開，一口無瑕貝齒都共同慶賀。

「馬奎斯醫生的獨子，」他道：「是一等學員。從傳聞看來，他對黑魔法也有所涉獵呢。」

古斯・蘭德的陳述：十五

十一月七日至十一日

就在這個剎那，坡有了新的使命。我要他設法接近這位艾提默斯・馬奎斯，盡可能蒐集情報，定期回報給我。面對他的下一個任務，我手下這位年輕密探臉色頓時一白。

「蘭德先生，恕我這麼說，但這是辦不到的。」

「這是為何？」

「噢，我的確──在這一帶的確小有名氣，可我不認為馬奎斯先生聽過我這號人物，儘管我們隸屬同一個學員連隊，卻沒有共同友人，何況我不過是個一年級生，壓根沒有什麼關係可攀……」

他對我一口咬定，此事萬萬不行，絕無可能。哄騙祈禱團說出名字是一回事，想辦法讓一等學員對他推心置腹又是另一回事。

「我相信你找得出辦法，」我道：「只要你有心，你是很討人喜歡的。」

「但我究竟該找什麼？」

「哎，坡先生，這我恐怕還不曉得。依我看，頭一件事是爭取馬奎斯先生的信任，待你取得信任，只需張大眼睛留心即可。」

他仍舊再三反對，我一手按住他的肩，道：

「坡先生，能辦到這件事的，除了你沒有別人了。」

我想必是真心相信這句話。若不是這樣，我怎麼會在沒聽到他任何音訊的情況下，放任一整週白白流逝？不過我得承認，到了週四夜晚，連我也心焦起來，擔心計畫將宣告失敗。說實話，我甚至擬起了要拿來應付希區考克的說詞，就在此時，我聽見旅館的房門傳來一個悶響。

我打開房門，走廊不見人影，卻有個素色牛皮紙包裹等著我。

瞧我痴痴等著他傳來隻言片語，一丁點簡短描述都好，卻沒料到坡送來了一整份手稿。一頁接著一頁！天曉得他哪來的時間寫下這麼多字，薩耶爾所排的作息表之嚴酷是人盡皆知：黎明便奏響晨號、早晨演習、午餐、午後講課、操練、降旗典禮、九點半吹熄燈號，學員一晚頂多睡上七小時。坡平時只睡四小時，瞧坡對過去這一週的描述，他這幾天多半睡得更少。

我一口氣讀完整份手稿。讀來頗有樂趣，原因之一是這份手稿如同所有記述，從中可看出不少作者的特質——當然，作者本人未必肯承認。

愛德加・愛倫・坡呈交奧古斯都・蘭德的報告

十一月十一日

以下簡述我至今為止的調查過程。

我盡己所能貼近事實(力求明確，蘭德先生！)，避免雕琢會令您煎熬的華美之詞。若我不慎流於堆砌，還請寬宥；這絕不是請求特權，不過是因為詩人本性如此，我難以強迫靈魂背離天命。

我已向您說明，要我與艾提默斯・馬奎斯成為密友是多麼艱巨的挑戰。果不其然，自週日晚間至週一早晨，我花了大半時間反覆琢磨這問題。最終，我下了個結論：倘若要讓小馬奎斯注意到我，勢必得在大庭廣眾之下上演一齣事件，使他對我深有共鳴。如果我推測得沒錯，這事件也能勾動他心底最**黑暗**的祕密。

主意既定，週一的早點名一結束，我隨即動身趕赴醫院，與馬奎斯醫生相見。好心的醫生問我出了什麼毛病，我告訴他是胃部不適。「怎麼，是暈眩症不是？」馬奎斯醫生嚷道。「給我量一量脈搏，很快就好。是了，坡先生，今天別出宿舍，護士長會給你一劑瀉鹽。明日四處走走，做些運動活絡筋骨，沒什麼比這更好的了。」我取了瀉鹽和診斷證明，前去尋找喬瑟夫・洛克少尉，他正連同一眾學員指揮官，察看學生的早餐集合隊伍。我注意到艾提默斯・馬奎斯先生亦在學員指揮官之列。

蘭德先生，容我簡單描述他的外貌。他大約五呎十吋高，身材精瘦結實，有雙綠中帶褐的眼睛，以及一頭連校內理髮師都束手無策的捲翹棕髮。他還善用身為一等學員的特別待遇，在脣上蓄起了鬍子，勤加修剪。那嘴角時常帶著笑，嘴脣豐滿，笑容溫暖。我想他稱得上極為英俊，換作迷信之人，估計會認定他是絕世英姿的拜倫再世。

洛克少尉看了診斷證明，面色極為不悅。考量到現下正有旁人在場，其中一人更是小馬奎斯，我於是把握機會，宣稱除了暈眩症之外，我還患了另一種更嚴重的病症，也就是 **grand ennui**（註22）**痙攣症**。

「grand ennui？」少尉慍怒道。

「病勢相當沉重。」我答道。

聞言，幾個聽懂我意思的學員偷笑起來。然而也有人嫌我耽誤時間，直白表達不滿：「拖拖拉拉的做什麼！喂，話說完就趕快走，老爹！」（之所以會有這個諢名，我得遺憾地在此說明原委：和我這些同學相比，我的外表顯得較為老成，這沒什麼可奇怪的，畢竟我比多數學員大上幾歲，拿我室友吉布森先生來說，他還不滿十五。校內流傳著一個不像樣的謠言，說我的軍校入學名額原本屬於我兒子，可惜這位不存在的年輕人英年早逝，名額才落到我頭上。）學員副官迅即制止了這些可笑愚昧之舉，令我欣喜的是，與我同連的學員只是默然旁觀，艾提默斯·馬奎斯也是如此。

註22 grand ennui 為法文，意指極度無聊、枯燥難耐。

此時，洛克少尉愈加煩躁。儘管我努力說明我的病情確實嚴重，他卻不聽我解釋，要我說話當心些，否則就要通報上級。我力表清白，大聲說他大可親自問一問醫生。蘭德先生，在我說這些話之際，我做了極其冒險的一個舉動：我望向身處人群中的艾提默斯・馬奎斯，對上他的視線，以隱晦但絕不會遭錯認的動作朝他眨了下眼。

假如小馬奎斯對他父親萬分敬重，說不定會深感冒犯，我和他結為好友的希望也將當場破滅。那您可能會問，為何我斷定能冒這個險？您瞧，據我推測，敢於違逆正統信仰之人，必定也敢違逆一家之主。我明白，沒有任何先驗證據能夠證實這樣的說法，但我的推斷旋即得到印證，只見那青年臉露笑意，隨後便聽他說道：「少尉，他所言不假，我父親說他從沒見過這般嚴重的病症。」

這發展令我大喜，激勵我更進一步挑戰校規。因此，在洛克少尉轉頭斥責艾提默斯出言不遜時，我用眾人都能聽清的音量宣告，我這病一遇到禮拜儀式便發作得更厲害。「我恐怕沒法去做禮拜了，」我清楚明白地說：「接下來起碼三個禮拜日都去不成。」

我瞥見艾提默斯以手掩住嘴，可惜我說不出他是要掩飾笑意抑或驚駭，原因在於洛克少尉逼近了我，嗓音奇低，指謫我「厚顏無恥、荒腔走板」，又說派我多站幾次哨準能「治一治我這態度」。他摸索著隨身攜帶的記事本，送了我三支申誡，隨後又由於鞋子髒了不符服儀規定而追加第四支。

（蘭德先生，我得暫時中斷敘述，央請您為我在希區考克上尉面前美言幾句。若不是因為我將軍校事宜視為第一要務，絕不會如此明目張膽違逆校規。我擔憂的不是申誡，只是站哨定然有礙日後調查——也有礙我的健康。）

洛克少尉命我即刻返回宿舍，又吩咐我最好在房內等候長官上午查營。我聽了他的話，果真乖乖待在南營二十二寢。十點整過後不久便響起敲門聲，殊不知踏進寢室的竟是指揮官本人，蘭德先生，您不妨想像我多麼驚訝！我登時立正站好，暗自慶幸我的帽子、外套正好好掛在牆上，棉被也摺疊整齊。不知何故，希區考克上尉檢查得比平時更久，嚴密審查房間的前廳和臥室，還指出我的刷子髒了。待他終於檢查完畢，他用在我聽來極其揶揄的口吻，問我暈眩症好些沒有，我盡量答得模稜兩可。隨後，希區考克上尉要我往後別再挑釁洛克少尉，我向他擔保那絕非我本意。儘管他聞言顯得不大滿意，他還是離開了。

接下來一整天我潛心讀書，雖然收效甚微。我溫習了代數和球面幾何，以我的程度而言皆不成什麼大問題，此外又譯了一段伏爾泰的《查理十二傳》，雖說那段有些乏味。到了午後，我已迫切期盼其他消遣，甚至擅自寫起詩來。可嘆的是，我一心記掛著**另一首詩**——也就是我先前所說，那不可名狀的存在指引我寫下的那首詩——結果只寫了短短幾行。

午後時光過了一半，一顆石子擊中我的窗戶，響聲打斷了我陰鬱的愁思，我登時從椅中起身，推開窗扉，一看之下吃驚不小：只見艾提默斯·馬奎斯站在底下的集合場！

「你叫坡，是吧？」他喊道。

「今晚有宵夜，十一點，北營第十八寢。」

「是。」

不等我出聲答應，他轉身便走。

我最感驚異之處，在於他喊話的音量之大；一名學長邀請新生在熄燈後出席違規聚會，他竟然這般**扯開喉嚨**大叫大嚷。我唯有推測，身為西點軍校職員之子，定然能使他規避不少責罰（至少他是如此認為）。

蘭德先生，我就不詳述我究竟用了哪些繁複的計策，在熄燈後不久離開寢室。您只需明白，與我同寢的兩位學員轉眼入眠，我藉著輕盈的腳步與敏捷的思路，在約定時間的幾分鐘前順利抵達北營第十八寢，與寢室內的住宿生相見。房內，窗戶全數以床單掩住。他們預先從食堂挾帶了麵包和奶油、從軍官食堂偷渡了馬鈴薯，又不知從誰的雞舍偷來一隻雞，還從柯伯農夫的果園摘了籃帶有斑點的紅蘋果。

身為唯一受到眷顧的一年級生，我自然招來了旁人的好奇，但裡頭有個人對我尤其反感。此人是一等學員藍道夫．巴林傑，來自賓州，一逮到機會便對我極盡嘲諷之能事。「喔，老爹！給我們多說幾句法文！」「小愛迪，你不是該上床睡覺了嗎？」「是不是有人的尿壺快**潑**出來啦？」（用不著我多做解釋，**潑**這個字與我的姓氏發音相近。）旁人看來皆未隨他起舞，起初我想不通他為何這麼對我，後來我憑藉幾個線索，推斷他是艾提默斯的室友。根據這一事實，我推測他自命為艾提默斯心腹之交的把關者，一如地獄三頭犬那麼盡忠職守。

蘭德先生，假如我純粹是為了自己而來，定會找巴林傑討個公道。然而我一心記掛我對您、對學校的職責，只好堅決克制自己。好在其他人似乎打定主意彌補巴林傑的無禮態度，據我猜想，大半是看在艾提默斯的份上，因為他對我平凡無奇的身家背景真心誠意表露興趣。得知我出版過詩集後——這事並非由我主動提起，況且若不是他們一番追問，我也不會鬆口說出我對莎拉・約瑟法・海爾夫人（註23）的看法，她曾讚揚我的詩作展現了卓著的才華——總之，得知我的（容我這麼說）天命之後，艾提默斯當即要我朗誦詩歌給大家聽。蘭德先生，我自是樂於聽命，唯一的難處在於找一首適合的詩。〈艾爾・阿拉夫〉對一般人而言過於晦澀，況且尚未完成；〈帖木爾〉雖說頗獲好評，可在這場合顯然還是念些輕鬆愉快的詩更好。於是我提起我有意作首詩頌揚洛克少尉，隨即聽聞包括艾提默斯在內，現場不只一人曾在就讀軍校的這幾年間，慘遭這名橫眉怒目的軍官通報。也因此，他們迫不及待要聽聽我的打油詩（儘管這麼說有吹噓之嫌，但這是我當場即興所作）。

約翰・洛克非同小可，
喬瑟夫・洛克更是奇人；
前者素來享有盛名，
後者專會修理別人。

註23　莎拉・約瑟法・海爾（Sarah Josepha Hale）為著名美國作家，曾任《女子雜誌》（*Ladies' Magazine*）編輯，在當時的文壇頗具影響力。

這首詩引來一陣開懷大笑，喝采連連。大夥對我稱賞不絕，急著要我再寫點詩打趣**其他**軍官及講師。我盡己所能作了幾首，甚至隨興模仿了幾位性格鮮明的對象。眾人一致同意我學起戴維斯教授可謂唯妙唯肖（「把那老混蛋演得活靈活現」）——當我模仿教授的習慣，一面身體前傾一面嚷道：「怎麼樣啊，馬奎斯先生？」唔，那哄堂大笑堪稱震耳欲聾。

在一片歡欣快活的氣氛中，唯有一人並未同樂，也就是前文提及的巴林傑。我想不起他確切是怎麼說的，但我想他的意思是：我還不如去薩拉托加（註24）取悅太太小姐，在軍校這種地方簡直浪費了我這出眾的天賦。幸虧艾提默斯開了口，讓我免於和他針鋒相對；只見艾提默斯聳了聳肩，說道：「也不光是坡，誰在這裡不是浪費。」

聞言，有個人笑說來軍校只有一個好理由，就是「看遍這裡的女人」，這話引來當夜最暢快、最熱烈的一陣大笑。蘭德先生，您也是男人，自然料想得到話題迅速轉向眾人這幾週以來見過幾次女子。他們如飢似渴地傾聽每個細節，旁人說不定以為這些可憐的傢伙二十年沒見過異性了呢。

最後，有個人提議要艾提默斯「掏出望遠鏡來」。我原以為那是個不怎麼巧妙的暗喻，不料他們當即從壁爐架中取出一具小巧的望遠鏡，不消多久，艾提默斯便將望遠鏡置於三腳架上，探向窗外，對準南南東方向。經過巧妙的探問，我得知艾提默斯就讀一年級時某次夜遊，遠遠瞥見一處住宅之中，有個衣衫不整的女子經過窗

註24 薩拉托加（Saratoga）是紐約著名的水療與度假勝地。

前。當時的目擊者唯有艾提默斯和巴林傑，此後再也無人得見，然而光是因為**有機會**一睹瞬間即逝的女子身影，這些男人便一個個輪流湊到鏡頭前。

只有我推辭不看，我這分內斂保守招來巴林傑出言奚落，這回也有另外一兩個人跟他一同取笑。我自認沒理由回應他們荒唐的言詞，眼見我除了連連臉紅之外並無其他反應，巴林傑那夥人便漸漸止住了冷嘲熱諷。或許正是由於我臉紅了，今晚的東道主反倒對我更有好感；在聚會的尾聲，艾提默斯特別邀我參加週三晚上的牌局。

「你會來吧，坡？」

他說這句話的口吻，足以扼殺任何異議。現場隨之一陣靜默，足以證明艾提默斯在這群人當中地位堪比君王，他的王冠看似戴得輕鬆，卻無疑是飽經淬鍊。

面對小馬奎斯的邀約，我卻面臨一個難題，也就是我囊中羞澀。我這個月的二十八元軍餉已幾乎用罄，個中原因十分繁瑣，在此便不贅述。蘭德先生，我一度考慮向您商借，最後承蒙我那來自焦油腳跟（註25）的室友好意解救，他在關鍵時刻出手相助，慷慨解囊借出他私藏的二元（他也親切地提醒我，他在十月已借了我三元）。於是在週三晚間，我揣著這幾塊錢，大膽地躡手躡腳爬上樓梯，再度來到北營第十八寢。艾提默斯表示很高興見到我，接著發揮魅力，獻寶似地拽著我去見那些

註25 焦油腳跟（Tar Heel）是北卡羅萊納州的別稱，該州由於十八至十九世紀盛產焦油而得此名。

兩天前沒出席聚會的學員。他幾乎用不著介紹我是誰，因為我所作的諷刺詩早已在食堂與練兵原廣為流傳，那夜不在場的學員紛紛爭著要我再作幾首打油詩，打趣那些最不討他們喜歡的教職員。（恐怕希區考克上尉亦名列其中。我已記不清以他為靈感的那四句詩了，只記得和他姓氏押韻的韻腳是「時刻」。）好歹這次聚會跟上回有個不同之處：有個人挾帶進來一瓶賓州重威士忌（多虧天使般的帕希），光是看到那酒，我渾身都熱了起來。

那晚玩的是「埃卡泰」，蘭德先生。長久以來，埃卡泰是我最喜愛的撲克牌遊戲，在我入維吉尼亞大學就讀期間經常以此消遣。因此，若是知曉我不到兩輪便占得上風，您應當不致感到詫異；巴林傑倒是大感焦躁，他由於酒後微醺，未能及時宣告梅花K在他手上，結果錯失得分之機。我是很樂意用整個晚上搾乾他的每一分錢，但我意識到另一人也深受我的牌技之苦——那人正是艾提默斯。他越來越常在言詞間流露惱怒之意，我思忖這絕不是他頭一次輸牌，也絕不會是最後一遭。眼見他愈發惱怒，我愈發小心，畢竟我費盡心思博取他的好感，可不能為了打牌這點小事而白費。是故，蘭德先生，我選擇放下傲氣好維持和睦氣氛，設計讓艾提默斯贏牌，最終拖欠大約三元十二分。

（蘭德先生，走筆至此，我誠摯地懇求您代為償還這筆欠款，追根究柢，會背上這筆債務全是為了軍校。假如愛倫先生肯信守承諾，我就用不著請求您了，偏偏我財務窘困，唯有出此下策。）

這個嘛，先生，無論金額再怎麼微薄，眼看錢財唾手可得卻棄之不取，絕非易事。然而，由於我這次「輪牌」（看在外行人眼中，當然以為是這麼回事），一眾學員對我大為同情，尤其是艾提默斯，結果他們對我更有好感了。我明白，此刻正是著手實踐計畫的良機；於是我以極其謹慎巧妙的方式，將話題引到勒羅伊・弗萊身上。

我向他們透露，蘭德先生**您**曾誤以為我與弗萊熟稔，因此找我問話。一提起您，眾人便熱烈談論起您這個有趣的話題。我就不多說那些細枝末節了，蘭德先生，您只要曉得，您在大家心目中可謂一代傳奇，簡直不亞於拿破崙或華盛頓。有人說您光是清了清喉嚨，便讓重罪犯俯首認罪，另一人說您在燭臺上嗅到了凶手留下的味道，從而揭穿殺人犯的身分。此外，我認為有必要一提：在艾提默斯看來，您大體上是個性情溫和的謙謙君子，比起處置惡徒，估計更擅長處理吃食。（蘭德先生，倘若您不覺得他這番少不更事的話有哪裡好笑，起碼您可以感到寬慰，他縱然對您有所誤解，這些話卻反映了您的人品。）

隨後，話題轉向了不幸的弗萊身上。據在場某個人的觀察，這可憐的傢伙不管在什麼領域，表現都不甚突出（甚至連操作經緯儀都不怎麼擅長），他這番死法，可說是他人生中唯一教人刮目相看的成就。大夥一致同意，在軍校的天地之中，弗萊是顯得如此渺小，當初根本沒人料到他幹得出自盡這等慘烈的大事。是的，蘭德先生，多數人依舊認定勒羅伊・弗萊是自願赴死。說來有趣，也有許多人相信他那夜溜出去是為了幽會；這兩種推論究竟為何不會相互牴觸——唔，資質愚鈍的我想不通。倒是有位二等學員提出了一項推測：說不定有個姑娘與他約定不見不散，卻背信棄約，弗萊這才絕望上吊自殺。

「哪個姑娘會答應與**他**不見不散啊？」有人嚷道。

這話引來一陣笑聲，只聽臉帶笑意的巴林傑說道：「艾提默斯，你姊姊呢？弗萊不是為她神魂顛倒嗎？」

登時，一片肅殺的寂靜。眼看惹人厭的巴林傑就要玷汙一位姑娘的清譽，任何有品格的君子自當挺身而出，教他給個交代。我正打算這麼做，艾提默斯卻伸手拉住我的衣袖，只見他表情一派輕鬆，平靜得有些詭異，我大不自在地聽他說道：「別這麼說，藍迪，這屋裡與弗萊最親近的就是你了。」

巴林傑語氣平穩，答道：「我料想再近也不如**你**那麼近，艾提默斯。」

小馬奎斯並未立刻還以顏色，屋裡又一次陷入靜默，悄無聲息，氣氛緊張，沒人敢開口說話。這時，出乎我們意料之外，艾提默斯竟爆出一陣大笑，巴林傑也隨之笑出聲來。然而，那並非令旁人放下心頭大石的開懷之笑；不，蘭德先生，那是歇斯底里的狂笑，彷彿他們的神經已然繃到極限。後來，靠著艾提默斯的一番努力，我們才恢復那晚最初的愉快氣氛，即便如此，之後也無人敢重提勒羅伊・弗萊。午夜時分已過，我們淨是談些空洞無趣的話題，在大家都已心神倦怠之際，這類談資是再安全不過了。

時間已逼近凌晨一點，我察覺人數一個個減少，最後總計只餘四位，於是我也打定主意要走。艾提默斯隨我站起身來，提議要——不，那語氣更像是吩咐，說要送我離開北營。他解釋道，最近凱斯少尉會穿上橡膠鞋套在走廊巡邏，一週下來已逮住五名學員、打斷三次宵夜、沒收六個菸斗。若是沒人護送我出營，我說不定也會「被逮個正著」，他這麼告訴我。

我連連道謝，信誓旦旦地說我很樂意自行承擔風險。

「好吧，那就晚安了，坡。」他和我握手，補上一句：「這週日來我家喝杯茶吧，其他幾位朋友也會來。」

此後發生的事，恐怕與艾提默斯並無直接關聯。蘭德先生，對於是否該轉述給您知道，我猶豫了一番，不過思及我的職責（也就是轉述一**切**），我決定繼續說下去。

我隨即發現，北營的樓梯間暗得伸手不見五指。摸索下樓的途中，我一時疏忽，腳跟踢到了樓梯豎板，幸虧及時抓住在頭上不遠處的壁燈，否則我可能會一頭往下栽，直滾到底。

我緊緊抓住扶手，走完剩餘的樓梯，沒再踏錯一步，直到我的手觸及門板。那一刻，我渾身湧上一陣強烈而駭人的預感——儘管眼前昏暗，我卻感到**附近有人**藏身在黑影之中。

假如手上有燈，大約就能撫平我的懼意，只嘆我的視野實在受限，唯有仰賴別的感官；為了彌補視力，其他感官都已激發到過度敏銳的地步，令我耳邊隱隱響起又低又急的聲響，聽來恰似一只手錶裹在棉花之中。剎那間，我陡然冒出一種無比明確、無可抹滅的感受：那人正**看著我**——**審視著我**——猶如一頭野獸藏在叢林的暗影之中，打量著獵物。

我會被殺，我腦中瞬間冒出這個強烈的念頭。但我卻無從判斷是誰令我簌簌發抖，他又為何有意加害於我。我呆站在漆黑當中，唯有靜候命運降臨，內心滿是死期將至的絕望。

一陣漫長的靜默，杳然無聲，我再次使力想將門推開，此時我感到有隻手按住我喉嚨前側，另一手則抓住我的後頸，雙手牢牢掐住我的脖子。

我得補充說明，我之所以未能採取任何有所助益的自衛行動，並不是由於對方的力氣，而是因為**事出突然**。我奮力掙扎卻徒勞無功，直到那雙手驀地收回，正如憑空出現時那般突兀。我大叫一聲，摔倒在地。

我仰面朝上，眼前只見一雙赤腳，在陰間般的幽暗中泛著靈異的蒼白之光。頭頂傳來一聲蔑視的低吼：

「怎麼，真像個婆娘。」

那嗓音！居高臨下俯視著我的——正是**可憎的巴林傑**！

他呼吸粗重，站了好半晌，接著回頭上樓，留下氣急敗壞的我——我承認，我簡直怒火攻心。即便有更重大的命案得追查，我也決計嚥不下這般攻擊、這般侮蔑，蘭德先生。我在此宣告，有朝一日，猛獅將反遭綿羊吞食，獵人將**反遭狩獵**！

我對亞里斯多德三一律的堅持看來只能妥協了，蘭德先生，這下我才發現忘了提艾提默斯對我所說的最後一句話。我站在走廊時，他告訴我，他想讓我認識他姊姊。

古斯・蘭德的陳述：十六

十一月十一日至十五日

唔，以上便是坡的說法。當然了，你永遠沒法確定他人所言有幾分真假，是吧？就拿他與洛克少尉的那番對話為例，我敢說，估計他並不如他筆下所寫那麼帥氣瀟灑。至於他讓艾提默斯贏牌那回事——這個嘛，依我的經驗，年輕人想在牌桌上算計，下場多半是遭人算計。假使有誰能證明我錯了，我倒也不排斥。

要我說，在坡描述的事件當中，最不受敘事者的文辭所掩蓋的——至少該說是我反覆回顧的一段，是艾提默斯與巴林傑那段神祕難解的對話：

這屋裡與弗萊最親近的就是你了……

再近也不如你那麼近……

他們的用詞：**親近**、**那麼近**。我不禁自問，倘若這兩個談笑風生的小夥子是指**真正的距離**呢？他們是不是以隱晦的言詞，拿他們距離弗萊的屍身**多近**來說笑？

是，這充其量不過是根稻草，但眼下我什麼救命稻草都願意抓。於是，在用餐時間前，我特意去了趟學員食堂。

讀者，你可曾見過紅毛猩猩擺脫鎖鍊束縛的情景？隨著我們踏入食堂，請記住那幅光景。試著想像，上百名飢腸轆轆的青年列隊，默然無聲向餐桌行進；試著想像，這群青年在座椅後方立正站好，只等那簡短的一個詞：「坐下！」登時人聲鼎沸，他們一頭栽進錫盤，狼吞虎嚥，大口喝乾依舊滾燙的茶，囫圇吞下整塊麵包，撕咬獵物似地將煮馬鈴薯給扯碎，一塊塊牛肉眨眼間消失無蹤。此後二十分鐘，紅毛猩猩風捲殘雲的聲響傳遍食堂，也只有在此處，學員之間會為了豬肉或糖漿這點小事而大打出手。這群野人竟然沒吃了桌子，吞了自己所坐的椅子，再把廚房清潔工和食堂領班拆吃入腹，可謂一大奇蹟。

也因此，在我踏入食堂之際，壓根沒人注意到我。我趁機和一名清潔工攀談起來，他是個極為聰慧的黑人，在這裡待了十年，見的事情可多了。他能告訴你哪個學生會捏麵包，哪個學生會偷吃牛肉，誰切肉切得最好，誰的餐桌禮儀最糟，誰在湯普森大娘那裡吃過了飯，誰在蘇打水店吃了餅乾和醃漬小點。他的洞察力不僅限於吃食，更能一語道破哪幾個學生有辦法畢業（人數不多），哪幾個學生大半輩子只能做個加銜少尉。

「賽撒，」我道：「不知你能否替我指認幾個人。動作別太大，我不想失禮。」

為了確定他的眼力，我讓他先把坡指出來。賽撒一眼便找著了：坡俯在一盤羊肉前，嫌惡地撥弄著一小堆大頭菜。接著我胡亂說了幾個無關緊要的人名，全是些我聽過但沒當面說過話的學生。再來，我故作輕鬆地說道：「哦，還有馬奎斯醫生的兒子，他在哪裡？」

「哎，他是其中一位桌長，」賽撒道：「在西南方那個角落呢。」

那是我頭一回見到艾提默斯．馬奎斯，他坐在餐桌主位，叉起一口蒸布丁，嚥下喉嚨。此人姿態端正，輪廓清朗得堪比硬幣上的肖像，體格完美吻合軍服的線條；他不像有些桌長會怒而起身或大聲喝斥，誠如坡所言，他看似無所作為，卻能將同桌這群餓鬼似的小夥子治得服服貼貼。我瞧見由他管理的兩名學員為了誰先倒茶吵了起來，但艾提默斯並未插手干涉，反倒放鬆背脊，往椅背一靠，就這麼在一旁**看著**，眼神幾乎稱得上慵懶。他放任那兩人爭了個痛快，隨後不著痕跡地收緊管束——瞧，他們豈不是猝然停止了爭端，恰如開始時那般突兀？他們豈不是各自打量了艾提默斯一眼，便回頭吃起自己的餐點？

艾提默斯唯一會開口交談的對象，是坐在他左手邊的人。那是位氣質剽悍的金髮男人，作風豪邁，口若懸河，嘴裡的食物沒嚥下便趕著說話，雙頰鼓漲宛如魚鰓，脖頸粗壯得像要吞了他的頭。了不起的賽撒隨即告訴我，這人名叫藍道夫・巴林傑。

即便看他們吃完這頓餐、看他們日後無數次用餐，估計也瞧不出哪裡不對勁。他們說話極具男子氣概，笑容爽朗，言行瀟脫，舉手投足之間全無惡意，對彼此的笑話發笑，該起立時起立，該行進時行進。他們跟其他同儕沒有什麼區別，唯一的差別估計是艾提默斯俊俏的相貌。

然而，他倆確實和別人有所不同。我感覺得到。我在腦中對他倆反覆思量，愈感肯定。

艾提默斯，**是啊**。**艾提默斯**，**有何不可？**是你剜去勒羅伊・弗萊的心臟。

這結論太過合理，我反倒不敢輕易相信。他身為外科醫師之子，自能輕而易舉取得父親的工具和教科書，甚至是善用他父親的**頭腦**。除了他，誰有法子在那般嚴苛的條件下，執行如此艱困的手術？

我忘了提起，留在食堂的期間，有那麼一刻，艾提默斯．馬奎斯極其緩慢地轉過頭來，迎上我的目光。他眼中不帶一絲窘迫，無意向我或任何人示好，那綠中帶褐的雙眸全然澄澈乾淨。

在那一霎，我感到他以意志向我還擊，對我發出挑戰。

至少我在離開食堂時是這麼認為，為此還有些煩心。陽光還算亮，往我眼裡投下一絲絲細密的光線。炮臺場上，有個炮兵正在擦拭十八磅炮的黃銅炮管，另一人正拖著一車松木前往貯木場。有匹馬拉著空貨車，從碼頭爬上陡坡，貨車猶如一桶豌豆般喀喀作響。

我口袋裡揣著一張給坡的字條：**幹得好！我想盡可能打探巴林傑的消息。擴大調查範圍。**

我帶著紙條，前往約定的藏匿地點：柯斯丘什科花園。讀者，這花園其實沒什麼可看的，不過是在哈德遜河的岩岸上鑿出來的一塊小地方，有幾堆石頭、些許綠意、幾朵堅忍的菊花……恰如坡所說，還有一口澄淨的泉水，不斷湧出石製的井口……石上刻有一位波蘭上校的名字，正是當年監督西點各個碉堡落成的偉人，據說他在公事繁忙之餘，會來這個僻靜角落偷點閒。如今就算來這裡也沒多少機會能靜一靜了，起碼若是在和暖時節，這個花園總是遍地遊客。不過在十一月的午後，只要時機挑得巧，依然能在此處享有柯斯丘什科當年喜愛的幽靜。

此刻雙雙坐在石椅上的兩人，想必也是為此而來。那是一男一女，女子身材嬌小，一副少女般的纖腰，配上少女般的臉蛋，唯獨下巴四周的皮膚略顯鬆垮。她笑得開懷，笑意直咧到耳際，燦爛得有些駭人，但她竟有法子一面笑，一面對身邊的人說話。她身邊那人是馬奎斯醫生。

我並未立刻認出他，話又說回來，我從沒見過他做出這副樣子，坦白說，我從沒見過誰擺出這副神態。那種奇異感難以言喻，只見他雙手拇指按在兩耳上，不像是要阻隔擾人的噪音，倒像是在試戴帽子。他十指張開，平貼在頭部兩側，有如一頂水獺皮帽，而他時不時挪動手指，像要把皮帽戴得更服貼。他對上我的視線，只瞧他圓睜的雙眼布滿血絲，微微發顫，好似隨時會迸出一句道歉。

「蘭德先生，」他說著站起身，「容我介紹我的愛妻。」

唔，讀者，想必你也能懂：短短幾秒之內，聯想的作用能把一個人放大好幾倍。我望向這位眉開眼笑的婦人，她投來令人難以招架的專注目光；驀然間，她纖小的身軀彷彿容納了她丈夫、她兒子，以及一整個衣櫥的祕密。

「哎呀，蘭德先生，」她的聲線摻雜輕微的鼻音，「久仰大名，認識你可真是我的榮幸！」

「我才是，」我道：「是我的榮幸。我——」

「我先生說你已喪偶。」

攻勢來得太過迅疾，我的話哽在喉頭。

「確實是。」我勉強道。

我望向醫生，預料他——什麼呢？估計是預料他會窘迫臉紅，或者移開視線。沒想到他的眼神顯得興味盎然，熠熠生輝，咬腫的豐滿嘴唇已準備著要說的話。

「節哀順變，」他道：「節哀……遺憾之至，遺憾……蘭德先生，恕我這麼問，這是最近的事嗎？」

「什麼事？」

「你妻子蒙神寵召，是不是──」

「已經三年了，」我道：「當時我們搬來高原不過數月。」

「這麼說，是急症猝逝了。」

「稱不上猝逝。」

他頓感詫異，眨了眨眼。「噢，我很──很──」

「她臨終之際飽受折磨，醫生。我但願神當初早些讓她安息。」

依我猜想，他原先沒打算談得這麼深刻。他扭頭朝河望去，對著河水嘟囔慰問之意。

「想必……非常孤單寂寞，在那個……如果你……」

「我先生要說的是，」馬奎斯太太道，笑意燦如朝陽，「若是能邀你這位貴客來我們家，我們肯定萬分榮幸。」

「我很樂意，」我道：「實話說來，我也正想向兩位表白我有此意。」

我說不清我原先以為她會有什麼反應，但絕不是這種：她整張臉笑逐顏開，活像她的臉本來是由絆線綁在一塊，接著興奮地尖叫一聲（沒錯，我想「尖叫」是個挺適切的形容），聲音一冒出來，她便猛地摀住口。

「**表白**？哎喲，你這機靈的壞蛋，喔，真是壞蛋。」

隨後她壓低聲音，續道：

「聽聞你受託調查弗萊先生之死，這可是真的？」

「正是。」

「太有意思了，方才我先生跟我正談到這回事呢。他正告訴我，縱使他——」她捏了捏馬奎斯醫生的上臂，「——煞費苦心，仍舊沒法替不幸的弗萊先生保持屍首完好，校方基於情理考量，認為他的遺容不宜供人瞻仰，終於將他入殮。」

此事我早已知曉。弗萊的死訊耽擱了好一陣子才傳達給他父母，校方決定徹底封住他的六邊形松木棺材。蓋棺前，希區考克上尉問我是否想看最後一眼。

我確實想。儘管我無論如何說不出個緣故。

勒羅伊・弗萊的屍首不再浮腫，反倒萎縮了些，漂在自己的一灘體液中，手腳泛黑，蛆蟲早已將他飽餐一頓，自他全身上下各個孔洞爬出，將其餘部分留給剛孵化的蚊蠅享用，那些蟲子在他皮膚下鑽動，有如長了一身全新的肌肉。

封棺之前，我還留意到一件事：體液最終泛進了弗萊的一雙眼皮，使其腫起。經過十八日，他發黃的雙眸總算得以瞑目。

這會子，我佇立於柯斯丘什科花園，凝視馬奎斯太太明亮的褐色眼瞳，她那雙眼睜得大到不能再大。

「噢，蘭德先生，」她道：「這整件事讓我先生大受震撼，他好多年沒見過這般慘況了。我想打從戰後就沒見過了，是不是，丹尼爾？」

他無比嚴肅地點了點頭，緩緩伸手環住她纖瘦的腰肢，像是重新宣示所有權——宣示他擁有這個花瓶嬌妻，擁有這小鳥依人的女子，擁有她滿懷驚嘆、瞇細的褐色雙眸，以及她的印花布口袋。

我含糊地說了句要回去，不想這兩位友人自告奮勇送我回旅館。於是我不僅沒法留字條給坡，更被一路送至柯森斯旅店，醫生跟在我後頭，他妻子則走在我身邊，一手扶著我的手臂。

「蘭德先生，我稍稍靠著你一些的話，你不會介意吧？我的腳被這雙鞋咬得可痛了。為了美，女人給了自己多少苦頭吃。」

她說起這話來，儼然是在軍隊駐紮地首度參加社交舞會的美貌姑娘。倘若我是參加這類舞會的年輕軍校生，我會說……會說……

「放心，妳的犧牲我都看在眼裡。」

她瞧我的目光，彷彿我說了開天闢地以來最具巧思的話。在我記憶中，那正是你還年輕時，年輕姑娘注視著你的神色。接下來，她口中迸出我聽過最奇異的笑聲，聽來高亢、迴盪、破碎，節奏平穩，猶如廣闊洞穴中滴水的鐘乳石。

「哎呀，蘭德先生，當然放心了。我就點到這裡為止，當然放心了！」

週六夜晚，我返回小屋，帕希正等著我。在她帶給我的各種歡愉當中，我最期待的要數一**夜好眠**的機會。你瞧，依我想來，做愛或許有助我脫離這半夢半醒的狀態。偏偏我忘了她能讓我多**亢奮**，待她累極睡去，我仍無法成眠。她完事後，就這麼……沉入夢鄉，可不是嗎？頭還枕在我胸膛上。我呢？我躺在那裡，依舊為她慾火焚身，讚嘆她的一頭黑髮是如此濃密，髮絲又是如此堅韌，恰似船用粗繩。

當思緒不再繞著帕希打轉，便不由自主轉回西點上頭。我思忖，熄燈號想必已然吹響，遍地月光，從旅店窗戶望出去，估計會看見今年最後一批駛向南方的汽船，船後拖曳著粼粼波光；山坡矗立著點點黑影，老克林頓堡遺跡暗藏火光，宛若雪茄灼燒的尾端……

我聽見帕希因睡意而含糊的聲音。

「你可要說給我聽，古斯？」

「說什麼來著？」

「你那小小的調查。你可要說給我聽，還是我得……？」

她趁我不備，伸出一腿跨坐在我身上，極輕地搖了我一下，等我同樣搖回去。

「也許我忘了說，」我道：「但我已經老了。」

「也沒那麼老。」她道。

我記得坡對我說過一模一樣的話。**也沒那麼老**。

「所以你查到了什麼，古斯？」

她翻身躺回，在腹部上抓了一陣癢。

嚴格說來，我一個字也不能向她透露，畢竟我向薩耶爾和希區考克立誓要守口如瓶。但我早已破了戒酒之誓，打破另一項諾言也就不難了。因此，用不著她再出言敦促，我便開口談起冰庫的印痕、拜訪菠菠教授之旅，以及坡與神祕學員馬奎斯的相識。

「艾提默斯。」她喃喃道。

「妳認識？」

「喔，那是自然。俊美得很，這種人非得英年早逝不可，是不是？簡直不願見他老上半分。」

「我很詫異妳沒——」

她嚴厲地瞪我一眼。「你又要說什麼丟你自己臉面的話了吧，古斯？」

「沒這回事。」

「那好。」她堅定點頭。「我不覺得他會動粗行凶。他那人總是很冷靜。」

「哦，天曉得，或許他不是凶手，只是——他身上有個**特質**。他全家人都有。」

「解釋解釋。」

「昨天我撞見他父母談私事，他們那副態度——喔，這麼說挺小孩子氣，可是他們一副**做了錯事**的模樣。」

「每個家庭都做過錯事。」帕希道。

那一刻，我想起父親。說得明確些，我想起他每隔一段時間便拿來責罰我的藤條。每次總不超過五下——也用不著多打，光是聽那聲音便足矣，刺耳的呼嘯聲一向比實際挨打更震撼。時至今日，光是回憶就令我冷汗直流。

「妳這話不假，」我道：「但有些家庭犯的錯更深重。」

那夜我確實小睡了一陣。隔天晚上，我回到柯森斯旅店，頭一沾枕便睡了過去，直到午夜前十分鐘，門上一陣輕敲喚醒了我。

「請進，坡先生。」我揚聲道。

不可能是別人了。他小心翼翼推開門，立在原地，隱匿於黑暗中，堅決不肯踏進房內半步。

「我帶來了，」他道，將又一疊紙放置在地上。「這是我的最新報告。」

「多謝，」我道：「期待一讀。」

說不定他點了點頭，沒人曉得。他沒帶蠟燭，我的燈也吹熄了。

「坡先生，但願你不至於……我是說，我有些擔心你會荒廢學業。」

「沒有的事，」他道：「我正開始用功呢。」

默然良久。

「您的睡眠狀況如何？」他終於問道。

「好些了，謝謝。」

「啊，那您可真幸運。我壓根睡不著。」

「很遺憾聽你這麼說。」

又一陣沉默，較方才更漫長。

「那就晚安了，蘭德先生。」

「晚安。」

縱使一片漆黑，我依舊認出了那些徵兆。是愛，愛神剜去了四等學員愛德加・愛倫・坡的心臟。

愛德加・愛倫・坡呈交奧古斯都・蘭德的報告

十一月十四日

蘭德先生，我是多麼心焦地企盼週日在馬奎斯家的下午茶，也許您殊難想像。上回與艾提默斯見面後，我愈發堅信，若是能親眼見證他身處避風港中的自在模樣，想必能進一步判斷他是否有罪，效用更勝開庭審判。假若他在自小成長的家中依然不露痕跡，我仍冀望能從他的近親身上發掘線索，他們無意之中的言詞，或將揭露連自身也不知曉的訊息。

馬奎斯宅坐落於練兵原西側的那排石造房屋中，在地人稱之為「教授街」。馬奎斯家的外觀與左鄰右舍大同小異，唯一差別在於前門掛了幅刺繡，上頭有「歡迎哥倫比亞之子（註26）」的字樣。出乎我的意料，開門迎接我的並非女傭，竟是馬奎斯醫生本人；我不確定他是否知曉我近日打著他的名號幹了什麼好事，但一見到他神采奕奕的臉龐，聽他不厭其煩關心我的暈眩症，我便徹底打消了擔憂。我告知他自己已徹底病癒，他露出寬容的微笑，嚷道：「哎呀，坡先生你瞧，活絡筋骨是不是大有用處！」

註26　哥倫比亞（Columbia）過去曾是美國的別稱，哥倫比亞女神即是美國擬人化後的形象。

先前我從未見過充滿魅力的馬奎斯太太，卻也曾耳聞各種詆毀之詞，大抵是說她極為陰晴不定、焦慮敏感。然而我應當撇開這些批評，親眼觀察，結果發現她毫無神經質之處，反倒十分討喜。一見到我，她打從一開始便止不住地笑，我不禁大感驚異，區區一年級生竟能使她這般笑靨如花。她又告訴我，艾提默斯大讚我是不世出的天才，更令我受寵若驚。

另外兩名與艾提默斯同年的學員亦受邀前來作客，其中一人名叫喬治·華盛頓·厄普頓，來自維吉尼亞州，是位傑出的學員上尉。另一位則是好鬥易怒的巴林傑，一見到他，我整顆心直往下沉。可我想起我對神、對國家的義務，於是決意將低劣的言行和懦弱的偷襲拋到腦後，友好地與他寒暄。不可思議之事旋即發生！也許這巴林傑已洗心革面，更有可能的是，有人要他給我應有的尊重。

我只能說，他與我交談時顯得隨和有禮，配得上紳士的出身背景。柯森斯先生提供的學員膳食頗為簡陋，因此我引頸企盼馬奎斯家的餐點，果然不負所望。煎餅與鬆餅皆屬上乘，我更驚喜地發現梨上淋滿了白蘭地。馬奎斯醫生是極其親切的東道主，興高采烈地帶我們一觀蓋倫（註27）的半身塑像，又介紹幾篇他親自

註27 蓋倫（Galen），古羅馬帝國的哲學家兼醫學家，透過解剖動物來研究人體結構，對後世醫學影響深遠。

撰寫、妙趣橫生的專文。馬奎斯小姐（**麗雅**・馬奎斯小姐，也就是艾提默斯的姊姊）以精湛技藝演奏鋼琴，唱了幾首傷感的小曲，儘管這些歌對當代文化大有害處，由她唱來卻風情無限。（可不得不說，她的嗓音偏低，卻因為所選的音調而拉得過高，比如她唱的〈自格陵蘭的冰雪地〉，假如再降四或五個音階，定然更加動人。）在他姊姊演唱時，艾提默斯要我坐在他身邊，時不時便打探地瞄我一眼，看看我對他姊姊是否備感傾慕。我確實滿懷讚嘆，可惜非得聽他點評個沒完，頗殺風景：「十分動人，是吧？……極具音樂天賦，三歲便開始習琴……噢，剛才那段真是精采，是不是？」即便是遠不如我這般細心留意的人，也瞧得出這年輕人對他姊姊的孺慕之情。演奏中途，瞧他姊姊給他的幾個小動作，特別對他露出的幾次淺笑，便足以看出馬奎斯小姐對他懷有同等的感情，顯然他倆相知相惜，手足情深，是我此生無福一嘗的滋味。（我打小便離開兄弟姊妹，在另一個家庭長大。）

蘭德先生，您無疑出席過不少這類午後社交場合，自然深知每當一人表演完畢，大夥便會推另一人上去填補空缺。於是，馬奎斯小姐演奏結束後，在她母親與弟弟極力鼓譟之下，我便被拱了出去，朗誦幾段拙詩以娛在座之賓。實不相瞞，我早已料到有此可能，因此預先準備了一小段選詩，乃是去年夏天在野營地所作，題為〈致海倫〉。我無意詳述整首詩給您（我想您也無意一讀，啊！詩之大敵！），在此我僅僅想說明，在我的詩歌生涯中，〈致海倫〉是我最為喜愛的一首，我將題目中的姑娘比作尼西亞古國的小舟、希臘、羅馬、水中仙子等等，朗讀至末句時（「啊，賽姬！在那神聖之地！」），眾人對我的嘔心瀝血之作報以近乎沉痛的嘆息。

「看吧！」艾提默斯嚷道，「我早說這傢伙是個天才，是不是？」

整體而言，他姊姊的反應遠不如他激動。雖說我由於艾提默斯之故，早已對她深感親切，我仍特意私下與她攀談，詢問我的小詩會不會哪裡冒犯了她。她當即面帶微笑，明確地搖了搖頭，打消我的疑慮。

「不，坡先生，那首詩美極了。只是我一想到薄命的海倫，心頭便有些惆悵。」

「薄命？」我重複道，「怎麼說？」

「咦，自然是因為她日夜站在窗前了。你不是說她『多麼像尊雕像』？該說『多麼精疲力竭』才是。哎呀，這下可變成**我**冒犯你了，請恕我失言。我只不過是想，像海倫這樣的健康少女估計會想要偶爾離開窗邊，在森林散散步、與朋友談談天，只要她願意，甚至不妨去個舞會。」

我答道，海倫（應該說我心目中的海倫）用不著四處走走，也用不著跳舞，只因她早已獲得無價之寶，亦即愛神賜予的永生。

「哦，」她柔和一笑，「我想不出有哪個女子會想要永生，也許她只要一句能逗她笑的笑話，或一下輕輕的撫觸……」話一出口，她白皙的臉頰微泛紅暈，咬住嘴唇，連忙揀了個不那麼沉重的話題，最後——唔，最後談起了我，蘭德先生。看來，我在詩中所寫「飄香之海」與「旅途困頓的疲憊遊子」勾起她不小的興趣，問我這是否代表我曾遊歷四方，見多識廣。我答道，她的邏輯推演能力無懈可擊；隨後，我向她大致描述我在海上的短暫旅行，以及踏遍歐洲大陸的漫漫旅途，其中最高潮迭起的要數在聖彼得堡的經歷，我在那裡身陷無法言明、極其複雜的困境，多虧美國領事苦心奔走，才在千鈞一髮之際獲救。（此時巴林傑恰巧經過，問我凱薩琳大帝是否也親自替我辯護，口吻充滿譏嘲，令我確信他先前對我一改臉色不過是暫時的。）馬奎斯小姐滿懷好奇地聽我講述見聞，大力催促我往下說，縱然打岔，也是為了追問這裡或那裡的小細節，對我那平凡無奇的閱歷，自始至終保持純粹的興味——啊，蘭德先生，我早已忘了向年輕姑娘細說自身體驗是多麼醉人的感覺。在我看來，這可謂世間最受人忽視的奇蹟。

我發現我尚未用心描繪馬奎斯小姐的外貌。不知是不是維魯蘭子爵培根說過：「極致的美，在比例上必有**奇異之處**」？馬奎斯小姐便印證了這句智慧之語。單拿她的嘴來說，她的雙脣並不對稱，上脣較短，下脣則柔軟豐滿，可是看來卻甜美迷人。她的鼻梁形狀接近鷹勾鼻，但鼻翼豐潤平順、曲線和諧，堪比雅致的希伯來金幣。無可否認，她的雙頰顯得太紅，但她的額頭既高又白，一頭栗棕色髮絲光亮濃密，帶有自然的弧度。

由於您敦促我凡事千萬如實回報，切勿失準，我得說，多數人會認為她已過了年華最盛的時期。除此之外，她身上縈繞著一絲憂愁，（如果不是我多心的話）恰似希望已然破滅，前景亦無光彩。然而，蘭德先生，這份愁思與她是多麼相宜！我寧願見她如此，也不願瞧那些適婚姑娘喜孜孜的神氣。說老實話，數不清的平庸姑娘一離開父親的宅邸，便被送上婚姻的聖壇，而如她這等明珠卻依然靜臥於兒時家庭的海床，無人聞問，於我簡直不可思議。無怪乎詩人嘗言：「萬千花紅無人見／空對荒漠飄幽香」（註28）。

我與馬奎斯小姐的交談不超過十或十五分鐘，然而我倆談及的話題卻是廣博無比！我無暇一一列舉（我也記不得那許多），但她低沉的嗓音悅耳如歌，能說會道，聽來比單純的論辯更加動人。身為女子，她在倫理學、物理學、數學等領域的知識及不上男人，可她的法語同我一般流暢，更使我驚異的是，連古典語言她也頗有涉獵。她善用艾提默斯的望遠鏡，對天琴座中那顆主星附近的一顆六等星相當有研究。

然而，撇除她習得的學術知識，她最使我驚嘆拜服之處在於她**天生**的聰明才智，無論話題多麼艱澀，她總能直指核心。我記得很清楚，她頭腦清晰地聽我對宇宙學侃侃而談；在她的鼓勵之下，我告訴她，依我之見，宇宙永恆處於「亡者復甦」的輪迴，從物質盡滅的虛無重返至極盛的存在狀態，隨後又歸於空無，無止無盡持續著循環。靈魂亦如是：人人身上殘留些許散落的神性，各自重複著微小宇宙遁入虛無、復又重生的無盡輪迴。

蘭德先生，換作其他任何姑娘，大約都會厭棄我這番言論。可在馬奎斯小姐臉上，我尋不到一絲嫌惡之情，反倒見她一臉興致高昂，那神色中略帶打趣之意，好似我方才執行了萬分繁複又危險的體操動作，而且我這麼做的原因無他，只為我**激不得**。

註28 出自湯瑪斯．格雷（Thomas Gray）的詩作〈鄉村墓園輓歌〉（"*Elegy Written in a Country Churchyard*"）。

「坡先生，你可要當心才是，你說神性散布世間，到頭來不過是你在散布自己的論點罷了。此外，當然了，既然你提及……物質上的虛無，是吧？既然你撩動了這念頭，勢必也得考量到精神的虛無。」

「哎呀，坡二等兵從沒撩動過誰！」

艾提默斯突如其來地宣告，在此之前，我倆完全沒留意到艾提默斯，可見彼此談得多麼入神。話又說回來，艾提默斯極有可能打算嚇唬我們，這才躡手躡腳靠近我倆；只見他惡作劇得逞後，便將麗雅的雙手反扣在她背後，像要困住她似的，又把下巴輕輕擱在她肩頭。

「說吧，姊姊，妳覺得我這小跟班如何？」

她蹙起雙眉，使勁掙脫艾提默斯的掌握，道：「依我看，不管當誰的跟班都是委屈了坡先生。」艾提默斯沒料到自己會受到責備，臉色垮下大半，面露不安。但馬奎斯小姐極力避免傷了他的心，立即發出清脆的笑聲，豁免了他的罪。

「絕不能讓他被你這種人給帶壞了。」她脫口道。

這話使他倆笑得前仰後合，說實在，那歡樂的氣氛太有感染力，我便不再疑心自己遭人視作笑柄，也跟著輕聲發笑。然而，喜劇女神塔利亞的把戲並未使我沖昏了頭，我仍保有清晰的思路，察覺麗雅早在她弟弟之前止住笑聲，露出極其犀利的目光，艾提默斯卻沉浸於歡欣之情，渾然不覺。我確信，那一刻她定是窺探了艾提默斯的靈魂，審視那片畫布上描繪了何種景色。她窺見的究竟是美好風光抑或一片荒蕪，唯有形上學家推斷得出；我只能說，後來她便不如先前那般快活了。

之後，我始終無緣再與馬奎斯小姐攀談。艾提默斯邀我下棋（軍校禁止了這項消遣），巴林傑與厄普頓則拉著馬奎斯小姐開起私人演奏會，不消多時，兩位學員渾厚有力卻難以入耳的嗓音隨之響起，蓋過了琴聲。與此同時，馬奎斯醫生安坐於搖椅，有如盤踞於堡壘之中，端起菸斗，和藹地注視著我們；馬奎斯太太則做起頗為隨意的刺繡。不久，馬奎斯太太驟然情緒激動地停下刺繡，說她頭疼得厲害，打算返回臥室休息。她先生試著挽留，態度十分溫和地攔阻，她卻嚷道：「我不明白你為何要在意，丹尼爾——我不明白**大家**為何要在意！」說罷便快步離去。

見她離開得如此倉促，又過一會，客人便表達遺憾之情，依照慣俗起身告辭。不料艾提默斯卻無視這些禮節，按住了我，隨即高聲呼喚巴林傑及厄普頓，要兩人隨他一同返回營房。他這突兀的舉動令我大惑不解，畢竟如此一來，我就難以藉此機會有禮地告辭，只能自己另想辦法。（馬奎斯醫生也已先行告退，好安撫受頭疼所苦的妻子。）我在前廳等女傭替我取來外套與軍帽，碰巧望見巴林傑回頭朝我的方向一瞥，目光中滿是露骨的怨懟之意，我不禁呆站在原地。幸虧我的神智尚屬清醒，意識到那眼神不光是投向我而已，於是我回眸望向起居室，只見馬奎斯小姐坐在鋼琴前，按著最高音的幾個琴鍵，心不在焉彈著同一段旋律。

那一刻，巴林傑已尾隨艾提默斯踏出門口，但他那副神情卻牢牢印在我腦海中。過了半晌，我靈光一現，明白了個中意涵：這傢伙是在妒忌——沒錯，妒忌！妒火中燒！他妒恨我能與馬奎斯小姐獨處。據此，我得出唯一的結論：說來驚奇，他視我為爭奪馬奎斯小姐芳心的情敵！

啊，蘭德先生，這是多麼美妙而適切的反諷：正因巴林傑視我為勁敵，我反倒心生勇氣，生平頭一次自認能與其抗衡。若非如此，我當下絕不敢向馬奎斯小姐搭話，寧願迎戰直衝而來的塞米諾爾人大軍，或是投身於尼加拉瀑布那轟然作響的深淵。然而，這下我確信自己構成了威脅（即便只是在巴林傑那被怨恨蒙蔽的雙眼中），不知為何，我便有了開口的膽量。

「馬奎斯小姐，但願這請求不致令妳過於為難，希望明日下午能與妳見面談談。如果可以，我將獲得世間萬物都無法帶給我的至上幸福。」

話一出口，我立時對自己大加撻伐。我不過是一介新生（儘管絕稱不上少不更事，蘭德先生），怎膽敢對如此端莊高雅的姑娘動半點心思？若這稱不上放肆，什麼叫放肆？可是，蘭德先生，在我紛雜的思緒中，最先想到的就是您——我彷彿感覺到您督促著我不要放棄。畢竟，若我們想摸清謎樣人物艾提默斯那深不可測的底細，透過他深愛的姊姊從旁了解他，豈不是最好的方式？她對艾提默斯的評價，足以決定他的生死。話雖如此，我相當清楚自己的冒失無禮，靜待她義正詞嚴地斥責我。

然而，她的神態卻流露了另一番情緒。她含著戲謔的笑意（此時我已挺熟悉她這般笑容），眼中閃著促狹的光，問我打算在哪裡相見，可要選在戀人小徑、吉角，或是其他頗受多情軍校生歡迎的幽會勝地？

「都不是。」我支吾道。

「那麼要在哪裡呢？坡先生。」

「我想的是墓園。」

她大為驚愕，但不久她便定下神來，對我擺出嚴正神色，登時嚇得我差點血色盡失。

「明日我有事，」她道：「但我週二下午四點半可以見你。我給你十五分鐘，除此之外，我什麼也沒法保證。」

十五分鐘已然大大超出我的奢望，自然用不著她多保證什麼。只消不到四十八個鐘頭，就能再次一睹她的芳容，光是知道這點便足夠了。

蘭德先生，細讀上文後，我察覺這麼寫可能會令您誤會，以為我由衷傾慕儀態萬千的馬奎斯小姐。實情絕非如此。即使我欣賞她的優點，我仍深知查明案情之重要。因此，我之所以有意與她進一步往來，純粹是為了探聽她弟弟的性情為人，以求貫徹公理正義。

啊！差點忘了提麗雅・馬奎斯小姐身上最特別之處。是她的雙眸，蘭德先生！她的雙眸是絕美而鮮明的淺藍色。

古斯・蘭德的陳述：十七

十一月十五日及十六日

在合作伊始，希區考克上尉與我便商討過各種可能。我們談過若真凶是軍校生或軍人該如何處置，甚至討論過若殺害勒羅伊・弗萊之人是教職員，又該如何是好。偏偏我們遺漏了這個可能：教職員之子。

「艾提默斯・馬奎斯？」

我倆在指揮官宿舍。這屋子是個徹頭徹尾的單身漢住處，以軍校的標準而言也堪稱簡陋，四處散落著風乾的羽毛筆，有塊石磚已出現裂痕，每幅織錦窗簾都飄著親切的霉味。

「艾提默斯，」希區考克重複道：「老天，我認識他好多年了。」

「你肯擔保他的為人嗎？」我問。

我心知，這是我至今為止最咄咄逼人的問題。光憑艾提默斯身為軍校生這點，就表示已有人替他擔保了——畢竟他曾獲美國議員舉薦，不是嗎？他通過入學考試，熬過塞萬努斯・薩耶爾將近四年的鞭策，只要不出什麼大事，明年夏季即可加銜晉升成為軍官。按照這套制度的本意，他這番成就理當足以證明他的為人。

怪的是，希區考克撇下了艾提默斯不理，反倒急於替他父親的為人辯護。他告訴我，馬奎斯醫生曾在拉科爾水車戰役吃了顆子彈，曾因辛勤照料傷患而受派克上校表揚，他在軍校這麼多年來，從未沾惹什麼是非……

「上尉，」我說道，每回他搶著說話時帶給我的煩躁感，這次也浮上心頭。「我想我壓根沒提到那位好醫生吧，我提到醫生了嗎？」

唔，他只是想讓我明白，艾提默斯·馬奎斯出身良好，家世不俗，要說他與這等超乎想像的惡行有所牽連，簡直是——簡直是**超乎想像**。是，讀者，他開始翻來覆去講同樣的話……直到他腦中不知閃過什麼，一時之間住了口。

「是有過那麼一件事。」他終於道。

我坐在椅上，動也不動。

「上尉，是什麼？」

「我記得……對，那件事已經好一陣子了，當時艾提默斯尚未入學。事關福勒小姐的貓。」

他繼續回想半晌。

「那貓因故失蹤，」他道：「我記不清確切的緣由，可我記得牠的下場很是離奇。」

「遭人肢解？」我猜測。

「遭人解剖。是了，我徹底忘了這回事。那時候——」他目光一亮，顯露疑惑，「**馬奎斯醫生**向福勒小姐保證，那隻貓是在**死後**才被——才被大卸八塊。我記得此事令他大受震動。」

「艾提默斯有沒有承認是他幹的？」我問。

「自然沒有。」

「但你有理由懷疑是他？」

「我曉得他很聰明，就這樣。遠遠稱不上壞，只是調皮搗蛋。」

「況且又是醫生之子。」

「是，醫生之子。」

希區考克上尉再度煩亂起來，走出燭光範圍之外。我能瞧見他在手裡滾著什麼，不知是玻璃珠，或是一球黏土。

「蘭德先生，」他道：「在我們給任何人定罪前，請先告訴我，你是否發現艾提默斯與勒羅伊．弗萊有任何關聯。」

「目前看來，關聯少得可憐。我們曉得艾提默斯比弗萊大一年級，但毫無跡象顯示兩人熟識。他倆從未在食堂同坐一桌，從未上過同一堂課，據我所知，也從未一塊行軍或一塊參加禮拜。至今我已找來數十名學生問過話，卻沒聽誰提起艾提默斯和弗萊有關。」

「那個叫巴林傑的小夥子呢？」

「機會就大多了，」我贊同道：「有些證據表明巴林傑和弗萊曾交好。幾年前的夏天，有人見到他倆一起拉垮帳篷，蓋在一群新生頭上。兩人也曾短暫參加……該死，那叫什麼……文學——文學愛好——」

「詩文雅好會。」

「正是，弗萊性格內向，不如巴林傑那般天生辯才無礙，不久便退出了。沒人記得在那之後是否見過他倆走在一起。」

「還有嗎？」

我原想就此打住，但說不定是他的語氣聽來彷彿想到此為止，反倒促使我往下說。

「還有個關聯，」我道：「雖說仍只是揣測。巴林傑與弗萊似乎都愛慕艾提默斯的姊姊，根據我聽聞的消息，巴林傑自認最有機會擄獲她的芳心。」

「馬奎斯小姐？」希區考克道，挑起一邊眉毛。「我看不大可能。」

「怎麼說？」

「你不妨問問任何一位教職員夫人。馬奎斯小姐是出了名地擅於婉拒求愛，連最堅持不懈的軍校生都會打退堂鼓。」

但有個軍校生並未放棄，我思忖，不禁暗自微笑。誰料想得到，在一眾雄雞退縮不前之際，我那隻矮腳雞竟膽敢衝鋒陷陣？

「啊哈，」我高聲道：「看來她是個心高氣傲的姑娘。」

「恰恰相反，」他答道：「她極度端莊自謙，令人疑惑她可曾好好照一照鏡子。」

上尉的臉頰微微泛紅。原來他到頭來也抵擋不了肉身的誘惑。

「那麼，為何她如此深居簡出？」我問：「是因為她太過羞澀嗎？」

「羞澀！改日你找她談談孟德斯鳩，就能親眼瞧瞧她究竟羞澀到哪裡去。不，馬奎斯小姐始終是個謎，更是某些圈子中閒嗑牙的話題。眼下她已屆二十三歲『高齡』，大夥就不那麼常提起她了，最多是拿她的外號來打趣，說來也是可憐。」

照理來說，他本來會基於禮貌就此收住話頭，不過估計是看我面露好奇，他便滿足了我的好奇心。

「大家管她叫『憂傷老小姐』。」他道。

「上尉，她為何『憂傷』？」

「這我恐怕沒法告訴你。」

我微微一笑，雙臂環胸，道：「上尉，我深知你用字遣詞之謹慎，倘若你真正的意思是『不打算告訴我』，我想你也不至於說『沒法告訴我』。」

「是，我措辭一向謹慎，蘭德先生。」

「既然如此，」我用十分輕快的口吻道：「回來談正經事吧。若你不反對，我想接下來是該搜一搜艾提默斯的宿舍了。」

喔，他當下的臉色是多麼嚴峻！可見他也做出了和我相同的結論。

「明天一早便前去調查，如何？」我提議道，「十點鐘怎麼樣？對了，上尉，最好別讓第三人知曉……」

我記得那日寒冷刺骨。陰雲密布，形狀尖銳破碎，有如冰錐；南北營的石造樓房形成九十度直角，恰似一塊磨刀石，砥礪著自西邊直吹而來的凜冽勁風。我們佇立在呈L形的集合場，預備進行奇襲，切身感受到了寒意，渾身抖得像剛釣上來的魚。

「上尉，」我道：「你不介意的話，我想先瞧瞧坡學員的宿舍。」

他始終沒問我原因。可能是他對堅持底線感到厭倦，可能是他自己也對我手下這位年輕人有些疑心，畢竟坡有太多流言纏身。也或許，他純粹是想進屋擋擋寒風。

老天爺，四等學員坡與他兩名室友日夜共度的這房間實在小得可憐。與其稱它為「房間」，倒不如說是個**小箱子**，長十三呎，寬十呎，再從中隔為兩個空間，十分陰冷，籠罩著一層霧氣，狹窄局促，還飄著股鯨魚內臟似的異味。屋裡有一對壁式燭臺、一只木柴箱、一張桌子、一張直背椅、一盞桌燈、一面鏡子；薩耶爾的修道院裡不提供床架，你只能用小鋪蓋睡在地板上，每日晨起再連同棉被一塊捲起。唉，這灰暗的房間光禿簡陋，不適合任何人居住。在南營二十二寢，你壓根瞧不出哪個房客曾泳渡詹姆斯河，寫過詩，去過斯多克紐溫頓；你瞧不出他與其他兩百多名少年有什麼差別，軍校會把他們一律塑造成男人。

唔，即使可能性再怎麼微小，一個人的靈魂終究會顯露其面貌。我掃視房內一圈，邁步走向坡的置物箱，開了鎖，只見箱蓋內側有幅拜倫像——有如一封情書那般遮遮掩掩，卻又無可抵賴。

我從另一個夾層抽出以黑色薄布裹起的小布包，薄布隨即滑脫，露出一名年輕女子的浮雕小畫像。那姑娘身穿帝政風高腰長裙，頭戴飾有緞帶的女帽，一雙甜美的大眼、纖瘦的雙肩，流露幾乎令人心痛的少女神態，與多年前在公園路劇場獻唱〈形單影隻未出嫁〉的她幾無二致。

見到她，我喉頭一哽。那喉嚨一緊的感覺甚是熟悉，我恍然想通，每當我的思緒繞著女兒打轉太久，便是這種感覺。我憶起坡那日坐在我的客廳地板，如此說道：

看來我們都是孤苦伶仃之人。

我長吁一口氣，關起置物箱，扣上鎖釦。

「他把房間收拾得挺整齊。」希區考克說得不甘不願。

確是如此。我尋思道，若是四等學員坡願意，他在未來三年半必定有法子繼續保持寢室整齊——再捲三年半的鋪蓋，再給衣領緊緊勒個三年半，再擦亮三年半的靴子。做為獎勵，他能——能怎麼樣？能被派去西部邊境駐紮，趁著追殺印第安人的空檔，朗讀詩作給軍人、他們神經衰弱的太太、虛度青春年華的女兒聽？哦，在那些宛若墳場的明亮小客廳，他會顯得多麼特立獨行。

「上尉，」我道：「我沒興致看下去了。」

北營的寢室好歹稍微大了些，長二十五呎，寬十九呎，這是高年級生獨享的待遇。就我所知，這也是唯一的好處。艾提默斯的寢室雖然比坡那間暖和，卻顯得更加淒涼：鋪蓋上處處補丁，床罩飽經磨損，空氣令人打噴嚏，坑坑疤疤的牆壁滿是煤灰。由於房間朝西，照進房裡的光線給山頭擋去了大半，即便時間已接近晌午，屋內依舊陰沉昏暗，有幾個小角落得擦亮火柴才看得清楚。我就是這麼找到艾提默斯的小型望遠鏡，是藏在一個水桶和夜壺之間，此外沒找到任何打發時間的玩意，沒有撲克牌、沒有鬥雞、沒有菸斗，甚至沒有殘留的菸草味（雖說窗臺上散落了些許鼻菸）。

「木柴箱，」希區考克道：「我一向先檢查那地方。」

「那麼您請，上尉。」

嗚呼哀哉，起初他只找到一堆木柴。哦對，還有一張康明幸運彩票行買來的舊彩票，一小塊棉紗手帕的碎片，以及一盒用了一半的巴西砂糖。他將這些物事逐一掏出來，我正打算把那盒糖收進口袋，忽聽背後傳來一個聲響。

那是個喀啦聲，聽來像是門閂拉上的聲音。隨後，門後傳出一個更加細微的聲響。

「上尉，」我道：「我看有人事先料到了我們會來。」

此時，陽光剛從西邊的藍色山坡後射出，這是整個上午頭一遭，幽暗涼冷的房內湧進了熾亮的黃光。正是這陣光芒讓我領悟到自身的處境。

「怎麼了？」希區考克上尉揚聲道。

他從木柴箱掏出了個牛皮紙小包裹，送禮似地朝我遞來，但我已開始用身體撞向門框。

「門打不開。」我道。

「讓開！」他喝道。

他放下包裹，快步上前，使勁往門板連踢兩下，門板震動，卻仍安然無恙。他又踢兩下，結果依然如故。這下我倆都踢了起來，鞋底對準木板狠踹，砰砰的撞擊聲不絕於耳，儘管如此吵雜，門板另一側的聲響依舊清晰可聞。

那是絕無僅有的聲音。是奇異的微弱滋滋聲，彷彿即將熄滅的燭火。

此時又多了一道光，自下方的門縫閃現。

率先採取行動的是希區考克，他抓起一個學員的置物箱甩向房門，木板微微鬆動，我倆頓時燃起希望。第二次，我們一同抓住置物箱，合力撞向房門，這回門板脫離門框，露出約三吋的縫隙，足以將手臂穿過。希區考克又是一踢，另一側的門閂總算脫落，門板吱呀一聲倒下，我們來到走廊，低頭只見一顆甜瓜大小的黑球，上頭連著一條正冒煙燃燒的長棉繩。

希區考克抓起那顆砲彈，三個箭步直奔距離最近的一扇窗戶，拉開窗扉，確認過底下沒人，一句也沒多說，便將砲彈擲向下方的集合場。那砲彈臥在草叢中，持續冒煙。

「退後，蘭德先生。」

可我辦不到，他也一樣。我倆遠遠凝望那根毛茸茸的引線愈燒愈短，誰想得到它原來還有這麼長可燒？那感覺有如越過某人的肩膀窺看他手中的書，靜候他翻開下一頁。

接著書頁翻了，卻沒有迎來高潮。火花緩緩熄滅，隨後……什麼也沒有。不見爆炸，不見帶著火藥味的煙塵，唯有靜默，然後才飄起幾縷輕煙。我整顆心叛徒似地撲通狂跳，腦中轉著一個念頭，直指慘痛的現實：有人又快了我們一步。

幾分鐘後，煙霧散去，集合場上的砲彈再無動靜，希區考克上尉回到木柴箱邊，拾起他方才拋下的包裹，緩緩剝開牛皮紙，一如解開法老的裹屍布那般小心翼翼。

是顆**心臟**。滴著暗紅的血，生冷新鮮。

古斯・蘭德的陳述：十八

十一月十六日

算我們幸運，將心臟送去給馬奎斯醫生檢驗時，醫生壓根沒想到要問是哪裡來的。光是見到那情景，他便激動不已：竟然是顆貨真價實的心臟。心臟依然以紙包裹著，躺在B－3病房的金屬床上，正如當初的勒羅伊・弗萊，瞧馬奎斯醫生悄悄伸出手指的模樣，像是要替公園大道哪個太太治雞眼似的。他嘖嘖出聲，清清喉嚨……

「腐壞得不算太過分，」他終於開口道：「想必是保存在夠冷的地方。」

「是很冷。」我道，想起艾提默斯寢室的森森寒意。

醫生緩步在床邊兜起圈子，搔抓下巴，瞇眼細瞧。

「嗯，」他喃喃道：「是了，我看得出兩位何以誤認這是人的心臟。幾乎沒有分別，可不是嗎？心房、心室、心瓣、動脈，全在該有的位置。」

「只不過？」

望向我們時，他眼中閃著光彩。「**大小**不對，兩位。破綻就在這裡。這個冒牌貨——」他將手指探進包裹下，抬起來掂了掂，「——我敢說超過五磅重，但人類心臟甚少超過九或十盎司。」

「不比拳頭大。」我道，想起上回在這個病房的對話。

「正是。」他笑道。

「那麻煩你告訴我們，」希區考克道：「既然這不是人類心臟，那會是什麼動物的心臟？」

醫生雙眉一揚。「嗯哼，這倒有些難說。以羊而言太大了，我猜八成是牛。是了，十之八九是頭牛。」他的神色驟然一亮，「不妨告訴兩位，見了這些內臟組織，讓我想起我年輕的時候。我在愛丁堡解剖過不少牛心，杭特醫生老是說：『要是你搞不定牛的心臟，人的心臟就甭談了。』」

希區考克上尉以雙手掩住兩眼，語氣疲憊無比。

「哈福斯托，」他木然道：「那顆心定是從哈福斯托來的。」

見我並未如他預期立刻接話，他放下雙手，目光凌厲地看著我。

「是否需要我提醒？」他問，「兩週前，我們豈不是在報上讀到牲畜遭人開膛剖肚的新聞？你可能還記得，其中一隻正是**牛**。」

「我是記得。」我道：「依我看，你的推測的確有可能是事實。」

他咬緊牙關，慢慢吐出一口氣。

「蘭德先生，一次也好，你不能給個確切的說法嗎？就那麼一次也好，不能給個**肯定**的答案嗎？」

說老實話，我很能體會他的感受。眼下我們坐在他帶著霉味的辦公室，遠處隱隱傳來鼓聲。儘管掌握了最實在的證據，調查卻不見進展，說不定還不進則退。

你可能會問：那顆心臟呢？照理說，心臟這證據夠充分了吧？這個嘛，就我們所知，沒人親眼目睹艾提默斯把心臟放進木柴箱。正如希區考克所言，任誰都能把心臟放進去，學生寢室從來不會上鎖。這也代表，任誰都能把乾柴卡進門閂，不讓我和希區考克離開。

那麼炸彈呢？炸彈總不容易拿到手吧？唔，這就錯了。彈藥庫的守衛並不森嚴，夜間幾乎無人看守，砲彈裡頭也並未裝填火藥。

話雖如此——確實有誰點燃了引線。在十點半至十點三十五分之間，當希區考克上尉與我人在艾提默斯的寢室，有誰就站在那走廊上。

最要命的是，艾提默斯．馬奎斯有不在場證明。我們發現他九點到正午之間正在聽課，坐在巴林傑身邊，聚精會神傾聽「炮兵與步兵戰術學」。該堂課的教授指天發誓，兩位學員一刻也不曾離開教室。

於是，我們又回到了原點——只除了一件事。在那五分鐘內，校外人士要抵達艾提默斯的寢室幾乎難如登天。無論在那天早上或前一天夜裡，沒有一個衛兵通報目擊任何校外人士。雖說外人有可能逃過衛兵的監視，然而光天化日之下，在軍校中經常有人來往之處，外人必定會受到注意。

因此，在這一團亂麻、一片煙幕之中，唯一能歸納出的明確結論是：作案的那個人（或是好幾個人），必定是校內的自己人。

讀者，這下你就明白我為何想替希區考克上尉掬一把清淚了——你瞧，是因為他原本仍心懷希望啊。截至目前為止，學員死亡人數唯有一人，當地報紙並未報導更多家畜慘遭殺害的新聞，他完全有理由相信，殺害勒羅伊．弗萊的瘋子已轉移至其他陣地肆虐了。當然，被選中的地方很是可憐，可那裡不屬於伊森・艾倫・希區考克的管轄範圍。

就在他將炸彈從走廊送至窗邊的短短十秒間，一切天翻地覆。

「我不明白的是，」他正說著：「假如犯人是艾提默斯，他為何會傻到將心臟擱在木柴箱裡頭。他深知我們會定期檢查營房寢室，理應有更妥當的地方可藏才對。」

「除非……」我道。

「除非什麼？」

「除非是別人放的。」

「用意為何？」

「怎麼，自然是栽贓艾提默斯了。」

希區考克注視我好半天。

「那好，」最終他開口道：「若是如此，為何有人趁著艾提默斯聽課時，在他門外放了顆沒裝火藥的炸彈？」

「怎麼，自然是替他做不在場證明了。」我道。

他嘴角兩側壓出深深的弧線。

「蘭德先生，聽你言下之意，有——有一人想洗清艾提默斯的嫌疑，同時又有另一人想置他於死地？」他以雙手按住頭，彷彿把手當成鉗子。「艾提默斯自己在這當中又扮演什麼角色？老天，這真是我遇過——我遇過最煩人、該死、亂七八糟的……」

讀者，千萬別以為希區考克排斥動腦思考。任誰都會告訴你，他學養甚佳；他熟讀康德、培根，也許你不信，但他是史威登堡神學理論的信徒，還是位化學家。可我猜想，他偏好靜靜待在宿舍中，按照自己的步調思考。對於軍校，他期望凡事都能像清水流過水車那般順暢：遵循眾人一致同意的法則，排除任何人為或其他外力干涉的可能。

「那好。」他又說了一次，「我接受現階段無法下任何定論。那你建議該如何應對？」

「應對？沒什麼可應對的，上尉。」

他瞪著我瞧，幾乎氣惱得說不出話。

「蘭德先生，」他強作冷靜地說道：「學員寢室裡有顆**心臟**，又有美國軍官和普通平民的性命受炸彈威脅，你卻說我什麼也不能做？」

「唔，我們沒法逮捕艾提默斯，這點是已經確定了的。我們也沒法逮捕任何人。如此一來，我恐怕想不出眼下還能做些什麼，最多是請經理官修繕艾提默斯的房門。」

他將墨水已乾的羽毛筆輕輕擱在桌緣，我望著他的目光緩緩飄向窗子。午後陽光照亮他的側臉，剎那間，我彷彿親身感受到他肩負的重擔。

「如今，」他道：「弗萊先生的父母隨時可能抵達。我不奢望我有法子寬慰或開解他們，但我希望能看著他們的雙眼，鄭重發下誓言，承諾他們兒子的遭遇不會在其他學生身上重演。至少在我身為指揮官的期間絕對不會。」他將雙手放在桌上，凝視著我。「蘭德先生，我可有辦法向他們許下諾言？」

些許星沫湧上我嘴角，味道像是陳年菸油。我將之抹去。

「這個嘛，上尉，」我道：「只要你想，自然可以承諾。不過保險起見，在你說的時候別看著他們的眼睛。」

想像一隻灰狗用兩隻後腿站立，你就能大致抓到何瑞修．柯克倫二等兵的身高體重了。他的一雙小眼睛總是向下瞥，肌膚光滑一如嬰兒，透過上衣能看見他的一節節脊骨，背部微駝，恰似一張搭著箭卻沒射出去的弓。我是在鞋店問他的話，他去修理鞋子，右腳那隻靴今年估計修了不下十次，靴尖和靴底之間裂了個大口，宛若缺了牙齒的嘴，柯克倫二等兵說話它也說話，柯克倫二等兵沉默它也沉默。說實在話，他的靴子是他全身上下表情最生動之處，至於他那張孩子氣的平板臉龐上，卻看不出絲毫情緒。

「二等兵，」我道：「據我所知，勒羅伊．弗萊吊死那日，是你看守他的屍身。我說的可對？」

「對，先生。」他道。

「二等兵，說來有趣。我這幾日在讀那些——」我輕笑：「那些多得要人命的文件，你懂的，十月二十五日當晚所有的證詞、口供等等。結果碰到了一些問題，希望你有辦法替我解惑。」

「先生，若是我能力所及，我很樂意。」

「多謝，真的……那我們就一件件來說當晚的事。弗萊先生的屍首送回醫院時，你奉命看守……那間B—3病房。」

「是，先生。」

「確切說來，你收到的命令是什麼？」

「我要看著遺體，確保它完好無損，先生。」

「原來如此。所以只有你看守弗萊先生？」

「是，先生。」

「他被蓋住了，是吧？我想是用一條被單。」

「是，先生。」

「二等兵，當時是幾點？」

他略為一頓。「我收到命令那時，我想約莫是一點。」

「在你看守期間，可發生了什麼？」

「沒有，直到……直到兩點半左右都沒事，我的職務便是在那時解除的。」

我朝他微笑。對他的靴子微笑，靴子也笑回來。

「你說『解除』。唔，這正是讓我——讓我碰到**問題**的地方。你瞧，二等兵，你給了兩次證詞，頭一次——哎呀，我身上沒帶著，但我想，那段證詞是在弗萊先生的屍首不翼而飛之後不久給的——那時你說，給你解除任務的是金斯萊少尉。」

他臉上首度流露一絲生氣，下巴旁的肌肉微微一動。

「是，先生。」

「那可就怪了，因為金斯萊少尉整夜都在希區考克上尉身邊，兩位軍官都是這麼告訴我的。接下來呢，二等兵，我猜你事後察覺自己弄錯了，因為你在第二次證詞中說——那是一天後的事了——一樣，若是我記得不對還請包涵，但我想你這次只說了『少尉』，你說：『是**少尉**解除了我的任務』。」

他喉頭微動。「是，先生。」

「這下你大概明白我的疑惑之處了。我單純不明白是誰解除了你的任務。」我含笑看著他，「二等兵，也許你有法子替我弄明白。」

他的鼻孔稍稍抽動。「先生，我恐怕沒法告訴您。」

「哦，這個嘛，二等兵，我擔保不管你告訴我什麼，我絕不會洩漏一個字，你不會因為任何行為惹上麻煩。」

「是，先生。」

「你應該曉得，薩耶爾上校委託我全權調查此案？」

「是，先生。」

「那好，我們再來一次如何？是誰解除你的任務，二等兵？」

他的髮際滲出一滴汗珠。「我沒法告訴您，先生。」

「這是為何？」

「因為——因為我不曉得他的名字。」

我打量他好半晌。「你是指那位軍官的名字？」

「是，先生。」

這時他垂下了頭，靜候他等待多時的斥責如雨灑下。

「那好，」我盡量溫和地說道：「也許你能告訴我，這軍官對你說了什麼。」

「他說：『謝謝，二等兵，這樣就行了，請前往梅朵斯少尉的宿舍向他回報。』」

「這命令有些奇怪，是不是？」

「是，先生，但他當時很是堅決，說：『快去吧。』」

「嗯，這可就有意思了。有趣的是，我想梅朵斯少尉的宿舍位於醫院的正南方。」

「正是如此，先生。」

此外，我記得那宿舍離冰庫更遠，相隔幾百碼。

「再來呢，二等兵？」

「這個嘛，我立刻動身前往少尉的宿舍，不到五分鐘便抵達了。梅朵斯少尉還在睡，於是我大力敲門，直到他下來為止，那時他才告訴我，他沒叫我過去。」

「他沒找你？」

「沒有，先生。」

「那麼你……」

「回醫院去了，先生。好再確認一次命令。」

「返回B－3病房時，你看見了什麼？」

「什麼都沒有，先生。我是說，遺體不見了。」

「你估計你離開遺體多久？」

「哦，不超過半個鐘頭，先生。」

「發現屍首不知去向之後，你怎麼做？」

「唔，先生，我馬上趕去北營的衛兵室，通知值勤軍官，軍官又告知了希區考克上尉。」

隔壁房間響起鞋匠的錘子敲打聲，節奏規律而緩慢，猶如晨號的鼓聲。我不假思索站起身來。

「嗯，二等兵，我不想給你添更多麻煩，但假如你能多描述一下這位命令你離開崗位的軍官，那就更好了。你不認得他？」

「不認得。但我來這裡才兩個月……」

「你可有辦法描述他的長相？」

「啊，屋裡實在太暗了。您瞧，我只有一根蠟燭，而且是擺在——擺在弗萊先生旁邊。那位軍官也拿著蠟燭，可是他的臉被陰影遮住了。」

「也就是說，你沒瞧見他的長相？」

「沒瞧見。」

「那你何以肯定他是軍官？」

「是軍階章，先生。肩上有一條軍階章，他端著蠟燭的方式讓我能看清軍階。」

「他可真體貼。除此之外，他並未自報身分？」

「沒有，先生。但我想軍官也不會自報身分。」

我眼前清楚浮現那光景：勒羅伊．弗萊被覆住的屍首；膽顫心驚的二等兵；那名軍官的肩膀籠罩著光暈，從暗影中出聲。

「二等兵，這位軍官的嗓音聽起來如何？」

「這個，他說的話不多，先生。」

「音調是高是低？」

「高，中間偏高。」

「他的身材體態又是如何？個子高嗎？」

「沒您那麼高，先生，我想是沒有。可能比您矮上一兩吋。」

「還有他的體型，是壯是瘦？」

「我想是偏瘦，但我說不大準。」

「若是再見到他，而且光線充足的話，你是否有辦法指認他？」

「大概不行，先生。」

「那他的聲音呢？」

他搔抓耳朵，彷彿想把那軍官的嗓音抓回去。「有可能。」他道：「只是有可能而已，先生。我可以試試。」

「那好，我瞧瞧是否有法子安排，二等兵。」

我起身要走，這時才留意到柯克倫背後的牆邊擺了兩落衣物。內褲、襯衫、長褲，東突西翹，飄著汗臭味、泥土味、青草味……

「唔，二等兵，」我道：「你這些衣服的數量還真不少。」

他轉過頭去。「噢，那是布萊迪學員的，先生。那邊那堆則是惠特曼學員的。他們付錢給我，讓我一週洗一次他們的衣服。」我看來想必是大惑不解，只聽他連忙補上一句：「單憑美國老大哥的薪水，一個二等兵可活不下去，先生。」

整日忙亂下來，我根本沒心思去想坡。直到我繞著校地散了個長長的步，深夜返回旅店，瞧見門邊躺著一個牛皮紙包裹。

一看到它，我便揚起笑意。我那小矮腳雞！這段時間一直辛勤工作著呢。他正逐漸接近一切的核心，儘管這時我倆都不知情。

愛德加・愛倫・坡呈交奧古斯都・蘭德的報告

十一月十六日

蘭德先生，您可曾察覺，高原的黃昏來得多麼早，又是多麼迅不可擋？在我看來，太陽才剛君臨大地，便猝不及防地展開流亡，任憑侵襲的暗夜如同末日審判那般降臨。黑夜以嚴酷手腕開啟暴政，然而，身為服刑中的囚犯，我們仍時不時能獲得寬赦。放眼望向天際，我們將雀躍地瞧見那一輪不斷退守的落日安坐於風王山與鴉巢山的雙峰之間，一面西沉，一面灑落絢爛耀眼的光輝。此時正是哈德遜河在一天當中的絕美時刻，那寬闊的河面輝煌璀璨，洶湧澎湃的河水奔騰不息，流經無數溝壑暗影，引人無限遐思。

要想欣賞這瑰麗風光，沒有比西點公墓視野更好的所在了。蘭德先生，您可曾來過此地？這一小塊地與軍校相距約有半哩，高踞於河岸，幾乎全然被樹叢給掩住。蘭德先生，以下葬地點而言，這地方算得上不錯。公墓東邊有條隱蔽小徑，能夠飽覽軍校景色；北邊是以沖積土形成的遼闊緩坡，其上是崎嶇陡峭的山陵，連接著杜且斯與普特南的豐饒低谷。

這座墓園同時受到神與大自然的佑護，可說是雙重神聖，氣氛又極其沉靜幽寂，即便是最為虔敬之人，在擅闖此地之前也會考慮再三。儘管如此，我的思緒卻無疑繞著那一位生者打轉，是**她**令我日思夜想，是**她**讓我心心念念盼著她稍後到來。

蘭德先生，四點鐘已然來臨，**她**卻未如期而至。過了五分鐘，十分鐘，她依然沒有現身。換作信念不那麼堅定的人，大約已心灰意冷，但我願為您、為我倆共同的目標竭盡心力，也因此打定主意，即便等上一整夜都無所謂。根據我的錶，在四點三十二分，我的守候總算有了回報，只聽一陣衣裙摩娑的沙沙聲，一頂淺黃女帽映入眼簾。

蘭德先生，不久之前，我仍堅信無論是人類腦中的何種念頭，絕對都能夠以言語表述。可是，看看馬奎斯小姐！瞧她是這般美麗高貴，舉手投足是如此從容不迫，腳步輕盈靈動得不可思議，眼眸的深邃更勝德謨克利特之井。她身上的一切，全都超出了語言的表達範圍，我顫抖的手根本無力提筆描繪。我能告訴您的是，她的呼吸由於爬坡而略顯急促，她披了條印度披肩，她將捲髮梳成阿波羅高髻，她心不在焉用食指捲著小手提包的拉繩。可這些話又**代表**什麼，蘭德先生？這番文字，如何傳達自我心深處浮現、不成念頭的念頭？

蘭德先生，於是我呆站原地，搜索枯腸尋覓合宜的話來說，卻只想出幾個無關緊要的字眼：

「天冷，我原以為妳不會來了。」

她的回答也十分簡潔。

「如你所見，」她道：「沒這回事。」

我登時察覺，她對我的態度與上回見面時天差地遠。千真萬確，她的語氣冷漠平淡，白皙下巴緊繃僵硬，一雙秀眼刻意迴避我的目光，每個動作、每句話的音調，在在表明我施加於她的責任使她備感不快。

唉，蘭德先生，容我坦白招認，我對女子所知甚少。是故，我既想不透如何跨越橫亙於我倆之間的謎樣鴻溝，也猜不透她明明百般不願前來，為何仍要遵守諾言。她只是繼續捲著手提袋拉繩，反覆在學員紀念碑旁兜圈。

這座碑令我想起那些如同勒羅伊・弗萊，在盛年時期殞命的學員。我凝視幾株顏色深綠的雪松，這些樹木在這死亡營地站哨，守護雪白的墓碑，碑下長眠著無數青年，他們在風華正茂之際便終止了生命的日常操練。一時之間，我深深著迷於這比喻，不禁大膽地向我那焦躁不安的女伴和盤托出，只盼能打開話題。不料她倏地一搖頭，草草打發了我的話。

「哦，」她道：「死亡這事哪有什麼詩意可言？我想不到比它更**索然無味**的事了。」

我答道，我的看法恰恰相反，在我心目中，詩歌最偉大、最崇高的主題莫過於死亡，尤其是絕代佳人香消玉殞。打從她來到此地，她頭一次正眼瞧我——隨後陡地失聲大笑，那笑聲比她方才的冷淡更使我局促不安，類似她先前在艾提默斯面前的笑。等她笑完，她拭去笑出來的淚水，喃喃說道：「和你還真般配。」

「什麼？」我問。

「對死的愛好。比起你的制服，這種愛好和你更相襯。瞧你容光煥發，雙眼炯炯有神！」她驚異地搖了搖頭，又道：「只有艾提默斯能和你一比。」

我答道，我與艾提默斯相識的時間不長，從不知道他會耽溺於憂思。

她沉吟道：「他時不時會返回俗世人間，逗留一時半刻。坡先生，在我看來，人確實能在碎玻璃上跳舞，從傷痛中汲取喜悅；但我想這種事註定不久長。」

我反駁說，假如一個人只體驗過碎玻璃的觸感，假如一個人自小走在碎玻璃上頭，對他而言，那感受想必不遜於最柔軟的草地。這話讓她思量好半晌，對此我不禁受寵若驚。最終她低聲道：「是了，你們倆的確有不少相似之處。」

眼見她的態度略顯軟化，我把握機會，將各種美景指給她看，只要細瞧，便很容易發現這些景觀：河岸景致與炮臺、柯森斯旅店、捱過半世紀風吹雨打的舊克林頓堡遺跡。面對這些奇觀，她不過聳了聳肩。（蘭德先生，事後想來，我早該想到馬奎斯小姐自小生長於這一帶，想必正如久居雕欄玉砌之殿的仙子，在她眼中，這類奇珍異寶就像金雀花叢那般不足為奇。）這次會面是我安排不周，眼看彼此共度愉快時光已然無望，我決心咬牙挺過難關。換言之，正是**寒暄閒談**，蘭德先生。在這種希望渺茫的處境，想法子寒暄需要多大的勇氣！我關切馬奎斯小姐的身體是否健康。我讚美她的穿著品味。我說我覺得藍色與她很相配。我問她近日可參加過什麼晚宴。我問她——沒錯——是否覺得往後的天氣會一直冷下去。最後這句堪稱陳腔濫調的顛峰，亦是有禮不唐突的典範，誰知甫一出口，只見她猛地旋身面對我，咬牙切齒，目光凌厲，顯然怒火中燒，令我驚愕不已。

「喔，我們就別……你以為——坡先生，你以為我答應前來，是為了談論**天氣**？我向你擔保，這我已經談夠了。有那麼好幾年，實在太多年了，坡先生——我也曾是四點鐘在戀人小徑上守候的女子，你想必見過她們，無疑也同一兩位姑娘私會過。若我記得不錯，戀人之間對天氣談得還不少，也會說起乘船、跳舞、晚宴，要不了多久，由於時間緊迫，便有人開始指天發誓至死不渝。當然了，是**誰**起的頭不要緊，畢竟到頭來一切都是枉然。軍校生終將離去，他們總會離去，不是嗎，坡先生？然後總有更多人取而代之。」

她說得是如此激昂，我原以為她不消多久便會宣洩殆盡，至少也該怒氣稍平。殊不知恰恰相反，蘭德先生，她越是往下說，怒火越熾。

「啊，但你的鈕釦一個都沒少呢，坡先生！難不成你從未扯下最靠近心臟的那顆鈕釦，交換情人的髮絲？坡先生，在我那幾年，我交出實在太多束頭髮，我至今未禿簡直是奇蹟；我聽過太多海誓山盟，若是全數兌現，如今我的丈夫肯定多到堪比所羅門的後宮。那麼請你開始吧，宣告你的愛地久天長，然後我倆就能各自回家，各自安好。」

最終，她的怒火緩緩平息。她一手按住額頭，轉過身去，有氣無力地喃喃說道：「對不住，是我無理取鬧，真不明白我是怎麼了。」

我向她保證用不著向我道歉，我只怕她氣壞了身體。我瞧不出這話究竟是否寬慰了她的心，但她也不再向我尋求安慰。接下來簡直度秒如年。是的，蘭德先生，這場面當真奇異又尷尬，我幾乎鼓不起勇氣收拾局面——但我隨後清清楚楚察覺馬奎斯小姐的樣子起了變化。打從她抵達此地之後，她頭一回打起顫來。

「馬奎斯小姐，妳凍著了？」

她搖頭否認，但依舊發著抖。我問她是否要借我的斗篷一用，她並未答腔；我又問一遍，卻仍毫無回應。此時她抖得比開始時厲害十倍，她那秀麗的面容流露難以言表的驚懼之色。

「馬奎斯小姐！」我嚷道。

她發出激動昏亂的呼聲，儘管我哀戚地高聲呼喚，但我的叫喚估計像是發自遙遠的洞穴，壓根傳不進她耳內，她深陷於無人知曉的強烈駭怖之中。恐懼就像痲瘋一般會傳染，我登時感覺**自己的**心臟怦怦狂跳，四肢僵直。終於，我憑藉馬奎斯小姐那畏懼至極的神色，推斷定是有**另一人**在場，而且此人必定卑劣邪惡之至，光是在他面前，我們就會遭逢性命之憂。

我轉過身，掃視遠近各處，想揪出這名危害我美麗女伴的歹徒。我懷著滿腔熱血，翻遍每顆石頭，檢查每株雪松，繞了紀念碑三圈，可是蘭德先生，一個人影也沒有！

儘管仍未放心，但我冷靜下來，回頭去尋我的女伴，卻發現她方才所站之處空無一人。**馬奎斯小姐不見蹤影**。

我登時驚慌不已，好似消失的她便等同於我自己，和我拆分不開。我壓根沒想到自己可能趕不上降旗典禮；我寧願撇下**任何**典禮，撇下**任何**義務，只為再瞥一眼她天仙似的容顏。我撒腿便跑，找了一棵接一棵樹、一塊又一塊岩石，奔過林蔭蔽天的小徑，尋遍每塊木頭、每個樹墩，一草一葉一山一水皆不曾放過。我放聲呼喊她的名字，對著樹蟾和知更鳥喊，對著西風、落日與各個山頭喊，卻無人應答。絕望之下，我甚至（您可以想像我費了多大力氣）攀上公墓的懸崖邊，朝底下崎嶇坎坷的山坡呼喚，滿心以為隨時會見到她傷痕累累、了無生氣的身軀倒臥在下方的岩石間。

蘭德先生，我幾乎萬念俱灰，直到我經過一叢杜鵑花（離我最後見到她之處不到五十碼），只見在那幾乎光禿的枝椏之下，臥著一隻套了女靴的腳。我瞇眼細看那茂密的樹叢，那腳連著腿，腿連著軀幹，軀幹連著頭，組成了癱軟蒼白的麗雅．馬奎斯小姐，匍匐在冷硬的石地上。

我跪在她身前，一時之間喘不過氣，不敢動彈。她的藍眼向上吊起，虹膜大半翻進了眼皮下，令人大為擔憂。她柔軟飽滿的脣邊淌下一道唾液，渾身劇烈打顫，看得我不禁為她的性命感到憂急！

她沒說一句話，我則完全說不出一個字來，終於——終於！這病症逐漸消退。我繼續等著，最終我的守望獲得回報：她胸口一個起伏，眼睫幾不可見地一搧，鼻翼微微擴張。她沒死。她不會死。

然而，她的臉色卻是慘白如紙。一頭髮髻已然鬆脫，捲曲的黑髮凌亂地散落於前額。她的雙眼，蘭德先生——那雙淺藍眼眸深深凝視著我，目光中帶著狂亂與渴求，那眼神簡直美妙無比。她神情的變化尚屬自然，無須太過憂心；但不可否認的是，她渾身上下的狼狽模樣有著外來的、人為的——錯了，豈止如此，該說是**非人**的痕跡。蘭德先生，她的衣裳在肩膀處撕裂；手腕有著凶殘的指甲抓痕，傷口仍淌著血；右太陽穴留下慘遭重擊的瘀痕，褻瀆了她空靈、沉靜、高貴的額頭。

「馬奎斯小姐！」我叫道。

蘭德先生，縱使花上千年光陰，費上千言萬語，我也形容不出她那飽受摧殘的姣好臉蛋上綻開的笑顏。

「實在抱歉給你添麻煩了。」她道：「你可否送我回家？每回我離家太久，總會惹母親擔心。」

古斯・蘭德的陳述：十九

十一月十七日

坡不識得這些症狀，也怪不得他。畢竟他家族中沒出過半個神職人員，單就這種病症而言，大夥頭一個求助的對象往往是牧師。就連我那位比起治癒靈魂、更懂得束縛靈魂的父親，也經常被人找上門求助。我對其中一家子尤其印象深刻，他們居住在隔壁谷的農舍裡頭，每逢兒子猝倒症（註29）發作，他們便會抱著那不住弓背扭動的身軀，策馬疾馳趕來我家所在的窪谷，要我父親施行奇蹟。在馬可福音第九章十七節至三十節，耶穌豈不是為那孩子行了奇蹟？難不成蘭德牧師就辦不到嗎？

父親總會盡力一試。他會將手覆在那男孩抽搐的身體上，喝令邪靈離開，乍看之下，邪靈也總是會遭到驅逐——然而隔天或隔週便會重返。過了一段時間，那孩子的家人就不再上門。

「附身」，記得那男孩的父親是這麼說的。但我當下尋思，究竟是被什麼給附身了？在我眼中，那男孩更像是出竅，只餘少了靈魂的空殼。

當然，我只能根據坡的描述下判斷，但假如我猜得沒錯，她之所以會是「憂

註29　猝倒症（falling sickness），即當今癲癇的俗稱，由於病人發作時經常跌倒在地而得此名。

傷老小姐」就忽然說得通了。儘管我至今與她素未謀面，實話說來，連我亦為她憂傷，只因她身患這般重症，誰曉得她的身體還能再撐多久？

坡親手寫下的文字在我腦中浮現，伴著一陣涼意：**絕代佳人香消玉殞，是詩歌最偉大、最崇高的主題……**

唔，這話我可不敢苟同。說來也巧，我正動身出席一場葬禮。

那正是勒羅伊．弗萊入土為安的日子。我沒法告訴你他穿了什麼樣的壽衣，因為打從六名炮手將棺木扛下靈車的那一刻，直到墓穴封起，棺木從未開啟。

好歹坡有句話說得對：沒有比西點公墓更好的下葬之地了。也沒有比這天更好的下葬時機了，在這十一月早晨，霧氣如浪般在腿邊翻滾，風聲在木石之間呼嘯，今年最後的落葉如雨紛飛，捲起深紅的氣流，拂過一座座白色十字架。

我離墓址不到十呎之遙，耳聽隱隱鼓聲，眼望布條、黑羽緩緩前行。我記得棺架被靈柩壓得發出嘎吱聲，以及靈柩入土時繩索繃緊的摩擦聲。是了，還有泥塊打在堅硬松木棺材上的聲響，那聲音彷彿穿透草叢，從地底直傳上來。餘下的記憶大多已然模糊，好比勒羅伊．弗萊的父親，我想必見過他才是，但我卻想不起來。弗萊太太我倒是記得。她臉上雀斑點點，彎腰駝背，身著黑紗，雙眼雙耳神似母鹿，手臂與肩膀極其乾瘦，唯有兩頰上有那麼點肉，顯得圓潤泛紅。她不住輕聲咳嗽，不停擦拭沒滾下來的淚水，捏緊的拳頭在鼻梁兩側留下一道道紅痕。她看似什麼也沒聽進去，遑論贊辛格牧師的講道，以及龍騎軍在漫長致敬遊行中的口令與如雷蹄聲。

勒羅伊．弗萊一下葬，我就再也不曾夢見他了。也說不定，這時候我白天夜裡都在作夢。若非如此，那些將空靈車拉走的馬為何走得比平時慢上一倍？還有那位牧師，他不停擦拂袖口沾上的一個泥點，少說費了一個鐘頭吧。此外，炮手在勒羅伊・弗萊墓前鳴炮之後，那片山巒為何緊緊攫住炮聲不放？我的意思是，那炮聲不停迴盪，越來越響，有如困在原地的暴風雨。

最後——這事又該如何解釋？勒羅伊・弗萊那飽經日晒、悲痛難抑的母親，竟來到了我面前。

「請問你可是蘭德先生？」

這問題無可迴避。是……我就是……

她遲疑許久。也許是不知該怎麼做才符合禮節，在她平時的生活中，估計從來不曾像此時一般，主動向男子攀談。

「是你負責調查……」

「是我。」我答道。

她沒對上我的眼睛，猛力點了點頭。我跟著點頭，只因我說不出理當說出口的那番話：遺憾之至，痛失英才，大家同感哀戚……諸如此類的話，我無論如何擠不出口。見她打消和我說話的念頭，轉而在手提袋中翻找，我大大鬆了口氣。終於，她從中抽出一本鑲有金邊、書衣以布製成的小冊。

「我有件東西想交給你。」她道，將書塞進我手中。

「弗萊太太，這是什麼？」

「勒羅伊的日記。」

我以手指握緊，隨即一鬆。「日記？」

「正是，我想裡頭記錄了過去至少三年的事。」

「我不——」我打住。「抱歉，我不記得在他的私人物品中有日記這東西。」

「噢，是巴林傑先生轉交給我的。」

她首度迎上我的目光，未曾移開。

「巴林傑先生？」我問道，依舊壓著音量。

「是啊，簡直想不到吧？」她嘴角微動，笑意略現。「他是勒羅伊的好友，他說，他一聽聞勒羅伊——聽聞勒羅伊的事，便馬上趕去他寢室瞧瞧能做些什麼，就這麼找著了這本日記，他明白除了勒羅伊．弗萊的母親之外，誰也不該瞧這日記，所以他過來把日記給了我，說：『弗萊太太，您把這日記帶回肯塔基吧，若是您想把它燒了，儘管燒，隨您的便，但說什麼也不該讓任何人瞧這本日記。』」

她就是這麼說的，一氣呵成的整段句子，每個字都追著上一個字。

「哎，他實在很是體貼。」她道：「可是聽我說，蘭德先生，這事我想過了。調查整個案件的人是**你**，整支軍隊可說是全仰仗你，這麼說來，理當把日記交給你才是。說到底，我拿了又能幹什麼？我根本連讀也沒法讀。你自己瞧瞧，上頭的字全糊成一團，是不是？我連頭尾都分不清。」

其實，日記要的正是這種效果。勒羅伊．弗萊採取了常見的保密措施，交叉書寫，也就是寫完水平方向後，轉過來以垂直方向繼續寫，以求瞞騙窺伺之眼。這樣的寫法導致每字每句糾結成團，連原作者也未必有法子順利解讀。這事得交給訓練有素之人，比如我。

果然，我的雙眼立時讀了起來，思緒隨後跟上，開始分辨他的書寫模式。此時我聽見弗萊太太的聲音——毋寧說是感覺到她的說話聲，恰似落在頭頂的一顆冰雹。

「不要放過他。」

我從紙頁間抬眼，對上她的視線，恍然明白她不是在說她兒子。

「不要放過他。」她稍稍提高音量，又說一遍。「勒羅伊自己尋死也就罷了，但不該對他可憐的身子做那種事。那是犯罪，即便不構成罪名也不該輕饒。」

除了附和，我能怎麼辦？是啊，是啊，令人髮指……我如是說道，支吾其詞，尋思我是否該握住她的手，領她去別的地方……

「多謝，弗萊太太，真是幫了大忙。」

她心不在焉地點頭。接著她半轉過身，目送么子的靈柩隱沒於最後一鏟泥土之下。再來，只消用那潔白無瑕的十字架標記墓址，軍校便完事了。襯著紅金相間的樹葉，十字架簡直白得眩目。

「可真是場好儀式。」弗萊太太道：「對吧？我總告訴勒羅伊，我說，『勒羅伊，軍隊包準把你顧得**妥妥貼貼**。』瞧？我說得可對了。」

倘若我以為這項收穫會得到讚賞，那我就錯了。我在希區考克面前拿出日記，希區考克卻眉頭深鎖，不願相信，甚至連碰一碰也不肯。他雙手環胸，像插著兩把刺刀，問我何以肯定這確實是弗萊的日記。

「這個嘛，上尉，我想做媽媽的總會認得親兒子的筆跡。」

他問，若是巴林傑撕下了寫有犯罪事證的那幾頁呢？我答道，他大約也分辨不出是哪幾頁。弗萊不僅用無比細小的字交叉書寫日記，偶爾還像希伯來文似地反著寫，使得整本日記宛如楔形文字那般難以破譯。

不過，希區考克最想知道的是這件事：為何巴林傑不索性扔掉日記了事？假如有理由偷走日記，他何必冒著給人看見的風險？

對此，我給不出合理的答案。我大膽推測道，也許巴林傑用不著擔心日記中寫了他什麼。哦，那他一開始又何必涉險？妨礙軍校查案非同小可，足以招致退學或更嚴重的處分。（我使盡渾身解數，才阻止希區考克當場嚴辦他。）不，我所能想到的唯一解釋，恰恰是最不可能的解釋。

「是什麼？」希區考克上尉問道。

「這個嘛，無論裡頭寫了什麼，巴林傑都想讓人知道。他希望終有一天會給誰見到。」

「意思是？」

「意思是，也許他有良知。」

希區考克面露不以為然。我又有什麼立場替那年輕人說好話？我與他素不相識，況且依我目前對於此人的了解，我也不會想和他站在同一邊。然而我的確相信，人的靈魂基於某種原因總是渴望受到理解，即便是自己最醜惡的那一面。若非如此，人（包括我在內）又何必費事將一切訴諸文字？

六月十六日：今日是一場韋大昌險之旅的開使。

這是勒羅伊．弗萊日記開頭第一句話。果真是場冒險，雖說我絲毫不覺緊張刺激，至少剛開始是如此，唯有苦工。我一手握筆，一手握放大鏡，左邊是日記，右邊是謄寫用的記事本，在昏黃燭光下，速度穩定地解譯。字句充斥我的腦海，上上下下，時正時反，我不時就得從紙頁中抬起視線，眨眨昏花的眼，或索性整個閉上。

唉，這活做起來極其遲緩……令人發狂……苦不堪言。坡敲響我的房門時，我僅僅完成兩頁。敲門聲太過低微，我並未聽見，接著門被輕輕推開，他站在門前，腳踩破舊軍靴，斗篷肩膀處新破了個洞，手裡捧著又一個牛皮紙包裹。

字，我想道。**我要在字海中溺斃了**。

「坡先生，你用不著今晚趕來的。如你所見，我正忙著。」

「不是什麼難事。」他在黑暗中柔聲說。

「但你這樣——這樣寫個不停，」我道：「不等你寫完，你就會累壞的。」

「不妨事。」

他就地坐下，憑藉搖曳的燭光，我看見他仰頭注視我，看似相當企盼。

「怎麼回事，坡先生？」

「我在等您讀。」

「你說現在？」

「那當然。」

他沒問我腿上的另一份文件是什麼。他想必是以為，我不過是一面等他向我報告，一面打發時間罷了。也許我的確是在打發時間。

「既然這樣，」我道，拿過他手中的那疊紙，豎起來在腿上輕敲幾下。「看來寫得沒有上次那麼長。」

「大概沒有。」他贊同道。

「你要不要——要不要來點什麼？喝點什麼……」

「不用，多謝。我等您讀完就是。」

他果真這麼做了。他坐在冷冰冰的地板上，凝視每個字映入我眼簾。每次我瞥向他，他都維持相同姿勢，凝視著我……

愛德加・愛倫・坡呈交奧古斯都・蘭德的報告

十一月十七日

上回與馬奎斯小姐見面，結果卻不了了之，我不禁懷疑是否還有機會見到她。我和她仍認識不深，然而一思及我倆可能從此再不相見，我便感到無法忍受。帶著這般沉重心情，我再度投身於薛西弗斯之業，攻讀數學與法文；勒薩日在惡漢小說中所用的諧謔筆法，阿基米德與畢達哥拉斯的邏輯推演，在我眼中是多麼沉悶無味。聽說若是剝奪一個人的光明與飲食，他能睡上三日三夜，卻以為自己不過是午間小憩片刻，我情願與這樣的人交換！每個全新的一天，都彷彿包含連綿無盡的無數日夜。一秒的感覺如同一分鐘，一分鐘如同一個鐘頭。一個鐘頭？那豈不是千千萬萬年嗎？

晚餐時間到來，我依然活著。但又有什麼用處？我整個人無精打采，所到之處皆被深沉的憂傷所籠罩。週三晚上，我傾聽熄燈號呼喚全校學生入眠，滿心憂懼，生怕滿腹的無窮抑鬱會將我吞吃殆盡，只餘一床被褥，以及懸在我頭頂上方的那把火槍（煞是悲涼！）。

黎明來臨，晨號響起，我掙脫睡眠的蛛網，發現一位室友站在我的鋪蓋前。那是年輕的吉布森先生，臉上帶著詭異的喜色。

「有你的信，」他嚷道：「還是姑娘的筆跡！」

果不其然，有張信箋背後寫著我的名字，字跡也確實娟秀飄逸，是多數人會認定出自女性手筆的花體字。我不敢胡亂猜測這正是**她**的手筆，然而在清晨的冷冽空氣中，我每下劇烈心跳都彷彿在吶喊：是她！是她！

信箋寫道：

親愛的坡先生：

可否請你今天早晨撥冗與我一敘？據我所知，在早餐結束後到第一堂課之前，你將有一小段空檔。若是如此，而你也願意答允我的請求，我在普特南堡等你。不會耗費你太多時間。

祝好

麗・馬

蘭德先生，試問誰能抵擋這樣的邀約？她堅定卻又溫柔的言詞，她毫無匠氣的秀麗筆跡，信箋上飄散的輕淺香味……

這回，虛榮善變的時間女神改變心意，令接下來的時光如夢一般迅速流逝。從髒亂狹小的食堂脫身後，我默默離開那群灰衣同袍，不假思索登上獨立山。此時我孤身一人，心中卻十分雀躍，只因**她**必定已先我一步經過這些蓬亂樹叢，穿過林間小徑。因此，我行過閃爍光澤的柔軟苔蘚、岩石碎塊，爬上那古老堡壘的斷壁殘垣，這正是時運不濟的安德烈少校死前不久駐守之處。途中，我絲毫不覺辛苦，只因她的纖足早已踏過這條小路。

我穿過爬滿藤蔓的拱形炮廓，來到一排雪松前，只見麗雅．馬奎斯小姐半倚半坐在一大塊花崗石上。我走上前，她轉過頭來，露出無比真誠、熱情又極具感染力的笑容，上回籠罩著她臉龐的陰霾已不復見，取而代之的是我倆首次相識時，她那真切的盛情與優雅。

她道：「坡先生，真高興你能來。」

她嫻雅地以手輕揮，示意我在她身邊坐下，我欣然照做。接著她告訴我，她安排與我見面，是為了感謝我在她面臨困境時伸出援手。儘管我不記得自己當時做過什麼格外有俠義精神的行為，但我隨即明瞭，我送她平安回家的善舉已受到數倍的回報。原來馬奎斯小姐一聽聞我為她錯過降旗典禮，更因此遭到地獄三頭犬洛克通報，便即刻告知她父親，若非我出手相助，她可能會遭逢危難。

善良的馬奎斯醫生一從獨生愛女口中聽說此事，馬上為我向希區考克上尉說情，把我慷慨助人的經過原原本本告訴了他。指揮官的舉動將令我永誌不忘，他不僅撤銷了我的申誡，免除了洛克指派的額外站哨勤務，最後還說，我的善行是美國陸軍每位軍官的榜樣。

和藹的馬奎斯醫生不只幫了我，更宣告他希望當面向我致謝，為此他一定盡快擇期，邀我再去他家作客。

蘭德先生，這可真是否極泰來！我原本心如死灰，以為再也見不到馬奎斯小姐，誰知竟再度獲得機會，在她親切家人的陪同下與她相處，甚至獲得了她家人的肯定。（我本來想要說「她那些比我**更加**重視她的家人」，但我……但我發現那並非事實。)

如前所述，早晨的空氣頗為清冷，不過馬奎斯小姐身穿長大衣與披風，看來並未受寒意所苦。反之，她全心全意欣賞眼前的景致，眺望牛山、鴉巢山以及斷頸山崎嶇的山稜，不時撥弄一雙便鞋上的繫帶。

「哎呀，」她最終說道：「現在看去只有一片枯槁，是不是？相比之下三月風光好得多了，起碼可以確定生機就要來臨。」

我回答，我認為恰恰相反，若要徹底領略高原之美，最佳時機便是樹葉落盡之時，不讓夏之濃綠或冬之冰霜遮掩任何一絲細節。我對她說，花草樹木不但無法給風景增色，反倒遮蔽了神最原始的巧思。

蘭德先生，她似乎被我給逗笑了——我說得越是認真，反倒越是引她發笑。

「原來如此，」她道：「看來你生性浪漫。」然後她笑意更深，加上一句：「坡先生，你挺愛提到神的。」

我說，提到人與大自然的起源，我想不出比神更適合的稱頌對象了，接著問她是否能想到更適切的選擇。

「哦，」她道：「這些都挺……」她音量漸弱，一手輕揮，像要任這話題隨下一陣西風而逝。儘管我倆相識太過短暫，我卻從未見她這般含糊其詞，如此排斥延續懸而未決的話題。但我不願因刻意追問而引起她的疑心，便拋下這話題，轉而欣賞方才所說的美景，又在不致使我良心不安的限度中，時不時朝她瞥去幾眼。

這時，她的姿容在我眼中是如此珍貴迷人！她那頂綁帶帽是討喜的淺綠，下半身的蓬鬆裙襬與襯裙隨風飄揚，外袖與微蓬白色襯袖的線條是這麼美妙，袖中探出了白皙柔美、充滿生氣的手指。還有她的香氣，蘭德先生！那張短箋上飄出的正是這個香氣，是自然而略顯濃郁的甜香。我們坐得越久，那香味越是侵襲我的思緒，最後在我幾乎為此分神之際，我問她可否好心告知那是什麼香水。是「玫瑰之水」嗎？我尋思。還是「雪白」？抑或「琥珀香氛」？

「不是那麼時髦的東西，」她道：「只是鳶尾花根罷了。」

聞言，我驚訝得說不出話，有那麼好幾分鐘，我竟連最簡單的語句也說不出口。終於，馬奎斯小姐擔心我有恙，問我這是怎麼了。

「恕我無禮，」我道：「鳶尾花根是我母親最喜愛的香氣。在她死後多年，我依舊能在她的衣物中聞到那味道。」

我原本只想輕描淡寫帶過，絲毫無意多談母親。然而，我沒料到會遭遇馬奎斯小姐的強烈好奇心，當即要我多說些；雖然我對母親所知不多，她仍舊設法讓我盡可能詳述了關於母親的一切。我說了母親當年舉國聞名，說了佐證她卓越才華的許多事蹟，說了她滿懷喜悅、一心一意為丈夫兒女付出……說了她在那間見證她無數風光的劇院葬身火窟，不幸早逝。

提及某些事件，我的嗓音微微發顫，若不是馬奎斯小姐深表同情，我想必沒法子說下去。蘭德先生，我什麼都說了，至少在那十分鐘內，我能說的都盡量說了。我告訴她，愛倫先生憐我父母雙亡，收養了我，立我為繼承人，教養我成為母親期望的紳士；我告訴她，最近過世的愛倫夫人對我而言猶如第二個母親。我談及在英格蘭的日子，我的歐洲巡禮，我參軍加入炮兵團……不光是這些，我更表露了我的想法、抱負、憧憬，不論好事壞事，馬奎斯小姐以近乎牧師般的沉著從容，悉數傾聽。在我眼中，她恰恰體現了羅馬劇作家特倫斯的名言：「Homo sum, humani nihil a me alienum puto（我是人，人類之一切我概莫能外）」。由於她的寬容，我越發鼓起勇氣，不久便向她坦承，基於某種超乎自然的力量，無論在我入睡或清醒時，母親常在我身邊降臨。我指天發誓，儘管我對她毫無記憶，她卻宛若幽魂，帶著神祕的哀愁氣息，在我身旁徘徊不去。

聽我如此說，馬奎斯小姐目不轉睛望著我。「你的意思是，她會對你說話？她說了些什麼？」

在當日早晨，那是我頭一次遲疑不語。蘭德先生，縱使我無比渴望把那一小段神祕詩篇告訴她，我卻說不出口。她並未進一步追究，迅速拋開了方才的問題，低喃道：「過往之人從未離我們而去，是不是？但願我曉得為什麼。」

我也曾思量過相同的疑問，於是我躊躇地說起自己的推測。「有些時候，」我道：「我認為，亡者徘徊世間是因為我們愛得太少。妳瞧，我們總會**忘記**已故之人，縱然我們無意如此，卻仍不免忘卻。這時，憂傷、惋惜便會消停一段時日，無論多久，在此期間，他們定然覺得慘遭我們狠心拋棄。因此他們大鬧一番博取注意，好讓我們重新回想起來，以免他們遭到二度殺害。

「也有些時候，」我續道：「我猜想是由於我們愛得太深。正因如此，他們始終無法離開，只因我們心中總牽掛著摯愛之人。他們永遠不死，永不緘默，永不安息。」

「**亡者復甦**。」她全神貫注凝視著我。

「或許是吧。可既然他們從未離去，又何來**復甦**一說？」

她以手掩住嘴，我推敲不出原因，稍後才聽見她吐出一串笑聲。

「坡先生，究竟為什麼呢？我竟然寧可耗上一小時，同你——」她再度笑出聲，「——同你談些苦悶至極的題目，也不願聊聊穿著打扮、飾品玩意，諸如此類能討多數人歡心的事物？」

此時，一束光照在我倆遠眺的山腳下。可是馬奎斯小姐卻挪開目光，拾起一根鈍樹枝，漫不經心地在花崗石上勾畫抽象圖樣。

「那一日，」她終於開口說道：「在墓園……」

「馬奎斯小姐，我們用不著提那天的事。」

「但我想提。我想告訴你……」

「是？」

「我對你的感激之情。我是指，當我睜眼之際，你依然在我面前。」她覷了我一眼，隨即轉開。「坡先生，當時我細細注視你的臉，竟發現了我意想不到的東西。是我作夢也想不到的東西。」

「那是什麼，馬奎斯小姐？」

「愛。」她道。

啊，蘭德先生！您絕對想不到，在此之前，我從未想過自己是**愛上了**馬奎斯小姐。是，我深深仰慕她，這點我決計不會辯駁；我毋庸置疑受她所吸引，不，是為她傾倒。可是蘭德先生，我從來不敢妄想對她抱有更進一步的感情。

然而，當她口中吐出這——這神聖的字眼，我便再也無法否認其中深鎖的真相。是她以無比的寬容大度，將真相從狹小囚牢中解放。

我深陷情網，蘭德先生。縱使我奮力掙扎，我依然陷入了情網。

萬事萬物都隨之改變。有條鱒魚衝破哈德遜河水面，翻滾撲動，濺起喧騰的水花，幽深的河水中冒出點點樂音，比風神的豎琴更加動聽。我僵坐在原地，彷彿駐足於通往美夢的金色大門前，那門大大敞開，我遠眺門後的風景，卻恍然發現景色的盡頭正是**她**。

「我似乎讓你尷尬了。」她道：「你用不著難為情。想必你已——」她的嗓音一時哽住，但接著繼續說道：「想必你已看穿，我對你也有情意。」

愛的幸福來得多麼突如其來！愛意的滋長又是多麼難以察覺！儘管我們在抓住愛情時宛如得升天堂，卻無法將其牢牢抓在手中。不，愛勢必會離我們而去，我們註定失敗——**註定墜落**——

簡而言之，我當場暈厥。我本來差點因此錯過上午的課，但我並不在乎。我情願錯過更多更多課，甚至任由命運女神（秩序女神泰美斯的無情女兒！）剪斷我的生命之線——我就是如此快樂，如此欣喜若狂。

恢復意識之際，首先映入我眼簾的是她的面容，是她那雙流轉著神聖光彩、天使般的眼眸。

「坡先生，」她道：「下回見面，我倆還是從頭到尾保持清醒的好。」

我由衷表示贊成，誓言只要她在我眼前，我絕不閉眼。隨後我請求她，既然確定彼此心意，往後務必以我的教名喚我。

「愛德加，是嗎？那好，若你喜歡，我便喚你愛德加。那麼，你也該喚我麗雅。」

麗雅。麗雅！這名字在我耳中留下了多麼婉轉的餘韻！短短兩個悅耳的音節，預示了多麼幸福洋溢的世界！

麗雅。麗雅。

古斯·蘭德的陳述：二十

十一月二十一日

最稀罕之處莫過於此：除了他所寫的報告，坡沒有別的話要說了。讀畢之後，我等他接在結尾後頭往下說，引述又一位拉丁文詩人，闡明某字的字源，議論愛情是如此轉瞬即逝……

不料他僅僅向我道了聲晚安。他答允會盡快回報進展，隨即翩然離去，宛若幽魂。

直到隔天晚上，我才再次見著他。若非機緣巧合，搞不好我從此再也見不到他了。坡自己想必會咬定是冥冥中自有安排，但我還是稱之為巧合吧。那確實是出於湊巧，我費盡心思解譯勒羅伊·弗萊的日記，破解途中，我陡地亟需呼吸新鮮空氣。我慌忙出了房門，邁入蒼茫的暮色，緩緩搖動手中的提燈，以免失足跌倒。

那夜十分乾爽，飄著松木清香。河水比平時更加喧囂，彎月彷彿只是用眼睛看便能將你割傷，地面似乎每踏一步都劈啪作響，於是我步步小心提防，如履薄冰。我在舊炮兵營遺址駐足，此處與練兵原相距不遠，一路往下的長坡覆著被黑夜染為紫色的野草，我順著那道坡展眼望去。

隨即定睛一看。

不知什麼在動。就在處決谷邊。

我舉高提燈，隨著我越走越近，那奇異的形體、不和諧的輪廓愈漸明晰。眼前是個男人——是個四肢著地的男人。

遠遠瞧去，那姿勢顯得很是危險，無論對誰而言都大不健康，像是即將昏厥。然而當我再靠近一些，我恍然明白這姿勢有其道理。原因在於，第一個人的身下還有另一個人。

我立時認出上面那個人來。當初我在學員食堂將他好好打量了一番，足以認出他的亞麻色頭髮、農家子弟的壯碩身材：竟是藍道夫·巴林傑。他跨坐於對手身上，憑藉結實的雙腿，將對方的手臂壓制在地，強壯有力的前臂使勁抵著那人的咽喉。

遭他攻擊的人又是誰？我在旁一繞，找到能瞧清楚的位置，只見一顆過大的頭顱、瘦犬似的身材，是了，還有肩膀處破了個洞的斗篷，這才確定對方的身分。

我撒腿狂奔。我深知這場對決極其不公，巴林傑足足比坡高上半呎、重上四十磅，不僅如此，他的舉動流露顯而易見、毫不收斂的**殺意**。他決計不會收手。

「放開他，巴林傑先生！」

我與他們距離漸短，聽見自己堅定如石的聲音。

他猛然抬頭，迎上我的視線，雙眼在提燈照耀之下如兩顆白珠。他沒放開坡的脖子，無比鎮靜地說道：

「我們在辦私事，先生。」

我當即憶起勒羅伊·弗萊的話，憶起他在樓梯間，喜孜孜告訴他的好友：**去辦**

要緊事……

瞧巴林傑平滑無紋的額頭、專心一意的模樣，他這「私事」也有要緊之處。既然動了手，他便要貫徹到底，而且他無意多加解釋。可不是嗎，現下我只聽見坡喉間發出噎住的聲音，像是頸子慘遭摧折的嗚咽，聽著比慘叫更是駭人。

「**放開他，巴林傑先生！**」我又喊一遍。

他仍舊用那壯實的手臂往下壓，將坡肺中最後一口氣擠出，只等坡的氣管軟骨斷裂。

我飛起一腳，正中巴林傑太陽穴，他悶哼一聲，甩去頭上的痛楚……仍繼續往下按。

第二腳踢中他的下巴，踹得他仰天向後摔。

「假如你馬上滾，」我道：「你還保得住軍職。若你不走，我擔保你本週便會受軍法處置。」

他坐起身，揉著下巴，雙眼呆瞪著前方，彷彿我不在場。

「還是說，」我道：「你不曉得薩耶爾上校對謀殺未遂有何看法？」

說到底，他的陣腳終究是亂了。誠如許多恃強凌弱之人，他在特定圈子能逞逞威風，出了圈子便施展不了手腳。身為八號餐桌的首席切肉助手，有誰膽敢插隊索要烤牛肉，他能以凌厲目光瞪得對方退縮；離了八號餐桌，出了北營第十八寢，可沒有什麼給他撐腰。

也就是說，他離開了。他盡可能維持住臉面，但他心知肚明有人攔住了他，離去的背影難掩狼狽。

我伸手拉坡起身，此時他呼吸順暢了些，然而提燈照亮了他泛著斑斑紅痕的皮膚。

「還好嗎？」我問道。

他試著吞嚥了下，疼得一縮。「不妨事，」他嘶啞道：「這等……背後暗算的……懦夫行徑……可打不垮姓坡的。我的遠——遠祖是——」

「法蘭克人酋長，我曉得。也許你能說說究竟出了什麼事。」

他蹣跚地向前踏了一步。

「我也說不清，蘭德先生。我溜出寢室，打算去找您……照例做了所有……所有預防措施，一如既往地謹慎當心……我沒法子解釋……為何他能偷襲得逞。」

「他可說了些什麼？」

「他壓低聲音，翻來覆去說著同一句話。」

「是什麼話？」

「**小畜生——就該安分守己**。」

「就這句？」

「就這句。」

「坡先生，你瞧這是什麼意思？」

他聳肩，就連這微小的動作都使他喉嚨抽痛。

「徹頭徹尾的嫉恨。」他總算開口。「他……分明不滿……麗雅選擇了我，而不是他。他想威嚇我離開她。」他喉間迸出歇斯底里的高亢笑聲，「他壓根沒法……**體會**……我對此事的決心多麼強烈。他絕嚇不走我。」

「這麼說，你認為他只是想嚇嚇你了，坡先生？」

「不然呢？」

「唔，不曉得，」我道，再度望向處決谷。「方才我看起來，他像是打定了主意要取你性命。」

「別說笑了，他可沒那膽量。他沒那麼異想天開。」

哦，讀者，我真想對他說說我在警探生涯見過的那些殺人凶手，個個都是最談不上異想天開的人，你鐵定一輩子也不想認識。那也正是他們如此危險的原因。

「即便是這樣，坡先生，我還是希望你……」我將雙手插進口袋，輕踢了一腳草皮。「你瞧，是這樣的，我多少有些**倚賴**你了，可不希望你為了年輕姑娘送命，哪怕那位姑娘多美貌。」

「我向您保證，送命的不會是我，蘭德先生。」

「那會是誰？」

「巴林傑。」他答得簡單明瞭。「若他膽敢橫刀奪愛，我便要殺了他。沒錯，屆時那將帶給我無比純粹的快感，也是我軍旅生涯中最——最合乎正義之舉。」

我扶住他的手肘，輕輕引領他爬上往旅店的斜坡。足足一分鐘後，我才再次開口。

「是啊，」我盡可能輕鬆地說道：「正義什麼的說起來是很容易。不過我沒法想像你真能從中獲得快感，坡先生。」

「蘭德先生，那您看來並不了解我。」

他說得是，我確實不了解他。是在他果真動了手之後，我才明白他幹得出什麼事來。

我們終於來到旅店的柱廊前，坡的呼吸已平穩下來，臉色也恢復了平時的蒼白。他那缺乏血色的臉從沒看起來這麼健康過。

「好吧，」我道：「我很高興碰巧被我遇上了。」

「噢，我自己也能設法搞定巴林傑的，但我很慶幸您就在校地附近。」

「依你看，巴林傑是否知道你要過來？」

「我想是不至於，方才連旅店也看不到。」

「所以，你不認為我倆的小約定被人發現了。」

「不會有人發覺的，蘭德先生。我絕不會向任何人透露，連……」他一時情感充塞胸臆，不禁頓住。「我連**她**也不會透露。」他回過神，語調輕快道：「您沒問我為何打算來找您。」

「我猜想你有新的消息。」

「正是。」

他雙手並用，在口袋中搜索翻找，好半晌才找著。是張紙。他珍而重之地展開，有如要取出一個聖餐杯。

我早該猜著的。光是瞧他雙眼熠熠生輝，我便該猜到才是。然而我毫不疑心地接過那張紙，壓根沒料到眼前會是：

> 在那幻夢籠罩的河堤幽影，
> 黑夜的可憎紗綢將我覆蓋，使我打顫。

「瀾澗中的麗諾爾，妳何故來此
　置身於一望無際的荒涼淺灘
　置身於令人厭棄的陰溼淺灘？」
「我怎敢述說？」她驚懼呼喊，
「我怎敢低喃地獄那駭人的喪鐘？那些
「得逞邪物，每逢黎明我便於記憶中重返
　那些凌虐我靈魂的邪魔，
　那些蹂躪我靈魂的妖魔。」

字跡在提燈的照耀下變得清晰，我恍然明瞭，我想不出能說什麼。我再三搜腸刮肚，想尋點話來說，卻次次無功而返，到頭來我只擠出了：

「寫得好。」我道，「真的，坡先生，寫得真好。」

他的笑聲隨後傳進我耳中，聽來宏亮而快活，在我耳際迴盪。

「多謝，蘭德先生。我會轉告母親。」

古斯・蘭德的陳述：二十一

十一月二十二日至二十五日

是夜稍晚，我聽見有人敲響旅店的房門。並非坡那微帶羞澀的招牌輕敲，而是更加急迫的呼喚，催得我立時跳下床，準備迎接（誰知道是不是呢？）末日審判。卻是帕希。她頸間裹了兩層圍巾，呼氣在陰冷的走廊凝結成霧。

「讓我進去。」她道。

我以為她會當場消散。豈料她踏進房內，有血有肉，如同我的手那般實在。

「我去給軍校生送了點酒。」她道。

「留給我什麼好東西沒有？」

誘惑當前，我再怎麼故作輕鬆，也只能做到這點程度了。要說我是撲到她身上也不過分，她宛若天使地任我恣意妄為，躺在床上，眼裡帶著戲謔，隨我替她褪去衣衫。這是整個過程中我最喜愛的環節：脫下層層衣物，長襪、鞋履、襯裙，一件比一件更引人企盼。畢竟，誰曉得脫到最後她是否還在？此乃永恆的大哉問。於是你解開最後一排鈕釦，雙手不住打顫……

只見她躺臥在你面前，晶瑩雪白，肌膚豐潤。

「嗯哼，」她道，語氣始終如一地充滿權威。「確實有。就在這裡呢。」

這回做得比平時更久，柯森斯先生的床鋪從未如今日一般，在上下左右各處搖出這麼多嘎吱聲。完事後，我倆躺了一會，她把頭枕在我臂彎，接著一如往常墜入夢鄉，呼吸聲宛如瀑布傾瀉。我傾聽好半晌，輕輕將她的頭從我胸口挪開，躡手躡腳下了床。

勒羅伊·弗萊的日記在窗邊靜候。我點亮蠟燭，日記攤平置於腿上，筆記本擱在桌面，再度投入工作，拆解連綿不斷的字串。我解譯了超過一個半鐘頭，忽地感到她將雙手搭在我的肩膀上。

「古斯，這書上寫了什麼？」

「哦。」我放下筆，使勁抹了抹臉。「不過是些字。」

她以指節輕壓我鎖骨上方突起的肌肉。「**有趣**的字嗎？」

「稱不上。我倒是知道了不少——唔，好比射擊理論、康格里夫火箭，還寫了些什麼『老天爺呀，要是能回肯塔基老家就太好了，那裡的冬天可沒——沒這般椎心刺骨』。日記可真夠無聊的。」

「我的可不會。」帕希說道。

「妳——」我倏地睜眼。「妳寫日記來著？」

默然良久，她才搖搖頭，道：「只是說如果有的話。」

唔，她有什麼好不寫的呢？我暗忖。我豈不是早已被各種文字給包圍了？坡寫他的詩作與文章，菠菠教授寫記事本，洛克中士也有一本記事本……甚至連希區考克上尉也一樣，據說他會寫日誌。我回想勒羅伊·弗萊緊握在拳頭裡的字條、巫魔會版畫、薩耶爾早餐桌上的報紙、瞎眼賈斯博手邊的報紙——看見沒有？淨是許多

文字。你估計以為這些文字能組成什麼意義，殊不知它們不過是相互**抹消**，直到每個字都不再真實，拉著我們向下沉淪，深陷字海，一字字相互敲擊，像菠菠教授的鳥兒那樣尖啼……

是啊，我暗想。**有何不可？妳也寫本日記吧，帕希**。

「回床上睡吧？」她在我耳邊呢喃。

「嗯……」

好歹我有辦法說，我的確思索了片刻，慎重考慮。只恨我冥頑不靈，留在原位不走。

「等等就回去。」我應允。

偏偏我在椅子上睡著了。醒時已然天亮，她不見蹤影，而我的記事本上多了一行潦草字跡：**古斯，穿暖和點，外頭冷**。

確實是冷。週二那一整天都冷，一路冷到週三晚間。

週三清晨，一等學員藍道夫・巴林傑站哨後未曾回營。校方即刻派人搜索，然而那些人馬二十分鐘後便不得不折返，只因一場冰暴眼看就要席捲整個高原。天寒地凍，眼前幾乎什麼也看不清，過了些時候，連騾子和馬匹也前進不了。眾人商議待天氣好轉，便立即重啟搜救行動。

但天氣未曾好轉。從早晨至午後，冰珠直落，輕點屋頂，打在以鉛條固定的窗扉上，絮絮不休地敲擊屋簷與外牆。冰雨下個不住，不曾停歇，不曾改變。整個早上，我聆聽冰雪刮擦，好似有隻餓犬困於陰溝；最後我豁然了悟，假如再不披上外套衝出房門，我鐵定會發瘋。

中午剛過不久，整片大地已被冰雪覆蓋。厚厚一層脆硬的冰，封住了紀念伍德上尉的方尖碑、炮臺場的黃銅十八磅炮、南營後的打水幫浦、教授街那排石屋的排水管；冰霜凝結在小路的碎石上，包覆了石上的石苔，將大片積雪化為堅如石英的地層；冰柱自雪松的枝椏垂下，外形恰似茅草編成的棚屋，每當清風吹拂便簌簌發抖。這冰頗富民主精神，公正地落在軍官與學員身上，經其觸碰的一切皆陷入沉默。唯獨我例外——在我前行之際，靴底隨之發出盔甲碰撞似的聲響，彷彿自西點的一頭響徹另一頭。

我蹣跚返回旅店房間，之後整個下午，我在無盡的微光中打盹，時睡時醒。約莫五點鐘左右，我猛然驚醒，趕至窗前。冰暴已停，四周寂然無聲，在滾滾霧氣之中，我隱約瞧見一名船夫赤裸胳膊，駕著一艘小舟划向下游。我慌忙套上衣褲外套，將房門在身後輕輕帶上。

軍校生已出了宿舍，正排起隊形準備閱兵，敲在冰上的步伐頓時放大千倍，我伴著轟然巨響，一路暢行無阻地前往吉角。我不確定自己為何要去那地方，大概是觸動了首度來到那裡時所興起的念頭：無論是我或是誰，總可以就這麼一路向前，順著河，前往從未抵達之處。

身後傳來腳步聲，沿著小徑走來，隨後是溫和有禮的嗓音。

「蘭德先生？」

是梅朵斯少尉。巧得很，上回我站在此處，護衛我的軍官也正是他。他一如當日，立在我身後，與我相距十呎之遙，面色凝重，好似正準備要躍過一條護城河。

「晚安，」我道：「別來無恙。」

他的語氣緊繃如劍。「希區考克上尉命我前來傳話。事關失蹤的學生。」

「找到巴林傑了？」

起初梅朵斯少尉一聲不吭，上級顯然指示他不可多言，但我瞧得出他的沉默別有深意。我悄聲道出他說不出的詞彙。

「死了。」我道。

他默認。

「吊死的？」我問。

這回梅朵斯肯點頭了。

「心臟。」我道：「他的心臟——」

他隨即打斷我，有如剁肉泥那般直白俐落。「是，心臟不翼而飛。」

他打了個寒顫，雙腿一陣哆嗦。也許是因為天冷，也許是因為他見過了屍首。月亮剛自斷頸山後升起，灑下薄薄一層柔光，映在他的臉龐上，在他的雙眼罩上一層光。

「還有別的。」我道：「你還沒有全說。」

換作平時，他早已老調重彈：**無可奉告，先生**。但他這次沒法忍住不說。他頓住，張口，又頓住，費了好大一番力氣，才招認道：

「巴林傑先生還遭人以另一種手段辱屍。」

用字遣詞堪稱荒謬，聽來不過是空洞的官腔，可他似乎只能用這種方式來阻止自己往下說。到頭來，他終究忍不住了。

他最終道：「巴林傑先生的睪丸遭人割除。」

一陣靜默，唯聽遠處傳來軍校生踩踏冰面的聲響。

「也許你還是帶我去瞧瞧的好。」我道。

「希區考克上尉希望您**明天**再前往現場與他會合，今日天色已晚，他認為光線太暗，無法——無法——」

「無法看清案發現場，我明白。巴林傑先生的屍身現下保管於何處？」

「醫院。」

「加派人力看守了？」

「是。」

「上尉要明日幾點鐘見我？」

「上午九點。」

「那敢情好，」我道：「我只缺個地點了。我和他在哪會合？」

他停頓片刻，我猜是為了字正腔圓地說出口。

「寂石門。」

不得不說，西點處處有岩石，處處有那麼一絲寂寥；不過，倘若自柯森斯旅店或立足於碉堡丘眺望，起碼能看見自由奔流的哈德遜河。但要是出了寂石門，只見眼前杳無人煙，與你相伴的唯有草木深溝，或許再加上溪水的低吟……當然了，還有阻擋陽光的山稜，這些山岳令你自覺有如囚徒。據我聽聞，不少軍校生在此站哨兩個鐘頭，便錯覺自己這一生再也無法離開寂石門。

假如藍道夫・巴林傑也動過這個念頭，他倒想得沒錯。冰暴一停，搜索行動便再度展開。沒人料到冰化得那麼快，恰似來襲時那般突然。霜雪轉眼消融，四點剛過幾分鐘時，兩名二等兵在返回指揮官宿舍回報的路上，聽見了猶如上千條鉸鍊轉動的聲響，停下腳步。附近有棵樺樹正抖落覆於其上的白霜，一陣搖晃之下，藍道夫・巴林傑赤裸的屍身就此顯露，那屍體包裹於枝葉間，宛若百合之蕊。

一層冰封住了他全身，迫使他的雙臂緊貼於身側，然而連冰也沒法固定住他，於是他在呼嘯的風中微微旋轉。

梅朵斯少尉帶我到達現場時，巴林傑的屍首已被解下，先前包覆在他身周的枝條彈回原有的高度，現場只見那條繩索。此時繩子直垂下來，高度約莫到我胸口，顯得僵直、粗糙，略略斜向一旁，好似受到什麼磁鐵的牽引。

在我倆前後左右，融冰持續落下，有些狀如碎石，有些是不規則的大片冰板。陽光將大地照得刺目耀眼，在這裡待上一些時間，你只能盯著葉片茂盛的杜鵑瞧，那是唯一不會反射光線的東西。

我問道：「為何是樺樹？」

希區考克對著我瞪眼。

「對不住，上尉。我不過是疑惑，既然打算將某人吊死，怎麼選了如此易於彎折的樹。樺樹樹枝遠不如橡樹那般粗，或是栗樹。」

「或許是因為離地面較近。」

「是，我想這麼一來動手會容易些。」

「是容易些。」希區考克附和。

他心力交瘁的程度又達到了新的境界。那種累直把你的雙耳往下拉，使你眼皮浮腫；那種累將你牢牢釘在原地，只因你若是不站得筆直，便會整個人垮下。

我自認那日早晨對他很是和善。一有機會我便問他是否要返回宿舍，那裡可以讓他好好理清思路；每當他要我複述問題，無論重複多少遍，我都樂於遵命。記得我當時問他，藍道夫．巴林傑的屍身狀況與勒羅伊．弗萊有何差別，他直瞪著我瞧，彷彿我把他錯當成了別人。

「發現他倆的遺體時，你都在場。」我解釋道：「我想知道，這個嘛……**這具**屍首看起來有哪裡不一樣。」

「噢。」他終於開口。「噢，沒有。這一個……」他抬頭直盯著枝葉。「唔，」他道：「我留意到的頭一件事，是他的位置高了許多。相較於弗萊。」

「看來他的雙腳沒碰到地面？」

「沒有。」他摘下帽子，復又戴上。「這回凶手騙不了人。找到巴林傑時，他身上已有那些傷，可知他是先被殺害、開膛，**隨後**才吊至樹上。」

「可見那些傷不可能是在──」

「在他上吊後才動手的？不可能。」他越發進入狀況。「不，從那高度幾乎不可能，光是要讓屍體停住不動便難如登天。」他以拇指指了指眼睛。「人受了那麼些傷，顯然沒法子再跑去上吊，因此自殺的障眼法並不成立。」

他注視樺樹好一陣子，嘴巴微張。接著他回過神，補充道：

「此地離巴林傑的崗位足足三百碼。我們無法肯定他是不是自願前來，甚至說不準他是否活著來到此處，他也許是走過來的，也許是被人拖過來的。如你所見，這場冰暴……」他搖搖頭，「搞得現場一團糟，數十名軍士走來走去，結果四處都是泥雪，腳印遍布，壓根分不清誰是誰。」

他一手扶住樹幹，身軀微傾約一呎。

「上尉，」我道：「我深感遺憾。我明白，此事對你必定打擊甚鉅。」

我也不明白為什麼，但我輕拍了他的肩膀一下。讀者，你想必見過這個動作，這是男人之間相互安慰的動作，有時甚至是他們唯一懂得做的動作。然而希區考克並不這麼想。他猛地抽回肩膀，旋過身來面對我，整張臉氣得煞白。

「錯了，蘭德先生！我不認為你**明白**。在我照管之下，兩名學生慘遭殺害，以殘暴手法辱屍，動機簡直難以理解。偏偏我們和一個月前一樣原地踏步，依然沒法揪出犯案的禽獸。」

「別這麼說，上尉。」我仍保持安撫的口吻，說道：「我想我們可沒有原地踏步。我們縮小了範圍，持續取得進展，破案不過是遲早的事。」

他滿面怒容，低下頭去，緊抿的雙唇間迸出一句話，微弱卻清晰可聞：

「只有**你**這麼想。」

我面露微笑，雙手交抱於胸前。

「上尉，」我道：「這話你不如解釋解釋。」

他毫不退縮，目光凌厲地注視著我。「蘭德先生，不妨告訴你，薩耶爾上校和我對你的辦案進度深感憂慮。」

「是嗎？」

「你要是能推翻我的看法，我肯定會大喜過望。也好，眼下正是你為自己辯白的絕佳時機，你不如告訴我，你是否在校內任何地方發現了更多撒旦儀式的證據？」

「不，沒發現。」

「那位哄騙柯克倫二等兵離開勒羅伊．弗萊身邊的軍官，你是否查出了身分？」

「還沒有。」

「自從你取得勒羅伊．弗萊的日記已過了將近一週，你是否得到任何一丁點有助辦案的線索？」

我感到眼周肌肉逐漸緊繃。

「我瞧瞧，上尉。我曉得勒羅伊．弗萊哪一天手淫過幾回，我曉得他喜歡臀部豐滿的女子，我曉得他多痛恨早點名、解析幾何和——和**你**。這些行嗎？」

「我要說的是——」

「你要說的是，我沒有能力調查此案。也許我根本無法勝任。」

「我質疑的並非你能力不足，」他道：「而是你別有意圖。」

一個極輕的聲響，我一時之間分辨不出那是什麼，稍後才恍然大悟是我咬緊牙關的聲音。

「上尉，我又得請你再解釋解釋了。」

他端詳我良久。或許是在估量他能把話挑得多明。

「蘭德先生，我懷疑——」

「什麼？」

「——我懷疑你在保護某人。」

笑聲。起初我只給得出這個反應，畢竟這太可笑了，是吧？

「保護某人？」我重複道。

「正是。」

我雙手一攤，嚷道：「誰？」喊聲震動距離最近的榆樹，枝葉簌簌。「這窮鄉僻壤，我究竟會想要保護誰？」

他道：「也許現下該來談談坡先生了。」

我胃中輕輕一絞。我聳肩，故作不解。

「這是為何，上尉？」

「就從這件事說起吧，」他道，垂眸看著靴子。「據我所知，坡先生是唯一曾宣告要殺害巴林傑先生的學員。」

他抬眼，恰巧見著在我臉上閃過的驚訝之色。我得說，這時他對我露出的微笑絲毫不顯殘酷，更像是扭曲的憐憫。

「蘭德先生，你當真以為他只對你表露殺意？就在昨日的晚餐時間，他向同桌學生夸夸其談，述說他與巴林傑先生的驚天對決，他又是如何英勇奮戰。從坡先生口中講來，堪比希臘英雄赫克特與阿基里斯的決鬥。有意思的是，待他說完整個故事，他聲稱若是他倆再起爭端，他定會取巴林傑先生的性命。對在場聽眾而言，他這番話的意思可是再清楚不過。」

確實清楚，我暗忖，憶起坡在練兵原上說的話。**我便要殺了他……我便要殺了他……**

「聽著，」我道：「坡說胡話嚇唬別人也不是頭一遭。這是——這是他天性如此……」

「在他出言恫嚇之後二十四小時內，他揚言殺害的對象便死於非命，這倒是頭一遭。」

啊，你完全沒法糊弄這傢伙。希區考克會堅持己見，一如皮膚包裹骨頭那般不願放手。想是由於這個原因，我的聲調也漸漸著急起來。

「得了吧，上尉，你不是沒見過坡，你真以為他有法子**制伏**巴林傑？」

「用不著制伏，只消一把槍就能搞定，不是嗎？要不偷襲也行。與其說是赫克特與阿基里斯，倒不如比作大衛和歌利亞（註30）。」

我輕笑，搔了搔頭，心想：**時間。爭取時間。**

「那好，上尉，倘若要認真考慮你這個推測，我們就得正視一個問題。撇除他與巴林傑的糾紛不談，並無任何證據顯示坡與勒羅伊．弗萊有關，他們甚至根本不認識。」

「哦，但他們的確認識。」

是我太天真，竟以為他只有一張王牌，沒料到他那乾淨無瑕的藍色軍外套袖裡還藏了好幾手。

「我得知，」他道：「去年夏天的野營期間，坡也與弗萊起了衝突。弗萊先生夥同

註30　聖經記載，歌利亞身材高大，身穿鎧甲，日日向以色列人叫戰，無人敢與其決鬥，後來牧童大衛以投石器智取歌利亞，將其殺死。此處是以大衛和歌利亞來比擬愛倫．坡與巴林傑的身材與力量差距。

另外兩名同學，決定捉弄坡先生，這是高年級生慣有的行徑。他們的行為令坡先生大受冒犯，拿起火槍揮向弗萊先生，槍頭的刺刀朝前，假如再靠近一、二吋，定會重傷弗萊先生的腿。不只一人聽見坡當場說道，他絕不容忍任何人——**任何人**對他這般作踐。」

希區考克給了我幾秒消化這消息，然後語調放輕，續道：「他大約從沒對你提起這事，是吧？」

啊，今日是註定敷衍不過去了，我只盼充其量打個平手。

「叫他的室友來問話，」我提議道：「問他們在巴林傑遇害當夜，坡可曾離開寢室。」

「即便他們答說沒有，又證明得了什麼？頂多證明他們睡得很熟。」

「那逮捕他吧。」我故作輕鬆地說道：「既然你如此確信無疑，就逮捕他。」

「蘭德先生，你心裡清楚，光憑這些無法構成動機，我們非找到他作案的直接證據不可。可惜我沒見著任何證據，你呢？」

我們佇立於當地，一塊冰柱自木蘭樹掉下，落在我們身後六呎之處，引起一陣震顫，聲響將鄰近白橡樹上的一群麻雀驚得飛起，由於冰上反射的光而失控亂飛，朝我們撲來，如蜂群一般騷亂。

「上尉，」我道：「你不會真心認為，我們這位小詩人是殺人犯吧？」

「這話由你來問還真奇怪，最有能力回答的人分明是**你**啊。」他向我踏近一步，話音幾不可聞。「告訴我，蘭德先生。你這位小詩人是不是殺人犯？」

愛德加・愛倫・坡呈交奧古斯都・蘭德的報告

十一月二十七日

蘭德先生，沒能盡早向您報告，萬分抱歉。巴林傑喪命後，人心惶惶，流言蜚語四起，更有些人做最低級的臆測，我發現自己一舉一動皆受人注意，這是前所未見之事。若我生性容易誤會，或許會以為眾人視我（沒錯，我！）為頭號嫌犯，好些學員在我路過時投來的目光實在古怪。

啊，乍一聽聞巴林傑慘死的消息，我大為駭異，世間語言難以描摹其萬一！那處處與我作對的莽漢居然就此遭人剷除，離開人世，猝不及防得令人心驚！每回我鼓起勇氣思量個中涵義……卻總是不敢細想下去。畢竟，假使凶手能夠誅殺與馬奎斯家族如此熟稔之人，誰能阻止他將惡念轉向艾提默斯？或甚至——蘭德先生，我渾身戰慄！——或甚至是我靈魂所向的那位姑娘！哦，在我看來，我們再怎麼查案都嫌不夠快……

蘭德先生，與此同時，學生軍團徹底籠罩著窩囊的歇斯底里氛圍，而且愈發濃烈。許多同袍自言入睡時會把火槍放在一旁，幾個愛胡思亂想的人還猜測，謀殺弗萊與巴林傑的凶手定是古印第安亡靈的化身，前來向歐洲人種一報滅族之仇。有位格外軟弱昏庸的三等學員名叫羅德里克先生，他聲稱曾在戀人小徑目擊這般亡靈，那幽魂劈砍一株英國榆，藉此磨利戰斧。

謠傳史塔德先生央求薩耶爾上校宣布本學期停課，連同期末考一併取消，理由是學員害怕性命不保，幾乎不可能用功讀書、專心向學。

眼見這些膽小懦弱的毛頭小子氣概全失，涕泗橫流，實在令我嫌惡至極！憑這德行，他們如何面對兩軍交戰的試煉？可知戰場上兵荒馬亂，血濺四處？屆時他們能求誰饒過一命？唉，蘭德先生，美國軍隊的未來堪憂。

話雖如此，長官依然提出了一項因應措施。在降旗典禮上，學校宣告崗哨增加一倍，學員離校時皆須有人陪同。換作平時，這種命令估計會使全校怨聲載道，畢竟我們的站哨勤務也得隨之增加一倍，然而這回人人皆視苦差事為福音，只盼能多少增添一些保障，可見軍團中是多麼人人自危。

蘭德先生，我聯繫您的主要目的，是要回報有關艾提默斯與麗雅的後續發展。今日下午，我心中焦灼不安，適逢一小段空檔，於是即刻動身趕赴馬奎斯宅，好確定巴林傑的下場並未過度震撼麗雅纖細的女子心思。

那扇掛有「歡迎哥倫比亞之子」刺繡的門如今已顯得熟悉，我急急將之敲響，孰料除了女傭尤吉妮之外無人在家，不禁大失所望。正當我思索該何去何從，一陣隱隱約約的說話聲吸引了我的注意，仔細分辨後，發現聲音源自馬奎斯家花園後方。我只有一剎那的遲疑，隨即繞過石屋轉角，登時瞧見麗雅與她弟弟艾提默斯佇立於後院，頗為激動地交談。

我斷定他倆全心全意說著話，讓我能夠在不受察覺的情況下靠近。我逮住機會，立時藏身於附近的海棠樹後，暗忖或許能聽見他們談論著什麼。

喔，蘭德，我如此不光彩地偷聽愛人的話，您可別當我問心無愧。我不只一回決意離去，讓他們自己說自己的。然而，親愛的蘭德先生，每當我拿定主意，我便想起我該對您盡的義務；自然，也有我應對學院所盡的義務。因此，我會堅持下去，全是為了您的緣故。也純粹是為了您（絕不是為了我那有欠妥當的好奇心），我暗自希望這棵樹能再近個十呎。大多時候，馬奎斯姊弟盡可能壓低音量，以耳語交談——我說**盡可能**，畢竟您也清楚，人沒法長時間壓抑聲音，基於人體的內在平衡機制，人會不自覺偶爾以自然的聲調說話，即使仍舊小聲，卻會在那一霎變得清晰可辨，就好比外國人說話時，假如不時插入熟悉的字詞，即便是極不熟悉該語言的人也可能掌握話中含意。我藉此聽見不少隻字片語，可惜仍不足以拼湊出完整連貫的圖像。

我迅即推斷，他倆所談的主題正是巴林傑先生的悽慘結局。我聽聞艾提默斯不只一次提及「藍迪」，又聽他道：「老天，他是我最要好——最親愛的朋友。」不得不提，艾提默斯的語氣顯然較麗雅更為痛心，麗雅的口吻則恰如她的性子那般平靜和緩，直到她弟弟不知悄聲說了什麼，只聽她陡地話音一揚，顯得很是焦急：「**還能是誰？**」

「**還能是誰？**」艾提默斯重複一遍，聲音也隨她高了起來。

自此，他倆再度轉為竊竊私語，從兩人的小世界傳出來的話語不是太過低微，便是含糊得聽不清。不過，有那麼一小段時候，他們在激動之下再度提高音量，到了能夠聽清的程度，可惜倏地即逝。

「是你親口對我說他很軟弱，」麗雅道：「你說他可能會──」

「他的確可能會，」艾提默斯答道，「那也不……」

隨後是更多難以分辨的對話……更多低語……更多謎團……接下來，我聽到艾提默斯開口，這是他頭一回彷彿毫不在乎給誰聽見。

「我心愛的姑娘，」他道：「我的心頭肉。」

任何言語於焉平息，我抬起眼，透過交錯的枝枒，只見兩人彼此相擁。我分辨不出誰是給予撫慰的一方，誰又是受到撫慰的一方。他倆緊緊相依，難分難捨，悄無聲響，不聞一字一句，不聞一聲嘆息；我只能形容，這個擁抱所流露的手足之情深，以及時間之久，在在非同一般。足足兩、三**分鐘**流逝，這對姊弟依然毫無分離之意，若不是越來越近的腳步聲令他們回神，兩人可能會繼續如膠似漆下去。

原來是女傭尤吉妮，她吃力地走近打水幫浦，彎著腰，但誰都瞧得出她無意窺伺，不過是為了做她不值一提的家務活，將水桶裝滿。上天保佑，她竟未一眼發現我（也或許是尤吉妮恍如牲口那般沒精打彩，只顧完成手上的差事），雖說艾提默斯和麗雅瞧不見我，但女傭只消往這裡一瞥，便會看穿遮住我的枝葉。然而尤吉妮繼續幹她的活，除了自己的事以外全不關心。待她抵達預計的目的地，艾提默斯與麗雅已然不見蹤影。眼見沒必要繼續躲藏，也不大可能偷聽到他倆的更多談話，我旋即悄然離去，返回宿舍寢室，細細思索他們奇異的言詞（儘管沒有多少收穫）。

蘭德先生，這幾日您可會「在家」？縱使我不像旁人那般驚懼如狂，但確實也焦慮擔憂了起來，完全有違我的本性。我的思緒繞著麗雅打轉——除了麗雅，我又能想著誰？我將那首不討您喜歡的詩讀之再三，在字裡行間讀到重重危機。我無比殷切地祈求，不久之後，藉我之手傳達話語的魂靈也將使我化身伊底帕斯，破解斯芬克斯之謎。述說吧！向我述說吧，淺藍眼眸的姑娘！

古斯・蘭德的陳述：二十二

十一月二十八日至十二月四日

讀畢坡的最新報告，我馬上前往柯斯丘什科花園，在我們暗中約定的石頭下留了訊息，要他週日做完禮拜後來旅店與我相見。他來是來了，我卻沒給他一聲問候，沒答腔，任憑寂靜蔓延——直到他那雙手實在扭絞得過分，彼此都看不下去了。

我道：「也許你能給我說說，十一月二十三日那晚，你在什麼地方。」

「您說的是巴林傑斃命那一夜？當然是在寢室了，還能去什麼地方？」

「我猜你是睡著了。」

「噢！」他斜勾一邊嘴角。「我怎麼睡得著，蘭德先生？我腦海中時刻掛念著我那——我那心上人，她是如此明豔不可方物，遠勝最出塵脫俗的天仙——」

也許是我清喉嚨的模樣，也許是瞧我眼神一冷，他猝然打住，重新端詳起我來。

「您看來很是心煩，蘭德先生。」

「可以這麼說。」

「有沒有……可有我幫得上忙的……」

「自然是有，坡先生。你可以解釋你為何騙了我。」

他雙頰一鼓，狀似魚鰓。「這是怎麼說，您定是——」

我抬手打斷了他。「最初我問你是否願意接下這件工作時，你自稱與勒羅伊・弗萊從無來往。」

「這個，這話也……這話也不算是……」

「我竟是從希區考克上尉口中聽到了真相，你可想而知我有多麼尷尬。你瞧，一般而言，倘若某人極有可能是**犯案凶手**，我是不會請他協助辦案的。」

「但我沒——」

「所以，坡先生，在我請你走路之前，我再給你一次機會洗刷臭名。老實回答我，你是否認識勒羅伊・弗萊？」

「認識。」

「你是否曾與他起爭執？」

短暫一頓。「是。」

「是不是你殺了勒羅伊・弗萊？」

我問出口後，他似乎過了好半晌才明白我的意思，倉皇無措地搖搖頭。

我步步進逼：「是不是你殺了藍道夫・巴林傑？」

又一次搖頭。

「他們遭人戮屍，此事跟你是否有任何關係？」我問。

「沒有！若有，我願遭天打雷劈——」

「一次來一具屍首就夠了。」我道：「依我看，你也不否認你曾**出言恫嚇**他們兩人？」

「這……您看，巴林傑那回事，那是……」他身側的雙手不住抽動。「我是一時盛怒才會說那番話，從來不是認真的。至於勒羅伊·弗萊，那是……」他有如鴿子般鼓起了胸膛，「我**從沒**恫嚇過他，不過是……我宣告了我身為男人、身為軍人的天賦權利。我們就此分道揚鑣，從此再也沒想起他來。」

我將雙眼擠得如鈕釦上的洞一般細小。「坡先生，」我道：「就連你也得承認，這一切有個令人不安的規律。先是有人激怒了你，再來不知怎麼地那人便吊死了，身上的重要器官還被剜除。」

他又一次挺起胸膛，但他體內想必洩了氣，因為這回他的胸口沒先前那麼鼓了。他偏過頭，疲憊地柔聲說道：

「蘭德先生，在我入學的短暫時日以來，欺凌過我的學員不在少數，若我要他們統統以命相抵，學生軍團的人數恐怕剩不到一打。即便是那些留下來的，我也不過是勉強容忍罷了。」

唉，讀者，你也能想像這種情況。你與某人比武，手持長矛**狠命刺去**，不料他冷不防卸下全副盔甲，好似在說**隨你動手便是**——你頓時了悟，根本犯不著與他比武，只因他早已遍體鱗傷。

坡坐進搖椅，細瞧自己的指甲，靜默再度蔓延開來。

「若您真想知道，」他道：「打從初到此地，我便受盡嘲弄。我的行為舉止，我的外貌，我的——我的**美學**，蘭德先生……但凡是我身上最純粹、最真實的部分，全都飽受冷眼與奚落，無一例外。即便輪迴千次，我也沒法一一就我受的萬般折辱討回公道。像我這種人……」他一頓。「像我這種人，要不了多久便會打消任何尋仇之念，而是將心思轉向**實踐抱負**，轉向**出人頭地**，蘭德先生。唯有如此才能求得慰藉。」

他抬頭看向我，面色一窘。

「我明白，我錯在不該出言無狀。」他道：「我深知我有許多錯處，衝動莽撞、異想天開……但絕沒有這一點。我絕對沒殺過人。」

此時他定睛凝視我，前所未有地撼動我的內心。

「蘭德先生，你相信我嗎？」

我深吸一口氣。我盯著天花板好一會，接著又盯著他。再來，我雙手負在背後，在房內轉了一圈。

「我來說說我相信什麼，坡先生。我相信，你最好更加謹言慎行。你可做得到？」

他點頭，動作極其微小。

「**眼下**，」我道：「我估計還擋得住希區考克上尉和他那些獵犬。不過，坡先生，假如你再騙我一個字，我便撒手不管。即便你鋃鐺入獄，我也決計不替你辯護半句，明白沒有？」

他又一次點頭。

「那好。」我道，雙眼環視房內。「手頭沒有聖經，這回起誓只得我們自己見證了。本人**愛德加·愛倫·坡……**」

「本人愛德加·愛倫·坡……」

「**對天發誓**，**此後絕無半字虛言……**」

「對天發誓，此後絕無半字虛言……」

「**求蘭德垂憐**。」

「求……」他喉裡迸出笑聲。「求蘭德垂憐。」

「這就行了。你可以走了，坡先生。」

他起身，朝門口邁了半步，隨後又往回踩了半步，似乎連他自己也嚇了一跳。他雙頰一紅，薄唇泛起膽怯的笑。

「蘭德先生，您若是無所謂，能不能讓我再待上一陣？」

我們視線相交片刻，然而那片刻卻十分漫長，起碼對他而言太長了。他轉向窗戶，對著寒冷的空氣期期艾艾。

「我留下來沒什麼特別的**意圖**，沒什麼……跟案情特別有關的事，只是——老實說吧，比起別人，我更喜歡和您相處——我是說，自然還是及不上**她**。但既然**她**不在，這個，退而求其次……」他搖搖頭，「看來我今日連話也說不好。」

我也一時之間說不出話來。記得我當下眼神飄移，就是不去看他。

「唔，倘若你想留下，」我說得輕快，「倒是無妨。這些日子，我也沒幾個人能作伴。或許……」我已動了起來，取出我偷藏在床下的那點酒。「或許你想來點產自莫農加希拉的威士忌？」

他眼中燃起希望之光，亮得絕不可能錯過。我眼中估計也閃著相同的光。我倆都是需要澆愁之人。

於是，藉著威士忌的酒氣，我倆的關係更親近了一層。他每回來訪都會與我小酌。頭一個星期他夜夜都來，溜出南營，悄悄穿越練兵原，來到我的旅店房間。路線偶爾會變，但他一抵達房間，我們總按著相同的程序進行：他敲響房門（只敲一聲），然後萬分小心地推開房門，像是用肩膀推開大石。我則會備好他那杯酒等著他，接著我們雙雙坐下，有時坐在家具上頭，有時席地而坐，就這麼談天說地。

一談便是好幾個鐘頭。我得承認，談的幾乎全跟辦案無關。少了查案的負擔，我倆天南地北什麼都聊，什麼都辯。多年前，安德魯．傑克遜與查爾斯．狄金森決鬥時，傑克遜重新裝填子彈，此舉是對或錯？坡認為錯了，我則站在傑克遜那一邊。還有那個拿破崙的副官，由於遲遲未獲拔擢憤而自殺，坡認為他為人高尚，我則認定他是個混帳。褐髮穿什麼顏色好看？我：紅色，坡：紫棠色。（他就是不肯直說「紫色」。）我們爭辯易洛魁人是否比那瓦霍人更剽悍，德雷克夫人適合演喜劇抑或悲劇，鋼琴是否比小鍵琴更富表現力。

一夜，我回過神才發現自己正辯解著我沒有靈魂。此話出口之前，我壓根不曉得我是這麼想的，但兩個男人整夜爭論不休就是會發生這種事：他們隨手逮住一個話頭便不願放開，堅持到底。所以我告訴坡，人不過是團原子，這些粒子相互撞擊，時進時退，終告停止，除此之外別無其他。

他列舉無數形上學論證來反駁，偏偏一個也說服不了我。最後他急了，雙手揮舞起來。「我敢說，靈魂定然存在！你的靈、你的魂的確存在。或許由於久未使用而有些生疏了，但是……蘭德先生，我看得到，我**感覺得到**。」

他就是在這時候警告我，我的靈魂終有一日會起而與我對證，屆時我將了悟自己大錯特錯，啊，可惜都已太遲！

唔，他可以順著這話題連講好幾個鐘頭。不過莫農加希拉威士忌喝多了，我們的舌頭都有些不靈光，在酒液的冷冽灼燒之下，有時我也情願棄械投降，有些鬆了口氣地聽坡離題說起別的：美與真，雜揉不同類別的意象，聖・彼埃爾的《自然研究》——哦，我如今光是想起便頭疼，然而當時這些話卻如微風般拂過我的頭髮。

我不確定是何時開始的，但不知什麼時候起，我們不再稱彼此為「先生」。敬稱就這麼不見了，我倆成了「蘭德」與「坡」，在我聽來，簡直像兩個住彼此隔壁的老光棍——兩個人畜無害的狂人，倚靠所剩家產度日，迷失於無止無休的空想之中。是，我只在書中見過這種人，於是時日一長，我便對坡和我共同編撰的這本書心生疑問。這光景持續得了多久？軍方總會在某個時機插手吧？學員坡難道不會於某天夜裡，在溜回南營的途中給長官逮個正著？長官難道不會如同巴林傑那樣逮住他，或至少問他的話？

提起這些事來，坡的態度一如往常地逞強好勝，但我告訴他有位年輕兵士缺錢花用時，他倒是聽得專心。隔天一早，在我同意之下，他捧著大把硬幣去尋柯克倫二等兵，自那晚開始，他身邊便多了位軍人擔任護衛，送他平安往返旅店。履行職責的過程中，柯克倫展露出乎意料的天賦，他能如豹一般蹲伏，如印第安人一般偵察周遭環境。有回他目睹一名擔任衛兵的學員接近，於是將坡直拽下最近的坳地，兩人倒臥其間，宛若鱷魚那般平伏在地，直至危機過去。坡和我總想表達謝意，但每回我們邀柯克倫喝杯威士忌，他都為了洗衣服而推辭。

讀者，你可以想像，坡與我這般夜夜漫談，不管世間多少話題都終將用罄，到頭來不得不將目標轉向彼此，恰似兩個食人族。於是我要他說說那些事：泳渡詹姆斯河、在初級摩根槍手隊當兵、見到拉法葉、進入維吉尼亞大學讀書、渡海尋求致富之機、參戰爭取希臘的自由。他的故事說也說不盡——或許也是有說盡的時候，因為他偶爾會藉著休息，要**我**說說我不值一提的生平事蹟。於是他某一夜問道：

「蘭德先生，你為何會來高原？」

「我來療養。」我道。

這話千真萬確。聖約翰公園有位醫生名喚加百列．加德，那些苟延殘喘的老弱殘疾病患便是他主要的收入來源。他診斷我患了癆病，說我恐怕活不了半年，除非遠離城市毒瘴，前往地勢較高之處，也就是高原。據他所言，錢伯斯街有位土地投資客在緊要關頭聽從他的建議，如今肥潤一如火雞，每週日都在冷泉禮拜堂跪地禱告以示感謝。

我本想留在老家度過餘生，可是我妻子迫切想要搬遷。據愛蜜莉亞盤算，她娘家遺產夠買棟新房子了，餘下的費用能從我的存款支付。於是我們在哈德遜河旁的小屋落腳，孰料造化弄人，病的是愛蜜莉亞，這一病便病重不起，三個月不到即撒手人寰。

「想想看，」我道：「我們當初來這裡分明是為了讓**我**療養。好吧，加德醫生說的畢竟沒錯，我日漸好轉，現下——」我輕點胸口，「——幾乎大癒了，只剩左肺還有那麼點潰爛。」

「哦，」坡臉色陰沉地說道：「人人都有那麼點潰爛之處。」

「我倆難得意見相同。」我道。

如我所言，許多話題都能令坡滔滔不絕，但他最關切的主題只有一個：麗雅。

又怎怪得了他想談麗雅？就算告訴他，愛會使他**心神俱喪**、使他怠忽職守，能有什麼用處？向他揭露麗雅的病況，又能有什麼意義？要不了多久他自然會知曉，在那之前，讓他沉浸於幻夢中不也挺好？無論什麼時候，幻夢都難以破除，況且坡正如每個年輕戀人，絲毫沒興趣聽旁人對此事的看法，除非別人的看法與他相符。

「蘭德，你可曾愛過人？」有天夜裡他問道。「我的意思是，像我愛麗雅那樣，是如此純粹——如此椎心刺骨，又……」

他只說到這就沒法繼續了，神情有些恍惚，我只得略略提高音量，好讓他聽見。

「這個嘛，」我道，一面輕點威士忌酒杯的杯緣。「你指的是**戀愛**？抑或任何種類的愛？」

「就是愛。」他簡單地答道：「什麼形式都好。」

「我會說是我女兒。」

說來也怪，我腦中最先浮現的竟是**她**的臉龐，不是愛蜜莉亞，也不是帕希。想來是由於我——信任他？醉了？我竟大著膽子道出內心話，有那麼一時半刻，我甚至感到安心自在。

「當然，」我續道：「對子女的情感又是另一種。那愛是全然的，是……」我直瞪著酒杯，「身不由己，命中註定……」

坡凝視我好一陣，然後手肘擱在膝上，傾身向前，在幽暗中低語。

「蘭德。」

「嗯？」

「若是她回來了呢？若是她**明日**就回來，你會做什麼？」

「我會打招呼。」

「不行，都到了這個份上，別迴避我的問題。你會立時原諒她嗎？」

「若她回來，我不光是會原諒她，我還……對……」

他知趣地沒再追問。那夜又過許久，他才重提此事，滿懷崇敬地輕聲道：

「蘭德，我相信她會回來。我相信我們會……產生吸引所愛之人的**磁場**，即便他們遠赴異鄉，即便他們抗拒那引力，終有一日總會回到我們身旁。他們沒法不回來，恰似月亮沒法不繞著地球轉。」

我開口說，這是我唯一能想到的回答：「謝謝你，坡先生。」

我們睡得這麼少，天曉得我們是怎麼活下來的。我好歹隔天早晨尚能小睡片刻，坡可得黎明即起，我看他每夜睡不到三個鐘頭。要他睡覺，睡神非得親自出馬抓他不可。有些晚上，他話說到一半便猝然入睡，頭向前一點，眼皮直拉下來，思緒有如吹滅的燈燭般中斷……手中的酒杯卻從來不會晃動，過了十分鐘，他說不定便會醒來，準備接續方才的話頭往下說。一晚，我坐在搖椅上，目睹地上的他背誦〈致雲雀〉到一半時睡著，嘴巴張開，頭歪向一側，靠到了我腳上，壓住了我的腳。左右為難，是該叫醒他，抑或任他睡去？

我選了後者。

燭光轉微，爐火已熄，窗簾緊閉……但昏暗的屋內很是溫暖。我尋思，**都是我們說的那麼多話**，**給爐火添柴加薪**。我低頭注視他的睡顏，以及他頭上纖細凌亂的髮絲，恍然意識到我的一日作息已然繞著——我想可說是繞著坡打轉，最起碼也是繞著這些時光打轉。這段時間已被我納入腦中的日程表，令我深信不疑，正如一個人深信季節必將更替，深信後門不致鬆脫，深信貓兒日日午後都會窩在同一處晒太陽。

他在二十分鐘後醒轉，坐起身，揩了揩眼角，朝房間露出惺忪的微笑。

「做了夢？」我問。

「不是，在想事情。」

「還在想？」

「我想著，假如我們一道離開這荒山惡水，該有多好。你、我，還有麗雅。」

「為何要離開？」我問道。

「哦，我倆都沒有留在此地不走的理由。我對軍校並無眷戀，如你一樣。」

「麗雅呢？」

「她會追隨愛情的，是吧？」

我沒應聲。可實話實說，我的確動過遠走高飛的念頭。我的確想過——打從我發現他的置物箱刻著拜倫起，我便想過，四等學員坡或許更適合追隨別人。

「既然這樣，」我道：「該去哪裡好？」

「威尼斯。」

我聞言挑眉。

「威尼斯有何不可？」他續道：「他們理解詩人。縱使不是詩人，到了威尼斯也會變成詩人。蘭德，我敢說，你在那裡住不到半年，就會作起無韻的義式十四行詩和史詩了。」

「我只要一棵好檸檬樹就行。」

這會子他在房內大步踱來踱去，試著抓住他想像的願景。「麗雅和我會結婚——有何不可？我們找一座老宅子，那種坐落於郊區、有著美好老朽氣息的聖日耳曼式宅子，我們三個一塊住。如同現在這樣，關起窗簾，讀書寫作……說不完的話。我們來做夜之子民，蘭德！」

「聽上去陰惻惻的。」我道。

「喔，用不著擔心，老傢伙，那裡還是有案可查，威尼斯不缺違法亂紀之事，就連他們所犯的罪也有詩意，有熱情！美國的犯罪淨是**解剖分析**。」他果斷地雙手一拍，「是了，我們非走不可。」

「你忘了，我們還有件小工作得辦。」

再怎麼想忽視軍校交託的差事，這案子總是陰魂不散。比起我來，坡其實更樂於談論案情；我記得他雙頰泛紅，神色近乎飢渴，問我是否見著了巴林傑的屍首，亟欲知道屍身看起來是什麼模樣。

我告訴他，上回我見到屍體時，是擱在西點醫院B－3病房的金屬床上。冰暴延緩了腐壞速度，遺體的皮膚微微泛藍，假如是不看頭部以下，你想必會覺得這是頂好的標本，比勒羅伊．弗萊魁偉得多了。儘管如此，這具屍身同樣死得徹底，同樣空洞；真要說有何差別，那便是喉間的環狀勒痕更深，胸口的大洞更凹凸不平、碎裂得更厲害。

此外，他胯下可見一層泛黑的血塊，幾乎被依然腫脹的陽具給遮住。確鑿無疑，犯案者不可能與他毫無糾葛，必定是為了宣洩私仇之恨。

古斯・蘭德的陳述：二十三

十二月四日至五日

整個星期，希區考克上尉纏著我問勒羅伊・弗萊的日記。我找到什麼線索沒有？哪些學員可疑？新的查案方向呢？就沒有**什麼**嗎？

為了安撫他，我開始每日早晨將破譯內容交給他看。我會以快活的口吻高聲說道：「我帶來了，上尉。」隨後把一疊紙拋在他桌上，而他甚至沒心思打發我離開，便一頭栽進去讀了起來。他似乎真心相信，每一份新譯文都可能藏著解開謎團的關鍵，但實際上每份都千篇一律：連篇的訴苦、瑣事、思春發情。我幾乎可憐起指揮官來了，親眼見證學生的腦袋有多乏善可陳，對他肯定是場折磨。

週六那夜，坡留在寢室。睡神的呼喚越來越急，連他也沒法忽視下去。

同一晚，就要十一點鐘之際下起了雪，那場雪下得張狂，漫天捲地，緩緩飄落。照理來說，唯有帕希能讓我拋下舒適的旅店房間，走入雪地，但帕希也沒有捎信給我。無妨，我有一瓶新威士忌，有爐火、有吃食、有菸草，哎呀，要我連續蟄居好幾天也成。偏偏隔天早上，我收到了邀請函。

親愛的蘭德先生：

這封邀請發得太遲，望您海涵。今晚六點，我們將預備一桌簡單酒席，盼您光降寒舍。由於巴林傑先生之死，我們原本和樂的小家庭頓時愁雲慘霧，您的來訪定是絕佳良藥，請千萬不要推辭。

殷切期盼您的到來，

馬奎斯夫人

這豈不正是我等待已久、能夠打入馬奎斯家社交圈的機會？套句坡的話，親自瞧瞧艾提默斯「自在地身處」自幼長大的家，豈不是能讓我一窺我始終沒見到的全貌？

簡而言之，我無法拒絕這項邀約。再過十五分鐘便是六點整時，我套上一雙漢森靴，正伸手要取我的大衣，門上傳來一敲。果然是坡，他渾身是雪，手裡捧著一疊紙。他一聲不響地將紙遞給我，隨即腳步輕快地回到走廊，若不是走廊上傳音效果太好，我大概會漏聽他下樓時所說的話。

「今天下午是我畢生最美妙的時光。」

愛德加・愛倫・坡呈交奧古斯都・蘭德的報告

十二月五日

是初雪，蘭德！甦醒之際，草木悉數覆上白雪，雪花依然紛飛，猶如天上貯藏的錢幣自雲朵製成的錢袋落下，這情景帶來罕有的喜悅。蘭德，倘若你見到我與同袍今早的模樣，八成會當我們是剛從學堂放學、雙頰紅潤的小鬼頭！在我們連上，好幾人爭奪起丟擲第一顆雪球的榮耀，不消多時，小打小鬧便演變為一場大戰，其慘烈不亞於溫泉關一役，直到連上的學員指揮官及時插手，這才稍稍恢復秩序。

早餐是幾道冷湯，在主日禮拜唱〈至高真神〉這首讚美詩歌時，霏霏白雪也一同降下，宛若洗禮。一片笑鬧尖叫聲中，出於詩人情懷，我不禁尋思……就在我們這小小的喧囂世界之外，那一**片靜謐**是多麼超凡神聖。一夜之間，我們的小小學院彷彿化為仙境——在這珠玉點綴的國度，軍靴踩踏的轟然聲響也變得幽微細小；在這羊毛鋪成的白色天地，任何刺耳異聲都難以聽聞。

做完禮拜，我回到寢室，生了爐火，入迷地讀起柯立芝的文集《省思之助》。（蘭德，下回見面，我一定要與你聊聊康德對於「悟性」與「理性」的區分，兩者互相對立，依我之見，我倆恰好分別體現了其中之一。）約莫一點十分，門口傳來意料之外的敲門聲。我猜想是前來巡房的軍官，馬上將這本違禁書籍藏至被單下，起身站好。

房門略略開啟，只見站在門外的並非軍官，竟是位**車夫**。啊，這稱呼根本不足以形容他的打扮是多麼古怪特異！他身穿深綠外套，其上壓著深紅滾邊，還垂著好幾條銀色飾帶；西裝背心與馬褲亦是暗紅色，配上銀色襪帶。在這素樸之地，光是這些衣飾便稱得上是特立獨行了，偏偏他還戴著古怪至極的帽子，是以河狸皮製成，你可想像得出那光景？毛帽之下是豐盈的黑髮，令人懷疑他難不成是個吉普賽無賴，原本受僱於巴克盧公爵卻撒手不幹，轉而投奔探險家丹尼爾·布恩去了。

「坡先生，」他粗聲粗氣，音調偏高，微帶中歐口音。「我奉命來接你。」

「有什麼事？」我訝然問道。

他伸出戴著手套的手指，豎在鬍鬚遮住的嘴脣前。「跟我走便是。」

我躊躇不前。誰不會遲疑？最終估計是我強烈的好奇心，促使我在幾經思量後仍跟著他走。（依我看，好奇與變態心理是人類的兩大動力。）

車夫領我走向集合場，隨後一路向北。我們穿過許多嘻哈笑鬧的學生，車夫的外表引來不少注目，旁人那些胡猜亂想的眼神委實難以忽略，但更難忽視的是我那雙靴子的情況愈趨惡劣；在高原上跋涉了一整個早晨，我的靴子早已溼透。（我原從維吉尼亞州帶來一雙不錯的漢森靴，可惜為了還清欠波頓少校的一筆債務，我不得不將那雙靴賣給一年級同學杜里先生。）我唯恐腳上生出凍瘡，於是請求車夫告知目的地，他卻一字不言。

此時，這名衣飾精緻的怪人行過厚達一呎的積雪，轉至裁縫店後方，就這麼不見蹤影。我連忙趕上去，內心閃過無數揣測奇想——孰料，這些奇想沒一個貼近現實。我拐過屋子轉角，驚詫地瞥見……一架雪橇。

那是一架奧爾巴尼輕雪橇，兩側的圓弧狀設計帶著優雅的阿拉伯風情，形似一隻大天鵝。謎樣車夫一手拉起轠繩，另一手示意我坐在他身旁。他的微笑彷彿別有深意，舉動出奇地直率親密，尤其是他覆著手套的修長指節宛若骸骨，在在令我渾身發涼，寒意徹骨。我不禁疑心，是冥王親自前來接我共赴天昏地慘、瘴疫綿延的冥府了。

逃啊，坡！你為何不逃？我想到的原因只有一個：儘管我心驚膽顫，方才提及的好奇心卻不亞於驚懼，使我動彈不得，雙眼牢牢盯住車夫。

「車夫，」最終我厲聲說道：「假如你不說要去什麼地方，我絕不多走一步。」

他未曾答言。也或許，他那瘦削見骨、不停伸直又彎曲的手指，正是對我的回答？

「我說，我不走！除非你說要帶我去哪裡。」

他終於停止招手，含著神祕的微笑，拉下雙手的手套，拋在雪橇底板上，隨後以誇張的大動作扔開河狸皮帽。我尚未反應過來，他竟已動手撕除臉上的鬍子！用不著繼續瞧，我已認出巧妙隱藏於奇裝異服下的身姿。是我心愛的麗雅！

一見到她親愛的面容，我簡直喜不自勝，她沾著鬍碴與膠水的臉格外討喜，穿著男子服飾的身軀顯得格外柔媚。麗雅再次招手，手指不再像是冥王使者的枯爪，而是聖潔愛神那絕美的纖纖玉指。

我撒腿狂奔，撲進雪橇，由於力道過猛，我倆撞了個滿懷，令我心神激盪。她開懷大笑，向後一靠，握住我的雙手，將我稍稍往前一帶，輕閉一雙烏黑的長睫，形狀不對稱的誘人雙脣微啟……

這回我沒暈過去，蘭德。我豈敢！縱使只有一剎那的分離，縱使能前往光輝斑斕、晶瑩剔透的夢之鄉，我也不願忍受。

「可是我們要去哪裡，麗雅？」

雪已停了，烈日當空，周遭的雪地難得這般光彩奪目。這時我才恢復足夠的思考能力，醒悟到麗雅是多麼機敏聰慧。她不知用了什麼法子，弄到這架雪橇，取得這身花俏服飾，尋到這座遺世獨立、堪稱完美的林間小屋。蘭德，見識到她這般聰明才智——無比靈活、狡黠、謀略多端的思路，我唯有扮演好觀眾，靜候下一場演出而已。

「我們要去哪裡？」我又問一遍。

不管她的答案是「天堂」抑或「地獄」都無所謂，我願追隨。

「放心吧，愛德加。我們會在晚飯時間回去，父親母親等著**我們兩個**一同用晚餐呢。」

啊，這喜訊恰似王冠上的寶珠！不光是整個下午，還有整個晚上，這一整段時光我都能與她共度！

餘下的冬日記事，我便不逐一細述；容我只說，稍後奧爾巴尼輕雪橇停在俯瞰康瓦爾的山丘，馬具上的鈴鐺不再叮鈴作響，麗雅放下韁繩，允許我把頭枕在她腿上，鳶尾花根的香氣將我圍繞，有如神前無比神聖的香燭……那一刻，我的幸福超越往昔，超越想像，超越信仰——甚至超越生命本身。

蘭德，我仍設法將話題帶向兩位離世不久的學員。提起巴林傑，她對我表明，她只將巴林傑視為艾提默斯的摯友，也因此她主要是替弟弟感到難過，倒不是為了自己。要把話題引向勒羅伊・弗萊比較難一些；在商量要駕著奧爾巴尼雪橇去哪些地方時，我提議若是墓園沒讓她留下太多陰影，我們不妨重返那塊聖地。我接著說道，倘若雪沒徹底蓋住弗萊先生的新墓，說不定能去瞧瞧。

「但你為何要在意弗萊先生的事，愛德加？」

為了避免她生疑，我連忙招認我曉得弗萊先生愛慕她，如今我既與她相戀，在道義上，我自覺該向任何想獲得她芳心的人致意。

她雙足輕點地墊，聳聳肩，漫不經心道：「恐怕他從來不符合我的需要。」

「那誰才符合呢？」

聽了這個簡單的問句，她面色一斂，看不出半點情緒或心思，那令人憐愛的畫布儼然化為一張白紙，我甚至沒法在上頭留下半點刻痕。

「怎麼，自然是**你**啦。」她終於答道。

她輕甩轡繩，發出悠長的愉快笑聲，啟程踏上回家的漫漫長路。

啊，蘭德，我再也無法相信凶手是艾提默斯了。他是麗雅的血親，與她享有許多共通之處，念誦同樣的三段禱文，同蓋一張棉被……我無法置信，這樣的人做得出如此泯滅人性、不可思議的暴行。他們是同一棵樹的兩株幼苗，互親互愛，緊緊相依，生長方向怎麼可能背道而馳，一株趨光，一株向暗？絕無可能，蘭德先生。倘若真有可能……唯有祈求上天垂憐了。

古斯・蘭德的陳述：二十四

十二月五日

唉，坡不該這麼死心眼才是。我指的是，不該誤以為人若非光明便是黑暗，而不是兼而有之。我思忖，這話題挺適合哪天晚上好好辯論一番，但此刻最該思量的是：坡和我都受邀去用晚飯。

我想了一整路，直到抵達馬奎斯醫生的住處才拿定主意，覺得這是好事。不說別的，起碼能瞧瞧我這小密探的觀察力多強。

開門的姑娘有些斜視，皮膚粗糙，沒精打彩。她一手抹抹鼻子，另一手接過我的外套與帽子，擱在衣帽架上，隨即趕回廚房。她一走，馬奎斯太太就兔子似地探頭至前廳，神情一時凝結，彷彿她剛從雪堆中被拉出來一般。但她一瞧見我正把靴子往地墊上踩，立時趕上前來，只見她身穿表示追悼的黑色縐綢裙，雙手如三角旗般飛舞。

「喔！蘭德先生，真是貴客！外頭天寒地凍的，我們都躲在屋裡呢。快進來，快進來！老呆站在門口可不成。」她抓住我的手肘，力道大得出奇，領著我走出前廳，卻一時被一個瘦小身影給擋住，正是四等學員坡。他嘴角微微含笑，身上是他最好的一套軍常服，站得筆挺，身形瘦削。他想必比我早到幾分鐘，但馬奎斯太太猛然間又把他當成了新客人，細瞧好半晌才認出他來。

「哎呀，看這是誰！蘭德先生，你見過坡先生沒有？只有一面之緣？唔，只見過這年輕人一回未免太可惜了。不行，我可不許你臉紅，先生！蘭德先生，他頗富俠義精神，詩才更是過人，有空你一定得聽聽他那首描寫海倫的詩，當真不容……我說艾提默斯去哪了？哦，他這愛遲到的習慣簡直罪不可恕，把我自己一個留在這裡，沒個人來招待兩位英俊紳士。不要緊，我有法子。請隨我來。」

我難道真以為她會因巴林傑之死而悲傷難抑？沒這回事。儘管如此，她腳步之輕快依然令我有些意外。她引領我們走過鋪設橡木牆面的走廊，牆上陳列一幅幅刺繡：「主恩在我家」、「小小蜜蜂多忙碌」……她拂去落地鐘上的蛛網，推開通往起居室的門。讀者，我這麼形容也許能讓你明白——這起居室彷彿承載了整個家族的希望：楓木美式帝國風格扶手椅（椅腳雕成豐饒之角的形狀，尾端曲起），帶鏡抽屜櫃與玻璃櫃中擺滿陶瓷製成的小虎小象，壁爐上的花瓶插有金魚草和劍蘭……爐火自是少不了的，那火勢大得足以吞噬全城。火邊坐著一名年輕姑娘，雙頰烤得通紅，正捧著一個刺繡圓框做著針線。這年輕姑娘便是麗雅・馬奎斯。

我正打算自我介紹，麗雅的母親陡地抽了口涼氣。

「啊，我真是！我壓根把安排座位這事給忘了。坡先生，可否勞駕你幫個忙？只消幾分鐘即可，若是能仰仗你獨到的眼光，我會一輩子感激你。萬分感謝！麗雅，妳來……」

來**做什麼**？她沒說，只是勾住了坡的手肘，拖著他走出起居室。

我描述這些是為了解釋，麗雅・馬奎斯與我並未正式相互引見，可能也由於這個緣故，我倆的對話難以接續。我盡力避免使她尷尬，將坐凳擱在不至於唐突她的距離，又思及她不喜談論天氣，便沒提起下雪的事。無話可說之後，我聞著自己靴子帶點潮溼甜腥的異味，傾聽柴火的劈啪聲，透過起居室窗子凝望雪原。要是看膩了外頭的景色，好歹還有麗雅可看。

是我太天真，竟以為坡的描述會與現實分毫不差。愛顯然令他有些盲目，因為麗雅──這個嘛，她有些駝背，而那雙嘴唇若要我說，是過於豐滿了點。假如和她弟弟相較，她身上每一處恐怕都稍嫌遜色：同樣的下巴，在她臉上顯得太過厚實；他的眉毛弧度恰到好處，在她臉上卻變得太方正、太濃。然而，那雙眼眸恰如坡所述那般迷人，身材亦穠纖合度。此外她還有個特質，是坡未能傳達的──她有種奇異、流變的生命力。即便在她最慵懶的動作中，甚至在她休憩之時，她始終機警有神，始終潛藏著一份從未全力施展的力量。我要說的大概是，她身上毫無一絲認命的氣息。

我不介意她迴避我的眼神，也不在乎每句話都無疾而終，這氛圍意外地有種居家感，好似我們已無比自在地忽視對方多年。等到終於有第三人現身，我竟比預期的更加局促不安。那人不是坡，也不是馬奎斯太太，而是艾提默斯。他大步走進起居室，鞋底嘎嘰作響。

「妳，」他揚聲喚他姊姊，「替我拿菸斗來。」

「自己去拿。」她應道。

這便是兩人的問候。麗雅從椅中起身，撲向艾提默斯，一面笑得打顫，一面又捏又搥。直到女傭搖起開飯鈴，他倆才回到現實世界，這時艾提默斯才朝我點了個頭，與我握手，麗雅則容我挽住她的手，送她前往餐廳。

馬奎斯太太究竟為何得找人幫忙安排座席，我想誰也猜不透。今晚人數不多，女主人位居一頭，馬奎斯醫生坐在另一頭（像頭軍用動物那般挺直了肩膀），麗雅在我身邊，坡則與艾提默斯相鄰。我記得晚餐是烤鴨，配上甘藍菜、豌豆與燉蘋果，想必也有麵包來著，因為我清楚記得馬奎斯醫生拿麵包清盤子；我還記得馬奎斯太太在開動前，將手套一吋吋拉了下來，好似正剝下自己的外皮。

用餐期間，坡從頭到尾不看我，無疑是生怕多看半秒便會洩漏我倆的關係。對於麗雅，他倒沒那麼戰戰兢兢。麗雅從未對上他的視線，但她仍以別的方式回應：這裡點個頭，那裡勾起嘴角。不，我的年紀可沒大到會忘了這些細節。

好在其他人各自躁動不安，這對戀人才不致露了馬腳。馬奎斯醫生對著甘藍菜喃喃自語，艾提默斯哼著一段……我想是貝多芬，他翻來覆去地哼著同一個調子。暗流洶湧之間，終於出現了一樣有用的東西：家族史。藉由不著痕跡的提問，插上幾句引導的言詞，我得知馬奎斯一家已在軍校長住十一個年頭，也得知艾提默斯和麗雅對這片山地瞭若指掌，發掘了眾多只有他倆知道的祕境，倘若他們想要，八成有辦法當上英國間諜。這對姊弟經常形影相隨，培養了連馬奎斯醫生都驚嘆不已的深切情感。

「蘭德先生，你可知道，到了艾提默斯該決定出路的時候，根本用不著多作討論。『艾提默斯！』我說，『艾提默斯，孩子，你非進軍校不可了。老天哪，換作其他什麼出路，你姊姊都絕不會同意的。』」

麗雅道：「我想不論艾提默斯愛做什麼，一向沒人管得著。」

「他確實愛做什麼就做什麼。」她母親道，邊說邊摩娑著兒子的灰色軍裝外套衣袖。「蘭德先生，你不覺得我兒子格外英俊嗎？」

「我覺得——我覺得令郎令嬡在這方面都得天獨厚。」我道。

她沒察覺我特意把話說得圓融。「馬奎斯醫生年輕時，跟他簡直是同一個模子刻出來的。我這麼說不會讓你難為情吧，丹尼爾？」

「只有那麼一點，親愛的。」

「他那時真是英姿煥發，蘭德先生！當然了，你要知道，我娘家當年有不少姑娘是跟軍官結親。記得我母親總是告誡我：『儘管跟少校共舞、儘管跟少尉談情說愛，但最美的笑容記得留給上校跟將軍。』唔，本來我確實是這麼打算，少校以下的職階我可不要。誰料得到，後來出現了這麼個俊俏的外科醫師？哦，用不著我說，他迷人得很，白原市一眾女子都隨他挑選，我還真想不通他為何選上了我。為什麼呢，親愛的？」

「噢，」醫生道，隨後轉為笑聲。那笑聲！他的下巴一開一闔，像被腹語表演師操控著。

「這個嘛，」馬奎斯太太續道：「我是這麼跟父母解釋的：『雖說馬奎斯醫生不是少校，但是他前途無量。』可不是嗎，他曾任史考特將軍的私人醫師，你可知道？賓州大學也搶著要聘他當講師呢。想不到後來工兵署長說要招他來軍校，我們就這麼來了。得盡一盡身為國民的使命，是不是？」她手持餐刀，心不在焉在盤子上劃來劃去。「當然了，這工作原先沒打算做太久，至多做個一、兩年，然後就回紐約去。結果我們老是沒回紐約，是不是，丹尼爾？」

馬奎斯醫生招認說沒有。聞言，馬奎斯太太露出老虎般的笑容。「我們還是有可能回去，」她道：「總是有可能的。明天升起的可能不是太陽，而是月亮，小狗說不定能寫交響曲。什麼事都有可能發生，是吧，親愛的？」

我這麼描述她的笑好了：她的笑意從未消失，卻不斷變幻，有著無窮無盡的微小差別。我瞧見坡張大眼睛注視著她，試著捕捉她的神情，有如追蹤漏斗雲的動向。

「蘭德先生，你可別以為我介意。這地方確實偏遠極了，遠得跟住在祕魯沒兩樣，但偶爾也能認識了不起的人物，光是想想你自己就知道了，蘭德先生。」

「**我們**是常想著你，」艾提默斯插口道：「一天到晚地想。」

「喔！」他母親嚷道：「純粹是因為蘭德先生才智過人，這種特質在這地方實屬罕見。我這話自然不是針對學校教職員了，可是那些教職員**夫人**呀，蘭德先生！沒半分智識，沒一點品味，你一輩子都遇不著比她們更缺乏淑女風範的夫人。」

「她們的禮儀確實不大好。」艾提默斯承認道，「西點估計是唯一會接納她們的地方，我想不出紐約有哪戶人家肯邀她們作客。」

麗雅對著餐點蹙起眉頭。「你們倆未免說得太壞了。那些夫人待我們一向很是親切，我也和她們度過不少愉快的時光。」

「妳說的是編織吧。」她弟弟應道：「沒完沒了的編織。」他一躍而起，用手指織補空氣，裝出一副音調拖沓的口吻，老實說，當真像極了一位姓傑伊的教職員夫人。「**親愛的，妳知不知道，我看今年十月比去年十月冷了些。是，是，我很肯定，畢竟妳瞧嘛，我家咕咕——是從亞速群島帶回來的小鸚鵡，可愛得很，妳見過沒有？哎呀，牠一醒來便抖個不停，可憐的寶貝。我那天晚上不該帶牠去那場小提琴**

演奏會才是，妳瞧，牠受不了冷風……」

「別說了！」馬奎斯太太摀住嘴，笑著叫道。

「唉唷，牠會生凍瘡鐵定就是那天害的。」

「你這孩子就是淘氣！」

艾提默斯心滿意足，咧嘴一笑，回身入座。我靜待片刻沉默過去，接著清清喉嚨，以盡可能柔和的聲調說道：

「我想這些日子，傑伊太太心裡定然記掛著別的事。」

「又會是什麼事？」馬奎斯太太問道，仍不住格格發笑。

「自然是弗萊先生了。以及你們的好友巴林傑先生。」

無人應答，只聞各種聲響：坡的指節發出輕響，艾提默斯的指尖輕點盤緣，馬奎斯醫生拿麵包追逐一顆落單豌豆，在盤中反覆繞圈，發出汁液潑濺聲。

然後，馬奎斯太太低聲輕笑，揚頭說道：「蘭德先生，但願她不會越界擅自查起案來，你絕不會想要女人家插手這檔事的。」

「哦，不管誰來幫我一把，我都感激不盡。」我道：「用不著付錢更好。」

坡臉上泛起一絲笑意，儘管細微，在我看來卻足以啟人疑竇。但我瞥了眼艾提默斯，發現他也被逗笑了，並未注意到坡。

「蘭德先生，」艾提默斯道：「等你辦完手上的工作，希望你能幫我解決我遇到的一個小難題。」

「難題？」

「是啊，真是怪得很！在我週一上課時，不知是誰企圖砸壞我的門。」

「惡徒橫行哪。」馬奎斯醫生吟詠似地說道。

「是這樣嗎，父親？我倒認為那傢伙不過是個無禮之徒。」艾提默斯再度衝我一笑，「當然，我對於他是誰毫無頭緒。」

「親愛的，即便如此，你還是小心才好。」馬奎斯太太道：「小心為上。」

「哦，母親，那人估計只是個窮極無聊、無所事事的煩人老頭。八成是個住獨棟小屋的鄉巴佬，就愛——就愛背地裡小酌幾杯，在骯髒小酒館裡流連。你說是吧，蘭德先生？」

我瞥見馬奎斯太太渾身一顫，瞥見坡調整坐姿。餐桌上的氣氛頓時劍拔弩張起來，艾提默斯顯然也察覺了，隨即睜大雙眼。

「啊，你也住獨棟小屋是吧，蘭德先生？那你想必很清楚我說的是哪種人。」

「艾提默斯。」麗雅以警告的口吻道。

「說不定你正巧有幾個**相當親近**的親戚符合這些特徵呢。」

「別說了！」他母親喊道。

一切乍然中止。我們全望向她，手足無措地凝視她嘴邊刻下紋路，喉嚨緊繃，纖瘦的小手捏成拳頭，併攏在一塊，打成發顫的結。

「我討厭這樣！」她尖叫道：「我最恨你這副樣子！」

艾提默斯臉色平和，微顯好奇，說道：「我不大明白妳的意思，母親。」

「是啊，你不明白，當然不明白。明白我的意思？即便我說乾了整條哈德遜河，也沒人……」她的兩邊嘴角頭一遭往下拉。「也沒人**會明白**。是不是，丹尼爾？」

這對夫妻凝望彼此，其中蘊含的情緒如此炙烈，兩人之間相隔的八呎彷彿剎那間縮短為零。接下來，馬奎斯太太眼神冷峻，緩緩將餐盤高舉過頭……隨後鬆手。有根鴨骨噴飛，燉蘋果高高濺起，餐盤碎為數十片，四散於紅色亞麻桌巾上頭。

「哈！看看！若不是平時收在離火太近的位置，瓷盤絕對不會碎的。我得好好說一說尤吉妮。」她音調越拉越高，拍著瓷盤碎片，像在鞭打。「提起她我便火冒三丈，她竟敢……她甚至連法國人都不是！倘若這地方僱得到像樣的傭人就好了，偏偏就是找不著，老天哪。別想叫人家穿制服，叫人家把你當──當個主子，別想！好了，是時候把話給說清楚了，是時候跟人家說，我們**拒絕**遭到這般對待！」

她的椅子向後一仰，只見她扯著頭髮立起身來，嚇了大夥一跳。眾人還來不及起身，她已踉蹌步出餐廳，連裙上的餐巾都沒解下。我聽見她走路時的絲緞摩娑聲……一聲哀嘆……鞋子在樓梯上的一連串踩踏聲，之後歸於沉寂。我們逐一把頭轉回來，看著各自的餐盤。

「請恕內人失禮。」馬奎斯醫生道，沒特別對著誰說。

這事便這麼過去了。馬奎斯一家沒多說一句道歉，沒一句解釋，馬上繼續吃起晚餐，不復驚嚇之情。對這一家子而言，晚餐把場面搞得難堪已是稀鬆平常。坡與我則截然相反，徹底失了胃口。我們放下刀叉靜候，先是麗雅用畢晚餐，接著是艾提默斯，馬奎斯醫生殿後。醫生起身，從容地以小刀剔了剔牙，再來朝我點了點頭，道：「蘭德先生，不知你是否願意隨我到書房去？」

古斯・蘭德的陳述：二十五

馬奎斯醫生在身後帶上餐廳的門，傾身湊向我，眼泛水光，呼吸中摻著洋蔥與威士忌味。

「內人心緒不寧，」他道：「每年這時候總是這樣。如你所見，她有些過度操心了。加上冬日天冷，悶得慌。想必你明白的。」

他點點頭，好似安慰自己已盡了責任，接著招手邀我進書房。書房狹小至極，飄著焦糖味，只點著一根蠟燭，映在一面金框有些鏽蝕的鏡中，恰好成對。中央的書櫃頂端，擺著一尊莊嚴高貴的蓋倫頭像；另外兩架書櫃之間有個凹槽，掛有一幅年代久遠的油畫，不超過兩呎長，畫中是名身穿黑袍的牧師。畫像下方擱了一個紋理粗糙、略顯髒舊的灰色靠墊，墊上仰天平放著一個浮雕小像，宛若有人給它唱搖籃曲哄它入眠。

「請教一下，醫生，這位美人是誰？」

「怎麼，」他結巴道：「自然是我的愛妻了。」

自從以象牙刻下她的面容，想必已過了不只二十個年頭，然而馬奎斯太太無論身材或臉蛋都不顯鬆弛。真要說起來，流逝的歲月反倒更令她容光煥發，浮雕小像上突起的水潤圓眼與此時的她相比，恰似麵團與麵包的關係。

「她實在低估了自己的美貌，不是嗎？」醫生道：「絲毫沒有女子那種自傲之心。啊，我還沒讓你瞧瞧我的論文！」他伸手探進那底下的書櫃，抽出薄薄一疊黃紙，紙張像胡椒般在空中飛揚。「是了，是了。」他輕笑，「正是這個！〈水疱初探〉，我曾受邀赴醫學院朗讀此文。這是淺談肛門廔管的論文，頗受好評——噢，還有這篇，要說這篇文章奠定了我的名聲也不為過，雖說只是微不足道的名聲——〈簡述俗稱黑色嘔吐病之膽性腐血黃熱病的最可行療法〉。」

「研究範圍相當廣，醫生。」

「喔，我這腦袋一向如此，這裡沾一些、那裡碰一點，我的性子就是這樣。不過蘭德先生，我一定要給你瞧瞧這份論文……是我對拉許醫生的精神疾病研究所提出的看法，發表於《新英格蘭醫學雜誌》。」

「期待一讀。」

「當真？」他微現窘色，半信半疑。聽了他這番介紹後還有所反應的人，我想必是頭一個。「這個嘛，那……哦，那不……說起來，我昨晚似乎把它拿去床上讀了，要我取來嗎？」

「當然好。」

「真的？」

「那是自然！假如你不介意我作陪，我願意與你同去。」

他嘴巴大張，伸出一隻手。「那——那是我的榮幸。樂意之至。」

沒錯，只消釋出些許善意，馬奎斯醫生便會湧泉以報。我仍記得上樓時，他的腳步聲聽來多麼明快。回聲響徹整個屋子，政府宿舍就是這麼小，一個房間裡發生了什麼，整棟房屋內人盡皆知。

換言之，艾提默斯即使安坐於餐廳，照樣能掌握我們的每一步動向，清楚我們何時抵達二樓樓梯口。但他可會知曉，他父親忘了帶根蠟燭？他可會知曉，我們放眼望去的第一道光是盞夜燈，高掛於一間小臥室的牆上。那是有些奇特的空間，房內窗簾緊閉，一片貧瘠，空氣凝滯，只瞧得見一個停在三點十二分的壁鐘，以及一個樸素黃銅床架的輪廓，架上僅餘床墊。

「這是你兒子的房間？」我問，含笑轉頭向馬奎斯醫生一瞥。

他答說正是。

「真好，」我道：「在繁忙的軍校生活之餘，還有這小小的避風港。」

「其實，」醫生搔搔臉頰，道：「艾提默斯假日才回來。是他自己的主意。有次他告訴我，他是這麼說的：『父親，既然進了軍校，老天在上，我就得過得像個軍校生才行。夜夜回家投奔父母可不成，軍人不是這麼當的。我理當與同袍受到相同的待遇。』」馬奎斯醫生輕點胸膛，笑道：「多少父親能有這樣的兒子？」

「確實不多。」

他再度靠向我，刺鼻的洋蔥味再度襲來。「蘭德先生，用不著我說，看他這麼成大器，我的……**感動**無以言喻。他和我完全不像，人人都瞧得出他天生是個**將相之才**。對了，我們是來找論文的，是吧？請隨我來。」

走廊盡頭是馬奎斯醫生的臥室，他打住腳步，作勢敲門，又收回了手。

「我這才想起，」他悄聲道：「我太太正在休息。我悄悄進去，麻煩你在此稍候，可好？」

「自然好，醫生。你慢來。」

他一關上房門，我便三個箭步跨過走廊，閃身進了艾提默斯的房間。我取下牆上的燈，以最快速度掃視床鋪，隨後將手探到床墊下摸了摸，再來則檢查床頭板後方。我持燈照亮地上的童玩，那些小玩意散落各處，放置方式出奇地漫不經心：一雙棄置的滑雪板、用丁香做眼睛的小蠟人、一個箱型風箏的殘骸、一個陳舊的手搖式旋轉木馬模型。

不在這裡。我不知為何極為肯定，**不在這裡**。燈光呼應我的思緒，隨後劃向了位於另一頭角落的衣櫥。

衣櫥。要藏匿物事，什麼地方比衣櫥更適合？

櫥門開啟，裡頭一片濃黑，提燈只能勉強照亮一小圈。佛手柑與雞蛋花的香氣撲面而來，當中透出樟腦丸辛辣的甜味。緞布、輕紗、絲綢摸來乾冷僵硬，沙沙作響。

如今，艾提默斯的衣櫥堆置著過多的女子衣裳。畢竟是個年輕人用不到的衣櫥，這麼做也在情理之中，可惜在那個當下，我有種又遭艾提默斯嘲弄之感。（何況，他想必正透過天花板細聽我的腳步聲，是吧？他想必清楚我站在什麼位置，不是嗎？）我心下氣惱，伸手向前一揮，愕然發現另一頭竟無背牆。什麼也摸不著，唯有更深的黑暗。

我手持提燈，擠過成山的衣物，接著倏然間擺脫阻礙，佇立在一個漆黑溫暖的菱形空間。此處並無氣味，伸手不見五指，但並非空無一物。我只向前踏了一步，額頭便輕輕一碰，我立時明白那是什麼：是根吊衣桿，上頭什麼也沒掛。

錯了，並非什麼也沒掛。我順著吊衣桿往前摸去，觸到一把木製衣架……再往下，摸到了突起的一小圈衣領……肩部的粗硬縫線……再往下是整塊微帶潮溼的毛料，被縫線隔成一段一段。

我雙手抓住那件服裝，拉到地板上，提燈一照。

是件制服。軍官制服。

貨真價實的軍服，要不便是極其仿真的假軍服。藍色軍褲上頭有金色鑲邊，藍色外套配上金色穗帶；我將提燈湊近肩膀處細看，瞧見剪斷的線頭組成了若隱若現的長方形。那裡曾縫上一條軍階章。

我登時想起（還能想起什麼？）命令柯克倫二等兵撇下勒羅伊・弗萊屍首離去的神祕軍官。與此同時，我撫過軍裝外套，觸碰到腰部上方有塊地方隱隱凸起，不知是什麼，只覺有些黏膩粗糙。我以手指摸了摸，正要將指尖伸到光下查看，卻聽見了腳步聲。

有人進了房間。

我把燈吹熄，坐在艾提默斯又暗又熱氣蒸騰的衣櫥內，傾聽外頭那瞧不見的人又上前一步……再一步……

停下。

我別無他法，唯有按兵不動。靜觀其變。

起初只聞一個聲響，穿透我面前的衣牆，待那聲音化為實體，它已擦過我的肋骨，穿透我的禮服大衣，把我釘在牆上。

啊，是了，正是軍服缺少的配件：一柄佩劍。

在一開始的剎那，**感受**那東西比用肉眼看更容易。鋼製劍身微微彎曲，鋒利至極，彷彿足以劈開空氣。

我奮力掙扎，可是那把劍牢牢釘住了我的禮服大衣。我將手臂從袖子抽出，扭動著脫掉大衣。此時劍尖一鬆……隨即以更迅捷的速度再度刺來。我閃身躲開，瞥見劍刃刺中方才我心臟所在的位置，本該致命的一擊死死固定住無人穿著的大衣。

我可以叫嚷，但我心知叫聲傳不出這昏黑狹小的櫥櫃。我可以飛身撲向出手攻擊我的人，但層層衣物形成阻礙，我沒有把握真能抓住對方，假使走錯一步，我的處境會比現在更惡劣，只能任他宰割。然而這點同樣適用於對方，倘若他向我撲來，便會失去優勢。

看來規則已定，我倆之間的較量於焉展開。

劍身抽回……往前刺來……**噹**！佩劍擊中我右髖旁的石膏板，隨之一響。一秒後，劍刃再度襲來，又一次戳開黑暗，對血肉如飢似渴。

我呢？讀者，我不停躲閃。上下左右，為每一劍樹立新的目標，無望地試圖解讀持劍之人的心思。

第五劍險險擦過我的手腕。第七劍宛若清風，拂過我頸部的毛髮。第十劍刺在我右肩與肋骨之間的腋窩。

劍來得越來越快，由於次次落空而發狂起來，不再講求一劍斃命，轉而盤算著要將我弄殘。軍劍一吋吋往下移，從心口處降至腿的高度，我的雙腿隨之跳起高原快舞，奮力舞動以求保命。

我心下明瞭，這舞跳不長久。即便我的肺有法子持續送氣，這個小空間裡的氧氣也不夠。最終我倒臥在地，這並非策略，也不是由於對方攻勢減弱，而是由於精疲力竭。

我仰面朝上，注視劍身映出我躺在石膏板上的倒影。劍刃愈是逼近，我愈是涔涔冒著冷汗，總覺得對方正在度量我的身形，好替我量身打造棺材。

軍劍最後一次呼嘯而過，我緊緊閉上雙眼。牆壁最後一次迸發撞擊聲。此後……歸於沉寂。

我把雙眼睜開一條縫隙，只見軍劍恰恰停在我左眼上方一吋之處。劍刃並非靜止不動，而是狂怒般地顫動著……卻未曾往回收。

我恍然大悟。方才那一下戳刺力道太猛，劍身卡入了石牆。

這是我僅存的生機。我在劍身下往旁滑開，從吊衣桿抓下一件衣物，裹住劍刃使勁往後扯，竭盡所剩不多的氣力，與另一頭的力道相抗。

一時之間，我倆平分秋色。然而行刺之人緊握劍柄，易於施力；至於我呢？我唯有憑藉一雙空手，死命地拽。有那麼好半晌，我們在漆黑中相搏，儘管看不見彼此，卻真真切切感受到對方的存在。

劍刃被扯離牆面，不再困於石中，又一次成為盲目戳刺的工具，漸漸從我手中滑脫。氣力逐漸自我的十指、手腕、臂膀流失，我之所以緊抓不放，全憑一個不斷在腦中迴盪的念頭：**若是鬆手，我必定命喪此地**。

於是我死死抓住，縱使雙掌陣陣刺痛，縱使心臟狂跳、喘不過氣，我依然不肯鬆手。

正當我徹底認輸之際，另一頭的力道一鬆，劍身一沉，就這麼落入我滿是瘀傷的手中，有如從天而降的大禮。

我驚詫地凝視那把劍，等它再度動起來。劍沒動。我仍在原地坐了足足一分鐘，不願放手——沒法放手。

古斯・蘭德的陳述：二十六

我將軍服夾在腋下，拽著禮服大衣與提燈，擠過衣牆，重返艾提默斯清冷的臥室，就著幽微光線查看全身上下，尋覓打鬥痕跡——居然遍尋不著。我身上沒擦破一處皮，沒流一滴血，只聽得見自己的喘息，以及汗水落地的滴答聲。

「蘭德先生。」

我認出他的嗓音，但他佇立在門口的陰影處，手中沒拿蠟燭，簡直像是他兒子的替身。我躊躇片刻，不知究竟該信自己的眼睛，還是自己的耳朵。

「抱歉之至，醫生，」我道：「我弄破了大衣——」我窘迫地指了指地上的衣物，零星光點照在大衣上。「——我想著，或許能向你兒子借一件來穿。」

「但你的大衣……」

「這衣服被我弄得實在悽慘，是不是？話雖如此，」我補上一句，笑著拎起制服揮了揮。「我可沒法厚臉皮地扮成軍官，我從沒上戰場打仗過。」

他嘴巴大張，朝我走來，直盯著我手中的軍服瞧。

「怎麼，」他道：「這一定是我弟弟的制服！」

「你弟弟？」

「他叫約書亞，在馬瓜根戰役爆發前不久猝逝。死於流感，可憐的孩子。如今只剩這件軍服做個念想了。」他跪下來，緩緩撫了幾下布料，又將手指湊到鼻前一嗅，指尖互相摩娑。「這倒也妙，」他道：「藍色都褪了，肩膀穗帶是有些老式，但如此之外簡直像新的一般，是吧？」

「我也這麼想。」我道：「哦，不過你瞧瞧，那條軍階章不見了。」

「哎呀，哪有什麼軍階章。」他皺眉說道：「約書亞的職階從沒超過少尉。」但他嘴角隨即揚起，鼻中輕輕噴出一口氣。

「醫生，有哪裡好笑嗎？」

「喔，我方才——我不過是想起，從前艾提默斯會在家裡穿這套軍服。」

「是嗎？」

「當時他年紀尚小。真想讓你也見一見，蘭德先生，袖子比他的手還長了一兩呎，褲子更不用說！褲管就這麼拖在後頭，那光景當真——當真好笑得緊。」他斜眼往我一瞥，面露窘色。「是，我明白，我該教導他更尊敬我國軍服才是，只是我覺得無傷大雅。你瞧，他從沒見過約書亞，又總是深敬他叔叔為國效命。」

「你也一樣為國效命。」我插口道：「他豈會不敬佩你？」

「哦，是，這個嘛，或許吧。他一向——他一向不怎麼像我。這樣對他來說反倒更好，是吧？」

「醫生，你實在過謙了。難不成你認為，他多年來旁觀你行醫，卻連一丁點醫學知識都沒學到？」

他原本咬著嘴唇，此時勾起一邊嘴角。「確實，這倒是。他年僅十歲，就熟記全身骨骼和五臟六腑！也曉得怎麼用聽診器，偶爾還會幫著我將骨折復位。不過依我看，他一向不怎麼關心——」

「怎麼回事？」

這回我一眼認出站在門口的人影。馬奎斯太太端著蠟燭，將她的面容照得無比清晰，突顯了她纖瘦的臉部骨架，又把她的雙眼化為沉沉深淵。

「啊，親愛的！」馬奎斯醫生道：「已經好些了？」

「是，看來是我誤會大了，我原以為頭疼又要發作得厲害，但似乎只消休息片刻即可，這會子我已大為好轉。行了，丹尼爾，我看你又想拿那些無趣的論文去煩蘭德先生了，快把論文放回原位去。蘭德先生，快擱下那件可怕的舊軍服外套，那件肯定不合你的身。噢對，丹尼爾，把起居室的爐火熄了吧，瞧蘭德先生熱得滿頭大汗！」

距起居室尚有幾步之遙，我們便聽見琴聲流瀉，交雜著踏步的聲響，與一聲竭力忍抑的高昂笑聲。好不快活！氣氛怎地如此歡欣？但我們都清清楚楚見著了：麗雅用鋼琴彈著一首方塊舞旋律，坡與艾提默斯配著樂聲，大步舞過起居室地板，一面踏步一面搖擺，笑個不住，笑聲宛若天使。

「哎呀，麗雅，我來彈！」馬奎斯太太嚷道。

聽她一聲令下，麗雅當即從琴椅站起，快步繞過琴，摟住艾提默斯的腰搖擺起來。馬奎斯太太志得意滿坐上琴椅，奏響一首近年自維也納傳來的舞曲，她琴藝驚人，速度彈得飛快。

我坐在起居室，面帶微笑，未著大衣，汗溼全身，自問：**方才想取我性命的，**

是這裡的哪個人？

琴音愈發快速，腳步聲愈發響亮，笑聲此時已傳遍起居室，連馬奎斯醫生也揩著眼睛輕笑起來。眼下，半小時前的陰鬱氛圍已不復見，我幾乎要認定衣櫥裡的整樁事件不過是場夢。

然後，馬奎斯太太陡然住了手，一如她彈起鋼琴時那般迅速。她猛地以雙手重擊琴鍵，不和諧的琴音如刀般劃過屋內，令所有人定在原地。

「恕我失禮了，」她站起來，撫平裙襬，「我這女主人當得太不稱職！我敢說，蘭德先生想必聽膩了我彈琴，情願聽**麗雅**彈。」她拖著音喊麗雅的名字，將這每個字拉到不能再長。「**麗——雅——**？妳來唱首歌可好？」

麗雅百般不願唱歌，然而無論她再怎麼請求，馬奎斯太太就是不聽。她雙手握住女兒的手腕，力道不算輕柔地連扯好幾下。

「妳非要我們用求的不可，是不是？那好，大家快跪下，看來我們非苦苦哀懇才行。」

「母親。」

「要不我們行幾個深鞠躬禮……」

「不必。」麗雅盯著自己的鞋說道，「我十分樂意。」

馬奎斯太太聽了，發出銀鈴似的笑聲。「這豈不是正好！話先說在前頭，在我看來，我女兒愛好的曲子總有些老氣，而且過於悽惻。就讓我作主，從《女子雜誌》裡選首歌吧。」

「我想坡先生大約——」

「哦，坡先生定會喜歡的。是不是，坡先生？」

「不管馬奎斯小姐樂意唱什麼，」坡道，有些發顫，「都是天籟之音——」

「和我料想的一樣！」這位母親喊道，猛一揮手，打斷了他的話。「麗雅，不許再讓我們等了。」她壓低聲音續道，但方圓二十呎內的人都聽得見：「妳明知蘭德先生會不高興的。」

麗雅聞言朝我望來。唔，整個晚上，她頭一回如此聚精會神注視著我。之後她把樂譜放上譜架，坐上琴椅，瞥了母親最後一眼；那眼神高深莫測，既不是懇求，亦不是抗拒——也許是好奇來著。好奇接下來會發生什麼。

然後，她一清喉嚨，彈奏起來，唱道：

當兵的小夥子令我心蕩漾，
當兵的小夥子令我心蕩漾。
我們女孩兒一見他瀟灑奔放
心湖便不禁激盪……

馬奎斯太太在《女子雜誌》中找到這首歌也是怪事，這首歌像是多年前會在奧林匹克劇院聽到的小曲，與黑臉喜劇演員、法國芭蕾舞伶並陳於同一張戲單，由藝名叫「瑪格達蓮娜」或「達莉拉」的姑娘演唱，她會在身上插著鑲有藍珠的鴕鳥羽飾，大膽些的會穿水手服，臉頰抹得如嘴脣般紅豔，雙膝紅得更甚，擠著眼影燻染的雙眸拋出醜怪的媚眼。

達莉拉好歹會唱得更熱情點。話又說回來，我猜連船上的苦役都比那晚的麗雅．馬奎斯更有幹勁。她直挺挺坐在椅上，雙臂僵如兩把火槍，有那麼一回，她的雙手離開琴鍵，像要罷手不彈，可她隨即改變主意，手指落下，音調復又上揚。

看他爽朗不羈，
看他豪氣萬丈，
看他如此瀟灑奔放……

坡所言不假，她天生嗓音偏低，唱的調子卻太高，隨著她唱到最高音，歌聲便愈發縹緲，最終緊抿的雙唇間只餘微弱的氣息，幾乎聽不清，卻又出奇堅韌，什麼也沒法讓它斷絕。

瀟灑奔放，
瀟灑奔放……

那一刻，我憶起菠菠教授那些鳥在鐵籠中啼唱的光景。若是有法子打開眼前這個鳥籠，要我做什麼都好——在場所有人估計都是這麼想。但歌繼續唱著（吸口氣往下唱比停住不唱要來得簡單），隨著麗雅繼續唱，她的嗓音逐漸支持不住，雙手則湧現一波奇異的力氣，使勁敲打琴鍵，每敲一下便有顆音掉拍，徹底亂了節奏。鋼琴飽受敲擊，好似隨時準備挺身抗議，然而麗雅依然繼續唱：

看他爽朗不羈，
看他豪氣萬丈……

整個晚上頭一遭，坡別過視線不看，彷彿她的身影會出現在走廊。我瞥見艾提默斯以手指抓扒臉頰；主導一切的馬奎斯太太看得入神，神色不知是喜悅抑或畏懼，雙眼熠熠閃動，喉頭不住吞嚥。**別唱了**，我心想，**別唱了**……

哦，當兵的小夥子令我心蕩漾！
哦，當兵的小夥子令我心蕩漾！

她唱了三段，整場演出約有四分鐘，唱畢之際，眾人全站起身來死命鼓掌。馬奎斯太太拍手拍得最響亮，雙足在地板打起一段塔朗泰拉舞步，嗓音激越，震得馬奎斯醫生將一根手指戳進耳朵。

「啊，親愛的，**好極了！**」她喊道：「是不是？只有那麼一件事，親愛的——我就說這一件事，保證往後絕不再提起——但願妳唱到F和G時，不要唱得那麼氣若游絲。唱的時候要——」她手指憑空一戳，有如軍劍向前直刺，「想著把聲音**往外送**，不是往上。嗓子不該往上吊，而是要——要找到共鳴的位置，我教過妳的，麗雅。」

「行了，愛麗絲。」馬奎斯醫生道。

「怎麼，我說了什麼不妥的話嗎？」她丈夫沒答腔。她探詢地逐一望向我們，最後目光落在女兒身上。「麗雅，親愛的，老實告訴我，我說了什麼**傷到妳**的話嗎？」

「沒有。」麗雅平淡道：「我說過，妳費更多工夫才傷得了我。」

「既如此，大家為何這麼鬱鬱寡歡？如果開心不起來，又何必設宴取樂？」她退後一步，眼中泛起淚光。「雪地上的微光是這麼美麗，大家齊聚一堂，怎麼我們都不快活？」

「我們很快活，母親。」艾提默斯說。

但他此時的語氣毫無愉快之意，這麼說不過是盡兒子的本分罷了，如同過往千百次一樣。儘管如此，這話已足以令馬奎斯太太重燃活力，接下來她努力不懈，招呼大家玩起遊戲來。她讓我們玩了好幾盤跳棋，猜了好幾回字謎，又要我們蒙眼吃蛋糕，好猜一猜尤吉妮（討人喜歡的尤吉妮！）偷偷往裡頭加了什麼料。待我們吃光松露巧克力，慢悠悠回到起居室，音樂造詣同樣不差的馬奎斯醫生彈起藍調版本的〈舊日殖民地好時光〉，艾提默斯與麗雅站著彼此相擁，來回搖擺。坡坐在坐凳上仰望他倆，彷彿兩人是在天際盤旋的神鷹……直到**這時**，馬奎斯太太才將注意力轉回我身上。

「蘭德先生，你吃飽沒有？真的？唔，那就好，你介不介意和我一塊坐？喔，你能來我真高興，只可惜麗雅狀況不大好。倘若你改日再來作客，我擔保你絕不會失望的。」

「沒這回事……豈敢叨擾……」

「你自然會這麼說了，你就是這樣的人。蘭德先生，打從你來到西點，竟沒更多人對你有所盤算，當真令我百思不得其解。」

「盤算？」

「啊喲，別以為我不曉得婦人家的伎倆，多少男人陣亡於她們的手段之下，全世界騎兵團加總起來，也比不上那個數量。想必早有哪個可怕的軍人太太，向你介紹她家中哪個可怕的女兒了吧？起碼總有那麼一個？」

「我不——我想沒——」

「我說，假如她們有像麗雅這樣的姑娘，她們肯定擋也擋不住。你也曉得，外頭一向認為娶到麗雅是個福氣。要不是她這性子，鐵定追求者眾——但你可知道，她總有許多主見，我一向認為她最好能嫁給……這麼說好了，性格成熟些的人。這人該懂得好言相勸，指引她走上人生正途。」

「依我看，你女兒自己最清楚什麼樣的人——」

「是啊！」她打岔，音調轉尖，如蝗蟲一般嘹亮。「是啊，我在她那年紀也這麼認為，瞧我如今是什麼光景！不行，蘭德先生，在這些事情上，做母親的才懂打算。所以每當我逮著機會，我總是告訴麗雅：『年紀大的人才適合妳。**鰥夫**才好，那才是妳的理想夫婿。』」

說著，她探手過來，在我的袖釦上輕點兩下。

只消這麼個微小的舉動，陡然之間，籠中之鳥變成了我，眼睜睜看鳥籠從天而降，而我甚至沒法藉著唱歌重獲自由。

最可笑之處在於，馬奎斯太太一如往常，說話的音量足以讓屋裡所有人聽清，這下他們全透過鳥籠欄杆窺看著我。艾提默斯臉上是一片奇異的空白；麗雅嘴角眉梢帶著譏嘲；四等學員坡雙頰紅漲，好似被甩了個耳光，雙唇因怒火而扭曲。

「丹尼爾！」馬奎斯太太高聲叫道：「替我倒點香檳，讓我重溫二十歲的滋味！」

不知為何，此時我低頭看向雙手，赫然見到指尖沾著些許紅銅色痕跡，是我摸了艾提默斯衣櫥中那件軍裝外套後留下的——殘留於皮膚之上，有如保存在琥珀中。血。不是血跡，又是什麼？

古斯·蘭德的陳述：二十七

十二月六日

就是這麼回事，讀者。在前往馬奎斯宅時，我本來盼著解決一項謎題，離開時卻多了三個謎團。

頭一件便是：在艾提默斯的衣櫥中，是誰想置我於死地？

能以這等力氣使劍的，唯有艾提默斯本人和馬奎斯醫生。偏偏據我所知，他倆當時都不在場：醫生照料著他妻子，那位軍校生則待在樓下起居室。如果有外人闖入屋內，幾乎不可能無人察覺。既然如此，究竟是**誰**？是誰持刀刺向我的要害？

第二個謎團是：倘若艾提默斯衣櫥中那件軍服，正是柯克倫二等兵那夜在B—3病房所見（我也如此認定），那麼當時穿軍服的人是誰？

頭號嫌犯自然是艾提默斯。於是，受邀赴馬奎斯宅用晚餐的隔天，我讓希區考克上尉把他叫進辦公室，假稱是為了那扇遭人破壞的宿舍房門，找他來問他的話。他倆談得氣氛融洽，從頭到尾，柯克倫二等兵都立在隔壁房間，耳朵貼在門上。問完話，遣走了艾提默斯，柯克倫二等兵扭著一邊嘴角，含糊說道那**確實可能**就是他當夜聽見的嗓音，但他也說不定是在別的地方聽見過，話說回來，那聲音也說不定是另一個人的。

簡言之，我們如墜五里霧中。艾提默斯仍是首要嫌疑人，但我豈不是也親眼瞧見，在昏暗中，馬奎斯醫生要假扮成兒子可說是輕而易舉？不僅如此，還有個新線索：根據坡上回的報告，我得知**麗雅**·馬奎斯扮起男人來也是有模有樣。

除此之外，有個情況令我愈發想不通：我老覺得馬奎斯家缺少主導一切的核心人物，沒人擔任指北針引領全家的方向。我審視內心的羅盤，針尖首先指向艾提默斯……但我隨即憶起，艾提默斯一次次溫順地迎合母親的脾氣，每當他在母親身邊，語氣總是充滿無奈。

那好，指針轉向馬奎斯太太。然而，就算她有法子操控全家的氣氛，她的影響力仍屬有限，不是嗎？麗雅即使表面上屈從，依然以自己的方式起而反抗，這又怎麼說？

那不如試試麗雅。但指針也不願指向她，每回想起她，我總覺得她一副即將被送入虎口的模樣。

這便牽涉到第三個謎團：馬奎斯太太何必把女兒塞給我這種結過婚的老男人？麗雅·馬奎斯肯定嫁得掉。的確，她年紀是大了些，要找軍校生當對象不容易，但她看來也不大想嫁給軍校生。況且，未婚軍官豈不是多得很？那些單身漢獨守狹小宿舍，甚至連希區考克上尉提起她時，都不自覺流露渴慕，不是嗎？

唔，起碼在所有謎團之中，這一個看似能找到解答。假如麗雅的病當真如我所料，也許是她父母因此認定她有所殘缺，誰第一個上門求娶便樂得允婚。轉念一想，這對坡而言可不是好消息一樁？哪個追求者會比他更強？無論生老病死都與麗雅·馬奎斯長相廝守，沒人比坡更適合了。

於是，在他來到我的旅店房間時，我的思緒早已繞著他打轉。我得說，瞧他上門時的裝束，他彷彿明白自己將受到衡量。這麼說吧，大多數夜裡，他在斗篷下只會穿件襯衫和背心，今夜卻是正裝打扮，佩劍與交叉肩帶一樣不缺。他沒像平時那般躡手躡腳走進，而是兩個大步踏到房間中央，摘下高頂軍帽，低下頭來。

「蘭德，我想向你致歉。」

我淺淺一笑，清了清喉嚨，道：「這個嘛，坡，你可真是謙恭有禮。恕我問一句……」

「什麼？」

「你要道什麼歉來著？」

他道：「我錯以為你有不正當的動機。」

我坐在床上，揉了揉眼。

「哦，」我道：「是了，麗雅的事。」

「蘭德，我無以辯駁，只是馬奎斯太太向你吐露心聲的模樣，令我心有不安。恐怕我——那自然是我的誤會，但我以為你對她的打算樂見其成，甚至……說不定在旁慫恿了她。」

「怎麼可能，我都——」

「不，請別說了。」他舉起一手，「我不會逼你自損尊嚴出言辯解，何況你也用不著辯解。任何有點腦袋的人，都看得出你要追求或——或**迎娶**麗雅這回事實在荒誕不經，老實說，壓根用不著當真。」

啊，荒誕不經，是吧？這個嘛，我也有我古怪的男性自尊，他這麼說幾乎令我心生怨怒。但方才我不也自忖這回事太過荒唐？

「抱歉之至，老傢伙，」坡道：「希望你……」

「那是自然。」

「當真？」

「當真。」

「那我就放心了。」他笑著把軍帽擲到床上，一手抹過額頭。「既然痛快說出了心裡話，我們能接著談更重要的正事了。」

「確實如此。首先，你何不把麗雅的字條給我瞧瞧？」

他眼皮扇動，宛如飛蛾振翅。「字條。」他呆呆說道。

「你穿上斗篷時，她悄悄放進你口袋的字條。你大概根本沒留意到，直到回營才發現。」

他的雙頰明顯變得更紅，用手搓著臉頰。

「那不是……我想稱之為『字條』是有些不恰當——」

「喔，別費神煩惱該稱它為什麼了，拿出來給我瞧便是。只要你不至於太難為情。」

此時他的臉幾乎冒出熱氣來。

「我可——我可不會難為情，」他結巴道，「我永生永世以收到這短箋為榮。能收到這——這……」

看來他是真的難為情，只見他從胸前口袋抽出飄著香氣的紙，擱在床上，在我閱讀時別過了頭去：

愛意滿腔，我心伴你至天涯海角——
只怕褪色分毫或牽掛心焦。
得償所願，雙棲於蓊鬱的長樂宮
相織相依如同繁茂蔦蘿松——
加倍繁茂，只因你屬於我。

「很是甜蜜。」我道：「也極為巧妙，她把——」

但他用不著我稱賞那首詩寫得多好，迫不及待開口打斷我的話。

「蘭德，她的才華如此洋溢，我竟不知如何是好。這太——這……」他略顯惆悵地微笑起來，手指撫著字條邊緣。「你可知道，我是頭一遭收到別人寫給我的詩。」

「唔，那你已經比我多一首了。」

他亮出小巧白皙的兩排牙齒，取笑著我。「可憐的蘭德！從來沒人送詩給你，是吧？」他挑起一邊眉毛，「也沒寫過半首，這倒是可以肯定。」

我猶豫著是否該糾正他，因為我其實寫過。是寫給我女兒的，當時她年紀還相當小，我會在她枕頭上放些傻乎乎的押韻短句：**睡魔來了／要妳快樂。給妳親一個／更多還藏著。**不是什麼登得上大雅之堂的詩，說到底，她長大之後也不看這些了。

「無妨，」坡說著：「我總有一日會寫詩給你，蘭德。我會寫首詩，教你名留青史。」

「感激不盡。」我道：「但我想你該先完成手頭那一首。」

「你說的是……」

「關於淺藍眼眸姑娘的那首。」

「是。」他應道，細細觀察著我。

我也看了回去。隨後我哀號一聲，道：

「行了，快吐出來。」

「什麼？」

「你新寫的段落。你鐵定帶在身上，八成就跟麗雅的詩放在一塊。」

他咧嘴一笑，搖搖頭。

「蘭德，你實在太懂我了。你的洞察力是如此超群，這整個世間估計沒有任何祕密是你沒法三兩下推敲出來——」

「是，是，拿來吧。」

我記得他小心翼翼將紙張展平，鋪在床上，有如攤開耶穌的裹屍布。他撫平上頭的每條摺痕，接著往後一站，打量著那詩，宛若因虔誠而不敢出聲的修女。再來，他才招手要我過去讀。

墜落——墜落——墜落——雙翼無比激烈
　撲動翻騰，模糊難辨。
已然心焦如灼，我著急催促……
　「麗諾爾！」——她默然不答。
濃漿似的無盡之夜捕獲了她——

覆蓋一切，只留那淺藍雙眼。
死寂無比之夜，遭地獄怒焰燒得焦黑
只留那槁木死灰的淺藍雙眼。

我尚未讀罷，他便急著給我解釋起來。

「蘭德，我們已察覺這兩個名字頗為近似：**麗雅**……**麗諾爾**。除此之外，我們也留意到藍眼這個共同特徵，留意到詩中暗示了無以言說的苦楚——完全吻合麗雅在墓園的行為表現。如今我們更窺見——」他住了口，一手微微發顫地按住紙張，「我們得知了結局，蘭德。死亡近在眼前。這豈不是十萬火急？你想必也看出了，這首詩正向我們傳達訊息！它正**大聲疾呼**：一切即將終結。」

「那我們該如何是好？送那姑娘去修道院？」

「問題就在這裡！」他大嚷，雙手往上一揮。「我不知道。我不過是這首詩的代筆，猜不透更深層的寓意。」

「喔，『代筆』。」我低吼道：「坡，我告訴你一件事可好？這首詩是你寫的，不是你母親，願她安息。也不是什麼冥冥之中的力量所寫，就是**你**寫的。」

他雙手交抱，坐進搖椅。

「用點你的分析才能，」我道：「你成日只想著麗雅。你雖與她相識不久，卻有理由擔憂她的安危，這份憂懼自然而然藉著你最鍾愛的形式表露出來，寫成了一首詩。何必多想？」

「那為何我沒法想寫便寫？為何我沒法現在即席寫出第四段來？」

我聳聳肩，「據我所知，你們詩人需要**繆思**。人人都說繆思捉摸不定。」

「哦，蘭德。」他撇過頭去，「憑你對我的了解，理應明白我不信繆思。」

「那你信什麼？」

「我信這首詩不是我作的。」

讀者，我倆就此陷入了僵局。他頑固如石地坐著，我則在屋裡兜圈子，純粹感受著光影落在臉上的感覺，暗忖日光為何不比暗影來得溫暖。其實，有個主意在我腦中成形。

「好吧，」我終於開口道：「既然你堅持要嚴肅看待這首詩，我們就把整首詩拿出來瞧瞧。你記得頭兩段嗎？」

「當然，我銘記於心。」

「能否寫出來？就寫在這一段之上？」

他立時照做，振筆疾書，一氣呵成，直到整張紙的上半部分滿是墨跡，然後坐回原位。

我細讀那張紙半晌。接著又打量**他**良久。

「怎麼？」他問，雙眼越瞪越大。

「如我所料，」我道：「這整首詩暗喻你的內心世界。不過是場噩夢罷了，只是寫成了格律。」

我任由紙張從手中飄落。我記得那張紙在空中來回擺盪，宛若在溝渠中漂蕩的玩具船，落到床上之後彷彿還繼續晃蕩了幾下。

「當然了，」我道：「純就讀者的角度而言，我想若在幾個地方稍作編修，這詩會更好一些，前提是你母親不反對。」

「稍作編修？」他道，微微笑出聲來。

「唔，比方這句『已然心焦如灼』。這是什麼意思來著？反胃想吐？消化不良？」

「直──直白點的話，是可以這麼解讀。」

「還有你另一個詞，『地崩山摧』。我瞧著有些堆砌過頭，如果你懂我的意思。」

「堆砌？」

「哦，若是可以，也麻煩你解釋解釋這名字，這個什麼**麗諾爾**。我老實說吧，這究竟是哪裡來的名字？」

「它……很悅耳。符合格律。」

「不，我這就坦白告訴你，這就是詩歌裡才有的名字。像我這種傢伙為何連幾首詩都讀不下去，就是因為有**麗諾爾**這種名字。」

他氣得臉都歪了，一把奪回床上的紙，塞進外套口袋，渾身簡直冒起煙來，猶如輾過溼長褲的熨燙機。

「蘭德，你真是處處讓我驚喜，我從不知道你是這等文學權威。」

「別這樣。」

「我原以為你無暇研究這種雕蟲小藝，如今才曉得你涉獵廣博，看來與你相處的收穫真是無窮無盡。」

「我只是說幾個──」

「你──你說的已經夠了，多謝。」他說，拍了拍胸口收著那張紙的位置。「我不會再拿這事來煩你。從今往後你大可放心，我自己寫自己的詩就是。」

他沒衝出門去，起碼沒有馬上就走。倘若我的印象沒錯，之後他又留了一個鐘頭，可那感覺卻像是他已經不在場了似的。如今想來，大約是由於這個緣故，我從未向他提起我在艾提默斯衣櫥中的遭遇。畢竟，他既已無心傾聽，又何必對他說這種事呢？

（也或許是有別的原因。或許，是我暗自**期盼**他能在昏黑的房內待久一些。）

我們旋即陷入濃重深沉的靜默，我微帶惱怒地想，如果我想要獨處，哪用得著老遠跑來西點一趟，大可留在酪乳瀑布……就在這時，他突如其來地起身，一言不發，大步走出房間。

好歹他沒甩門，然而也沒關門。過了約莫一個鐘頭，他回來了，當時門依舊開著。他的胸膛直打顫，因鼻塞而抽著鼻子，沒戴帽子的頭上綴著冰霰，悄聲踏進房裡，幾乎是躡手躡腳地走，像是怕吵醒我。隨後他對我醺然一笑，高雅地翻轉手指，說道：

「蘭德，我深感羞愧，看來我一夜得道歉兩次。」

我說不用道歉。我說錯都在我，我沒必要胡亂品評人家的詩，那首小詩讀來愉快極了——呃，不能說是「愉快」，這說法不妥，該說……極有詩意……哎呀，他懂我的意思，是吧？

唔，他任我這麼說了好一陣子，這些話他聽著大概是不討厭。但出乎我的意料，他回來並不是為了聽我說這些。也不是為了再喝杯莫農加希拉威士忌——他輕擺手腕，婉拒了那杯酒。只瞧他往地板一坐，雙手抱膝，直盯著棉質地毯上金綠交織的百合花紋樣，口中低語道，嗓音輕到不能再輕：

「說來奇怪，蘭德，對我而言，失去你簡直等同失去一切。」

「哦，」我微笑道：「會有很多理由值得你活下去的，坡。你有不少景仰你的人。」

「可沒人像你對我這般好。」他道：「是真的！明明你這人有身分、有地位，你確實是！但你卻——你卻隨我漫無邊際地談上好幾個鐘頭，談我想得到的各種事，我傾吐了內心、精神、靈魂的所有，而你——」他聚攏雙手作捧狀，「——你全都好好地聽進去了。你對我的慈愛超越世上任何一個父親，更將我視作一個成熟男人來對待。我永生永世不會忘記。」

他又抱了膝蓋一下，接著一躍而起，走向窗邊。

「這些感懷濫情之言我就不多說了，」他道：「我曉得你不愛聽。我只發個誓：自此以後，我絕不再容許嫉妒或——或**自尊**傷了我們的友誼。這份友誼對我而言彌足珍貴；打從我來到這荒涼之地，除了麗雅的愛之外，這是我所得到最可貴的禮物。」

僅僅是親和待人，便有如此回報，我思忖。當下我便明瞭，假如我想甩掉他，我必須做出比批評他母親詩作更過分的事才行。我得做出無可饒恕之舉。

那夜他臨走前，我道：

「坡，還有件事。」

「什麼？」

「我隨馬奎斯醫生上樓的那段時間，艾提默斯是否曾離開起居室？」

「是，」他慢慢說道：「他去瞧他母親。」

「去了多久？」

「不出幾分鐘。我很詫異你沒見到他。」

「他回來後，看起來可有什麼不同？」

「他是顯得有些慌亂。他說他母親實在不可理喻，他只好去外頭冷靜冷靜。是了，他回來時仍在拭去額頭上的雪。」

「你看見他身上有雪？」

「這個嘛，至少他是在擦拭著什麼。不過……對了，是有點奇怪……」

「什麼事奇怪？」

「他靴子上沒有雪。蘭德，這麼想來，他那副模樣跟**你**下樓時的樣子相去不遠。」

古斯・蘭德的陳述：二十八

十二月七日

坡和我關在旅店房間裡頭太久，我倆說好找一天晚上冒個險，打算就著夜色的掩護，在班尼・海溫斯的酒館碰面。我已好幾週沒光顧班尼的酒館，但這地方就是這麼回事：無論你多久沒現身，當你登門，沒人會大驚小怪。班尼的下巴肌肉也許會微微一顫，賈斯博・麥坤也許會特別想要你朗讀《紐約公報與一般廣告》，傑克・德溫特也許會在擬定西北航道探險計畫的中途，朝你揚起下巴打個招呼；但除此以外，沒人小題大作，沒人問東問西——進來就是了，蘭德，就當你從未離開。

唯一感覺到我曾離去的人，大約正是我自己。原先熟悉的事物又顯得新鮮起來：飛鏢圓靶上方的孔洞住了一窩老鼠，我怎麼不記得牠們先前有這般喧鬧？船夫溼透的靴子踩在板石鋪成的路面上，那摩擦聲一向這麼吵嗎？不僅如此，無數陰溼異味衝著我而來，霉味、燈燭的蠟味、地板與牆上各種物事隱隱發酵的氣味……我活像是把整顆頭埋進了廢棄水井裡頭。

我瞧見帕希將豬蹄膀的殘渣掃進圍裙，無聲飲乾某個鐵匠沒喝完的蘋果酒。凝視著她，我總有種彷彿初見之感。

「晚安，古斯。」她的語氣平靜無波。

「蘭德！」班尼嚷道，傾身越過吧檯。「我告訴過你蒼蠅的故事沒有？說的是蒼蠅掉進三位先生的酒杯裡那個？唔，聽好了，頭一位先生是個**英格蘭人**，性子高高在上，於是索性把酒杯推開……」

班尼的嗓音聽來同樣新鮮。也或許，是他的嗓音對我產生了與往日不同的作用，好像並非傳進我耳中，而是穿透皮膚，引起一種煩躁的刺癢感。

「第二位是個**愛爾蘭人**，瞧，他只是聳了聳肩，便接著喝他的啤酒，酒裡有隻蒼蠅又算得了什麼？」

我試著直視他卻辦不到，他的目光太過灼人。於是我低頭盯著吧檯，焦躁難耐地等候。

「可那個**蘇格蘭人**，」班尼以沙啞嚴肅的音調高聲道：「哎，他挑出了那隻蒼蠅，怒吼道：『吐出來，你這混帳！』」

賈斯博·麥坤縱聲笑得太厲害，噴出一口琴酒，一個船員跟著笑起來，笑聲傳至屋內的外圍，坐在那裡的艾許·利帕德牧師接力笑了下去，哄笑從馬夫傳遞至拖車夫，綿延不絕，在錫製天花板與石地板之間迴響，持續擴散，相互交織成一塊，單單落下了一絲不對勁的笑聲。那一聲笑既高又尖，歪七扭八，在一片大笑中顯得格外突出，倒像隻飢腸轆轆的火雞在叫。我費了點時間辨認那是誰在笑，之後才恍然意識到是我自己。

「晚安，帕希。」

坡與我計畫裝作巧遇，在午夜前約莫二十分鐘，他抵達酒館之際，我們便演了一場戲：「哎呀，坡先生！」「哎呀，蘭德先生！」現下想來，我也不明白何必費這個心。帕希早知道他替我辦事，其餘人則壓根不會在意；說實在，夜夜都有渾身溼透、雙眼紅腫的軍校生上門，要他們從中認出哪個是坡簡直難如登天。會給我們招來麻煩的唯有其他軍校生，幸好當晚只有坡一個學員前來。這代表我們用不著坐在吹滅的提燈旁、藏身於昏暗角落，而是能坐在壁爐邊，拿班尼淺好的一壺惠而浦酒自斟自飲，重現我們在旅館房間中享受的氛圍：兩個老大不小的單身漢，舒服自在地消磨時光。

那晚，坡談起了愛倫先生。之所以提起他，我想是由於坡最近收到了愛倫先生的信，說他打算來瞧瞧——當然了，前提是他僱得到肯送他渡河北上的船，而且船夫不會搜刮掉他半生的積蓄。

「你瞧！」坡喊道：「打從我小時起，他便是這副樣子。能省則省，若是省不了，他就非要細細審查，又——又百般訊問，而且從此**積怨於心**。」

自從收養了坡，愛倫始終不願盡一名紳士的責任，不讓坡穿得好，不讓坡受教育。在方方面面、大大小小的事情上，愛倫都對他疏於照顧。坡為了出版前兩冊詩集求助於他，他卻回以：「若你當真天才橫溢，哪用得著我幫忙？」坡需要五十塊錢支付請人代他參軍的費用，愛倫一拖再拖，藉故推諉，時至今日，霸力・葛雷夫中士仍追著他討債（如同每個債主，霸力很是纏人）。一個心思纖細的年輕人竟受此折磨，委實有違公道，不合正理。

說完上述這些話，坡又喝了口惠而浦酒：

「我告訴你，蘭德，他說話行事總是前後不一。他教導我做人要成就一番大事業，隨即又粉碎我出人頭地的希望。是啊，他口口聲聲說『你該自食其力』、『時時盡好自己的本分』，但實際上呢，蘭德，實際上他的真心話是：『我從未得到的，你憑什麼得到？』蘭德，你可知道，當初他送我讀維吉尼亞大學，卻任我落得囊空如洗，短短八個月便被迫離校！」

「八個月。」我道，笑得勉強。「先前你說你讀了三年。」

「我沒這麼說。」

「坡，你有。」

「別說笑了，蘭德！我才到學校，那傢伙便逼著我還錢，我怎麼可能在那裡待上三年？瞧見我手上這杯酒沒有？我告訴你，倘若這杯酒是愛倫先生付的帳，他此刻就會要我尿回去還他。」

我憶起班尼口中那個跟蒼蠅討回啤酒的蘇格蘭人，本想把笑話轉述給坡聽，但他已然站起，掛著孩子氣的壞笑，宣布說他去去就來：「我給河水加點料去。」說完他格格輕笑，大步往門口一邁，差點撞上帕希，趕忙道歉不休，伸手正想脫帽致意，這才醒悟自己沒戴帽子。帕希沒理他，逕直走向我們這桌，頓了片刻，動手收拾數不清的碎屑及水漬，全是我和坡來到這裡不久積累出來的。她撫拭的動作長而和緩，帶有機械般的精準，一如她在我廚房那日。我都忘了這情景看著多令人著迷。

「妳今天話說得不多。」我道。

「這樣聽得更清楚。」

「哦，」我道：「去聽那些做什麼？妳分明可以——」桌子底下，我伸手撫上了她，「——可以用**感受**的……」

她用手臂擋住了我。我想觸碰的不是她的手，但光是那塊肌膚便足以令我如飢似渴。上次親熱的回憶湧現……她白皙、豐滿、盈潤的身軀……她身上的雪松味，是我決計不會弄錯的氣味。即便千年流逝，只要鼻子還在，我鐵定能認出那味道來。有時我會想，像坡那樣的人口中所謂的「靈魂」，充其量也不過如此：一種氣味，一團原子。

「老天。」我悄聲道。

「抱歉，古斯，我沒法待太久，我得……今晚廚房忙得很……」

「妳能不能至少正眼瞧我？」

她抬起那雙俏麗的深褐色眼眸，迎向我的目光，旋即別開視線。

「這是怎麼了？」我問道。

她肩膀聳起，依傍著頸子，宛若山稜。「我覺得你不該接這件差事。」她道。

「別說這種荒唐話。」我答道：「不過是件**工作**罷了，跟其他工作沒什麼兩樣。」

「不對。」她說著，半轉過身去。「不一樣。」她瞥了吧檯一眼。「它讓你變了。我從你的眼神看得出來，你的魂都不在了。」

寂靜如風拂過，我倆默然相對。讀者，這種事你也明白的，是吧？你原以為某件事已成定局，之後才發現從頭至尾都不如你所想……

「這麼說來，」我道：「變了的想必是**妳**，不是我。雖說我不曉得是怎麼回事，但我能諒——」

「不是。」她堅持道：「不是我。」

我細看她別過去的頭。「妳這些日子沒找我見面，就是這個緣故吧。」

「你明知道我得照應我姊姊，根本忙不過來。」

「還有妳那些**軍校生**來著，帕希。他們也忙著照應妳嗎？」

她沒瑟縮，只用幾乎細不可聞的聲音道：

「我想你自己也忙不過來吧，古斯。」

我從椅中半站了起來，「總不至於忙到——」

只說到這裡，坡驟然闖入，凍得咯咯直笑，酒酣耳熱，除他自己之外，對於周遭的人事物全不管不顧。他反著跨坐在椅上，摩娑雙手，哀號道：「老天爺！我這維吉尼亞人一輩子也抵禦不了這種嚴冬。感謝上蒼賜我惠而浦酒，感謝上蒼——倒一點就好，多謝——感謝上蒼有妳，帕希！在這苦悶、虛度的時光，是妳帶來光明。總有一日，我要為妳寫首六節詩。」

「誰都好，是該為她寫一首。」我道。

「是該寫一首。」她附和道，「說得是。如果有就太美妙了，坡先生。」

坡目送她遠去，一聲長嘆，垂頭面對酒杯，喃喃道：「沒用，一見著女子，無論——無論她多麼花容月貌，到頭來總令我憶起麗雅。除了她，我心裡再容不下別人，除了她，我沒法為別人而活。」酒液入喉，在他喉頭一陣顫動。「啊，蘭德，尚未與她相識的我不過是個蒙昧無知的可憐人，回首那段時光，當時的我只是行屍走肉罷了。會朝正確方向踏步前進，有人搭話時會應聲，完成每項被交派的勤務，但依然是**行屍走肉**。如今這位姑娘喚醒了我，我終於活了過來，然而代價何其沉重！活著何其痛苦！」

他將頭埋進雙掌之中。

「可是，我願意回歸從前嗎，蘭德？絕不！我情願承受千萬倍的折磨，也好過回歸行屍走肉之地。我無法回歸，絕不回歸。可是……天啊，蘭德，我該如何是好？」

我乾了手上那杯酒，擱在桌上，推到一旁。

「不要再愛。」我道：「誰也別愛。」

倘若他神志清明，聽聞此言定會大為不快。但就在這個剎那，艾許·利帕德牧師從後門衝了進來。

「軍官來了！陸地方向！」

一喊之下，班尼·海溫斯的酒館……我原想形容「炸了開來」，但這個詞沒法傳達眾人多麼井然有序。在班尼的酒館，這種事每週起碼會上演一回：薩耶爾手下某個「藍衣服的」會來突襲檢查，位置最靠近門口的人（今晚是艾許）便敲響警鐘，大夥隨後把挑在那夜溜出來的軍校生送出前門，催著他直奔河岸。這一夜的軍校生便是坡了。帕希替他披上斗篷，拉他起身，班尼把他從壁爐前拖到門口去，最後由海溫斯太太推了他一把，將門在他身後猛地關上。他就這麼在眾人之間轉手，有如打水漂時輕點水面的石子。

我們其他人也得各司其職。我們得留在原位，等候軍官現身，當他詢問是否有軍校生來過，便對他做出憨傻狀。若是個沒經驗的軍官，便會沉著臉嘟囔幾句，不消多久自會離開。（有的軍官說不定會喝上一杯才走。）

於是我們靜候今晚的軍官……然而門始終文風不動。到頭來是班尼自己從屋裡推開了門，踏出一步邁入黑夜，扭頭張望。

「沒人啊。」他皺著眉道。

「不會是他們在河邊攔截到人了吧？」傑克・德溫特叫道。

「唔，那我們理應聽見什麼動靜才是。行了，艾許，快說，你怎麼會以為見到了軍官來著？」

艾許的小圓眼登時犀利起來。「怎麼會**以為**？老天爺，班尼，你以為我是什麼人？你覺得我沒法像常人一樣，認出那一槓軍階章？」

「你說一槓，是吧？」

「確鑿無疑。他舉著燈，像這樣——那一條軍階章就像臉上的痘疤，顯眼得不得了。就在他肩上這個地方。」

「你瞧見其他特徵沒有？」我問，「除了他的肩膀，你可瞧見了別的什麼？」

艾許的神色開始猶疑，目光飄忽。「沒有，古斯。是提燈，我是說他拿燈的方式。除了軍階章，什麼也瞧不見……」

＊　＊　＊

下起了鋒利的冰雨，正如巴林傑遇害那夜所下的雨。冰霜已然封住班尼酒館門上的門把，在鐵杉上結了點點冰珠……通往大路的階梯上，更結了一層閃爍光澤的冰皮。

我伸出一腳踩上頭一階，等待。也可以說，我純粹是側耳傾聽，畢竟那一夜充盈著清脆的細響。穿梭的風聲、糖楓枝葉間似是蝙蝠的摩娑聲，我頭頂上方那株半禿的樺樹躲了隻烏鴉——黑鳥藏匿於黑夜——不住穿梭、尖啼。

伸手不見五指！唯一的光源是班尼酒館門外的火把，以及火把在一潭結凍水窪上的倒影，旁邊有株杜松。那水窪是幾近完美的鏡子，我旋即在其中瞥見了蘭德。我仍盯著他看時，只聽一陣聲響自階上傳來，宛若滾動的玻璃珠。

那不是大自然會有的聲響。太人工了，太像是有人正拔腿逃跑。

假使我是其他職業，假使我沒當警探當上大半輩子，也許我不會追上去。可既然你混了這口飯吃，一旦有人在你面前逃跑，這個嘛，你的反應就是追在後頭。

我手腳並用爬上結冰的階梯，再一次立於通往西點的道路之上。往北可以瞧見——不，稱不上用瞧的——我感覺得到一陣響動，黑暗中有什麼**動靜**，有腿、有手、有頭。說老實話，那只是個預感，然而待我順著路輕手輕腳走去，不久我便獲得了所需的證據：靴底嘎吱作響的腳步聲。

我手頭無燈可用，唯有循聲向前，好在那聲音的指引清清楚楚。我悄悄前進，試著不讓那黑影脫離視野，試著配合對方步伐的節奏。我想必是越來越靠近了，因為腳步聲也越來越響……隨後，在踏步聲之餘，我聽見有馬噴鼻息的聲音，與我相距不出二十呎。

那聲鼻息改變了一切。我明白，一旦對方上了馬，我就沒法子讓他下馬了。

我也明白：選在這時突襲他是件傻事。最好等到他即將上馬的瞬間，任何騎士在那個當下最缺乏防備，屆時再冒險動手方為上策。

這一次，起碼我不像在艾提默斯的衣櫥裡那般，什麼也瞧不清。我有幾分鐘的時間讓雙眼適應黑暗，此時已看得見呈暗紫色的馬身，正抖動著甩落背上的冰；又隱約瞥見另一個更具人形的輪廓，正靠在馬鞍上。

除此之外還有一條白線，將黑暗一分為二。

既然白衣帶是眼前最清晰之處，我於是瞄準白衣帶飛身一撲，雙手抱住。我感覺到那陌生人支持不住，隨之一倒，我始終緊抓著衣帶不放手。

接著我倆滾下一個陡坡——道路恰巧在那一處轉而向下，我們唯有順著路面翻滾。我全身陷入泥中，碎冰不住往我臉上飛來，石頭刮擦我的背脊。我聽見一聲短促的呻吟，不是我發出的——隨後，一隻手以掌根往我的雙眼強壓下來，我眼窩發疼，眼冒金星，身後傳來一陣輕微的響聲，像是石子散落那般。待我倆終於滾到坡底，停止翻滾之際，我再度抓向那條白衣帶，不料只迎來一片漆黑。

這片漆黑與暗夜迥然相異，我不得不沉陷其中，無計可施。醒轉時，我躺在路上，頭疼得有如被困住的蒼蠅那般激烈，遠遠傳來馬蹄馳騁之聲，一路往北。

我尋思：**恭喜，你又失敗了一回**。

我深知，誤以為只需要對付一個人，是我自己的錯。從頭到尾都有另一人在場，還是個擅於砸人腦袋的傢伙。

半個鐘頭後，我踉踉蹌蹌回到班尼的酒館，給海溫斯太太處理了傷口，一眾同情我的酒友輪番請我喝酒——直至此時，我才留意到不知不覺間纏在我大衣袖子上的物事，是我在一番搏鬥中唯一到手的戰利品：一條漿洗過的布料，眼下染上了塵土與樹枝。那是牧師特有的白衣領。

愛德加・愛倫・坡呈交奧古斯都・蘭德的報告

十二月八日

親愛的蘭德，我昨夜是如何從海溫斯先生的酒館返回軍校，估計你會想知道。你可能已料到，我沿著河岸一路逃去；然而一片冰天雪地，導致這條小路危機四伏。我不只一次滑跤，差點沒摔進哈德遜河冰寒刺骨的懷抱。我窮盡渾身的氣力、敏捷與機智，才保持直立之姿，持續前行。

我承認，我本該走得更小心才是，可我深信已被長官「逮個正著」，因此慌亂不已。當然了，我事先照例往床鋪上塞了些東西，但我明白只消將被子一掀，便能識破我那粗糙的偽裝。屆時，我將遭到拘捕——旋即拖上薩耶爾的法庭，聽他語調平板地細數我各項罪狀，聲如洪鐘、鏗鏘有力地宣告我的終身刑罰。

退學！

喔，蘭德，我不在乎軍校生的身分。軍職？只要打個響指，我情願棄之如敝屣。可是，要我與心上人永遠分離！再也無法沐浴於她雙眸的光輝之中——不！不！萬萬不行！

於是我加大腳步，加快速度。據我估計，約莫在凌晨一點半或兩點鐘，吉角總算映入我的眼簾。由於我拚命趕路，我幾乎精疲力盡，喘息片刻才爬上通往主校地的陡坡。此後一路平安無事，抵達南營門口之際，我暗自慶幸自己的好運。

我最後一次停下，偵察周遭，接著才踏進樓梯間。門在我身後呼嘯一聲關上，黑暗包圍，比夜幕更深沉，我彷彿聽見——是，又一次！——急促的悶聲低響，不停脈動，與人的心跳是如此近似，卻又如此迥異。我暗忖，那究竟是我自己的心跳？抑或是我清晰可聞的喘息碰上緊繃的空氣，傳回相應的節奏，恰似鼓手以鼓棒敲擊拉緊的鼓皮，令鼓面隨之震動？

萬物靜止，我卻能從四面八方感受到——有人在此，蘭德。這裡**有雙眼眸**，以不祥的火焰灼燒著我。

無聲之中，我心急如焚地催逼自己，嚴厲鞭策身體採取動作！先踏一步——再踏一步——又踏一步。隨後，宛若來自另一個世界的召喚，我聽見了自己的名字：

「坡。」

我說不清他在暗中等了多久。我只能說，隨著他走近，我察覺他也發出輕微而規律的喘氣聲，由此可知他方才也在趕路，而且速度幾乎與我一樣快。

我內心千頭萬緒，相互交戰，可我仍保有一定的神智，問他何以趕在這麼晚的時間，特地前來並非他自己居住的營房。他並未答腔，也未繼續靠近，然而我卻感覺得到他的存在——他躁動不安地踱著步，攪動幽暗空間內的空氣。我據此推測（你定然能夠想像，我內心的懼怕是多麼強烈）他正繞著我轉，猶如一輪冷酷無情、心懷惡意的月亮。

我竭力保持斯文有禮，再度詢問他找我有何要事，能否明早再談。他終於開了口，語調冷靜平和卻又意味深長，道：

「坡，你會好好待她吧？」

啊，聽聞那簡單的代名詞，我的心登時飛舞！**「她」**，這指的定是我心頭的那道光！我一時愛戀難抑，膽氣一壯，萬分肯定地宣告若我有一舉一動傷了他姊姊的心，我甘願自斷手腳——蘭德，我差點說了「甘願自剜心臟」！

「不是。」他耐心說道：「我的意思是，你不是會占姑娘便宜的那種人吧？在你那憂鬱的外表底下，你可沒有那種**風流浪蕩**的脾氣吧？」

我答道，對我這種感性之人而言，一個未嫁女子再怎麼千嬌百媚，美貌終究敵不過**性靈**那無以言說的魅力，性靈才是女性之美的真正根基，也更能促進男女感情的長久和睦。

我的肺腑之言只招來艾提默斯略帶揶揄的一笑。「我想也是，」他道：「我敢說……我這麼說自然不是要讓你難堪，坡，但我猜想你還沒……這麼說好了，還沒**獻身**給任何女子吧？」

這時候，我多麼慶幸周遭一片漆黑！只因我雙頰滾燙，必定紅得比太陽神的黃金馬車更加耀眼。

「請別誤會，坡。」艾提默斯道：「在你身上，這是我最欣賞的特質之一。你有種……難以改變的**純真**，令傾慕你的人深為喜愛。當然了，」他補上一句：「我也在這群人之中。」

我總算將他的面容瞧得夠清晰，見到他嘴脣微抖，目不轉睛，時不時把頭一偏。原先我究竟是怕他會做什麼事來？他臉上分明只有溫和與親切。

「坡。」他又喚了一聲。

此時他觸碰了我，可那姿態卻在我意料之外，並非戰友之間的豪邁動作——不，他拉起我的手，將我的五指攤開，口吻悵惘地輕喃：

「你這雙手真美，坡。瞧，漂亮得不輸任何姑娘。」他拉著我的手湊近面前，說道：「像牧師的手。」隨後——提筆寫下這句之際，我仍不禁一顫——他將雙唇印上我的手。

＊　＊　＊

哦，蘭德，我想不出該怎麼問，才能避免使艾提默斯籠罩於新的疑雲之中，但我非問不可。勒羅伊·弗萊喪命那夜，他有沒有可能冒險跳脫窠臼——打算寫下猜測的此刻，我的筆尖不禁再度輕顫——他意圖幽會的對象，難不成並非我們原本認定的年輕姑娘，而是個年輕**男子**？

古斯·蘭德的陳述：二十九

十二月八日

讀者，先別管坡的提問了，我這裡有另一個問題等著你。為何我期盼希區考克對我表露任何一絲同情？

我對他說了自己在艾提默斯的衣櫥逃過一劫，又差點命喪班尼·海溫斯的酒館外頭，但我為何期盼他會關心我的健康？對我的安危表達擔憂？我早該料到，他忙著消化訊息，哪有心思關切捎來訊息的信使。

「我沒法明白的是，」他開口，手握成拳敲著桌面。「兇手——假如那人當真是作案的兇手，他何必尾隨你離開校地？目的何在？」

「怎麼，估計是為了打探我的一舉一動。正如我也在打探他一樣。」

然而，話一出口，另一種可能便浮現我腦海。該不會這名神祕人物跟蹤的壓根不是我？倘若他是要跟蹤**坡**呢？

若是如此，他定會見到坡走進酒館。他會知曉，同一時間我也在酒館當中。如此一來，對於坡學員在吹了熄燈號之後溜出來打算幹些什麼，他說不定會做些挺有意思的推測。

我自然沒法將這些想法告訴希區考克，說了等於招認我鼓動軍校生擅離校地，甚至同他一起飲酒。這麼一來，希區考克對我的評價會比眼下更加悽慘。

「還是沒道理。」上尉說著：「倘若那當真是你在馬奎斯家遇到的人，為何他頭一次想殺了你，另一次卻只打昏你了事？」

「這個嘛，」我道：「說不定這和第二人有關。也許他有法子安撫他那位同謀，也或許他們不過是想把我嚇得屁滾尿流。」

「但假如你真心認定艾提默斯牽涉其中，」希區考克道：「我們該馬上逮捕他才是。」

「上尉，我不諳軍法，不過我在紐約那幾年，除非證據確鑿，否則我們誰也沒法逮捕誰。恕我直言，但我們尚未掌握鐵證。」我扳著手指一樣樣細數，「我們有條牧師的衣領，但少了牧師，這衣領便毫無意義。我們曉得約書亞．馬奎斯的軍服上留有血跡，但那有可能是任何人的血——老天，說不定是當年馬瓜根戰役留下的。而且我敢擔保，柯克倫二等兵決計沒法指認那件軍服，艾許．利帕德也是一樣；他倆瞧見的只有一**條軍階章**。」

希區考克做了個我從未見他做過的舉動：他給自己斟了杯雪莉酒，甚至含在口裡涮了半晌。

「或許，」他道：「是時候把艾提默斯叫來直接訊問了。」

「上尉……」

「只要施加足夠的壓力，想必……」

時至今日我已明白，不假思索否決一位軍官提出的主意是個大忌。不成，你得把那主意當作高級金屬礦那般細心淘洗，最後才深感遺憾地發現，那並非你正在尋覓的礦石。於是我做出一番淘洗狀。

「唔，上尉，倘若你已經打定了主意，那敢情好。只是依我看，艾提默斯這人性格冷靜，這招對他估計沒用。他很清楚我們根本沒法子定他的罪，只消矢口否認便是，還能否認得溫文儒雅，而我們壓根沒法動他一根寒毛。我想著，公開指控他的話，可能反倒會留下把柄給他。」

讀者，瞧見沒有？只要我費點心思，我也是夠圓滑的。然而終究是徒勞無功，希區考克瞇細了眼，下巴一抬，把空酒杯放回桌上。

「你按兵不動的理由就這些嗎，蘭德先生？」

「還能有什麼理由？」

「也許你怕的是另一個人會被定罪。」

靜寂良久，氣氛劍拔弩張。我將頭往後一仰，喉間迸出一聲低吼。

「你是說坡。」我道。

「你親口說的，那晚有**兩人**在場。」

「但坡在——」

坡當時正趕回西點。

沒錯，我又一次弄得自己進退兩難。我沒法替坡提供不在場證明，畢竟我不能承認他去了那裡。此外，我腦中陡地閃過一個念頭，猝不及防攫住了我。

我怎麼確定坡人在**哪裡**？

我吐出一口氣，搖搖頭。

「上尉，我萬萬想不到你仍沒打算放過那孩子。」

希區考克傾身靠向我。「蘭德先生，不妨告訴你一件事。我唯一沒打算放過的，便是殺害本校兩名學生的犯人。為免你誤以為這麼想的只有我一個，我向你保證，包括總司令在內，軍方高層個個與我目標一致。」

我無可奈何，只得舉起雙手示意投降。「稍安勿躁，上尉，我和你是同一陣線，真的。」

誰知道他是不是當真氣消？但他沉默了好一會，我緊繃的背脊這才放鬆下來。

「容我解釋為何要按兵不動。」最終我道：「我們還少一些線索。我確信，只要一找到那線索，案情全貌將清晰無遺，我們也將掌握需要的所有證據。但在我找到之前，一切都將混沌不明，再怎麼想方設法都定不了罪，而且誰都不會滿意——你不會，我不會，薩耶爾上校不會，總統也不會。」

唉，我倆又費了番工夫討價還價，但最後我們談妥：希區考克會派人（不是學員）監看艾提默斯的往來行蹤，並且做得盡可能隱密。這樣一來，他既可保障學生軍團的安全，又不致阻礙我查案。他沒告訴我要把這任務交派給誰，我也沒問，我寧願不知情。談定之後，希區考克便用不著我了，只說了以下這句話來打發我走：

「明日一早，你會把勒羅伊．弗萊日記的最新內容交上來吧。」

其實我答應下來就是了。

「上尉，坦白說，明天會比平時晚些。今晚我受邀赴宴。」

「是嗎？方便請問是哪戶人家？」

「吉弗尼爾．坎伯爾。」

即便他聽了對我另眼相看，他也沒表現出一絲一毫。真要說起來，我看他根本不覺得那有什麼。

「我去過一回，」他慢條斯理道：「那傢伙比衛理公會的牧師還嘮叨。」

如果要坡形容吉弗尼爾・坎伯爾，他十之八九會搬出神話來比擬，比方說鍛造之神伏爾坎，或使喚雷電的天帝朱比特。我呢，我這人不熟悉神話，又太過了解坎伯爾；在我認識的人當中，就數他最缺乏神話氣息。他不過是掌握了些祕密，又獲得了差不多同等分量的錢財，然後摸透該怎麼善用其中一樣來收割另一樣。

最初，他是在加的斯領會了這個竅門，也在那裡學到如何製造火炮。歸國後，吉弗尼爾・坎伯爾直奔冷泉鎮，在瑪格麗特溪岸上建了座鑄造廠。那工廠敲打輾壓、蒸氣直冒、喧鬧吵雜，有磨輪、有壓力泵、有鍛鑄場，宛若魔法之地，灌注國家的錢進去，便會吐出各式火炮、霰彈圓彈、機軸、旋柄、炮管、齒輪。起自賓州，直抵加拿大，在這之間的土地上若有哪個鐵件**不是**吉弗尼爾・坎伯爾所製，這個嘛，那鐵件定然不可靠。假如那上頭少了西點鑄造廠的認可標記，就該將它扔了，逐出這上蒼庇佑的河谷，就是這麼辦。

鑄造廠在此屹立已久，這裡的人早已視若無睹，瞧見它的感覺，就像瞧見某塊巨岩當中摻雜著一層層長石那般。鑄造廠已融入你對這地方的印象。高爐的隆隆怒吼、吉弗尼爾・坎伯爾那座八噸巨錘的轟然巨響——哎呀，這種種事物想必已存在好幾世紀。每日都有樹木被餵進坎伯爾的炭窯，數量之多，速度之快，彷彿是山丘把樹林像草籽似地甩掉——但這光景想必也已持續了生生世世。

唔，這位吉弗尼爾・坎伯爾是個老光棍，十分渴望有人作伴。每週一回，他會大開歡迎之門，遍邀各路朋友享受他的慷慨招待。客人大多是其他單身漢，不過凡是有些身分的人物，遲早都得去川澤山莊一趟。薩耶爾自是常客，座上賓還包括薩耶爾的手下軍官、薩耶爾的學術委員會成員，以及薩耶爾的董事會成員。除此之外，幾乎每個和他打過交道的人都會受邀：風景畫家、尼克博克派作家、劇場演員，偶爾來個公務員，偶爾來個波拿巴家族的人。

以及我。多年前，我協助坎伯爾的弟弟解決一樁沃克斯廳園的地產詐欺案，因此自從我遷至高原，他已發來不下五、六次邀請，在今晚之前，我總共拜訪過……一次。啊，我收到邀請是很欣喜，但我沒那麼需要人作伴，受邀至川澤山莊之榮幸，往往輸給了交際應酬之可畏。不過那時，我還沒關在柯森斯旅店潔淨光禿的四壁之內日漸衰朽，還沒整日整夜地和羊毛軍服起毛球的男人廝混，腦海尚未盤旋著勒羅伊．弗萊與藍道夫．巴林傑的死狀。對陌生人的懼怕逐漸消退，我轉而畏懼起這所在、畏懼起軍校，於是在坎伯爾的最新一封邀請函送達之際，我便忙不迭接受了。

所以，我本該埋首於勒羅伊．弗萊的日記，這會子卻一屁股滑下一座冰坡。抵達岸邊，我爬起身來，望向河水，忍不住詢問站崗的二等兵，坎伯爾會不會基於天氣因素取消。冰雪仍然下著，穩定一如不停捎來的信函。

是我多慮了。距河岸二十碼之處停泊著坎伯爾的船，離指定時間只過了幾分鐘。單單那艘船上便有六支槳！坎伯爾行事總這麼大手筆。我只得將溼透的屁股坐進溼透的座椅，任船載我出發。

我暫時閉上雙眼，假裝這艘船是載著**別人**過河。如此一來，我更清楚感受到河流的韻律，滾滾河水飄著一股硫磺味。那晚渡河的過程飄搖顛簸；我心知，再過兩個月，河面便會完全結冰，屆時我就得乘著馬車前往對岸。今晚，眼前什麼也瞧不清，只看得見霧中閃著點點火光，我能判斷自己越來越靠近，是因為水波趨於平緩，河岸蜿蜒，船夫划槳時不再探得那麼深。即便是這樣，他們依舊不停翻起一槳槳淤泥水藻，撈起一個舊捕鰻籠、一個菸盒蓋……在晃蕩的波浪上，那艘船時不時毫無預警地搖動一下。

碼頭憑空出現，在暮色中只剩一團暗影，如霧一般虛幻縹緲，直到一隻手套伸來面前，令碼頭化為真實。

那隻手套屬於坎伯爾的馬車夫。他身穿潔淨亮白的制服，宛若錢幣那般閃亮，駕駛一輛車輪巨大的雙輪馬車，拉車的是兩匹白馬，此刻靜止不動恰似大理石，身周圍繞著鼻息形成的霧氣。

「這邊請，蘭德先生。」

一群僕役已敲除碼頭上的結冰，馬車順暢平穩地往上駛，猶如被吸了上去似的，停進門廊，一陣輕搖後停下。站在最上層那一階的那位，正是吉弗尼爾・坎伯爾。

瞧他那副站姿，倒像是騎在馬背上：挺著一顆蓄著鬍的肥碩大頭，雙腿在身下微彎。一雙腳大如南瓜，垂著贅肉的大醜臉滿面紅光，笑容滿面。一見到我，他便縱聲大笑，雙掌緊緊箍住我的一隻手，給我一種就要被淹沒在他身軀中的錯覺。

「蘭德！好久沒見你上門啦。快進來，老兄，這天氣連狗都受不住。啊，你豈不是渾身溼透了？瞧你這件大衣！都破洞了！不要緊，我備著應急用的衣裳，正是為了這種情況。用不著擔心，不是我的尺寸，絕對是普通人合穿的大小，但比你這件更有**斤兩**些，你可別介意我這麼說。這詞真好笑，**斤兩**。等等，先讓我瞧瞧你——太瘦了，蘭德！想必是吃不慣軍校那些餿食，話又說回來，估計也只有老鼠吃得慣。無妨，朋友啊，今晚定要讓你飽餐一頓，吃得你撐破我每一**件**大衣不可！」

二十分鐘後，他給我套上有著舒適圓形立領的西裝背心，披上一件簇新的禮服大衣，我佇立在坎伯爾的書房，這裡足足比菠菠教授家中的藏書室大上四倍，鋪上木板，恰恰是坎伯爾餵進炭窯的那種木頭。一名僕人重新升起火，第二名僕人送上一壺馬德拉酒，第三名僕人端來玻璃杯。我取了**兩杯**，好彌補過去沒喝到的份，從容地喝著；坎伯爾則拿了一杯邁向觀景窗，視線越過草坪，遠眺哈德遜河寬闊閃耀的河面。那是**他**獨享的哈德遜河，遙遙望去，幾乎會將它錯當成一片湖。

「蘭德，來點鼻菸？」

吉弗尼爾·坎伯爾的大宅中沒菸斗可抽，鼻菸盒倒是不缺。但沒一個像他遞給我的這般精緻，四面雕著描繪人類自伊甸園墮落的裝飾，盒蓋中央有條機軸將其一分為二。

見我一頭栽入，坎伯爾微微一笑，道：「薩耶爾總是推辭。」

「這個嘛，他天性如此。慣於否定別人。」

「好歹沒否定**你**，是吧？」

「或許就快了。」我道：「畢竟調查進度緩慢，誰曉得何時破得了案？」

「蘭德，會拖這麼久實在不像你。」

「唔。」我無力地一笑，「大概是我在這地方施展不開手腳。過不慣軍中生活。」

「哎呀，但這麼一來問題可就大了。若是**你**宣告失敗，你頂多是對你幹這一行的信心受挫，只消重返你那迷人小屋，喝上另一杯馬德拉酒或——是威士忌對吧，蘭德？」

「是，威士忌。」

「然而，倘若**薩耶爾**被扳倒，勢必牽連甚廣。」他伸出粗大的拇指，探入耳內，拔出時發出響亮的「啵」一聲。「眼下正是危急存亡之秋，蘭德。你可知道，南卡羅萊納州議會已通過一項決議，支持廢除軍校？他們在國會裡不乏盟友。在白宮亦然。」他舉起那杯馬德拉酒，對準一盞銅製掛燈的光芒。「依我瞧，傑克遜最愛的休閒消遣，想必是把被薩耶爾退學的學員一一找回來。他虎視眈眈想除掉薩耶爾，我告訴你，萬一我們沒法解決這個案件，他想必會得逞。我深深為軍校憂懼。」

「以及你的鑄造廠。」我加上一句。

怪了，我本來不打算說出口的。但坎伯爾並未發怒，只是邁開一步，將背脊挺得更直，道：「軍校強盛，國家便強盛，蘭德。」

「那是自然。」

「在我看來，一樁命案的死法再怎麼離奇，對大局都不致有太多影響。不過，**兩樁**命案又是另一回事了。」

我能說什麼？兩樁命案確實是另一回事。三**樁**更是不能相提並論。

坎伯爾皺起眉頭，飲了口馬德拉酒。「唔，為了各方著想，但願你揪出真凶，讓這整件駭人命案順利落幕——哦，蘭德，瞧你手抖的，往火爐靠近點吧，也再喝杯馬德拉酒——啊，你看見沒有？除非我猜得不對，否則一定是剩下的客人來了！船往碼頭靠過來了。蘭德，你知不知道，我在宅子裡實在悶得太久，正想著要親自前去迎接客人呢。你可要……你願意？當真？既然你堅持，那好，不過記得穿暖些，我們可不希望你染上肺病，你明白的，國家還指望著你呢……」

兩輛馬車出發，迎接搭船而來的賓客。坎伯爾與我搭乘第二輛馬車，全身上下重重包裹，臉上因喝了酒而泛紅。一路無話。即便他滔滔說著，我也沒留心聽。我心中琢磨著先前從未想過的事：失敗的代價。

「哎呀！」坎伯爾嚷道：「到了。」

他一腳踏上地面，頃刻間摔了個跤，快到來不及眨眼，估計是他的僕役沒能清掉所有的冰。喔，他這一跤摔得驚天動地，全身上下足足兩百多磅重直往土地撲去，那個瞬間，他儼然成了一幅地景：大腹宛若高原，往下是一顆頭形成的村落，兩汪猛力眨動的雙眼有如池塘。四名僕人趕上前攙扶，他含笑揮手，令僕人退下，堅持憑一己之力站起身來。接著他將高頂禮帽戴回頭上，拍去肩上、手肘上的碎冰，挑起一條濃密的眉毛，道：

「我實在不喜歡當別人的笑料，蘭德。」

率先步下碼頭的是麗雅．馬奎斯。此事已在我意料之外，但更令我訝異的是她打扮起來多麼好看。在馬奎斯家起居室的她是個憂傷老小姐，此刻她梳起阿波羅高髻，換上我畢生所見弧度最飽滿的淺紫色綢緞禮服裙，臉蛋撲上一層白色香粉。她的妝容在渡河後仍大致完好，只是藏不住她雙頰被冷冽晚風吹得泛紅。

「親愛的麗雅！」坎伯爾叫道，笑容滿面，雙臂大張。

「吉叔叔。」她含笑應道，朝坎伯爾走了一步，隨即打住，留意到他的目光已飄向她身後站在船上的人影。

從這個距離，只能判斷那人是個軍官，分辨不出軍階，也看不見他撇開的臉。當然了，如今我已認識西點的每個軍官，而我一向有法子在他們認出我之前搶先認出對方，偏偏不知為何，我怎麼瞧都瞧不出這名軍官是誰。直到有位馬車夫的提燈往他身上一掃，在他踏上碼頭之際將他照亮，我才認了出來。

我看穿那一身喬裝用的服飾、氣質、臉部偽裝，一眼認出了他。那是四等學員坡，身上的軍服來自已故的約書亞·馬奎斯。

古斯·蘭德的陳述：三十

這個嘛，那是後話了。起初，我壓根不曉得那是誰的軍服，隨後坡脫下斗篷，披在麗雅身上，自己站在那一圈燈光之中，我才頓時明瞭眼前所見。和我上回見到這套軍服時相比，它只有一個不同之處：此刻，軍服肩膀處繡了一條黃色軍階章。

「蘭德先生！」麗雅睜大雙眼，高聲道：「容我介紹我家這位好友，赫內少尉亨理·赫內。」

一開始，我幾乎沒把那名字聽進去，眼裡只有那套軍服。說得更確切些，我眼裡只瞧見那套軍服穿在坡身上多麼合身，裁縫也拿不出這般好手藝。

正因我費了大把時間，努力給那套軍服配上一張臉、一副身材，這下見到坡穿著軍服……我一發不可收拾地往壞處去想。坡的言詞、他充滿愛意的文字，我把一切全押在這上頭——但我怎麼敢肯定他那些話可信？撇開希區考克的猜疑，我怎麼敢肯定坡對我說了實話？也許他早在數月之前便認識艾提默斯與麗雅·馬奎斯，而不是他所宣稱的那一日？如此說來，那一夜或許真是坡蹲伏於練兵原之上，從勒羅伊·弗萊的胸口剜出心臟？

我明白，這些猜測過於荒誕。我試著跟自己講理：他不過是扮裝罷了，蘭德。**他不曉得那套制服有何特殊之處，老天爺，他只是穿著玩的罷了……**

儘管如此，我依然直瞪著那張臉，試著說服自己，在這電光石火之間不至於產生翻天覆地的改變。他不過是穿了套軍服，無須多想。

我一嚥口水，道：「幸會，少尉。」

「幸會。」坡答道。

他刻意為此稍稍改變口音，在地中海腔之中摻了點貝哈德先生的調子。但最令我印象深刻的，是他的容貌改變不少：麗雅（或其他人）用馬毛做了條鬍子，以鞋油塗黑，黏在他脣上平時沒有鬍鬚的位置。手法是有些粗糙，卻也頗為巧妙，多了這把鬍子，坡乍看像是三十好幾，長相也俊俏了些，那鬍子與他很是般配。

第二艘船送來更多賓客，越來越多人乘著馬車上來。可惜我記不清每位來賓的名字，讀者。有位《紐約鏡報》的發行人來了；還有位名叫科爾的畫家，一位震教友會的木匠，一位編寫聖歌的女子。無論是男是女，坎伯爾一視同仁，拍拍他們的手肘，抓住他們的手像壓力泵似地上下晃動，逼著他們喝咖啡和馬德拉酒，只要他們高興，喝乾他的酒窖也行（說得好像有法子喝乾！），問他們可需要應急用的斗篷、應急用的禮服大衣……如此這般，風箱似地吹在眾人身上，將賓客自大廳催趕至客廳去了。

我獨獨落在後頭，我一向最不容易受他撼動。我站在大廳，傾聽自坎伯爾富麗堂皇的橡木地板傳來的腳步聲，他那座落地鐘的滴答聲（這座鐘是我生平所見最大的），以及我自己的雙腳在拼花木地板上輕點的聲響。不出一分鐘，另一組節奏傳入我耳中，輕巧如同小鼠之舞。我抬起頭，只見麗雅・馬奎斯站在我面前，與我相距不出十呎，雙腳和著我腳下的節拍，面上含笑。

「馬奎斯小姐，我——」

「噢，你不會拆穿吧？」她央求道：「我們小小的扮裝遊戲保證不會害到別人。」

「卻會害了坡先生。」我正色道：「妳想必清楚，軍校教職員經常受邀來此赴宴。」

「是，我們會提防這種情況。話雖如此……」

儘管違背自身意志與理智，我的嘴角依然不自禁微勾。「話雖如此，」我道：「我也不會擋著你們。妳來了我很高興，馬奎斯小姐。我原以為今晚只見得著男人。」

「是啊，一整年來難得有這麼一晚，女子能在川澤山莊暢行無阻。此乃一年一度的解放之夜，歷史意義不可謂不重大。」

「但妳是他侄女，想必——」

「喔，『叔叔』只是個暱稱罷了，因為我從小便認識他，他與我家是多年故交。」

「妳其他家人都上哪去了？」

「這個嘛，」她輕快地說道：「你大約不會意外，母親又臥病在床了。」

「頭疼？」

「週三是輪到神經痛，蘭德先生。父親留在家中照料她，我弟弟閉門攻讀幾何學，因此我擔任全家的唯一特使。」

「唔，」我道：「這樣也好，人人都高興。」

聽見自己的話，我臉上不禁一熱。這豈不是追求者才會說的話嗎？我退後一步，雙臂交抱。

「馬奎斯小姐，我得說，我一向疑惑為何在這裡見不到多少女性，如果能多上幾位可好得很。」

「吉叔叔討厭我們。」她簡潔地答道。「不，別露出那種表情。我知道他自稱摸不透我們女流之輩，但這種說詞豈不是更昭然若揭？唯有缺乏敬重，才會不願理解。」

「妳身邊不乏仰慕者，馬奎斯小姐，他們總沒法個個都理解妳？」

她緩緩挪開目光，再度開口時，語氣乍聽輕鬆，卻也帶著嚴肅。

「人家總說，吉叔叔多年前為某個姑娘傷透了心，但我看他的心從來沒碎過。」她瞥向我，「不像你，蘭德先生。也不像我。」說到此處，她露出微笑，頭一偏：「我們似乎被落下來了。是否該去跟其他人會合？」

對於晚宴的座位安排，吉弗尼爾·坎伯爾有著極其明確的主見：每逢有女子出席的罕見場合，非得讓女賓和男賓分坐兩端才行。當然了，這麼安排下來，仍免不了有兩位不同性別的賓客挨肩而坐，於是那位寫聖歌的女士坐在了震教木匠旁，我身邊則是位愛瑪琳·克洛西。

克洛西夫人嫁給一位不可靠的康瓦爾準男爵為妻，仰仗微薄的贍養費前來美國，一面四處遊歷，一面大肆批判，走遍各州，將所見所聞統統數落得一文不值：尼加拉平淡無味，奧爾巴尼令人駭異……如今她的高原之旅即將告終，她正等著丈夫寄來更多錢，好讓她啟程去嫌棄其他國家。我們連叉子都還沒拿起，她已告訴我，她正動筆撰寫一本著作，預計題為《美國：實驗失敗之國》。

「蘭德先生，我料想你沒沾染在這可憎之地上大為盛行的習氣，我便坦白告訴你——這事我還不敢當著那些亂吐菸草之徒說呢——在我的著作裡頭，西點即是重要例證。」

「真有意思。」我道。

接著她繼續滔滔不絕，談著什麼卡德莫斯的神話，又說什麼勒羅伊．弗萊與藍道夫．巴林傑是祭壇上的羔羊，要獻祭給美國的半神。聽她說話倒有些像是聽坡說話，只可惜沒那麼安寧自在。不知何時，克洛西夫人的絮語——不如說，在吉弗尼爾．坎伯爾晚宴桌上翻騰交織的各腔各調，都漸漸被一個聲音給掩蓋。那人的音量並不比別人大，言談之間卻自然流露權威，魄力不亞於上千把號角。此人正是亨理．赫內少尉；這名少尉雖然臉上黏著荒唐滑稽的鬍子，身穿借來的衣裳，卻逐漸主導了局面。

「確實，」他道：「法國是我的 pays natal（祖國）。但我在貴國當兵當久了，對英語文學頗有些涉獵，說來遺憾，但英語文學品質堪憂。是，依我說，實在堪憂！」

畫家顫著手探過去，問道：「史考特先生甚少令人失望吧？」

坡聳了聳肩，叉起一塊大頭菜。「若你標準夠低，自然不會失望。」

「華滋華斯先生如何？」另一位客人試探道。

「他有跟每個湖畔派詩人相同的毛病：一心想要教化讀者。殊不知——」他打住，舉起那塊大頭菜，像舉著火炬似的。「殊不知，詩的意義在於以韻律創造美。描繪美與歡愉是詩最神聖的使命，紅顏早逝則是詩作最崇高的主題。」

「我國的作家又如何？」有人試探道，「比方說布萊恩先生？」

「他倒是沒有當代多數詩作常犯的矯揉造作這毛病，但我可不敢說他的詩留下什麼良好影響。」

「那麼歐文先生呢？」

「過譽得很。」坡興致缺缺道：「假如美國當真是個藝術之國，歐文先生只會被當作一泓死水的支流。」

他這麼說可就得罪人了。在這一帶，歐文的地位極其崇高，更要緊的是，他是吉弗尼爾・坎伯爾的密友。即便你先前不曉得這回事，也絕不可能漏看眾人紛紛轉過頭去的動作（除非你就是坡）；用餐賓客一個個緊張地細看坎伯爾的臉色，推敲他究竟被激怒沒有。坎伯爾連眼也不抬，交由那名紐約鏡報發行人代他發聲。

「少尉，」發行人道：「瞧你在這裡縱情發洩心中不快，我不禁擔心你是欺侮這裡的主人有副好脾氣。想必總有那麼一位文學家能討你的歡心？」

「是有一**位**。」他說罷一頓，環視各位聽眾的臉，彷彿在琢磨他們配不配知道答案。接著他雙眼一瞇，壓低聲音以求最佳效果，道：「你們估計沒聽過……坡？」

「坡？」克洛西夫人大聲道，好似耳朵重聽一般。「你說**坡**？」

「他出身於**巴爾的摩**的坡家。」他道。

哎呀，沒人聽過坡，也沒人聽過巴爾的摩的坡家。少尉不禁陷入愁雲慘霧。

「當真如此嗎？」他輕聲道，「啊，諸位朋友，我雖然不是預言家，但我敢斷言，即便你們尚未聽聞此人，有朝一日定會知曉他的名字。我自然沒當面見過他，但我聽說他承襲了法蘭克人酋長的血脈。正如我一般。」他補上一句，微微頷首。

「他是個詩人？」木匠問道。

「如果說他『只是』個詩人，在我看來，就像是說密爾頓只會寫些打油詩。喔，這位坡確實相當年輕，這點無庸置疑；他的才情尚未結出最成熟的果實，但朋友啊，他的作品已頗為豐收，足以滿足高雅的味蕾了。」

「坎伯爾先生！」克洛西夫人叫道，「你從哪裡尋來這討喜的軍官？在你們國家，這大約是我頭一遭碰上既不憨傻、行為舉止又不瘋癲的人呢。」

她這番話立刻傳進了坎伯爾耳中。方才坡對歐文的批判令他深感不快，程度遠超眾人的猜想，由於惱怒，他的語氣有些僵，只說少尉是馬奎斯小姐攜來的伴。

「正是！」麗雅從她所坐的那一頭高聲道：「赫內少尉是我父親的昔年戰友，他倆曾並肩作戰，防守奧登斯堡。」

桌邊響起一陣讚賞的低語，但傳播到克洛西夫人便止住了，她皺眉道：「少尉，你這般年輕，照理不可能打過一八一二年的仗才是。」

坡對她一笑，「夫人，當時我不過是個 garçon（孩子）。巴札薩·赫內少尉是我的養父，我便跟著他一同上戰場。是啊，母親阻止過我，要我留在家裡頭，可我說：『嗄！有仗要打，我可沒時間跟婦人家瞎耗。』」他抬頭凝望水晶吊燈，「諸位朋友，也因此，我親眼目睹炮彈擊中父親的胸膛。是我在他倒地時接住了他；是我扶著他平躺在地，那塊地不久便成了他的墳墓；是我彎身聆聽他死前的呢喃：『Il faut combattre, mon fils. Toujours combattre...（務必挺身而戰，吾兒。奮戰到底……）』」他深吸一口氣。「在那一刻，我明瞭了自己命中註定的道路。我要當個同他一般英勇的軍人，加入哥倫比亞的軍隊，為這片……這片猶如我第二祖國的土地而戰。」

他雙手掩面，一陣沉寂籠罩晚宴桌。聽了這故事，對坎伯爾的賓客而言，有如拾到一方遺落的手帕，將之拿在手中，想不通究竟該留著抑或物歸原主。

「我每回思及都潸然淚下。」麗雅打了個圓場。

當下她其實沒哭，但她的話確實起了推波助瀾之效。聖歌創作家揩了揩眼角，畫家清了清喉嚨，來自紐堡的女校長深受感動，一手搭在身旁木匠的衣袖上，停了一、兩秒。

「唔，」坎伯爾快快不樂道：「你這份志業……已為你對父親的回憶帶來了——帶來了至高榮耀。也令你移居的國度沾光。」他打起精神，把往下撇的嘴角扭回直線，「容我敬你一杯，先生。」

酒杯紛紛高舉，大夥展顏微笑，叮噹之聲四起，幾句「所言甚是」、「說得好，坎伯爾」穿插其間，我望著赫內少尉面帶傲色，蒼白的雙頰微微染上葡萄酒似的紅暈。

於是，這身分低微的西點新生先是遭美國的大人物所厭，卻又在轉眼間受到他舉杯致意；坡大獲全勝，然而得意的時光總有終結之時。原因在於，方才他雙手掩面之際，他無意間把鬍子扯掉將近一半。起初我並未留心，是麗雅拉響警報，拚命對著我做手勢；再來，我瞧見克洛西夫人直瞪著坡，神色在暈眩之餘帶著驚駭，彷彿坡正在她面前消解崩毀。我順著她的視線瞧去，便見到那段黑色馬毛在他脣上晃蕩，呼應他的吐息不時抽動，宛若臭鼬幼崽的尾巴。

我當即站起。「赫內少尉，我有幾句話想對你說。**私下談**，若——若你有空的話。」

「當然好。」坡略顯遺憾地說道。

我領著他走過一個個房間，尋覓不會遭僕人側耳偷聽的場所。在吉弗尼爾・坎伯爾的宅子裡頭，想找這種地方可得費點工夫，我不得不拽著他穿過書房，來到屋前的遊廊。

「蘭德，你打算幹什麼？」

「幹什麼？」我扯下晃蕩的黑毛，以拇指與食指拈著舉在空中。「下回多用點阿拉伯膠，少尉。」

他的雙眼瞪得快掉出來了。「老天！給人瞧見沒有？」

「我想只有麗雅。以及克洛西夫人，不過算你走運，大夥都討厭她。」

他在各個口袋中翻找，「想必有些……」

「什麼？」

「先前用剩的**鼻菸**——」

「鼻菸！」

「那——那汁液總有黏性吧？」

「只要你不介意自己聞起來活像個痰盂。行了，坡，你也在戲臺上出夠了鋒頭，是時候拉下帷幕——」

「然後棄麗雅而去嗎？」他眼中閃過怒色。「偏偏在我們首次單獨相處的這一晚？我情願即刻從軍校退學。不，蘭德，無論你幫不幫，我非待到最後不可。」

「那答案是**不幫**。還有，快老實招認你這軍服從哪來的，免得我火氣更大。」

「這個？」他低頭一看身上的服裝，彷彿這套衣著現在才穿上身。「怎麼，是麗雅給我的呀。來自某位已故的叔叔什麼的。合身極了，是不是？」他端詳著我，笑容漸漸褪去。「怎麼了，蘭德？」

我抓住他軍裝外套的下襬，手指撫過我在艾提默斯衣櫥發現的染血布塊。拿開手時，指尖乾乾淨淨。

「出什麼事了，蘭德？」

「是你擦掉的嗎？」我怒火難抑地問道，「是不是你在穿上身之前，把它刷洗了一番？」

「我何必如此？它已經夠乾淨了，不是嗎？」

「喔，那大約是**麗雅**替你洗的。」

他的雙脣張開又闔上。「我不明——我完全不明白……蘭德，你這是**怎麼回事**？」

我張口正要答腔，卻被身後傳來的嗓音給攔住。那聲音不屬於我或坡，但一樣熟悉。

「蘭德先生。」

不速之客佇立於入口處，斗篷未脫，雙靴周圍黏著冰屑，整個人宛如剪影，徹底背著書房的燈光。

如此戲劇化的登場，不愧是伊森・艾倫・希區考克。

「我正盼著能在這裡找到你。」他道。

啊，他的神情萬分嚴峻。

「你也找到我了。」我道，向我身後的坡揮手示意。

「可惜我捎來的不是好消息——」

他打住話頭，雙眉一絞，細看那瘦小的身影。那身影往河的方向轉去，此刻仍試著藏進夜色。

「坡先生。」只聽這位指揮官說道。

假如坡有法子從遊廊直接躍入哈德遜河，說不定他真會這麼幹。假如他有法子翻過距離最近的山巒，估計他也會這麼幹。據我猜想，他從未如當下那般自覺如此渺小，如此脆弱無力。

他肩膀顫動，垂下頸項上的頭，緩緩回過身來。

「這身軍服可真適合你。」希區考克道，目光一掃，將我倆一併納入視野。「你和蘭德先生籌劃的這場消遣當真妙極。」

我永遠記得——坡往前一踏，低下頭，彷彿臣下向君主行禮。

「長官，我願指天發誓，蘭德先生與此事絕無關係。他與您同樣驚訝，也——也同樣憂慮，長官。這……長官，相信我，這完全是我自己的主意，我願意承擔——」

「坡先生，」希區考克咬緊牙關說道：「眼下我沒心思處置你，我碰巧有更要緊的事得辦。」

接著他走向我，面無表情，令人捉摸不透，唯獨一雙瞇細的眼眸射出凌厲目光。

「在你享受坎伯爾先生款待的期間，又一位學員下落不明。」他道。

我幾乎沒聽進他說了什麼。不，更吸引我注意的是，明明他手一揮便能輕易將坡遣走，他卻當著坡的面說了出口。情勢有變，這點再明顯不過；希區考克本是個從睜眼至入眠都穩重自持的人，此時規矩卻被他拋到了九霄雲外。

「不，」我出奇冷靜地答道，「不可能。」

「我也希望不可能。」他道。

坡的頭往後一縮，全身一個激靈。

「是誰？」他問。

默然良久，希區考克才答道：

「史塔德先生。」

「史塔德。」我呆然複述。

「正是，蘭德先生，你不覺得諷刺嗎？勒羅伊・弗萊生前見到的最後一名學生，如今說不定落得同樣的下場。」

「**啊！**」門口傳來呼喊。

這下輪到希區考克面露驚愕，輪到希區考克旋過身，瞧見一道剪影。是麗雅・馬奎斯的身影。

我想她沒有暈過去，但她確實雙腿一軟，單膝跪倒在地，禮服的寬大裙襬圍繞周身，宛如薰衣草田。而她的雙眸——她的兩眼始終發直，連眨也不眨一下。頭一個趕到她身邊的是坡，接著是我，再來是希區考克，我從未見他這般手足無措。

「馬奎斯小姐，請恕我……我完全不知道妳就在……方才我該……妳一定……」

「他們會一個個喪命。」

她如是說。聲音細微，不知為何卻聽得相當清晰。說話之際，她藍眼灼灼，彷彿遊廊上除了她以外再無別人。

「一個接一個。」她道：「他們會一個個喪命，誰也不留。」

古斯・蘭德的陳述：三十一

十二月八日至九日

待那夜熄燈號吹響，史塔德失蹤的消息已傳進每個學生、每個炮手、每個講師耳裡。各種揣測沸沸揚揚，卡特布許太太堅稱此案與德魯伊有關；金斯萊少尉認為真相應從星象中尋求；經營供餐公寓的湯普森太太打賭是民主黨幹的；越來越多軍校生相信是印第安亡魂前來復仇。沒人能安穩入睡，幾個教職員夫人已宣告要在紐約住到年底（其中一人甚至連夜指揮收拾行李）。當晚站崗的學員全都背靠著背，以防偷襲；至少一名高年級生從睡夢中嚇醒，失聲驚叫，伸手便抓牆上的火槍。

是，四處瀰漫畏怖之氣，但你在西點指揮官的臉上絕瞧不出半點端倪。隔天早晨，十點剛過，我來到他的宿舍，只見希區考克坐在桌前，神色平和鎮靜，甚至顯得有些健忘，彷彿正尋覓著交叉肩帶一般。唯一透露不對勁之處是他的右手：他那隻手有如被交派了專屬任務，永無休止地爬梳著希區考克的頭髮。

「我們在黎明時派了另一支搜救隊，」他道：「雖說上一支隊伍什麼也沒找到，我沒法想像這支隊伍能找著什麼。」他的手一頓，雙眼闔上。「不，不，我能想像。」

「別這樣，上尉，」我道：「如果是我，不會這麼快放棄希望。」

「希望？」他沉聲道：「蘭德先生，如今談希望恐怕太遲了。我只盼有個一夜安眠。」

「那請去睡個好覺吧。」我道：「方才我去了史塔德先生的寢室。」

「如何？」

「我發現了件有意思的事。」

「什麼？」

「史塔德先生的置物箱空了。」

他盯著我瞧，一副屏息以待的模樣，好似我的話在半空中被削去一截。

「箱裡沒有衣物。」我提示道：「沒有平民的衣裳。」

「這又代表什麼？」

「唔，首先，我不認為又添了一樁命案，上尉。我認為史塔德先生是自己逃走的。」

他坐直，將手從髮梢放下，道：「繼續說。」

「這個嘛，你想必記得，史塔德先生正是其中一個——錯了，他是唯一提議本學期全面停課的人。我說的可對？」

他點頭。

「我明白——」我道：「相信我，我明白校內有不少人正慌張心焦。哎，甚至有小夥子驚見樹叢裡躲著易洛魁人！但據我所知，唯有史塔德先生一個人懇求著要回家。原因何在？」

希區考克打量我幾秒，道：「因為他有理由顧慮自己的人身安全。」

「我也是這麼想。上尉，你想必還記得，我們在查案之初便找來史塔德先生問話，是他提及曾在樓梯間遇上勒羅伊·弗萊。在那次奇異的會面，弗萊說了句**去辦要緊事**。」

「你認為他那夜說不定目擊了什麼？說不定目擊了別的事？」

「唔，我只能說有這可能。」

「但我們給了他充分的機會和盤托出，他為何還緘口不言？」

「我只能推測，他更懼怕吐露實情的下場。」

希區考克往後一靠，目光飄向鑲著鉛條的窗。

「聽你意思，史塔德可能涉入另外兩樁命案？」他問道。

「這個嘛，他想必涉入了什麼，涉入的程度深到讓他判斷逃跑比坦白好。」

他陡然站起身，一路走向書櫃，像是早已想定要拿哪一本書，卻又在一碼之外停住。

「我們曉得史塔德是弗萊的密友。」他道。

「是。」

「但我們不知道史塔德和巴林傑是否相識。」

「喔，其實已經知道了，就在弗萊日記的下一份譯文之中。兩年前的夏天，史塔德和巴林傑**兩人**都與勒羅伊·弗萊交好。」

他鬱鬱寡歡的雙眸瞥向我，聚精會神。「但史塔德與艾提默斯·馬奎斯關聯何在？」

「這部分還不明朗。一次解決一個謎團吧。在此同時，」我道：「找到史塔德先生乃是當務之急。上尉，茲事體大，無論他逃往何方，一定要將他找回來。」

他凝視我半晌，隨後低聲說道，口吻果決：「倘若史塔德先生藏匿於校地中，想必很快就能找到他。」

「不，上尉。」我溫和地答道：「我想他眼下已經遠走高飛了。」

我動手套上大衣——接著又改變心意，把大衣掛回鉤上，回到座位，盯著希區考克的一根蠟燭，道：

「上尉，請容我說句話……」

「什麼？」

「我想替坡先生求個情。」

他的一邊嘴角往下撇，眼裡閃現情緒。

「求情？」他道：「你是指他昨日粉墨登場的小戲？蘭德先生，你這請求可就妙了，畢竟你比誰都清楚他犯了多少禁令。頭一件是在熄燈後擅離校地，其次是飲酒——瞧他那副模樣，他喝得還不少。也別忘了，他甚至假造身分出席。」

「他不會是軍校裡頭一個——」

「蘭德先生，他是**我任職期間**頭一個膽敢假冒美國陸軍軍官的學生。對於這等欺瞞手段，你可以想見我有何看法。」

怪了，我總覺得受到審判的是我自己——在希區考克面前，我老是有這種感覺。我垂頭凝視雙手，斷斷續續擠出字來，像罪人支吾其辭的告解。

「我想——我想他——他有個誤會。」

「什麼誤會？」

「他以為這麼做能幫上我的忙。」

希區考克冷冷注視我。「不，蘭德先生，我不認為他是這麼想。我認為我很**清楚**他怎麼想。」

我本來能求他想一想，年輕人就是容易為愛沖昏頭。但這位可是伊森・艾倫・希區考克，即便愛神邱比特耗盡所有箭矢，也不會在他皮膚上留下一點傷痕。

「如你所知，」他續道：「這絕非坡先生首次違背禁令。我還沒提起光是過去幾週，他在熄燈後擅離寢室不下十幾次，去……唔，蘭德先生，何不由你來告訴我，他為何夜夜前往柯森斯旅店？」

老天啊。

唉，讀者，如今我也不禁莞爾。想當初我和坡自以為巧妙，花錢僱了個軍人充當護衛，而我倆關起門來飲酒暢談，通宵達旦。坡又沒瞧見有人跟著他，是吧？於是我們輕信了眼前所見的證據，殊不知更該借鑑過往與薩耶爾和希區考克打交道的經驗。這兩人非得無所不知才肯罷休，於是他們確實無所不知。

希區考克雙手按在桌面，傾身靠向我。「我從未**阻撓**過他，蘭德先生。我由著你們去，一次也沒抗議過，一次也沒要你們辯白過。你流連於海溫斯先生的酒館，我也從未追究。也許你會明白，我並非如你以為的那般古板僵化。倘若你還需要別的證明，我很樂意告訴你，會因為昨夜那場鬧劇受到處分的人只有金斯萊少尉。」

「金斯萊？」

「當然，昨晚是他負責在南營值夜，他明顯怠忽職守。」

「可是坡——」

「他確實私自外出。然而，我遇上他只是個不走運的意外罷了，若不是我一心記掛公事，我八成會敬他一杯祝他安康，誇他好膽識。即便是現在，我也沒法昧著良心，因為一個小夥子時運不濟而懲處他。」

我等著全身放鬆下來的跡象，等著雙肩和胸口不再緊繃僵直，心跳放緩——這些跡象卻遲遲不來。你瞧，我不敢相信。我不敢相信我倆就這麼被放過，實際上也並非這麼回事。希區考克的嗓音緊追在我倆身後，劃破黑暗。

「話雖如此，蘭德先生，我不能再允許坡擔任你的線人參與辦案。」

我呆看著他。

「我不認為……我們……上尉，我們多虧他才取得重大進展，他幫了我大忙。」

「無庸置疑。然而眼見兩名學生遇害，一名學生失蹤，我實在不願讓另一名年輕人涉險。」

讀者，在那個當下，一種奇特至極的感受油然而生：我的臉上和頸間一陣熱辣。如今想來，那估計是羞慚。只因直到近日，我竟甚少關切坡的安危！我宛如一名讀者，讀著他與麗雅、與艾提默斯的會面，從未想過故事背後是個活生生的人，有血有肉，隨時可能遭遇性命之憂。

「原因不止於此。」我道。

「的確。」他承認道，「我說過，我認為你與坡過於親近，令你無法徹底保持客觀。若你不再定期與他來往，也許會更……」

他沒說完。用不著說完。我在椅子上挺直背脊，深吸一口氣，道：

「那好，我在此擔保，坡將不再參與調查。」

至少希區考克並未面露得意。他的目光轉而往下，一手擦著桌面，像要拂去陰影。

「有件事該讓你知道，」他道：「史塔德先生下落不明一事，薩耶爾上校已經通報工兵署長。」

「署長想必不會高興。巴林傑命案才發生不久……」

「是，我想他必然不悅。接下來，依我推測，由於薩耶爾上校採取非正規手段處理此案，他估計會受到訓誡。」

「他們總不能為此怪罪他——」

「他們會提醒上校，打從案發之初，他便該指派**軍官**偵辦此案，而非委託一介平民。」

他這話說得死板而嫻熟，在我腦中餘音裊裊。我有種感覺，彷彿偷聽了數日前他們關起門來的談話。

「想必**你**也不停提醒著他吧。」我沉著道：「話又說回來，你本就不想把這案子交給我。打一開始，這一切全是薩耶爾上校的主意。」

他沒費事多做否認，語調如同地平線那般平板。

「如今說這些也沒意義了，蘭德先生。上級無疑會認為薩耶爾上校與我判斷失當，我們也必須擔起責任。我料想工兵署長會立即派人前來調查，一切交由此人全權處理，直到案件了結。」他的手又開始動作：拂拭桌面，拂拭桌面。「工兵署長行事向來迅速果斷，如此說來，這名辦案人員大約會在……唔，三天之內抵達。」他的雙唇動了片刻，確定自己算得沒錯。「所以說，蘭德先生，這下我們多了個原先沒有的條件，也就是截止期限。你還有三日能找出犯案之徒。」他頓了頓，加上一句：

「假如你仍想找到他的話。」

「我想不想都不要緊，」我答道，在椅中挪了挪坐姿。「要緊的是我應下了這樁差事，我們也握手約定了，上尉。」

他點點頭，但雙眉仍顯銳利。他雙手十指交扣，再度傾身越過桌面，我瞧得出他遠遠稱不上滿意。

「蘭德先生，」他道：「不知是不是我想多了，我認為你對軍校暗懷不滿。不，等我說完。」他豎起一根手指，「從我首次見到你，我便感到你對本校懷有敵意。我始終覺得這事不宜追究，直至今日。」

「為何是今日？」

「如今，我擔心這點也可能有礙你查案。」

喔，當下我不禁七竅生煙！記得我甚至瞧了瞧兩旁有什麼物事可扔，墨水瓶也好，紙鎮也罷，但沒一樣東西與我的怒火相稱，這代表我唯有以言語還擊。

「看在耶穌的份上！」我一躍而起，低吼道：「上尉，你還要我多做什麼？我來這裡給你們做白工——」

「也是你親口要求的。」

「——累得像條狗，我告訴你。上尉，多虧了你們，我……我慘遭痛打，差點被人**千刀萬剮**，冒著**生命危險**，全為了你們這所寶貝學院。」

「多謝你的犧牲奉獻。」他挖苦地說道，「行了，回到我方才的問題，你心中是否對軍校抱持敵意？」

我一手撫過額頭，吐出一口氣。

「上尉，」我道：「我與你並無嫌隙，我祝福你和學員功成名就，還有——奮戰殺敵，軍人該幹什麼就幹什麼。只不過……」

「什麼？」

「你們這座小小的修道院……」我直視他的雙眼，道：「你們自己清楚，這裡出不了什麼聖人。」

「誰說要教出聖人了？」

「這裡培養出來的也未必都是軍人。我得說，我並不是支持總統或你們的哪個政敵，但依我之見，若是你剝奪一個年輕人的意志，用規矩和申誡禁錮他，再——再使他喪失理智思考的能力……這個嘛，你會讓他越來越泯滅人性，越來越不擇手段。」

希區考克鼻翼微張。「蘭德先生，你得替我解釋清楚，我跟不大上你這套邏輯。聽你言下之意，難不成這幾條人命該由軍校來背？」

「由與軍校有關的人來背，就等於由軍校來背。」

「簡直荒天下之大謬！照你這麼說，基督徒每犯一條罪，都該算在耶穌基督頭上。」

「正是如此。」

這大概是他頭一次被我殺得猝不及防。他的頭往後一縮，雙手交握，一時之間無言可答。沉默籠罩，在此期間，我清清楚楚明白了一件事。

希區考克上尉和我絕不可能成為朋友。

我們絕不會在吉弗尼爾．坎伯爾的書房共飲馬德拉酒，絕不會一同下棋、聆賞音樂會，絕不會散步至普特南堡或吃著葡萄讀報。從今而後，除非在公事上有其必要，否則我們絕不會多花一分鐘與對方相處。原因相當單純：我們絕不會原諒對方。

「你還有三日。」希區考克道：「三日後，你便用不著再見到我們，蘭德先生。」

我走出門之際，他補上一句：「我們也與你再無瓜葛。」

古斯・蘭德的陳述：三十二

十二月十日

唔，不論希區考克上尉對我有何評價，起碼他沒辦法說我對史塔德學員的推測有誤。隔天早晨，有個名為安柏斯・派克的當地漁夫主動出面，說一名年輕軍校生攔下了他，出一塊錢要坐他的船順流而下。派克載他到了皮克斯基爾，只見那年輕人又從荷包掏出幾塊錢，訂了下一班駛往紐約的汽船。原本派克沒多想什麼，但他妻子說那學生可能是個逃兵，若真是如此，派克便是協助罪犯，說不定會被關進奧思寧監獄去，除非他來自首。所以他來了，他要告訴每個肯聽他說的人，安柏斯・派克可沒有協助罪犯。

派克何以確定他載的人是軍校生？

這個嘛，那小夥子還穿著制服呀，是不是？到了下游，他才換上一件簡單便服，繫上領巾，戴上毛帽，成了河上一個普通鄉下人。

那年輕人是怎麼解釋他為何要倉促離開西點？

說老家出了大事。說他等不了軍校開的大船。除此之外，往皮克斯基爾的一路上他什麼也沒提，甚至沒道個再會。

關於那位年輕人，他還有沒有別的事可說？

派克留意到他臉色煞白。而且儘管太陽高照，小夥子又全身裹得緊緊的，他卻時不時打哆嗦。

在派克看來，這表示什麼？

唔，不好說。但瞧他那副光景，活像有惡魔追著他似的。

就在同一日，我收到一件頗有意思的包裹，是我在紐約的夥伴亨利・柯克・雷德捎來的。

最親愛的古斯：

聽聞你的消息，我欣喜之至——雖說多了件工作從中攪擾。往後若有事吩咐，懇請多寬限幾日，別要我在四週之內辦妥。里奇蒙的報告這才剛剛送達，假使我還有一、二週的餘裕，關於這人的事我或許還能挖出不少來。無論如何，我依你交代，附上我手邊所有情報，包括波士頓、紐約與巴爾的摩的調查結果。

古斯，你這位坡具有許多面向，至於哪一個最要緊，留待你自行判斷。我只說這麼一句：他就和尋常人一般，過去沒少碰上幾個死人，不過截至目前為止，那些離世幽魂沒一個回來指控他，也沒人發布通緝令捉拿他。如你所知，以上這些都沒法代表什麼。

你在信中提及酬勞。幫我個忙，忘了這回事吧。調查這些費不了多少額外的工夫，這也算是我緬懷愛蜜莉亞的小小心意，畢竟我始終沒能好好致哀。

你不在，紐約這地方也少了些樂趣。但我們也唯有等待下一個蘭德現身之日了，不然又有什麼法子呢？

誠摯祝好

亨・柯・雷

那一夜，我坐下閱讀亨利的調查報告——翻來覆去地讀，越讀越是憂傷，只因我明白離別即將來臨。旅店房門傳來熟悉的輕敲時，我暗自慶幸自己事先上了鎖。門把轉動，起初很是輕微，接著連搖一陣，最終歸於靜止。我聽見腳步聲遠去。又剩我孤單一人。

愛德加・愛倫・坡呈交奧古斯都・蘭德的報告

十二月十一日

蘭德，昨晚你上哪去了？你的房門出乎意料上了鎖，敲門又無人應答。我大惑不解，只因我挺確定稍早瞥見你的窗戶透出燈光。你該知道，你得更小心謹慎才是，千萬要熄了燭火再外出。柯森斯旅店才建成不久，可別害這座浮華旅館給燒了。

不過，你今晚可會「在家」？我為了麗雅簡直心焦如焚，不能自已。我用盡千方百計，她卻始終不願見我，我心下猜測，乍然聽聞史塔德先生失蹤的駭人消息，令她無比纖細的精神承受不住。也許她不願讓我看見身為女子柔弱的一面？若是如此，我唯有長嘆！蘭德，她未免太不了解我！比起堅強，脆弱將使我對她愛意更甚；比起愛情誕生，死亡將令我對她愈發珍視。她一定得明白！非明白不可！

蘭德，你上哪去了？

古斯·蘭德的陳述：三十三

十二月十一日

這天晚上，他又來了。記得那是個寒冷刺骨的夜，我翻開勒羅伊·弗萊的日記，文字卻在我眼前飛舞，到頭來，日記只是躺在我腿上，宛若熟睡的貓。爐床上火苗漸小，我的手指凍得指尖發白，因為不知什麼緣故，我就是沒法動手往壁爐添加柴火。

我沒能動手做的事還有一件：給門上鎖。十一點鐘剛過不久，我聽見輕柔的敲門聲……瞧見房門開啟……又一次瞥見那熟悉的頭臉……

「晚安。」坡說道，一如往常。

但我們的處境已然不同。我倆都說不出差別何在，然而彼此都感受到了。比方說坡，他坐立難安，在房裡踱著步，穿梭於陰影之中，不時望向窗外，在身上輕點拍子。說不定，他是盼著我如同往日，請他喝上一杯莫農加希拉。

「今晚柯克倫二等兵沒能送我過來。」他終於道。

「是，我想柯克倫二等兵有新主人了。」

他點頭，有些心不在焉。「也罷，」他道：「不打緊。我對地形夠熟了，不至於被逮到的。」

「你**已經**被逮到了，坡。我倆都被逮到了，勢必得承擔後果。」

我們互望片刻，接著我道：「也許你還是坐下來的好。」

他捨棄了慣坐的搖椅，反倒坐在床沿，手指摩娑著床單。

「聽好了，坡。對於你在坎伯爾宅的行為，希區考克上尉不予追究；做為交換，他要求你不得繼續擔任我的助手。」

「他不能這麼做。」

「他能，」我道：「他也做了。」

此刻他的手指儼然跳起了舞，有如劃著大圈飛舞的蛾。「這個嘛，蘭德，你把我——我為你提供的各種協助告訴他沒有？」

「告訴他了。」

「那沒使他改觀？」

「坡，他很是擔心你的安危。他擔憂得有理。我也該顧慮到你的安全才是。」

「也許我們能向薩耶爾上校說情……」

「薩耶爾與希區考克意見一致。」

他對我露出大膽無畏的笑，拜倫般的笑。

「唔，管那些幹什麼？我們照樣能像先前一樣碰面，他們可擋不了。」

「他們能把你退學。」

「給他們退便是！我會帶麗雅一道遠走高飛，再也不回這窮山惡水。」

「那好，」我雙臂環胸，道：「**我**辭退你。」

他雙眸隱隱流露動搖，細看著我，但沒說話。眼下還沒有話要說。

「你說說，」我道：「就在這個房間，你對我發過什麼誓？你可還記得？」

「發誓——絕無半字虛言。」

「**絕無虛言**，正是。顯然從來沒人向你解釋過這是什麼意思，坡。你瞧，這給我帶來了一些麻煩。要我和詩人合作是無妨，但騙徒可不行。」

他站起身來，打量了下自己的手，隨後沉聲道：「你最好給個交代，蘭德，否則我要求你必須賠罪。」

「我用不著交代什麼，」我冷冷說道：「你自己親眼瞧瞧。」

我將手伸進邊桌抽屜，抽出亨利．柯克．雷德那疊以線繩綁妥的黃紙，扔到床鋪上頭。

他神色戒備，問我那是什麼。

我道：「我找了個朋友調查你的身家背景。」

「為何？」

「我僱你是為了辦事，」我聳了聳肩答道：「總得摸清楚我是和什麼樣的人打交道，何況這人老愛說些想殺了誰之類的話。這份報告是在倉促之下寫成，自然沒那麼詳盡，可『這麼點傷，便足以致命了(註31)』。」

他將雙手塞進口袋，又巡了房間一圈。他再度開口時，我聽得出他是佯作輕

註31 此句 'tis enough, 'twill serve 出自《羅密歐與茱麗葉》第三幕第一場。羅密歐的好友茂丘西奧（Mercutio）與提拔特（Tybalt）決鬥，茂丘西奧受了致命傷，羅密歐安慰他傷口不深，茂丘西奧於是回答「這麼點傷便足以致命了」。

鬆，像撲克牌玩家虛張聲勢那般。

「這個嘛，蘭德，很高興你為我引用莎士比亞，你向來不愛引經據典。」

「喔，你也曉得我從前常去戲院。」我伸手探過床鋪，再次拿起那疊紙。「但你在等什麼，坡？難道你不想看？若是有人費了這番工夫調查我，我肯定急著一睹為快。」

他大動作聳了聳肩，拖長了音節道：

「想必是謊話連篇。」

「謊話連篇，正是，我讀它時也想到這個詞。」我刻意做出翻閱紙頁的樣子，「等我讀完，我只剩一個疑問：你所說的究竟有多少**不是假話**，坡？」我對上他的目光，只那麼一霎，隨即垂眸掃視紙張。「我還真不知該從哪裡說起。」

「那就別說。」他悄聲道。

「哎，先說幾件小的好了。你沒念完維吉尼亞大學，原因並非愛倫先生中斷資助，而是……我瞧瞧，亨利是怎麼說的來著？……是了，**你積欠巨額賭債**。坡，你想起來有這回事了沒？」

他沒吭聲。

「我能明白，」我續道：「為何你對外總說你讀了三年，而非八個月。但你言過其實的事不只這一樁。你從前那件游泳壯舉，你說在詹姆斯河游了七里半？看來比較接近五里。」

他坐了下來。坐在搖椅邊緣，渾身僵直不動。

「無所謂，不過是誇大一些罷了。」我接著道：「無傷大雅。不，真正有意思的在……」我的手指如隕石般落下，「**這裡**，對，便是你的歐洲冒險之旅。坡，我恐怕想不明白你到底哪來的時間能去歐洲，你這輩子要不是與愛倫先生一塊住，便是入學念書，再來便加入了美國軍隊服役，當中毫無間隔。且來細瞧這代表什麼意思？替希臘打仗：假話。遠赴聖彼得堡：假話。從來沒有外交官得費事去救你，因為我敢賭你除了英格蘭之外，什麼都沒去過。至於航海旅行這回事，我猜你是借用你哥哥的經歷。我想他叫亨利是吧，亨利．雷納德，還是發音該念作**亨理**？」

他做了個我意料之中的動作：抬起一根指頭，摩擦鼻子和上脣之間的部位，亦即那段馬毛鬍鬚近來所黏之處。

「當然了，這些日子亨利沉湎於其他東西，」我道：「大半是酒。人人都覺得他註定不長命，對他沒多少期盼。你們家族想必對他失望至極，畢竟你們可是望族後裔，法蘭克人酋長，沒錯吧？對了，再添上一個希瓦利耶．勒波爾，外加一、兩位英國將軍。」我面露微笑，「說祖先是窮酸愛爾蘭人還差不多些。哦，像你這種人我當年在紐約見得多了，多半是四腳朝天的模樣——他們總是四腳朝天地被拖出去，一如亨利那副德行。」

即便屋內昏暗，我依然瞧見他雙頰一紅。也可能是我**感覺**到了，就像感覺到壁爐的熱氣。

「說來有趣，你家族中確實出了個有名望的人，你卻對他絕口不提。這人就是你爺爺，坡。貨真價實的將軍呢，老天爺！曾任經理署副長，由於——要我念出來嗎，坡？——**由於盡心竭力徵召革命軍**、**提供軍服**，**頗受感念**。似乎還與拉法葉熟識。真想不通你怎麼不提他，除非……」我又一次讀起紙頁，「哎呀，看來他戰後的生活沒那麼波瀾壯闊。原來如此，開了間布製品店，也做了其他幾門生意，可惜沒一樣賺錢。再來呢，我看看……**於一八〇五年宣告無力償債**，**一八一六年過世時身無分文**。委實令人傷感。」我皺著眉抬頭，「也就是說他破產了。坡，想想看，你竟如此以他為恥，甚至寧願對外宣稱班乃迪克・阿諾德才是你祖父。」

「那不過是鬧著玩的，」他搖著頭道：「開個玩笑罷了。」

「順帶隱瞞了一些事實。瞞住了關於大衛・坡將軍的事實，自然也包括關於**巴爾的摩**坡家的事實。據我所知，坡家一貧如洗，從沒賺過幾個錢。」

他的頭一吋吋越垂越低。

「這便牽扯到最後一個謊言了，」我提高音量道：「你父母。」

這時我將視線從紙張中抬起，因為我對這一部分的內容爛熟於胸。

「他們並非死於一八一一年的里奇蒙劇場大火。火災發生時，你母親已過世兩週，依我推測是死於某種傳染性熱病，雖說這方面的紀錄並不明確。」

我站起來，逼近他，揮動匕首似地揮舞那疊紙。

「當時你父親根本不在場，是不是？早在當時的兩年之前，那無賴漢就跑了，拋下你可憐的母親，把一雙幼子扔給她照顧，從此沒人見過他。不過也沒人記掛著他就是，聽說他演技可差了，從沒像他妻子那樣出名，況且酗酒成性，八成活不久。話又說回來，嗜酒在你家族中倒是常見——喔，你當初是怎麼說來著，坡？已有數位頗具名望的醫師證實，這是種**症候**。」

「蘭德，求你了。」

「唔，我向你可憐的母親致上同情之意。在這世上孤孤單單，第一任丈夫死了，第二任跑了，還得養兩個孩子。抱歉，錯了，我說的是『兩個』嗎？我要說的是三個。」我翻動紙頁，「是，是了，沒錯，第三個孩子名叫羅莎莉，如今大家喚她羅絲，據說她是個挺傻里傻氣的女孩，不怎……不怎麼……哦，這倒是奇了。」我雙眉一揪，「看來她是一八一〇年十二月出生，如此一來——容我想想——當時你父親離家已逾一年。嗯哼。」我含笑搖頭，「神奇之至！從沒聽過懷胎整整一年才臨盆這檔事。坡，你怎麼瞧？」

他的雙手箍住搖椅扶手，呼吸緩慢深沉。

「也罷，」我輕快地說道：「做人別那麼古板。戲子不都是這副德行？坡，有句老笑話你也知道吧，演戲的跟賣淫的差別何在？賣淫的只消五分鐘就完事。」

聞言他從椅上一躍而起，張牙舞爪，眼裡烏雲翻滾，直撲向我。

「坐下，」我道：「坐下，這位**詩人**。」

他停住，雙手垂落在身側，後退幾步，坐回了搖椅。

眼見已轉危為安，我轉身走向窗邊，拉開窗簾，遠眺黑夜。紫黑的夜空清朗寧靜，繁星點點，扁平蒼白的一輪圓月掛在東邊山巒的凹陷處，月光如波浪般緩緩向我打來，起初發熱，其後發冷。

「唯獨有件事，」我道：「我這小小的調查沒法弄明白。你是不是殺人犯，坡？」

我訝然瞥見自己的手指打著顫。大約是爐火之故，我剛才任由爐火熄了。

「你無疑具備許多身分，」我道：「但會是**殺人凶手**嗎？無論希區考克上尉怎麼說，我都不認為你是。」我回過身，凝視他煞白的臉龐。「不過，我又想起你在普特南堡對麗雅說的話。要我引述嗎？我估計都背起來了。」

「隨你高興吧。」他了無生氣地答道。

我舔了舔嘴脣，清了清喉嚨。「四等學員愛德加・愛倫・坡對麗雅・馬奎斯小姐所言如下：**亡者徘徊世間是因為我們愛得太少。妳瞧，我們總會忘記已故之人，縱然我們無意如此，卻仍不免忘卻……因此他們大鬧一番博取注意，好讓我們重新回想起來，以免他們遭到二度殺害**。」我居高臨下俯視他，「這是你親筆所述，坡。」

「那又怎樣？」他低吼道。

「怎麼，這段話簡直與認罪自白無異，接下來只差找出被害人了。這倒也花不了多少時間。」我繞著他的椅子兜起圈來。從前我在紐約訊問嫌犯時也常這麼做：牢牢把他圈住。「那便是你母親，是不是？」我傾身俯向他的肩膀，在他耳邊低語。「你母親，坡。每回你忘了她——每回你投入另一名**女子**的懷抱——啊，那就像又一次殺害了她。此乃弒母之罪，堪稱世間最慘無人道的大罪。」

隨後我直起身，再度邁出步伐，收緊最後一圈。

「這個嘛。」我正面朝向他，說道：「坡，你無須憂慮，忘了某人不是該被吊死的重罪。如此說來，你的嫌疑便洗清了，這位朋友。原來你不是什麼殺人凶手，不過是個對娘親戀戀不捨的小毛頭。」

他再次躍起……又再次一頓。我也說不清原因何在，也許是由於我倆的體格差距？（倘若我想，估計能把他撂倒在地。）更有可能的原因是我倆之間的權力懸殊，畢竟權力完全是另一回事。我想，每個男人在一生中都註定經歷這樣的時刻，徹底體認自身的軟弱無力。為酒耗盡身上最後一毛錢，摯愛的姑娘棄自己而去，發現自己全心信任的對象只想惡意傷害自己。在那個瞬間，他一**無所有**。

此刻，杵在房間中央的坡便是這副模樣。彷彿身上連一寸皮膚都不剩，骨骼在體內微顫。

「看來你說完了。」他終於道。

「目前是說完了。」

「那麼，在此祝你晚安。」

維持尊嚴，這是他最後一道防線。他要高高昂起頭，最後一次走向那扇門。他要一路保持抬頭挺胸，踏進走廊，就此遠去。

至少，他本想這麼做。然而基於某個原因，他最後一次回過身來。基於某個原因，他開了口，語調憤恨。

「終有一日，你將嘗到我今日所受的滋味。」

古斯・蘭德的陳述：三十四

十二月十二日

晨號的鼓聲傳來時，我仍醒著。雖說醒著，感覺卻很是奇異，好似五感顛倒錯亂一般。我坐在床上，老覺得窗外如炭火灼燒的黎明飄著股**味道**，像擦鞋的氣味；床單嘗起來像蘑菇，周身空氣的質感宛如黏土。簡而言之，我的狀態處於清醒與精疲力竭之間。過了好一陣子，疲累感主宰全身，我坐著陷入夢鄉，醒來時中午剛過不久。

我匆匆穿戴完畢，跌跌撞撞趕往食堂，站了片刻，旁觀軍校生如野獸般狼吞虎嚥。我想得出神，沒留心清潔工賽撒走近了我。他像見到老友似地與我寒暄，問我怎麼不去樓上餐廳與軍官一同用餐，是啊，先生，樓上餐廳還是更適合像我這樣的紳士……

「樂意之至。」我含笑答道：「但我在找坡先生。你可知道他去哪了？」

哦，坡先生告知食堂長他身體欠佳，想告假去趟醫院。那是約莫半個鐘頭前的事。

去趟醫院？我暗忖，他先前也拿這話當藉口過。說不定是他沒預習上課內容，要不便是他又去了麗雅門前徘徊，哀告著想見她一面。

要不就是……

是，這念頭簡直像是坡夫人演過的俗濫情節劇。但容我分辯幾句，我可沒多少讓別人心碎的經驗，所以這念頭令我慌了手腳——我心想，坡可能會效仿諸多浪漫主義文學作品，一死了之。於是我倉皇謝過賽撒，塞了枚硬幣進他手裡，轉身之際聽他說道：

「蘭德先生，你的臉色不大好。」

我沒留下來與他分說，當即動身趕往南營。我直奔二樓，連跨十個箭步衝過走廊……

就在坡的寢室門外，站著一名我從未謀面的男人。他年紀較長，身高只差三吋便滿六呎，體格清瘦，頭髮毛燥，有著長而高傲的鷹勾鼻，一對蓬亂的眉毛理當長在更蒼老的人臉上。他的雙臂宛如兩把劍一般交叉，整個人……我原想說他**閒適自在**地站著，但他儘管倚著牆壁，卻不見身體彎曲半分，好比一把長梯靠在角落時也不會彎曲分毫。

瞧見我，他恢復垂直的站姿，頷首問道：

「可否請教，你是否知道坡先生在什麼地方？」

他聲調高昂冷硬，捲舌音隱隱透出蘇格蘭腔。說來尷尬，我呆看著他。他與此地簡直格格不入！既沒穿件軍服，又顯然對軍校的課表一無所知。此外，他對這地方似乎頗感煩躁，彷彿這是哪個邪惡精靈擋在他面前的迷宮。

「不瞞你說，」最終我應道：「我正想著同一件事。」

你和坡先生有何關係？這個疑問迅即在他顴骨高聳的臉上浮現。無論他是否真有疑問，總之我忙不迭開口回答了這個問題，宛若考試委員面前的新生。「近來他……可以說是**從旁協助**軍校，幫忙我——幫忙我進行一些調查。應該說，那是之前……」

「先生，你是軍官？」

「不是！不是，我只是……只是這段日子，和他們有些來往。」我想不出有什麼話可說，便伸出手去，道：「我叫古斯・蘭德。」

「幸會，我是約翰・愛倫。」

讀者，我想不出更好的形容：這感覺恰似故事人物從書頁爬了出來。瞧，我完全是透過坡認識他的，如同坡提過的每位故人，坡的描述令他平添一種空想般的色彩，我壓根沒想過能見到他本人，一如我壓根不認為走在路上會被人馬撞倒。

「愛倫先生。」我悄聲道：「你是里奇蒙的愛倫先生。」

那雙鷹眼閃過怒意，兩道濃眉合而為一。「看來他提過我。」

「他說的全是……極為尊敬欽佩的好話……」

他將手一擺，稍稍轉身，語氣僵硬地說道：「多謝你的安慰。那孩子在人前是怎麼說我的，我清楚得很。」

說也奇怪，我這下油然對他生出幾分親切感，只有那麼幾分。我暗忖，當個故事人物想必不好受。於是我打開坡的寢室門，提議一道在房裡等。我接過他的外套，披掛在壁爐上，又問他是不是剛從紐約上來。

他點點頭，頗有得色。「我趕上了當季的最後幾班汽船，船票自然是得討價還價一番。假若一切順利，我打算乘下一班船回去。有人勸我在旅館住一宿，可我想不通何苦讓軍隊合作商剝我一層皮，政府已經夠會剝的了。」

我得說，他的語氣中毫無抱怨訴苦之意，每句話都傳達出牢不可破的原則。在我看來，他比誰都來得像薩耶爾，差別在於薩耶爾執著的是理想，而非金錢。

「說起來，」我道：「聽說你最近再婚了。」

「確實如此。」

他接受了我的道喜，我倆隨之陷入沉寂。我正尋思該用什麼說詞道別，只見愛倫臉上五官微動，他正細細打量**我**的臉。

「聽著，」他道：「蘭德先生，是吧？」

「是。」

「介不介意我給你一些善意提醒？」

「完全不介意。」

「方才你提及，軍校找愛德加協助——記得你說的是**調查**。」

「可以這麼說。」

「我再怎麼強調都不為過，那小子絕不能託付任何重責大任。」

「噢。」我眨著眼，「唔，愛倫先生，不得不說，我覺得他是我所見最真誠又——樂於助人的……」

我說不下去，原因是他這時頭一回對我面露微笑，那笑容鋒利得足以截斷任何對話。

「蘭德先生，那你想必不夠了解他。我很不想這麼說，但他是我畢生見過最不真誠、最滿口謊言的小子。說實在，從他口中道出的話，我一個字也決計不會相信。」

對於這個話題，我原以為他會就此打住——他這番言論倒是挺接近**我自己**對坡說的最後幾句話。我沒料到的是，愛倫對這回事竟說上了癮。

「你可知道，」他伸出手指對空亂戳，「那小子來軍校前，我給了他一百美金——整整一百美金！好讓他找人代他從軍，據說若非如此，軍隊便不會讓他退役來此就學。好了，兩個月過去，代他從軍的霸力·葛雷夫中士捎來一封信給我，信中滿是辱罵恐嚇之詞。」

讀者，真想讓你聽聽他吐出那名字的語氣！活像有人把動物內臟扔在他客廳。

「這位霸力·葛雷夫中士告知我，他從未收到報酬。他告知我，他向愛德加催討時，愛德加答道：『愛倫先生不願給錢。』**愛倫先生不願給錢！**」他重複一遍，每說一字便出拳敲擊掌心。「哦，還不只這樣。愛德加特別告訴葛雷夫中士，說我『成日爛醉如泥』。」

他隨即逼近我，好像那些話是我說的。他在距我兩呎之處站定，微笑道：「蘭德先生，我看著可還算清醒？」

我答說他看來確實清醒。他餘怒未消，轉頭又痛斥窗戶一頓。

「我已故的前妻對他頗為疼愛，為了前妻，我容忍他揮霍無度、高傲自負——容忍他**矯揉造作**的言行，甚至容忍他這般忘恩負義。我再也不忍了。蘭德先生，我不當他的銀行了。他要嘛自食其力，要嘛自食其果。」

那個瞬間，說也奇妙，我彷彿和坡同仇敵愾了起來。在人生中某個時刻，我倆不都曾經面對拘謹古板的父親，試著軟化對方？只可惜對方再過幾百萬年都不可能改變。

「唔，」我道：「他還年輕得很，是吧？何況我想他沒有別的經濟來源，我聽說坡家的生活十分拮据。」

「他還有美國陸軍能倚靠，不是嗎？既然來了就讓他幹到底。若他完成學業，取得軍職——順帶一提，這軍職的名額是**我**替他謀上的——若他讀完這四年，前景便無須擔憂。若他辦不到，那……」他雙手一攤，「不過是多失敗一回，反正他本就一事無成，我一滴淚也不會灑。」

「聽著，愛倫先生，你兒子——」

我才說到這裡，他倏地轉過頭來，雙眼瞇細。「你說什麼？」

「你兒子。」我的嗓音虛弱無力。

「他也是這麼跟你說的？」他聲調一改，像是怒火慢慢沸騰，也像正忍受莫大折磨。「蘭德先生，容我說明白，他**不是**我兒子。他與我毫無親戚關係。我和已故前妻瞧他可憐，收容了他，一如收留流浪狗或受傷的鳥。我從未領養他，也從未對他說過要認他為子。我對他的責任，如同我對任何基督徒的責任：不會更多，不會更少。」

他這話說得一氣呵成，顯然不是第一次說了。

「打從他成年起，」愛倫續道：「他便三天兩頭給我惹麻煩。眼下我已再婚，得為真正的親人負責，為至親骨肉負責——我沒有理由再受他拖累。從今日起，他得走他自己的路。我來這趟正是為了告訴他這些話，老天在上。」

是啊，我暗忖：**他只是拿我作個預演**。

「愛倫先生，方才我打算說的是，你兒——愛德加近來承受不少壓力，我瞧如今不是個好時機——」

「時機沒什麼好不好的，」他冷冷道：「那小子已經被嬌慣得夠久了。假如他想當個大人，就別再像個孩子那樣依賴人。」

唔，讀者，有時就會發生這樣的事：有個人正在說話，你卻忽地聽到了底下潛藏的另一個聲音，並非眼前這人的說話聲，而是另一個人的回音。你頓時恍然，多年前也有另一人說過同一席話，猶如重錘一般打擊了眼前這個人，而今又換他揮舞著這把重錘；你於是了悟，這番話乃是一個家族最純正、也最慘烈的傳家之物。這一切你全都明白，但你仍舊對那席話深惡痛絕，也對說出這種話的人深惡痛絕。

想通這個道理，就等於受到解放。我明瞭，我再也沒必要安撫這名商人、這名蘇格蘭人、這名基督徒，再也沒必要假裝他比我人高馬大。我能昂首挺胸，直視他山羊似的眼珠，說道：

「這麼說，愛倫先生，你打算對這個年輕人落井下石，從此撒手不管他，毫不顧念過去二十年的情分，只用五分鐘來斷絕關係——假如他沒回嘴，估計只要**四分鐘**，接著你就能搭下一班汽船回家去了。喔，你這人**果然**吝嗇。」

他將頭往旁偏了一吋。

「聽好，蘭德先生，我聽不慣你這口氣。」

「我看不慣你這雙眼睛。」

估計我倆都沒料到，我會揪住他那件用馬賽被單布製成的西裝背心，使盡全身力氣將他一推，按在牆上。我身後傳來窗框震動的聲響，手中感覺得到他大衣下的結實皮肉，鼻中嗅得到我噴在他臉上的呼息。

「混帳，」我道：「一百個你加起來也及不上他。」

我尋思，上一回有人膽敢動約翰·愛倫一根寒毛，是多久以前的事了？八成好幾十年了吧，怪不得他壓根沒還手。

但我的鬥志也所剩無幾。我鬆手放開他的背心，後退一步，道：「這話也許能讓你好過些，愛倫先生——一千個**我**加起來也及不上他。」

步出南營之際，我雙眼發熱，坦白說，刺骨的北風迎面颳痛了我整張臉時，我竟鬆了口氣。我快步向前走，一路走到軍官宿舍都沒回頭。就在此時，我瞥見那瘦小的身影。他身披破了洞的斗篷，頭戴皮製軍帽，在寒風中低垂著頭，緩步徑直邁向營房，邁向他最新一輪噩運。

古斯・蘭德的陳述：三十五

十二月十二日

莫失勇氣

到頭來，我只想得出這句要給他的話。我草草寫在一張匯票背面，留在我唯一確定他找得到的所在，也就是柯斯丘什科花園裡，我們暗中約定的那塊石頭下。放了之後，不知為什麼，我留下來沒走。說不定只是想在這裡獨處。我坐在石椅上，一面遠眺哈德遜河，傾聽池中泉水汩汩噴湧——一面自問，我留下這個訊息究竟是**什麼**意思？坡何必把我說的任何話聽進去？若我圖的是要對得起良心，難不成我以為寥寥數字便足以達成這重責大任？

疑問紛至沓來，其間穿插著眼前片斷的風景：色澤偏紅的長石、水面上油花似的波紋、形狀如耳的山峰沒入鬍子般的暗影。

「早安。」

麗雅・馬奎斯站在我面前，雙頰因走路而泛紅，斗篷草率地掛在身上，活像是誰在她經過時扔到她身上的。她頭上毫無裝飾，僅斜戴著一頂顏色極淺的粉色軟帽。詫異之下，我一時把禮節拋到了九霄雲外，但不久後連忙起身，向長椅比了比。

「請坐，」我道：「請坐。」

她特意與我相隔一碼而坐，起初只是把一雙鞋互相摩娑著。

「今天沒這麼冷，」我道：「我瞧不像昨日那麼冷了。」

我這才想起，先前可憐的坡試著拿天氣閒談，結果遭遇了什麼窘境。我準備好給她訓斥一頓，卻什麼也沒等到。

「這個嘛，」半晌後我道：「很高興有妳相陪。獨享這麼美的景致，感覺總是不大對勁。」

她簡短地點頭，像是要讓我知道她確實在聽。隨後她蹙眉凝視大腿，道：「在吉叔叔那裡，愛德加和我逼著你配合我們鬧了一場，實在抱歉。我們只是想當個消遣，卻沒有……沒有仔細考慮過後果。我是說，沒想過會給**別人**添麻煩。」

「馬奎斯小姐，我向妳擔保，我絕沒碰上什麼麻煩。坡先生也是一樣，我聽說他並未——」

「是，我知道。」

「所以……也沒什麼……但還是多謝妳……」

「用不著謝。」她道。

道完了該道的歉，她再度抬起頭來，這次主動迎上我的目光，淺藍眼眸泛起奇異的光彩，整個人平添一股生氣，是我從未見過的另一面。

「蘭德先生，我想也沒必要拐彎抹角或遮遮掩掩。我跟著你來到此地，是有話想說。」

「那便請說。」

她頓了頓，雙唇微動。「我曉得……」又是一頓。「我曉得你已調查我弟弟好一段時日。我曉得你懷疑他犯下了令人髮指的罪行。我曉得你一旦掌握證據，便會將他逮捕歸案。」

「馬奎斯小姐，」我道，像個小夥子一樣臉紅起來。「妳得明白，我——我不能談論——」

「那就容我替彼此打開天窗說亮話吧。我弟弟從未殺人。」

「不愧是個好姊姊，我也料想妳會這麼說。」

「我說的是真相。」

「既是真相，想必會水落石出。」

「不，」她答道：「這我卻不敢肯定。」

她猝然站起，走向哈德遜河，凝視下方的斷崖。

「蘭德先生，」她依舊背對著我，說道：「要用什麼法子，才能讓你放棄？」

「怎麼，馬奎斯小姐，妳這話倒讓我驚訝，我倆還沒有親近到能相互籠絡的地步才是。」

她旋過身來，往長椅踏了一步。

「那就是你要的嗎？」她嚷道：「相互親近些？」

讀者，此時的她真是絕景！唇上顯出殘酷，眼神流露冷硬，鼻翼極不得體地一掀，恰似冰山之下暗藏岩漿湧動，在在堪稱絢爛瑰麗。

「說實話，」我道：「我還是別打擾妳欣賞風景的好。」

此話一出，她渾身的烈火冰雪頓時消失，站在原處，雙臂無力地垂下。

「啊。」她語調收斂。「看來我想的沒錯，你不是為了那種事。」她笑出聲來，「往後我們恐怕只會記得，你是母親又一場無疾而終的盤算。那好，若我保證你一輩子用不著娶我呢？或再也不會見到我？」

「任何理智的男人都不會要求這種事的，馬奎斯小姐。」

「但你跟其他男人不同。」她道：「我的意思是，據我猜想，你的人生追求並不是愛……你並不是盼著有機會再次去愛。」

我的視線掠過她落向哈德遜河，一片氤氳之中，有艘藍色貨船向南駛去，一隻哀鴿輕輕點過波浪，恰似打水漂的石子。

這一刻，我想起帕希。想起上回見到她時，她抽身躲開我的情景。想起我為此半是哀嘆……卻又半是欣喜。只因某方面而言，我可說是得遂所願。

「的確如此。」我承認不諱，「看來我已經沒有追求愛情的打算了。」

「但你不過是轉移目標罷了。你會緊咬著我弟弟不放，將我們一家當作戰利品收入囊中。」

「我只求彰顯公理正義。」我平穩說道。

「**誰的**公理正義，蘭德先生？」

我正想回答，卻打住了話頭，察覺她渾身上下起了一種變化。那些變化並非一舉出現，最初我是留意到她的眼神，眼窩中的雙眸開始閃爍；接著我瞧見她的兩頰轉為煞白，有如糖粉；瞧見她張開雙脣，宛若捕獸夾。

「唔，這問題很是複雜，」我道，特意保持輕鬆的口吻。「妳不妨改日與妳那位朋友坡談談，他挺擅長討論這類命題。那麼，我還有事得忙，無暇——」

「不行！」

她高聲迸出這兩字，甚至連她的雙唇都尚未準備好要說。那呼喊擊碎空氣，碎屑四濺。

「不要！」

先前在吉弗尼爾・坎伯爾的書房時，她的叫嚷並不是這種音調。不，那時她用的仍是自己的嗓音，是**屬於人**的聲調。這回，她發出的聲音卻是我聞所未聞。

讀者，當下我幾乎是鬆了口氣，因為我恍然明白，她所受的折磨並非因我而起。

「馬奎斯小姐……」

但她聽不進我的聲音。儘管如此，她仍像是為自己的行為舉止難為情一般，只見她有如受內心深埋的挫敗感所驅使，踉踉蹌蹌地遠離我。

「馬奎斯小姐！」我在她身後呼喚。

起先我雖然跟了上去，卻小心得不可思議。我想，當時我已料到她的身體正打算做什麼，偏偏四肢依然不聽使喚。

然而，儘管她的四肢開始僵直、難以動作，卻聽從了她的吩咐。不知她究竟怎麼辦到的，將身子拖向了崖邊……佇立於邊緣，渾身搖晃哆嗦……接著向下一撲。

「不！」我喊道。

在她的全身即將從眼前隱沒之際，我抓住了她的手臂——可惜已然太遲。她的身體不顧一切實現使命，將我一併往下拽，於是我倆翻身跌落，接連滾過岩石，風聲呼嘯而過，但即便感到土地在身下消失，我依舊未曾鬆手。

接著，地面憑空出現，再度接住我們。

我睜開雙眼，感覺背上與雙膝撞得傷痕累累，卻差點笑出聲來。畢竟，這是多麼不值一提的代價！我們下墜了約莫八呎，掉在一塊突出的花崗岩板上，就這麼——就這麼得救了，可不是嗎？我們仍受肉身禁錮，但至少——**得救了**。

真是大錯特錯。我倆身陷更駭人的險境。

麗雅壓根沒有落地，而是被甩出岩板之外，此刻她——我遲遲才了悟過來，此刻她整個人徹底**懸在半空**。我——我竟是她唯一的生機，而且這一線生機是何其渺茫，我伏在花崗岩板邊緣，設法撐住我們兩個。

在我們之下，唯有大片大片的虛空。再往下數百呎則是水沫飛濺的岩塊，等著將我倆撞成肉醬。

「麗雅，」我喘道：「麗雅。」

醒醒！我想大叫，但我對她的病情稍有了解，心知喊也沒用。她渾身開始抽搐，身體僵如布道壇，痙攣得迅速而激烈，一抽一抽，我幾乎沒法子將她抓牢。她的雙手捏成拳頭，兩眼向後翻，齒間淌出細細一道白沫。不可能將她的神智喚回。

與此同時，我感到她正一絲絲向下滑落。

「**麗雅！**」

我一次也沒有放聲求救，只是呼喚著她。我深知，到頭來唯有她幫得上忙。我們墜落之處過於偏僻，誰都瞧不見，即便河上有小舟來來往往，經過我們時估計也不會察覺異狀，只會全神貫注於手頭的工作。

這一剎那，我一如身處艾提默斯的衣櫥時那般無助。我又一次困在無人知曉的比試，孤立無援，只能仰賴自身的急智與毅力，可是面對眼下的處境——**兩條**人命全靠幾根手指撐住，我的力量是多麼微不足道。

她越發往下滑脫，我也受她牽引，被她一吋吋從岩架往下拖，越發靠近下方耐心等待的潮溼黑岩……

終於，我成功箍住她的手腕，使她停止下滑。靜止下來後，我精神一振，環顧周遭，在昏暗中盡可能摸索，尋找能夠施力之處……什麼都好，只要能讓我拉住……偏偏什麼也沒有……

陡然間，我的手指抓住了某樣物事，堅硬、乾燥、粗糙。

我效仿瞎眼賈斯博，以皮膚解讀那是什麼東西。是樹根。一棵樹穿透岩表的裸露樹根。

啊，我奮力將之抓住！奮力**握緊**……同時，另一手開始將麗雅往上拉。

在我兩端拉扯的力量實在太強，我得說，有時我感覺自己就要被扯為兩半。但我迅即察覺，雙方的力量無法互相抗衡；在兩具身軀合力拉扯之下，樹根開始彎曲。

拜託，我懇求：**拜託撐住**。但樹根絲毫不予理會，越來越彎，像人拉動脊椎似地劈啪作響，不久我便止住這句無聲的央告，換上另外一句，這回說了出口，反覆呢喃同一句話。過了數日，我才想起自己說的是什麼。

「不行，不行。」

讀者，你也許可以認為，我是在向上天求禱。我！我這從不禱告的人！我只能說，在樹根終於斷裂之際，不知是出於直覺抑或出於奇蹟，我的手已向上攀去——攀向下一截突出的樹根。這次的樹根穩穩扛住，待我回過神來，我已坐倒在岩石上，麗雅·馬奎斯倒臥在我面前，依然打著哆嗦……依然活著。

這下我爭取到些許餘裕，能思考如何走完剩下的路。這趟路程顯然不會容易，我們距離上方的地面尚有八呎，況且麗雅儘管沒抖得像先前那般厲害，卻依舊不省人事。

好在有個東西可供利用：數段裸露樹根連成一線，呈之字形一路向上延伸。難題在於如何讓**我們兩人**都上去。經過一番試誤與修正，我發現只要我背向岩表，雙腿扣住麗雅的腰，讓我們兩人相連，那麼我既能拉著她向上，又不致害得她在岩石上磕來碰去。

可是老天，這任務實在艱辛！奇慢無比，揮汗如雨，堅持不懈。不只一回，我不得不停下來，靠著樹根歇息。

年紀大了，記得我在途中想道：**實在不適合這種事了**。

短短八呎之遙，我們估計費了十五分鐘。我以吋為單位來衡量路程，每跨越一吋，我便有法子再跨越另一吋；無論岩表如何刮擦我的皮肉，無論我的雙腿在麗雅的重量之下如何發顫，我總有辦法再撐過一吋，是吧？

於是一吋吋累積下來，我們總算返回高處的地表，隨即跌作一團。我歇了半晌緩過氣來，抱起她走向石椅。我渾身是傷，處處發疼，在她身旁站了好幾分鐘，喘氣不止，接著將她摟入懷中。我感到她的抽搐逐漸止息，雙臂不再僵直，全身緩緩恢復正常，我內心的恐慌也隨之退去，轉為疼惜。

因為，現在我更加明白她的處境。至少，我明白為何她在最歡欣的時刻，渾身依舊縈繞著憂傷；我也明白，我對她的了解是多麼貧乏。也許我永遠無法了解她。

待我再次低頭一瞧，她的瞳孔已回到原位，她開始憑自身意志眨動眼皮。但她的身軀仍倚著我不住發顫，我想對她而言，這個瞬間想必最是難熬：步出黑暗，但眼前並非光明，卻是人間，而自己不知何時又得被迫離去。

「你該……」她勉強道。

「該什麼？」

整整一分鐘過去，她才有力氣把句子說完。

「你該放手讓我走才是。」

又是整整一分鐘過去，我才有法子開口。話語老是在我喉頭哽住。

「那麼做能解決什麼？」最終我勉強問道。

我以手指來回輕撫她的額頭。她的五官逐步恢復元氣，雙眸重燃光亮，凝視著我，眼中的憐憫深不見底。

「別怕。」她悄聲道：「他說凡事都有好的安排。一切都會。」

誰說？照理我接下來該這麼問，但她的話令我一驚，腦中一片空白。

過了半晌，她能把頭抬起，又過片刻，她能坐起身了。她用一手拂過額頭，虛弱地道：

「不知可否麻煩你給我一點水。」

我的第一個念頭是去噴泉。但我正打算用帽子舀水，身後便傳來她的聲音，聽上去更有力了些。

「以及些許吃的，如果不會太麻煩的話。」

「我去去就回。」我道。

我兩步併作一步上了階梯，一方面欣喜自己又能以雙腳站著，能奔波、能走動；一方面尋思，這時間該上哪張羅吃食。在我即將抵達旅店時，我將手探進口袋，摸到一小塊方形乾肉餅。雖說那乾肉餅已呈褐色，質地脆硬，乾扁皺縮，但我心想聊勝於無，掉頭再度拾級而下，返回花園。

她已不見蹤影。

到處見不著她的蹤跡——我找遍灌木叢與樹後，順著碎石路走過炮臺丘，走過航燈炮臺，一路直走到河鍊炮臺，甚至往斷崖下張望，看看她是否二度尋死。到處都找不著她，只餘她的聲音伴著我，無論我往什麼方向去，都持續向我呼喚。

凡事都有好的安排。

我女兒也說過同樣的話。

古斯・蘭德的陳述：三十六

菠菠教授不愛驚喜，據我猜測，主因是他會沒時間籌備那套唬人把戲。一旦少了這些把戲，他……唔，我就這麼說吧，我差點認不出開門的人是誰。遍尋不著麗雅之後，我騎上馬直奔教授住宅，趕在天色轉黑前抵達。茱莉與忍冬已然凋謝，不見遍地蛙骨，不見垂掛在梨樹枝頭的鳥籠，亦不見掛在門上的死響尾蛇。

菠菠本人也不見了。起碼在我見到門口那人時，我是這麼以為。那人身穿褐布長褲，配上淺色條紋長襪，頸間只掛著樸素的象牙十字架。

我思忖：**原來他私下裡是這副模樣。像個退休教堂司事。**

「蘭德，」他低吼：「我可不想見你。」

我明白，我倆的交情沒好到會讓他肯隨時讓我進門。到頭來，估計是由於我散發了濃濃的迫切氣息，他終於讓步，從門口向後一退，動也不動，默許我進屋。

「蘭德，你若是昨天來，我還能拿些牛心梨招待……」

「多謝，教授，我不會叨擾太久。」

「那好，進來便是。」

大老遠趕來此地，這不是我頭一次暗忖，我突發奇想來這一趟，說不準只是白白浪費時間力氣。

「教授，」我道：「上回我來的時候，你提及有位巫師獵人墜入魔道。那人被綁上火柱燒死，然後……他的書被扔進火堆什麼的……」

「是有這麼回事，」他應道，心煩地揮了揮手。「勒克萊爾。亨利．勒克萊爾。」

「記得你說他原先是位牧師？」

「正是。」

「唔，不知你手上可有他的肖像？比如版畫。」

他細細打量我，「你就只要這個？一幅肖像？」

「是，姑且這樣就行。」

於是他領著我來到藏書室，隨即走到他要的書架前，不等我動手幫忙，便宛如松鼠般爬上書架，下來時抱著一本幾乎快散掉的十二開本書。

「這個，」他攤開書本說道：「你要的惡魔信徒就是他了。」

我低頭一瞧，眼前的男人圍著牧師領，身披皺褶繁複的黑袍。稜角分明的輪廓，溫煦寬容的雙眼，豐滿平直的嘴脣，五官在英氣中帶著親切隨和，是個容易讓人告解的長相。

菠菠果真是精明的老狐狸，留意到我雙眼一亮。

「你見過他。」他斷言。

「確實，我見過另一幅畫。」

我倆互望一眼，誰也沒開口，但過了片刻，他伸手到頸後，解下繫著象牙十字架的鍊子，按進我掌心，包住我的手讓我握住十字架。

「基本上我不信鬼神，蘭德。不過每隔一兩個月，我也會像吃個點心那樣迷信一回。」

我面露微笑，將十字架放回他手中。

「我這人已經沒希望了，教授。但還是多謝你。」

那夜回到旅店時，有個信封靠在房門上等著我。我當即料到寫信人是誰，光是那龍飛鳳舞的草寫字，以及信封放置的角度（精準的四十五度角），便明白宣告了誰是作者，宛若簽名。

有那麼半晌，我立在信前，忖度著是否該裝作沒瞧見。隨後我略感憂傷地拿定了主意：我不能無視它。

蘭德：

在這世間，我對你毫無義務，但既然你曾真心實意關心過我（至少我是如此相信），我想也許你有興趣知道，我對未來已有新的籌劃。不出五分鐘前，麗雅與我已私訂終身。我將當即放棄軍校授階，與吾妻（不久後便是了）相偕遠走高飛，離開這片荒原。

我不需要你的賀喜或惋惜，我不需要你做任何事。我只盼你的靈魂能夠解脫，不再受仇怨控訴而扭曲。永別了，蘭德，我將奔赴吾愛身邊。

祝好

愛·坡

麗雅當真一點時間也沒浪費，我想道。

這消息來得如此突然，令我大感不安。為何進展得這麼快？而且就在麗雅剛與死亡擦身而過的時候？坡只要戀人開口，自然樂於聽從，但私奔對麗雅有何好處？全家正面臨緊要關頭，她為何要拋下弟弟與家人？

除非，她這麼做為的並不是成婚。除非，某件事的緊迫程度壓倒了一切。

隨後我的視線落在幾個字上頭：**永別了，蘭德**——這些字有如子彈般射向我，逼得我奔過走廊，衝下階梯。

坡身陷險境。我對這點無比確信，從未如此堅信任何事情。為了救他，我得去找那個能為我解答疑問的人——應該說，只要適當施加壓力，那人便會替我解疑。

距午夜只剩半個鐘頭時，我抵達馬奎斯宅，猛力敲門，像個醉醺醺從酒館晚歸的丈夫。尤吉妮身披睡袍，睡眼惺忪地佇立在門口，張口正要斥責，見到我的臉色卻說不出話來。她一聲不吭放我進門，聽我詢問她的主人在什麼地方，臉上微現緊張，往書房一指。

房裡只點著一根蠟燭。馬奎斯醫生坐在一張天鵝絨大扶手椅上，一本論文在腿上攤開，雙眼閉著，微微打呼。他的手仍維持原本的動作，向外伸長，指間端著一杯白蘭地，白蘭地本身平穩得恰似池塘水面。（先前坡也會這麼睡著。）

我用不著出聲，他睜開雙眼，放下酒杯，對著黑暗微微驚跳一下。

「蘭德先生！真是驚喜。」他動起來，準備起身，「你可知道，我正讀著一篇有關產褥熱的論文，真是引人入勝。我恰好想到**你**，文中關於有效療法的探討你定會喜歡……喔，放到哪裡去了？」他端詳他剛離開的座椅，帶著沉沉睡意轉了一圈，最後察覺論文仍在他腿上。「啊，在這裡呢！」

他期盼地抬起頭，但我已走向鏡前，審視我的鬍子，拂去下巴沾上的線頭……確保自己**準備萬全**。

「醫生，你的家人都去哪了？」

「噢，這時間對我妻子女兒恐怕太晚了，她們已回房安睡。」

「也是，令郎呢？」

他對我眨著眼。「怎麼，自然是在宿舍啦。」

「也是。」

我緩緩在房內踱步，每回經過他都輕輕擦過他身旁（書房實在太過狹小），感覺得到他以目光追隨我的每一步。

「蘭德先生，要不要喝點什麼？白蘭地？」

「不用。」

「威士忌如何？我曉得你愛喝——」

「不用，多謝。」我道，在離他幾呎之遙停步，映著燭光，對他露齒一笑。「醫生，我得說，我對你有些失望。」

「哦？」

「你有個威名遠播的祖先，你卻隻字不提。」

他那猶如坑洞的嘴開始勾起一個笑。「哎呀，我不明白……這個，我不確定你說的是——」

「亨利・勒克萊爾牧師。」我道。

他彷彿翅膀受傷的鷓鴣，渾身一軟，癱坐在椅上。

「喔，你放心，醫生，如今這名字已不大受人注目了。但我聽說，當年他是出類拔萃的巫師獵人，只是後來也成了獵捕的對象。能否借蠟燭一用？」

他沒答腔。我取過蠟燭來，端到書架前，照向掛有陳舊油畫的凹槽。頭一次見到油畫時，我並未多加留心，但那幅畫幾乎與菠菠書中的版畫如出一轍。

「這位就是勒克萊爾吧，醫生？唔，你這位祖先當真英俊，是我也想要這樣的祖輩。」

我把蠟燭放低了些，馬奎斯太太年輕時的浮雕小像映入眼簾。我將雕像移至一旁，一手按住其下粗糙糾結的表面，先前我誤以為這飄著霉味的灰色書皮是個靠墊。

「這便是他的著作，是不是？說來羞愧，先前我還看不出這是本書。材質還真特殊，對吧？若我記得沒錯，應當是狼皮。」

我遲疑一瞬，手指探入書下，將之拿起。沉重得很！彷彿一頁頁都鑲了鉛、燙了金。

「《惡魔之語》，」我道，掀至第一頁。「醫生，你要知道，世上有些人是願意重金買下這本書的。要不了一天，你就發財了。」

我闔上書封，小心翼翼將書歸回架上的原位，再把馬奎斯太太的浮雕擱回上方。

「醫生，坦白告訴你，你們一家人令我大惑不解。我總是沒法確定——這麼說吧，沒法確定**作主**的是誰，掌控全局的是誰，你們每個人都讓我輪番懷疑了一遍。我壓根沒想過，說不定另有其人。一個早已不在人世的人。」

我在他面前站定。

「令嫒受猝倒症所苦。」我道：「不，請別否認，是我親眼所見。在她發作期間，她幻想自己與某人對話，這人會告訴她一些事，說不定還吩咐她去做些什麼。」我往牆上的畫一指，「就是他，是不是？」

到頭來，馬奎斯醫生終究不擅長撒謊瞞騙。原因不在於他技巧不佳，而在他意志不堅。在我看來，有的人能守住如山的祕密，層層疊疊像塊頁岩，越堆越高，毫不動搖；有的人則只消輕輕一點，整座大廈便轟然傾頹。對於後者這樣的人，甚至用不著長得像勒克萊爾牧師那般，只要大廈傾頹之際你人在場即可。

馬奎斯醫生正是如此。他已準備好傾吐祕密，也就這麼和盤托出，直說到蠟燭燃盡，深夜邁入清晨。每當他說話漸慢，我便給他倒杯白蘭地，他會把我當慈悲天使似地望著我，接著再度說下去。

他告訴我一個故事：有個漂亮可愛的女孩，配得上一個姑娘最理想的人生——步入婚姻，躋身上流，生兒育女。與此同時，她卻也受病症纏身。那病症駭人可怖，在無人注意之際猝發，阻礙她的腦部運作，把她當搖鈴那般搖撼。

她父親試遍各種他所能想到的療方，可是沒一個管用。他甚至試了信仰療法，依舊治不了這惡疾。漸漸地，全家都受此惡疾宰制，改變了每一個人。他們拋下舒適的紐約，移居西點與世隔絕，不與他人深交，大多時候離群索居；父親放棄事業雄心，母親愈發怨苦乖僻，兩個孩子少與外界接觸，培養了超乎自然的親暱情誼。四人分別以不同的形式，受此疾病掌控。

「老天，」我道：「為何你不說出來？薩耶爾會理解的。」

「我們不敢。我們不願遭人排擠。蘭德先生，你得明白，當時我們的日子很是煎熬。麗雅滿十二歲後發作得更厲害，我們不只一次擔心她捱不過來。後來有一日，那是……那是七月的某天下午，她甦醒之後，說……」

他打住。

「她說了什麼？」

「說她見到了一個人。一個先生。」

「也就是勒克萊爾牧師？」

「是。」

「她的曾曾曾祖父，或不知第幾代祖先。」

「是。」

「她跟這個人**說上了話**？」

「是。」

「說的是法文？」我翻了個白眼問道。

「是，她法語說得很流利。」

他語氣間罕有地流露不滿。

「醫生，說來聽聽，她怎麼曉得這神祕人物是誰？難不成對方還自我介紹？」

「她見過畫像。那時我是把畫收在閣樓，可她和艾提默斯不知怎麼發現了。」

「收在閣樓？該不會是以祖先為恥吧。」

「不，不。」他連忙揮手，「沒那回事。亨利・勒克萊爾不是……他從來不是傳聞說的那種人。他生性並不邪惡，他是在治療別人。」

「只是遭人誤解。」

「正是。」

「於是，這位受人誤解的可憐治療師，這個你女兒憑空想像的產物，就這麼教導起她來，她再接著教導艾提默斯。又過一段時日，醫生，你夫人也成了門徒。」

說實在，這不過是個猜測。並無證據顯示馬奎斯太太也涉入其中，只有我的親身體驗能夠佐證——這屋子蓋得緊密，聲音容易傳開，沒什麼事能瞞住別人太久。雖說只是揣測，不過瞧醫生垮下臉來，無止無休地往下垮，我便明白我猜個正著。

「這個嘛，醫生，那些課程想必很有意思。據我推測，主要課程即是獻祭。起初是獻祭**動物**——後來，光是動物已經不夠了。」

他的頭左右搖動，像個鐘擺。

「醫生，你尊敬的蓋倫會說什麼？希波克拉底若是知道有人拿**年輕男子**獻祭，會說些什麼？」

「不，」他道：「不，他們向我發過誓，說弗萊先生當時已經死了。他們發過誓說絕不會殺人，絕對不會。」

「你自然相信他們。可話又說回來，你也相信死人能夠復生，還和你女兒閒談。」

「我別無選擇——」

「**選擇**？」我咆哮，一拳擊向他的椅背。「別人也就罷了，居然是你！你是醫生，你從事科學研究，你怎能把希望寄託於這等無稽之談？」

「因為我……」

他雙手掩面，當中洩出一聲宛若少女的高亢哀號。

「我聽不見，醫生。」我道。

他抬起頭，以他原有的嗓音喊道：

「因為我自己救不了她！」

他抹去眼中滲出的淚，咳出最後一聲啜泣，伸出雙手無言地懇求。

「蘭德先生，我所習的技藝派不上用場，我怎能阻止她另尋療法？」

「療法？」

「他是這麼擔保的，條件是要麗雅按著他的話去做。她果真做了，也**好轉**了，蘭德先生。沒人否認得了，她發作得不如以往那麼頻繁，即便發作也不如以往厲害。她好轉了！」

我往書櫃一靠，忽感疲憊。疲憊得難以言喻。

「既然她的病情有所起色，」我道：「她還要人類心臟幹什麼？」

「喔，她根本不想要。可是他說，倘若她想徹底解脫，別無他法。」

「從什麼解脫？」

「她這份詛咒。這份天賦。她受夠了，你不明白嗎？她想徹底好起來，她想過和其他女子一樣的生活，她想去**愛**。」

「為此，她只消獻出……別人的**內臟**？」

「我不知道！我告訴麗雅和艾提默斯，別把他們做的事告訴我。唯有這樣，我才能——才能守密。」

他雙手環住自己，垂下了頭。啊，目睹他人的軟弱，有時實在難受。然而依我經驗，人之腐敗也多半是由此而起——腐敗源於軟弱，甚至誤把軟弱當成堅強。

「唔，醫生，問題在於，你的兒女不停將他人牽扯進那所惡魔學院。」

「他們發過誓，那些不是他們幹的——」

「我說的不是弗萊，」我道：「也不是巴林傑或史塔德。我說的是一個還在世的人。莫非你不曉得，你女兒已與坡先生訂婚？」

「**坡先生？**」他嚷道。

他驚愕的反應一陣一陣變化，那是裝不出來的。他想不透這一切怎麼回事，於是他試著一步步消化，每進入一個新階段，他便有如打嗝似地大受震動。

「但坡先生才來過，」他結結巴巴道：「他今晚來了，沒人提起什麼訂婚。」

「坡來過？」

「是啊！我倆相談甚歡，然後他和艾提默斯去起居室喝點小酒。哦，我知道違反校規，」他一笑，露出大顆牙齒，「但我想偶爾小酌幾杯也無妨。」

「艾提默斯也在？」我問道。

「是，今晚挺——挺熱鬧……」

「坡何時走的？」

「這個，我不曉得。總不至於待上太久，他還得回宿舍去，艾提默斯也是。」

我經常思忖，假如我一開始便發揮原有的水準，一切是否會走向不同的結局。比方說，如果我頭一回見到那幅家族畫像時，就想到要開口詢問；或者，如果我一得知麗雅・馬奎斯的症狀，就了悟她的病情具有重大意義。

或者，如果我那夜一踏進馬奎斯宅，就認出眼前的東西。

現實卻不然，我隔了超過半個鐘頭才醒悟那是什麼。在想通的剎那，我逼近馬奎斯醫生，對著他的臉厲聲怒斥——殊不知，該怪的只有我自己。

「醫生，你倒是說說，倘若坡人已離開，為何他的斗篷仍掛在你家前廳？」

衣帽架上只剩那件衣裳。由黑色羊毛布製成，是政府配發的標準配備，差別在於……

「在於這個破洞。」我道，手裡拿著斗篷。「瞧見沒，醫生？幾乎與肩同寬，估計是他多次穿過貯木場溜出來所弄破的。」

醫生呆呆回看著我，雙唇微動，隨後一鬆。

「醫生，這些日子我學到一件事：軍校生無論去哪都穿著斗篷。在冬日清晨聽到晨號時，倘若不添些衣物便出外集合，那可就糟糕了，是吧？」

我將斗篷掛回衣帽架，伸手撫了幾下，接著盡可能隨意地問道：「既然坡先生沒走，他上哪裡去了？」

他眼中閃過了什麼，是極其微小的火花。

「你想到了什麼，醫生？」

「他們……」他轉過身，試著弄清方位。「他們搬了個箱子出去。」

「箱子？」

「說是舊衣服。要拿舊衣服去扔。」

「**是誰？**」

「艾提默斯。麗雅也在一旁幫忙。他倆手上抽不出空，所以我替他們開了門，然後……」他打開門，踏上屋前的階梯，眺望黑暗，像是以為會發現他們還在這裡。

「我不……」

他回過身面對我，迎上我的目光時，臉色一白，雙手倏地摀住兩耳。在柯斯丘什科花園的那日，他在太太身邊做的正是這個動作，那是想將一切阻絕在外的動作。

我抓住他的手，往下扯到他身側，不讓他的手動彈。

「他們帶他去哪了？」我問道。

他掙扎抵抗，激烈得好像他才是力氣大的那個。

「他們不可能走遠。」我道，試著維持語調平穩，「提著箱子沒法走遠，想必是走路即可到達的地方。」

「我不——」

「**是哪裡？**」

我本想朝他露出來的耳朵大喝，但不知為何，我在最後一刻壓住音量，轉為低語。然而那威力與怒喝無異，震得他把臉往後一仰，閉上雙眼，話語自脣間流瀉而出。

「冰庫。」

古斯・蘭德的陳述：三十七

十二月十三日

如劍寒風自西方吹來，馬奎斯醫生與我奔過練兵原。風聲在林間呼嘯，嗚角鴞幾乎是翻滾著飛過上空，雪松太平鳥宛若發狂的修士般念誦不止……馬奎斯醫生也是如此，一面跑著，一面說個沒完。

「我想不——不必……叫**其他人**來吧？只是我們家的私事罷了，我想我有法子——勸勸他們，蘭德先生……只消勸一勸，沒人會受什麼傷的……」

唉，我耐著性子由他說下去。我明白，他無非是怕我會叫來希區考克，引來一整支搜救大隊；基於個人理由，我也想私下平息事端，於是我不吭一聲，直到兩名年輕學員大步朝我們走來。

「誰在那裡？」他倆幾乎異口同聲嚷道。

是希區考克近來下令安排的兩人巡哨。他倆渾身披掛肩帶、彈藥盒、各樣裝備，散發威嚇氣息。

我感覺醫生一手按住我的臂膀，像在祈禱。

「是蘭德先生。」我道，不住喘氣，但盡我可能使語氣平靜，「以及馬奎斯醫生。夜深了，我們出來走走。」

「上前報口令。」他們道。

時至今日，崗哨都已認得我了，換作尋常夜晚，這要求不過是走個形式。然而如今形勢已變，較年長的那名衛兵並未放下警戒，更昂起下巴，用他仍帶著些許稚氣的嗓音，厲聲重複一遍命令。

「上前報口令！」

我向前一步，道：「提康德羅加。」

他維持相同姿勢好半晌，聽同伴清了清喉嚨，才收起下巴。

「准許通行。」他粗聲道。

「兩位做得好！」我們快步離開時，馬奎斯醫生回頭喊道。「看兩位履行職責，讓我安心許多。」

我們那晚在路上碰到的其他人只有一個，是食堂清潔工賽撒；他出人意表地站在坡頂朝我們揮手，有如出門郊遊的孩子，可惜我們無暇回應。又過兩分鐘，我倆已站在冰庫前，仰望這樸實的小倉庫，只見它四面石牆，屋頂以茅草鋪成，我忽地憶起坡盤踞在上方，低頭注視我在草地放下石子。當時，誰也猜不到我倆尋覓的目標——勒羅伊·弗萊的那顆心臟，便藏在腳下。

「他們在哪裡？」我問道。

我壓低了聲音，卻讓馬奎斯醫生後退一步。

「說起來，我也不敢確定。」他悄聲答道。

「不敢**確定**？」

「我從沒去過那地方。那是他們多年前玩耍時發現的，是個——地窖或地下墓穴之類的所在。」

「但究竟**在哪裡**？」我稍稍提高音量。

他聳聳肩，「估計在裡頭。」

「醫生，冰庫每一側都不超過十五呎，你說那裡頭有個**地窖**？」

他無力一笑，「對不住，我——我只知道這麼多。」

好歹我們帶了提燈，我口袋裡還有盒黃磷火柴。儘管如此，我們推開羊皮包覆的門之後，仍舊在門邊踟躕不前，凝望著那冷風陣陣的黑暗——若不是前頭有艾提默斯與麗雅的榜樣，我們可能會猶豫更久。艾提默斯和麗雅小時候便找著了通往裡頭的路，難不成我們辦不到？

然而我們一進去便差點遭逢意外。誰也沒料到腳下有四呎的落差，待我們再度站穩腳跟，舉起提燈之際，我們驚詫地瞧見……自己。

面前是一座閃爍光澤的冰塔。那些冰塊是去年冬天從附近的湖泊切割出來，一塊塊堆放於此，以備未來一年之需。此刻，這座冰塔矗立於前方，宛若扭曲的鏡子，我們的倒影在其上時而蜿蜒，時而放大，提燈也變得黯淡，有如蒼老的恆星。

當然，不過是些冰罷了。是這些冰防止柯森斯先生的奶油融化，又在董事會下回來訪時，現身於塞萬努斯．薩耶爾的甜點桌……沒錯，偶爾也防止屍身在下葬前腐壞。不過是些結凍的水。然而，這地方是多麼嚇人！我說不上來為什麼，也許是四處飄著潮溼木屑的難聞氣味，也許是填滿每個縫隙的稻草發出了輕微聲響，也許是雙層牆板中的老鼠絮絮低語，也許是冰塊淌下的水黏在你身上，恰似新一層皮膚。

也或許，原因更為單純：踏足一個留住冬日之地，本身便是個錯誤。

「他們一定在附近。」醫生低喃道，舉燈照亮一列長櫃，上頭擺滿斧頭與吊舉夾具。

他的呼吸聲比先前粗重，可能是由於此處的空氣，這裡比我預料的更暖和些，也更緊密些。我的燈照在一座切冰機上，打亮冷硬的金屬輪廓，鯊魚般的銳齒反射光芒，我登時覺得我倆有如懸在血盆大口前，隨著陣陣呼息而搖動。

天花板的通氣口也在呼吸，輕輕吹送夜晚的空氣，從中可見點點星光。我後退一步，好看清那景色……隨即感到腳後跟往下陷。我挪動另一腳試著穩住，孰料兩腳底下一空，我向下摔去，確切說來，是順著長長的緩坡往下滑。我四處亂抓，但伸手可及之處唯有冰，雙手如同顏料般滑落，我登時明瞭，自己正順著下水道向下溜去。提燈撞上牆壁，我瞥見馬奎斯醫生的神色：那是恐懼，是了，我記得也夾雜著憂慮，以及無力——只因儘管他伸長了手，但他大概已經明白他幫不了我。我往下**直落**……

＊　＊　＊

說來好笑，我的雙腳始終穩穩踩著，待我滑至底部，地面的衝擊力才震得我四肢著地。我抬起頭，兩旁皆是石牆，身下則是石地板。我墜落之處看來是條走廊，位於冰庫下方約莫二十呎，空無一物，飄著霉味，也許是克林頓堡建造的年代留下的遺跡。

我往前踏出一步。只那麼一步，腳下便傳出聲響，是細微的斷裂聲。

我自口袋中掏出火柴，往盒子一劃。

我踩著骨頭。滿地遍是屍骨。

多數骨頭十分細小，不比菠菠教授的蛙骨大上多少：松鼠骸骨，田鼠骸骨，一兩隻鼴鼠，為數眾多的鳥。委實難以分辨有什麼動物，因為那些骨頭全隨意散置於地板上，毫無章法，唯一的作用似乎便是充當警鈴，無論往哪裡踩，勢必免不了把屍骨踩碎。

於是我再度趴下，動身沿著走廊向前爬，一手拿著火柴，另一手輕輕掃開路上的骨骸。腿骨或小頭骨不止一次卡進我的指縫，我一次次將之甩開，繼續前行，邊掃邊爬，邊掃邊爬。

第一根火柴熄滅，我點亮第二根，舉向天花板，只見一群蝙蝠懸掛在上頭，彷彿精巧的黑色手提包，隨著呼吸鼓動。透過牆壁，我頭一遭聽見一陣難以辨識的輕響——低吟逐漸轉為尖鳴，輕嘶驟然變成呼號。那些聲音並不大，或許甚至不是真的，但全帶著一股威嚴，彷彿長久以來像岩石一般堆積，層層往上疊去。

我加快動作。在我順著走廊邊掃邊前進時，我留意到火柴的光亮不再醒目。有別的什麼——別的光源壓過了它。

我吹熄火柴，瞇眼望進滾滾黑暗。前方十呎之處，一道光芒自牆上的裂隙照出。讀者，我從沒見過如此奇異的光！冷白如奶霜，交織如網。隨著我靠近，光網逐漸匯聚成流，光流又融會為一片，驟然間，我眼前出現一個房間——一個烈焰熾盛的房間。

熾焰攀牆，蠟燭在成排的燭臺中灼燒，熾焰在地，火炬圍成圓圈，圓內另以蠟燭排列成三角形，與外圓相接；熾焰直逼天花板，火盆中燒著炭火，火勢猛烈，火舌簡直與尋常起居室等高，炭盆旁有株松樹固定於牆上，同樣遍體是火。火光滿室，如此刺目，要想看清不是火光之物變得極其艱難，全憑意志力。好比不知是誰在三角形底部刻下的字母：

ƧHᒧ

另有三個人影，無聲而堅定地在蠟燭火炬之間行走。一人是罩著手縫灰袍的嬌小修士，一人是身披牧師黑袍與白罩衫的司祭……另一人是美國陸軍軍官，我瞧他身上所穿正是約書亞・馬奎斯的舊軍服。

我到得正是時候，馬奎斯家的私人劇場才剛拉開帷幕。

可這算得上什麼戲？菠菠那本書中所繪的野蠻儀式去哪了？拖著嬰孩的有翼惡魔呢？騎掃帚的巫婆、戴女帽的骷髏、起舞的石像鬼呢？我原以為——不如說，我原期盼見到昭然若揭的罪業，殊不知目睹的是……一場化裝舞會。

此刻，其中一位狂歡之人往我的方向轉了過來，是那名修士。我縮回牆後，但在那之前，火把的光照進修士的兜帽，打亮了馬奎斯太太兔子般的小臉，臉上毫無遮飾，神情木然。

我以往所見的她總強顏歡笑，這時的她卻是天差地別。她搖身一變，成了最麻木呆然的輔祭，只等著下一聲號令。不出一分鐘，指令便來了，恰如其分地出自軍官之口。軍官傾身靠向她，柔聲說話，直傳進我耳中：

「快了。」

果不其然，正是艾提默斯。他穿著已故叔叔的制服，那套軍裝在他身上不如坡那麼合身，但他仍昂然佇立，端出了第八桌桌長的氣勢。

既然那位是艾提默斯，那麼第三人只可能是麗雅了。身為司祭的她低頭拱肩，緩步前行，邁向表面粗糙的石製聖壇。

是，那正是麗雅·馬奎斯。她身上只差一條白領，被我在班尼·海溫斯的酒館外頭給扯掉了。

這時她開口說起話來——也許她一直說著話，聲調出奇響亮。讀者，我不諳外語，但我敢打賭，從她口中發出的絕非什麼拉丁語、法語、德語，更不是任何人類曾說過的語言。據我推想，那是麗雅·馬奎斯和亨利·勒克萊爾當場發明的全新語言。

喔，我可以試著寫下來給你瞧瞧，但八成會像是**斯考羅利孔納法赫雷諾**，只會讓你覺得是成篇狗屁不通的胡言亂語。確實是胡言亂語，差別在於它有種魔力，反過來令**所有語言**都成了胡說八道，甚至連你說了將近半世紀的詞彙都像胡亂湊合出來的，恰似塵土。

無論如何，這語言對麗雅的同伴定然有其意義。幾分鐘後，她提高音調，三人一同轉身，凝視某個以布遮蓋的物事，那東西正安放於魔法陣之外。由此可知我看他們看得多出神：在此之前，即便那東西後頭有一把火炬將其照亮，我卻完全沒注意到。我細細端詳，卻只看得出一團衣物，正如馬奎斯醫生所言。從衣物之中，探出一隻光裸的手。

艾提默斯跪下來，一層層剝開布料……露出了倒臥在地的坡學員。他全身上下的制服依然好好穿著，唯獨軍裝外套已被脫下。他躺在那裡的樣子，恰似躺在軍葬禮上，即將接受五響鳴槍禮：臉色煞白，手指僵硬，我幾乎以為他死了，直到我瞥見他渾身打了個哆嗦，有如一道浪潮。在那個當下，我頓時慶幸這裡很冷。

啊，確實是冷！比冰庫冷上許多，比南北極更冷，冷得足夠讓一顆心臟連續數週新鮮不腐。

艾提默斯捲起坡的衣袖……打開一個醫生包，和他父親所用的很是相似……先是抽出一條止血帶，再取出一個大理石紋小缽……接著是個窄口玻璃管……然後是把柳葉刀。

我沒叫出聲，但麗雅彷彿曉得我在，出聲安撫。「噓——」她道，沒特別對著誰。

是了，她是在告訴我**凡事都有好的安排**。儘管我不相信，卻也未出聲阻撓，連艾提默斯的柳葉刀切開坡臂上的藍色細線時，連鮮血順著玻璃管滴入靜候的小缽時，我都未曾張口。

過程只花了五秒（艾提默斯學得不錯），然而柳葉刀一刺之下，坡的身體動了起來，雙腿和肩膀微顫，嘴裡低語：「麗雅。」褐色眼眸猛地睜開，驚見自己的血液流入碗中。

「奇怪。」他喃喃道。

他作勢起身，但他僅存的氣力已快要消耗殆盡，我幾乎**聽得見**他體力消退的聲音，有如雨水順著屋梁滴落：答……答……答……每當血液的流速變緩，艾提默斯便拉著止血帶一擠。

他會死，我心想。

坡以手肘撐起身，喚道：

「麗雅。」

隨後又說一遍，這回更加篤定，只因坡找到了她。越過火炬和蠟燭的灼亮火光，穿透她那一身衣袍的遮掩，瞧見了她。

而她——她應聲而至。她在坡身畔跪下，髮絲自肩膀滑落，臉上的微笑如夢似幻。那笑容本該令他心神蕩漾，他卻如遭重擊，試著向後躲開卻動不了，隨後再次試著撐起身來，偏偏依舊沒有力氣。艾提默斯切得精準，坡的血這時仍涓滴不止，速度穩定：滴……答……

麗雅滿懷妻子的柔情，一手撫過他糾結的亂髮，又溫柔摩娑他的下頷。

「很快就要結束了。」

「什麼？」他結巴道：「我不——什麼？」

「噓——」麗雅以手指按住他的雙唇。「只消再幾分鐘，一切都將結束，屆時我就能獲得自由之身，愛德加。」

「自由之身？」他微弱地複誦。

「才好嫁給你，不然為的是什麼？還有什麼更美妙的事？」這時她笑出聲來，輕扯身上的長袍。「估計我得先卸下司祭一職才是！」

坡呆看著她，彷彿她每說一字，都像是變了個人。然後他舉起手臂，指著玻璃管，語調有些孩子氣：

「但是**這個**，這是怎麼回事，麗雅？」

我差點就要張嘴回答他。是啊，我想任憑嗓音在冰寒的走廊上迴響，想扯開喉嚨朝著蝙蝠大喊……

坡，你還不明白？他們需要童貞之血。

古斯・蘭德的陳述：三十八

說實話，我也是那一瞬才想通。在此之前，我已反覆琢磨艾提默斯當時在漆黑的樓梯間，為何要說那番古怪的話：「**我猜想你還沒……這麼說好了，還沒獻身給任何女子吧？**」這些話我翻來覆去推敲好幾日，等待靈光一現的剎那——靈光就在此時降臨，我登時明瞭，艾提默斯如此一問並非出於低俗下流的好奇心，而是代另一方提問：代亨利・勒克萊爾提問。一如每個傑出的巫師，為了崇高的儀式，勒克萊爾自然會要求最上等的血。

「聽好。」麗雅說道，手指伸至坡的下巴之下，使他仰起臉來對著她。「此事非做不可，明白嗎？」

他點頭。我不知他是自主點頭，抑或是受麗雅手指的動作牽引，但他的確點了頭。隨後，他注視麗雅以雙手捧住他那缽鮮血。

此刻缽幾近全滿，她像端著熱湯般小心端著缽，走向石壇。再來，她轉過身，環視室內，逐一對上每雙眼睛。她把缽高舉過頭……沉著地將其傾倒過來。

鮮血直瀉而下，先是在她頭頂積聚，隨後流過頭顱邊緣，順著她的臉淌下，一條條閃爍光澤。讀者，這下她看來簡直有些滑稽，好似往頭上套了個綴有流蘇的燈罩，流蘇卻緊黏著她不放。她透過血簾向外凝視，張口出聲，竟是口齒清晰的英語。

「至高的父，求祢讓我自祢的贈禮中解放。至仁至慈的父啊，求祢解放我。」

她將手探入石壇後方，在石牆中的小縫隙中摸索，取出一個小木盒，我想那大約是她父親的一個雪茄盒。她開啟木盒，無比專注地凝眸細看盒中物事，接著像個好老師那般，舉起木盒給同伴觀覽。

那心臟原來是那麼小，收在那小小的盒子！正如馬奎斯醫生所言，不比拳頭大上多少，哪值得為它浪費這麼多心力。

但那顆心臟便是一切的開端。亦將是一切的終結。

這時，麗雅口中高聲吐出一連串……我想那是**誓言**。她再度說起陌生的語言，發出子音時的咂嘴、每個音節的冷酷聲調，聽來字字句句都恍如頹敗不堪的靡靡之音。她聲音漸小，將心臟向天花板高舉，室內隨之陷入沉寂。

我心知，眼下正是緊要關頭。我心知，繼續等待並無好處，我若想救坡便得**行動**，而且得即刻行動。

怪的是，我仍按兵不動並非由於危險，而是由於奇異的**傲氣**。在馬奎斯家的這場戲當中，我不甘於做個尋常演員，不甘於做個連臺詞也不曉得、對劇情只有個粗略印象的演員……

好歹我看穿了一件事：這一家人的關係中有個弱點。若我能臨危不亂，盡速利用這項弱點，也許有法子強硬地擺平這一切，讓坡平安脫身……活著見到明天。

啊，可是在那個當下，徘徊於走廊之際，我從未感到自己這般蒼老。倘若有法子找人代我去做，我必定會不假思索將那人推進門內。只可惜現場再無別人，只見麗雅・馬奎斯將臉仰起，好似要將亞麻布收進櫃子高處，單單這個舉動，以及這舉動預示的一切可能，便促使我終於動起身來。

我跨出三個大步，踏入室內站定，感受火炬的熱度灼燒臉頰，等待他們瞧見我。

結果用不著等太久。不出五秒，罩著兜帽的馬奎斯太太倏地轉過頭來，一雙兒女隨即跟上；就連坡也一樣，儘管被下了藥，生命力隨著鮮紅血流緩緩流失，依然對上了我的目光。

「蘭德。」他悄聲道。

火把再怎麼灼燙，炙熱程度也及不上**那雙眼**，直視著我，傳達出強烈的請求。我強迫自己回神，若非我率先採取行動，一切都沒法進行下去。

「晚安。」我道。

我隨即掏出懷錶看了看，更正道：

「對不起，是**早安**。」

我竭盡全力做出輕鬆的語調，但我聽來依舊是個**外人**，是未獲邀請的不速之客，麗雅．馬奎斯一聽便渾身一震。她將雪茄盒擱在地上，朝我踏出一步，伸出雙臂，起初像是有意表達歡迎，隨後心意一堅，轉為對抗的姿態。

她道：「這裡不是你該來的地方。」

但我已撇下了她，轉而朝向佇立在一旁的女子——在那修士兜帽之下，我能瞥見婦人的嘴唇正在發顫。

「馬奎斯太太。」我聲調和煦。

聽聞她的名字，她神態一變。只見她拉開兜帽，現出一頭捲髮，甚至——哦，讀者，她禁不住對我**面露微笑**！整個人彷彿回到了教授街，哄著我們上桌打橋牌。

「馬奎斯太太，」我道：「不知妳可否告訴我，在妳的兒女中，妳想救誰免於絞刑？」

她雙眸一黯，笑意染上困惑，好似正想著：**不，一定是我聽錯了**。

「母親，別理他！」艾提默斯高聲道。

「他嚇唬我們罷了。」麗雅道。

我仍舊不予理會，全副心神、全副火力集中於他們的母親身上。

「妳恐怕別無選擇，馬奎斯太太。總得**有人**為這一切站上絞刑臺，這是赤裸裸的事實。妳也明白的，是吧？」

她的視線開始左右飄移，雙唇緊抿。

「殺害軍校生，將其開膛剖肚，這等罪行絕不容寬貸，是不是，馬奎斯太太？不說別的，這可會創下不好的先例。」

這下她的笑意蕩然無存，抹得乾乾淨淨。少了那笑容，她的臉看來多麼赤裸！遍尋不著一絲欣喜或希望。

「這裡的事與你無關！」麗雅喊道：「這是**我們的**聖地。」

「這個嘛，」我道，雙手交握舉在身前，「馬奎斯太太，我不想反駁妳女兒的話，可是依我看，她那顆小小的心臟——是，正是她手裡拿著的那顆——單憑那心臟，這事便與我有關了。」我伸指輕點嘴脣，「也與**軍校**有關。」

我邁起步來，走得從容徐緩，沒有什麼明確路線，沒顯露一絲懼怕。然而，某個聲音如影隨形跟著我：坡的鮮血滴滴答答落在石地板上的聲響。

「這事說來傷心，」我道：「委實令人傷心，馬奎斯太太。尤其是對**令郎**而言，他是那麼——是那麼前途似錦。可惜妳瞧，這裡偏有那麼一顆人類心臟，極有可能是個軍校生的心臟；這裡又有個小夥子遭人下藥、綁架，我想他八成是受到了襲擊。坡先生，是不是？」

他一臉茫然看著我，活像我說的是別人。我聽得見他的呼吸聲，聽來惶急、短促……

「哎，從這種種跡象看來，」我道：「我只想得出幾種結果，馬奎斯太太。但願妳明白。」

「你忘了一件事，」艾提默斯說道，下巴肌肉跳動。「你在這裡勢單力孤。」

「是嗎？」我向他靠近一步，將頭一偏，宛若麻雀……視線卻始終不離他母親。「馬奎斯太太，妳認為令郎當真想**殺了我**嗎？他殺了那麼些人還不夠？妳**容忍**得了這種事？」

此刻她手足無措，雙手將捲髮往後拂，隱隱流露她昔日風情萬種的影子。待她終於開口，那語調溫聲中帶著討好，像是忘了把誰的名字寫上邀舞卡。

「別這樣，」她道：「誰也沒殺人。他們說了，他們跟我保證沒有——」

「噓！」艾提默斯斷聲道。

「不，請說，」我道：「馬奎斯太太，請妳務必要說，我得知道該救令郎還是令嬡。」

她的第一反應是先瞧一個孩子，再瞧另一個，將他倆仔細掂量——隨即為自己竟衡量起一雙兒女感到驚駭，一手按住鎖骨，聲音斷斷續續：

「我不——我不明白為何……」

「哦，這抉擇很是艱難，是不是？說起來，若妳擔憂艾提默斯的軍校學籍，也許妳會期盼他**姊姊**是一切的主使，而他不過是受到了哄騙，同妳一樣，馬奎斯太太。這個嘛，假如我們有法子提出夠強力的論點指證**麗雅有罪**，艾提默斯也許只消……喔，在禁閉室關上幾日，明年春天依舊能加銜授階。那敢情好！」我雙手一拍，「**麗雅．馬奎斯有罪論**。先從不翼而飛的心臟談起，我們自問：**誰**需要人類心臟？怎麼，自然是令嫒了！如此一來，她才有辦法取悅敬愛的祖先——也治癒她悲慘的宿疾。」

「不，」馬奎斯太太道：「麗雅不會……」

「是，她需要心臟，她也心知自己的弟弟沒……是否該說沒那個**膽子**？於是她找了個幫手，也就是弟弟最親密的好友：巴林傑先生。十月二十五日那夜，她給弗萊先生捎了封信，引誘他離營。他定是興奮難耐！和標致的美人私下幽會，他想必覺得自己美夢成真！之後他又該有多麼失望，赴約後只見著備妥了繩圈的巴林傑。喔，沒錯，」我瞥了坡一眼，道：「我親眼見過，巴林傑先生要制伏對手是輕而易舉。」

「麗雅，」馬奎斯太太的指甲刺入掌心，「麗雅，快跟他說——」

「巴林傑身為你們一家的至交，」我續道：「想當然很樂意為令嫒赴湯蹈火，甚至樂意把一個人給吊死……又依著麗雅的指示，從他胸腔剜出心臟。據我猜測，他唯一辦不到的便是保密，因此也得了結他。」

繼續，**蘭德**。無論是我在火炬之間穿梭時，耳裡聽著坡的鮮血滴落時……抑或是我對馬奎斯太太灰敗的面容微笑時，這命令不斷在我心頭迴盪。**繼續啊**，**蘭德**！

「史塔德先生估計正是在此時派上用場。」我道：「我想他是令嬡的又一位仰慕者——有這麼多人可從中挑揀，嗯？——他料理了巴林傑，唯一的差別在於他沒等著別人來料理**他**。」

坡頭一次生出了反駁的力氣。「不，」他喃喃道：「不，蘭德。」

但艾提默斯的嗓音蓋過了坡，語氣森冷：「先生，你這人真是低劣。」

「唔，就是這樣了。」我恰似一個年邁的叔伯，含笑對馬奎斯太太說道。「**麗雅·馬奎斯有罪論**。妳得承認，這套說詞還挺有道理，在找到史塔德先生之前，這恐怕是最有可能的解釋了。當然——」我音調一揚，說得更是輕快：「我隨時準備好接受指教。所以說，若我錯了……」

此時，我首度對上艾提默斯的目光，直視不放。

「若我**錯了**，」我道：「最好有誰來告訴我一聲。瞧，我只要能交出一**個人**即可，你們其他人愛幹什麼都好。怎麼說呢，在我看來……」我迅速掃視火把、火樹，以及火勢與天花板同高的炭盆。「……在我看來，你們全下地獄我也管不著。」

這時，這齣戲演到了我沒法掌控的部分。**輪到「時間」上場**。

是的，時間將層層重壓於艾提默斯·馬奎斯這年輕人身上，迫使他低下頭，讓他除了面前的選擇之外，什麼也瞧不見。彷彿要令這作用更加戲劇化，他的肩膀果真逐漸往下垮，高傲雙頰的肌膚開始鬆弛……當他再度張口，連他的聲調都比平時來得低沉。

「那不是麗雅的主意，」他顫聲道：「是我的。」

「不！」

麗雅・馬奎斯雙眸冒火，手指宛如長劍般指著，朝我們直衝過來。

「我不允許這樣的事！」

隨著她牧師袍的下襬一掃，她一手攬過艾提默斯的頭，將他往回拉一段距離，兩人在火炬之間密談起來。可能很像坡曾偷聽到的對話，那是一陣平穩的低語，不時摻雜激昂的氣音。

「停一停……他要做的……**離間**我們……」

喔，我大可放任他們談個沒完，但時間已然退場，戲的主導權又回到了我手中（我渾身不禁泛起一陣酥麻）。

「馬奎斯小姐！」我揚聲道：「勸妳讓妳弟弟自己說，妳也知道，他畢竟是個一等學員哪。」

坦白說來，他們大概根本沒聽進我說了些什麼。到頭來，將他倆拆散的是他的**沉默**。在開頭幾句話之後，兩人之間便只傳出麗雅的聲音，在我看來，她越是往下說，情勢便越是分明：他早已決意踏上那條路，旁人唯有目送他遠去，別無他法。她用手臂將艾提默斯的頸子攬得更緊，音調變得更急，偏偏就在這一剎那，他抽身離開，佇立於炭盆大火那致命的火光中，臉龐籠罩一層決心。

「是我殺了弗萊。」他道。

他母親有如中了一刀般，身體前傾，嘴裡迸出哀鳴。

「藍迪也是我殺的。」他補上一句。

至於麗雅……麗雅一聲不吭，雙臂僵直，臉孔槁木死灰，唯獨一滴淚珠劃過她慘白平滑的臉頰。

「史塔德呢?」我問道:「他與這些案件有何關聯?」

有那麼一瞬間,我頭一次見到艾提默斯如此無助。他雙臂往空中一揮,宛若手法粗劣的魔術師,道:「就說他是我的幫凶吧。說不定他慌了,你不妨說他是畏罪潛逃。」

他的聲調忽高忽低,相互碰撞,煞是可怕。倘若要幫著他調整好聲調,估計得花上我好幾天,但我沒有那麼多天能夠揮霍。

「唔,」我搓著手道:「聽起來挺好的,妳不覺得嗎?」

我轉頭向馬奎斯太太求證,但她已跪倒在地,修士兜帽落回她頭上,粗糙的褐色布料徹底遮住她全身上下,只聽得見她嘶啞低微的嗓音:

「不行。」她悄聲道:「不行。」

讀者,可別認為我毫無憐憫之心。你得明白,與此同時,滴血聲仍在我耳邊響著,坡的血繼續滴在石地板上,如果能令其停止,我願意不擇手段。

「那好,」我道:「接著只剩……是了,依我看,接下來便是呈交證物。馬奎斯小姐,如果妳願意把那一件小東西遞給我,我將感激不盡。」

她竟忘了盒子在哪裡!她狂亂地轉頭四顧,掃視一塊塊暗影及火光,這才在最不可能之處找到:恰恰在她腳邊。

她再次打開盒子,凝視裡頭的物事,面露驚異,神色一時凍結。隨後她的目光轉而投向我,那表情我過了好長一段時日都無法忘懷。那是被**逼入絕境**的神情,彷彿四面八方全是狂吠的獵犬,卻有個特別之處:她臉上微現希望,像是瞧見一條生路,只差那麼一點便觸手可及。

「求求你，」她道：「別妨礙我們。快要結束了，快要——」

「已經結束了。」我輕聲道。

她向後退開，退了一步，兩步，我則步步進逼。值此之際，她已打消勸我放棄的念頭，唯一的念頭只剩：**快逃**。

於是她這麼做了。她手握木盒，朝石壇直奔過去。

我立時推斷她打算摧毀那件最後的證物，也許扔進火盆、藏進石頭後方，天曉得她會幹什麼。我動身追上去，卻見到艾提默斯擋住了我，用盡他全身的力量對抗我。

我們兩人就這麼扭打成一團，卻未曾發出任何聲響，一如我倆當日在衣櫥中藉著約書亞·馬奎斯的佩劍互鬥。這一回，誰占上風可說是清楚無疑。

年輕力壯勝過年長體衰，艾提默斯逼得我向後退去——我旋即醒悟，他不僅僅是要把我逼退，更是逼著我往特定方向走。我不確定他是何時動了這個念頭，但我一察覺炙熱感襲上脊椎，便恍然明瞭：自己正直直朝著那一大盆炭火而去。

奇詭之至——我望進艾提默斯的雙眼，卻什麼也瞧不見，唯見那火堆高高燃燒的倒影。不遠處傳來馬奎斯太太的悲哭、麗雅的祝禱，然而最令我憂懼的是火焰的劈啪燃燒聲，撫過我的後背，燙腫了我的皮膚。

我的雙腿亦是熱辣如火，肌肉因抵抗而發疼。而這番抵抗顯然只是徒勞，我與火堆的距離愈漸縮減，火舌吻上肩胛骨，舔過後頸的汗毛。我看得分明——透過艾提默斯的眼眸，我瞧得出他正做好準備，就要給我最後一推。

隨後不知何故，他的頭往後一抽，我聽見他嗆咳著發出痛號。我低頭一瞧，只見四等學員坡蜷曲著身體，宛若壁蝨般牢牢攀住艾提默斯的褲管。

儘管他受藥力影響，血流不止，依然向我們爬了過來，張齒咬住艾提默斯．馬奎斯的左小腿，那一咬無論深度、寬度都甚為可觀。此刻，他執行起他眼下仍辨得到的任務：**定錨**，試圖將艾提默斯固定在地。

哦，艾提默斯竭力想甩開他，但坡越是虛弱無力，意志便似乎越是堅毅，始終不肯挪動半分。艾提默斯心知自己無法以一敵二，選擇先出手對付較弱的那一方，舉起拳頭，花了點時間瞄準後作勢砸向坡的頭頂。

他沒能得逞。在他準備下手的期間，我已展開行動，右拳正中他的下頷，左拳隨即跟上，擊中他顎骨下方。

他應聲倒下，坡也隨之撲倒，依舊不放開那條腿，艾提默斯原想起身，卻被坡的重量壓制在地。我趁機攫下一支火把，往下一伸，逼近艾提默斯面前，直到他額上熱得流下一道汗光。

「到此為止。」我咬牙切齒道。

他當時是否有意竭力一爭，我永遠不得而知，因為有個聲響在那一刻傳來，一聽聞就明瞭事態嚴重。

麗雅．馬奎斯立在石壇前，雙眸瞪得渾圓如月，一層黏土似的物事抹在她雙頰。她便這麼站在原地，一隻染紅的手緊緊掐住自己的喉嚨。

她做了什麼顯而易見。她放手做了最後一搏，就是這麼回事。她心急如焚，只想重獲新生，一字不差地貫徹了亨利．勒克萊爾的交代，大出我意料之外，可也許我早該料到才是。她並未獻出心臟為祭，反倒吃了它，一口將之吞嚥入喉。

古斯・蘭德的陳述：三十九

依我看，到頭來，一切全敗在此處：她沒法子徹底遵行亨利・勒克萊爾的吩咐。她有所退卻，結果必須吞食的心臟就此卡在她喉間——消耗起她的生命力。她雙膝一軟……身體一彎……宛若一袋傾倒散落的火種般癱軟在地。

不出二十秒前，艾提默斯與我仍想置對方於死地，此刻卻急奔至她身旁。後頭跟著馬奎斯太太，只聽她的鞋子刮擦著石地板；坡則拖著身子跟在她之後。眾人一同圍住麗雅倒臥的身軀，低頭呆看那張沾染豔紅心臟組織的慘白臉龐，以及瞪得突出眼窩的眼珠。

「她沒法……」馬奎斯太太倒抽一口涼氣，「沒法……」

呼吸，她想說的詞是「呼吸」。確實如此，麗雅・馬奎斯此時一言不發，連聲咳嗽也不聞，只發出尖細而絕望的哮喘，有如鳥兒受困煙囪的哀啼，在我們面前垂死掙扎。

坡以雙手摟住麗雅的頭，「神啊！求祢指引，神啊，我們該如何是好！」

然而神不在場，我們只得盡力而為。我抬起她的上半身，馬奎斯太太使勁拍打她的背，坡在她耳畔柔聲哄著：很快便有人來救她了，他們在路上了。我抬起頭，見到艾提默斯站在一旁，手裡是他用以切開坡血管的柳葉刀。

他沒有一句提議，沒有一句解釋，但我立時明白他打算幹什麼。他要直接在姊姊的喉嚨開一道氣管。

他彷彿痛下決心，跨坐於麗雅胸膛，刀刃反射不祥的光……我能懂馬奎斯太太為何伸出手，想取走他手中的柳葉刀。

「只能這麼辦了。」他低吼道。

我們又有什麼立場同他爭辯？麗雅．馬奎斯甚至無力反對，脣周與指甲床泛起青色，渾身只剩一雙眼皮在動，上下掀著，宛如強風中翻飛的雨篷。

「快。」我悄聲道。

艾提默斯顫著一隻手，度量她喉管的不同部位，口中念出父親教科書上記載的詞彙，嗓音也發著顫。「甲狀軟骨，」他低語道：「環狀軟骨……環甲韌帶……」

他的手指終於停住。或許他的心臟也一併暫停了——片刻後，柳葉刀向下一壓。

「喔，神啊，」他哀號：「求求祢，神啊。」

「橫切寬度，」他悄聲道：「半吋。」

他的手只消微微施力，刀尖便如測深桿一般，探入他姊姊的喉管。

一滴血珠自刀身周圍冒出。

「深度……半吋……」

艾提默斯的動作疾如閃電，將刀抽出，食指戳入麗雅喉嚨上的切口，她喉內湧出奇異的咯咯聲，像是水流奔過水管。隨後，正當艾提默斯轉頭尋找可充當插管的東西，方才的血珠緩緩擴大，形成一小池血窪。

血流未曾趨緩，反倒蔓延開來，自傷口流瀉而出，速度平穩地滾落，沖刷麗雅白皙光滑如大理石的肌膚。

「不該流這麼多才是。」艾提默斯嘶聲道。

但那血違逆人類與醫學之力，繼續流淌，一波波湧出，將麗雅的喉嚨染紅，她喉間的咯咯聲愈來愈響，愈來愈響……

「動脈，」艾提默斯倒抽一口氣，「難不成我……？」

血流四處，汩汩冒泡。惶急之下，艾提默斯從開口抽回手指，發出響亮的「啵」一聲，血滴自他手上飛濺，恰似點點珍珠……

「我需要……」話到中途，他一聲嗚咽，「我需要……誰來……能包紮的繃帶……」

坡已動手想從上衣撕下一塊布，我也是如此，馬奎斯太太扯著袍子……一團手忙腳亂之中，麗雅躺在中央，紋絲不動，唯獨鮮血自體內不停冒出，越來越多，無止無盡，永不平息。

隨後，令人始料未及的是她張了口。她以口形做出三個字，如同親口說出那般清晰可聞。

我……愛……你。

麗雅·馬奎斯是個什麼樣的人，從此處即可略窺一二：在場的人都有理由認定，她這話是對自己說的。然而她當下並非看著**我們**。她總算找到了解脫之道——她是看著自己離去，淺藍眼眸中的光芒消褪之際，臉上仍含著笑。

我們默然跪在原地，宛若乍到異鄉的傳教士。我瞥見坡雙掌按住了太陽穴……

剎那間，我油然生出一股衝動，不是要好言勸慰，而是要問出有如石礫般卡在我腦中的疑問。我在他耳邊沉聲低喝：

「你還認為這是詩歌最崇高的主題嗎？」

他雙目呆滯地望向我。

「紅顏早逝，」我厲聲道：「你還認為這是詩人最高尚的題材嗎？」

「是。」他道。

接著他往我肩上一伏。

「啊，蘭德，日後我註定不停失去她，一次又一次失去她。」

我壓根不明白他在說些什麼，當時的我並不明白。但我感到他的肋骨抵著我胸口，規律地一震一顫。我將手搭在他後頸上，擱了幾秒……又多幾秒……然而他依然不停抽噎，既無淚水，更無哭聲，直到他體內的一切盡數耗竭。

相形之下，馬奎斯太太顯得比我們其他人都來得鎮定自持。她的嗓音響徹室內，口吻平淡和緩：

「不該是這麼個結果。她本該嫁作人婦……成為人母才是。」

關鍵大約是那個詞：**人母**。這詞令她頓時激昂起來，她以手掩口試著忍住，情緒卻衝破了她的手指，迸出一聲吶喊。

「**人母！如我一般！**」

她聽著回音消散，隨後自喉嚨深處發出低沉的呻吟，撲向女兒的屍首，以纖小的拳頭不停擊打。

「不要！」艾提默斯叫道，將她往後拖。

但她不肯罷休，只想把那屍身捶成肉泥。要不是她兒子攔住了她，說不定她真會這麼做。

「母親，」他低喃道：「母親，別這樣。」

「我們都是為了**她**！」她叫道，奮力往她女兒動也不動的身軀撲去。「全是為了**她**！可她終究把手一撒，就這麼死了！這可惡透頂的孩子，這全是為了**什麼**？倘若她就這麼……這全是為了**什麼**？」

她這麼盡情發作了好半晌，接著正如哀慟之人常有的反應那般，態度驟變。她撥開麗雅臉上的髮絲，抹去白皙頸項上的血跡，吻著那白淨的手，涕淚縱橫。

讀者，如此不加掩飾的悲痛直令人移不開目光。我看得出了神，也許正是這個原因，我過了良久才聽見上方傳來聲音，猶如一層灰塵般落在我們頭頂上。

「**蘭德先生！**」

我循聲望去。

「**蘭德先生！**」

我頭一個反應是想笑。當真是想笑得不得了，只因我的救星於焉駕臨……瞧啊，其名為希區考克上尉。

「在這下面！」我揚聲喊道。

我的聲音過了片刻才通過彎彎繞繞的走廊，順著直井向上傳。接著上頭應道：

「**怎麼下去找你？**」

「沒法子！」我喊道：「得由我們上去！」

我雙手扶住坡的肩膀，幫著他站起身來，問道：「準備好沒有？」

他疼得意識昏沉，幾乎不記得自己身在何處，瞥向他臂上那層油似的血光。「蘭德，」他咕噥：「可否讓我包紮？」

我低頭盯著上衣袖子，此時那片衣袖僅憑幾絡線懸著。我原是想拿它替麗雅包紮，給坡倒也合適。我用衣袖裹住他的傷口，盡可能纏緊，隨後讓他一手繞過我肩膀，邁步走向門口。什麼也攔不住我們——除了那帶著哀懇的柔和聲音。

「能不能……」

是馬奎斯太太。她無比卑微地指向石壇，眼下艾提默斯正坐在那上頭。

他並非孤身一人。艾提默斯把麗雅的屍身一道拖了過去，雙手摟住麗雅枕在他腿上的頭，回望著我們，眼中帶有挑戰意味，縱使並未宣之於口，卻更顯張狂。他母親只得轉頭瞧我，無聲央求。

「晚點我們再回來帶麗雅，」我道：「我得送坡先生去看——」

醫生。這詞卡在我喉頭，像個正要說出口的笑話，馬奎斯太太似乎馬上領悟笑點所在，我從沒見她笑得那般燦爛。那笑意受到人心的千萬種情感所催化，在如此濃烈的情緒衝擊之下，假使她的牙齒當場融解，我也不會奇怪。

「走吧，艾提默斯。」她道，尾隨我與坡來到走廊。

艾提默斯凝視著她，目光空洞。

「走吧，親愛的。」她重複道，「你也明白，這下我們——我們沒有什麼能替她做的了，是不是？我們總歸**試過了**，是不是？」

她自己定然明白這番話是多麼無力，可無論她再怎麼軟言勸哄，艾提默斯始終不發一語。

「行了，你聽好，親愛的，千萬別擔憂，我們之後找薩耶爾上校好好談一談，聽見沒有？我們把一切解釋給他聽，他想必會明白——明白一切全是誤會，親愛的……說起來，他與我們畢竟是多年至交，看著你長大……他絕不至於……你聽見沒有？你還是畢得了業，親愛的，畢得了業！」

「我這就來。」他應道。

他的語調輕盈得古怪，或許該說蘊含著一絲希望，我想那便是頭一個警訊。第二個警訊則是：他並未動身站起，反倒挪動身子，坐得更安穩了些，拉起麗雅的手湊近他胸口。直到這一刻，我才瞧見剛剛被他遮掩住的物事：方才把他姊姊喉嚨切開的柳葉刀，眼下竟直插在他腹側。

天曉得他何時動的手，竟連一聲悶哼也沒讓人聽見，不出言宣示，不擺弄花樣，不一刀橫過頸項……不做任何張揚。他估計是只想離開這世間，越是緩慢靜悄越好。

我們四目相接，彼此倏然有種相互理解之感，明白了即將發生的一切。

「我這就來。」他道，音量轉微。

也許人在將死之際，對周遭的感知會更為敏銳。我會這麼說，是因為艾提默斯儘管哀痛不已，卻是頭一個抬眼瞥向天花板的人。我的雙眼尚未跟進，鼻中已先**嗅到**了那氣味，無庸置疑，是木頭灼燒的焦味。

這或許是最令人驚愕之處：這空間雖以石材搭建，卻有著如此樸實普通的木製天花板。這裡早年究竟是什麼用途，誰能知曉？是囚牢？是儲存糧食的地窖？是酒窖？能夠肯定的是，此地想必從未燃起如馬奎斯一家所升起的大火，如此壯麗、如此熾烈；畢竟建造者必定明瞭，木材與火無法共存。

值此之際，在炭盆的烈火灼烤之下，木製天花板逐漸焦黑、斷裂——崩塌。木梁迸裂，隨之出現稀奇的天氣，自空中落下，可那並不是雪，而是冰。西點冰庫的庫藏全數逐一掉落。

不，不是薩耶爾上校的檸檬水中那種清脆相敲的碎冰。在此墜下的是厚重巨冰，是五十磅的大冰塊，一如大理石那般沉甸甸、轟隆隆，起初速度尚慢，然而果斷俐落，每一次撞擊都在石地板鑿出坑來。

「艾提默斯……」馬奎斯太太站在安全的走廊觀望，嗓音再度添上一絲驚惶。「艾提默斯，你得**馬上出來！**」

我不確定她是否明白這是怎麼回事。她踏出一步，回到那空間內，狀似想抓住他的腳跟拖他出來，就在那一瞬間，一大塊冰落下，距她僅僅幾呎之遙，透明碎冰飛濺至她面前，令她一時看不清前路。另一塊冰隨之墜地，這回離她更近，逼得她退後一步。我抓住她的手臂扯她出來，起先她只能輕聲呼喚他的名字，語調幾近認命。

「艾提默斯。」

或許她以為，冰會停止落下；或許她以為，兒子在那位置會很安全。下一波墜冰證明她錯得離譜。第一塊擦撞他的頭側，那記重擊短暫卻猛烈，砸得他側身倒臥在地。下一塊擊中他的腹部，再下一塊輾碎了他的雙腳，此時他仍有足夠的氣力發出慘號，但叫聲只持續至下一塊冰墜落之時，這次正中他的頭顱。即便相隔二十呎，我們依舊聽見他的顱骨在石地板上碎裂的聲音，接著再也不聞任何聲息。

他母親在這一刻尋回了嗓音。讀者，我原以為她的悲慟早已耗竭，殊不知她仍有更多積存於內，只等著傾瀉而出。我想她之所以會打住，純粹是眼前出現了始料未及的情景，驚愕一下子壓過了悲戚。在落冰之中，我們目睹一個人影緩緩站起。

艾提默斯，記得我當下如此心想，以為是他撐起身來，打算做最後抵抗。然而，艾提默斯仍舊伏臥於原地。那人影直起身子，有如在酒吧鬧事鬥毆後勉力爬起的酒客——身上所穿的並非軍服，卻是牧師的黑袍。

那人雙腳踏在石地之上，雙腿朝我們踉蹌行來。我們看見蒼白臂膀、棕色頭髮，看見染紅的臉頰、陡然亮起的藍色眼眸，看見麗雅·馬奎斯起身行走。

那並非幽魂，是有血有肉的活人——**血染全身**。她一手向我們伸來，另一手摀住頸子上的切口，飽經摧殘的身軀迸發一聲高喊，無論是人是獸都發不出這等慘叫。

然而坡發出了相應的驚喊，交織成無可比擬的駭怖之歌，那嘶啞的慘號越來越響，休眠的蝙蝠因而驚醒，往牆壁亂撞，竄過我們的腿間，擦過我們的頭髮。

「**麗雅！**」

坡儘管虛弱乏力，依然竭盡所能想趕回她身邊，先是試圖推開我未果，隨後試圖繞過我，仍然未能成功，最後試圖**越過我**——對，他打算從我頭上爬過！只要能到她身邊，什麼法子都好，他願不擇手段與她共赴冥界。

馬奎斯太太亦是如此，她同樣拚命往前，絲毫不顧自身安危。是我攔住了他倆。我絲毫沒細想為何要這麼做，便以雙臂緊緊扣住兩人的腰，將他們拖走。他倆的精力已然耗竭，敵不過我，但一番掙扎依舊拖慢了前進速度，因此在沿著走廊前行的同時，在遠離那詛咒之室的同時，被拋下的姑娘依然隔著一方門框，將身影映入我們的眼簾。

「**麗雅！**」

她是否明白當下發生了什麼事？她是否曉得，究竟是什麼將她狠狠砸向冷硬的石地，毫不留情往她身上堆疊，在她重生的剎那便將她向下碾軋？那不成言語的哀號聽不出任何理解的跡象，我們只知她正慘遭壓碎，如同尖啼著在她周身撲竄的蝙蝠那般，切切實實地一併軋碎——成百上千的蝙蝠夾在冰塊與石地板之間，至死仍不停尖鳴。

巨冰依舊隆隆落下，宛如雷電，一塊接著一塊……吞噬火炬、寬燭、細燭……砸破麗雅的頭顱，重擊她的黑袍……反覆搥擊著她，氣勢洶洶，殘酷狠戾，她無以抵擋，只能以全不設防的柔軟身軀相迎。

冰落得又快又急，不出一分鐘，那道門已無法通行，冰塊開始湧向走廊。即便如此，我們仍在原地徘徊，難以相信竟發生了這等慘事。冰依然落著，奏響沉重的合唱，揚起陣陣霧氣，落在馬奎斯家一對兒女身上，如死一般落下。

古斯・蘭德的陳述：四十

十二月十四日至十九日

最後的奇蹟是，我們頭頂上的地面連晃也沒晃一下。一聲警報也沒響，一個學生也沒驚醒。軍校的日常作息絲毫不亂；如同過去每個清晨，曙光一現，軍樂隊鼓手便踏上南北營之間的集合場，學員副官一下指令，鼓棒當即落在鼓皮上頭，節奏越敲越宏亮，越傳越遠，最終響徹練兵原，打進每個學員、每個軍官、每個士兵的耳裡。

親眼見人敲響鼓聲之前，我似乎從沒想過那是人敲的。於我而言，在柯森斯先生的旅店房間中聽見那鼓聲，總像是內心油然而生的敦促，也許可說是種對良知的鼓動。不過，也正是良知促使我整夜留在北營衛兵室，先是向希區考克上尉報告，隨後又盡己所能記述一切經過——**幾乎**一切。

那是我交給希區考克的最後一份文件，他則鄭重其事地接過，對折後收入皮製文件袋，預備轉呈薩耶爾上校。接著他緩慢而莊重地把頭向我一點，這動作於他簡直等同一句「幹得漂亮」。這麼一來，我該做的都做了，只剩返回旅店。

可我還有個疑問。就那麼一個，但我需要解答。

「我想是馬奎斯醫生吧？」

希區考克面露有禮的不解之色。「你是指什麼？」

「向你通報我們所在位置的人，大約是馬奎斯醫生？」

他輕輕搖頭。「不是，我們趕到時，醫生仍坐在冰庫旁，又是哭喊又是氣惱，卻給不出多少資訊來。」

「那是誰……？」

他微露笑意，答道：「是賽撒。」

唔，若不是我見到他的當下心有旁騖，或許我老早想通了。那時我的確心生疑惑，一個食堂清潔工何以在深夜跑去練兵原遊蕩。話說回來，我怎想得到這麼一位親切客氣的賽撒，正是奉命跟蹤艾提默斯·馬奎斯的密探？我豈能猜著，他追隨目標前往冰庫，撞見我和醫生緊跟在後，會即刻趕去找指揮官示警？

「賽撒。」我道，輕笑著搔了搔頭。「老天，你果然老謀深算，上尉。」

「多謝。」他以他特有的揶揄反諷口吻答道。與此同時，他彷彿多了些話想說，一些不那麼反諷的話，逼著他道出口。

「蘭德先生。」他總算說道。

「請說，上尉。」

他想必以為轉過身去會更容易開口，可惜仍舊煎熬。

「我想說明，假若——假若我由於本案之迫切……也就是說，倘若我一時口不擇言，抨擊了你的人品或能力，那我——我相當……」

「謝謝你，上尉。我同樣要說聲抱歉。」

再多說一句，我倆就要因羞赧而死了。我們向對方點了個頭，握了最後一次手，就此分道揚鑣。

步出衛兵室，我碰巧瞥見鼓手奏響晨號。營房內傳出當日第一波人聲，一個個小夥子連滾帶爬下了床，踢開被褥，抓起制服，再度展開新的一日。

* * *

打從出了冰庫，馬奎斯太太便打定了主意**絕不**回房就寢，深沉的哀慟令她屹立不倒。她不讓人送她回家，在集合場來回遊走，執行唯有她自己知曉的使命。於是，有兩名三等學員在站完哨回營時，被一名身穿灰色修士袍、笑容燦爛的婦人攔下，問他們是否肯幫她「帶孩子」。花不了多久時間的，婦人如是擔保。

老實說，屍首一時半刻恐怕掘不出來。這工程得費上好幾天，在此之前又有其他工作等著處理。**工作**，這便是馬奎斯醫生應對悲慟之道，在他遞交辭呈以前，他最後一次履行職責，給四等學員坡包紮了傷口，又替這年輕人量了脈搏，宣告他所失的血不比一般醫師給人放血的量多。「這樣對他或許最好。」馬奎斯醫生這麼說道。

醫生本人倒十分康健，臉色從沒這般紅潤過。只有那麼一回，我見到他臉上失了血色，是他在集合場經過自己太太的時候。他倆既迴避彼此，亦尋覓彼此；四目相交，兩顆頭朝向對方，恰似在街上擦肩而過的老鄰居。從這番相遇，我彷彿窺見了等待著他倆的未來。那前景不怎麼光明：馬奎斯醫生的作為將使他無法再謀軍職，雖說憑著他往日服務有功，他或許能免受軍法究責，可即便他回歸平民生活，過去的汙點依然會如影隨形。馬奎斯太太遷回紐約的夢想再也沒法實現，他倆能在伊利諾州邊疆執業就不錯了。但他們總會活下去，無論出門在外或在私底下，都對已逝兒女幾乎絕口不提，對待彼此沉重肅穆、相敬如賓，心平氣和地靜候生命告終。好歹，我是這麼想像的。

坡住入B－3病房，正是曾安放勒羅伊．弗萊與藍道夫．巴林傑的那間病房。按他平時的脾性，也許會為了有機會與亡魂交流而大感興奮，說不定甚至會觸動情思，寫首詩大談輪迴轉世——不過這回他一沾枕便沉沉入睡，事後我聽說，他直睡到午後的上課時間。

我自己只睡了四個鐘頭，薩耶爾的手下便跑來在我房門上大敲特敲。

「薩耶爾上校要見你。」

我倆在炮臺場碰頭。四周林立著臼炮、攻城炮、野戰炮，其中許多是自英軍接收而來的戰利品，上頭刻有戰地的名字。我思忖，倘若將這些炮一併擊發，會是多麼震耳欲聾。但火炮全數靜止不動，唯一的聲響來自國旗，那旗幟降了一半，迎風獵獵。

「你讀完我的報告了？」我問道。

他點點頭。

「你是否……你可有什麼疑問……」

他回答的聲調低沉剛硬，「恐怕你沒有一個解答得了，蘭德先生。我想知道，我與此人深交多年，時常共進晚餐，與他妻兒熟識得幾乎如同自家人那般，為何竟從不知曉他們的苦痛如此之深。」

「是他們特意隱瞞，上校。」

「是，」他道：「我曉得。」

此時我倆一同朝北望去。望向冷泉鎮，在吉弗尼爾·坎伯爾那些鑄造廠鍋爐飄出的霧氣中，冷泉鎮不住搖曳蕩漾，宛若傳說故事。望向鴉巢山與牛山，更遠之處則是沙旺岡山朦朧的輪廓。將這一切串聯為一的乃是河流，河面平穩和緩，波紋輕盪，映著冬日陽光。

「他們走了。」塞萬努斯·薩耶爾道：「麗雅和艾提默斯。」

「是。」

「我們無從知曉他們為何做出這種種事來。甚至無從確定他們究竟做了些什麼，是誰犯了哪一條罪，這些我們永遠不得而知了。」

「確實如此。」我附和道，「但我大致有個底。」

他微微頷首，「洗耳恭聽，蘭德先生。」

我費了點時間思索。說老實話，這案子連我也才剛理出些頭緒來。

「剜出心臟的是艾提默斯。」我道：「對此我敢肯定，我親眼看過他動刀。依我看，他天生是外科醫師的料，雖說他的確出了個……這個嘛，畢竟要——要給親姊姊開刀並不容易……」

「是。」

「我敢說，假扮軍官的也是艾提默斯。估計就是他把柯克倫二等兵從勒羅伊·弗萊的屍首旁趕走。」

「那麗雅呢？」

麗雅。聽見這名字令我一陣躊躇。

「唔，」我道：「我挺確定她那晚去了班尼·海溫斯的酒館。同艾提默斯一起。我猜想她是在跟蹤坡，好看看他是否與我串通一氣，也發覺確實如此……」

然後呢？我仍舊不曉得。也許她決心除掉坡，也許正是為了這個理由而提前實行計畫。也或許她決心要愛他——正因他的背叛，反倒更加愛他。

我補充解釋道：「在艾提默斯房外安置炸藥的想必也是麗雅，用意是令我們打消對她弟弟的疑心。說不定連他箱子裡的心臟也是麗雅放的，好讓我們繼續瞎猜。」

「他們的父母呢？」

「哦，馬奎斯醫生對他們沒多大用處，他們只要他別多嘴。至於馬奎斯太太嘛，也許她是幫忙開了個門、點了個蠟燭，可我沒法想像她制住年輕力壯的軍校生，或往他脖子上套繩圈。」

「不，」薩耶爾道，一根手指摩娑著下巴。「我推測那是巴林傑先生與史塔德先生的任務。」

「看來的確是這樣。」

「這麼一來，我唯有推斷巴林傑先生是艾提默斯所殺，好避免他通報上級。史塔德先生就此潛逃，以免下一個輪到自己。」

「可以這麼推斷。」

他端詳著我，彷彿我是那片夜空。「直到最後說話還是這麼小心，蘭德先生。」

「舊習難改，上校。抱歉之至。」我抖了抖雙臂，併攏兩隻靴子。「眼下我們只能等著聽聽史塔德先生的說法。假如找得到他的話。」

可能這話聽在他耳中像是責備，他的口吻轉為防備，道：「等工兵署長派遣的代表抵達，若你願意與他一見，我們將不勝感激。」

「當然好。」

「也要請你向正式偵查庭詳細報告。」

「那是自然。」

「撇開這兩件不談，蘭德先生，我在此宣告你已依協議完成使命，雙方協定就此終止。」他皺起額頭，「我想你不至於有什麼不滿。」

希區考克上尉也是，我暗忖，但我忍住不說。

「最起碼，」薩耶爾又補一句：「希望你不會拒絕接受我們的謝意。」

「啊，但願我配得上這份謝意，上校。倘若……」我揉揉額角，「倘若我的思路再清晰些、反應再快些，**年紀**再輕些，說不定能挽救幾條人命。」

「你至少救了一條命。救了坡先生。」

「是。」

「雖說他未必感激你。」

「是啊。」我將雙手插入口袋，前後晃了晃身子。「唔，別提了。上校，你的上級想必很是欣喜，華盛頓那些豺狼虎豹不久便會撤退了吧。」

他細細打量我，大約揣度著我這話是不是認真的。

「我想我們是暫且逃過一劫，」他道：「但也只是暫且。」

「他們總不能為了這事廢了軍校——」

「是不能。」他答道：「但可以廢了**我**。」

既無一絲不平，也無半分感慨。他這話說得平平淡淡，彷彿說的是他那天早晨在報上讀到的消息。

我忘不了他隨後的舉動。他將臉湊近黃銅製十八磅炮的鐘形炮口，接著……在那裡停了好半晌。在我看起來，像是對那口炮下戰帖。

再來他輕輕搓了搓手。

「蘭德先生，說來難為情，但我一度過於自負，斷定軍校少了我便無法存續。」

「如今呢？」

「如今，我認為軍校少了我**才能**存續。」他緩緩點頭，稍稍挺直背脊。「我想軍校會生存下去的。」

「唔，上校，」我說著伸出手，「希望前半部分是你想錯了。」

他握住我的手，依然沒露出笑容，但嘴角微動，略顯戲謔。

「我弄錯過不少事，」他道：「可倒是沒看錯你，蘭德先生。」

我倆站在班尼酒館東側的門口外頭，相隔一碼之遠，凝望河水的另一端。

「帕希，我是來告訴妳事情都了結了。差事都辦妥了。」

「那又如何？」

「這個嘛，我們能——我們能繼續下去，就是這樣。像從前那般。別的事都不要緊了，工作已經交了差，已經——」

「不，古斯，別說了。我不在乎你去辦什麼工作。我不在乎什麼混帳軍校。」

「不然是什麼來著？」

她默然注視我良久。

「喔，也許毛病就出在你身上，古斯。他們把你弄成了一副鐵石心腸。」

「鐵石心腸也——也過得了日子。」

「那就碰我。像你從前那樣。」

像我**從前**那樣。那是萬萬不可能的事。她想必也料到了，在她轉身臨去之際，她眼中確實流露惋惜。她對於讓我徒增困擾深感歉疚。

「再見，古斯。」

不出一日，柯克倫二等兵已將我的衣物用品全數送回酪乳瀑布的小屋。見他向我行了個軍禮，我不禁微笑——蘭德少尉！他一拉黑馬的韁繩，轉眼間，軍校的四輪馬車便越過山頭，消失無蹤。

之後幾天，我都是獨自度過。母牛夏甲依然沒回來；這屋子彷彿不大認得我了，百葉簾、那一串桃乾、鴕鳥蛋——樣樣東西全瞪著我瞧，像是弄不清該把我擱在什麼位置。我戒備地穿過各個房間，小心不想嚇著什麼，站的時間比坐的還多，也出門散步，卻在將要起風時便倉皇趕回屋裡。我孤單一人。

然後，十二月十九號週日下午，我來了個訪客：四等學員坡。

他宛如一朵烏雲般捲進屋內，在我門檻上陰沉地站著。如今想來，那一刻確實是個分界的門檻。

「我曉得了。」他道：「我曉得玫蒂的事了。」

古斯·蘭德的陳述：四十一

讀者，是時候說個故事。

高原上住著一個小姑娘，年紀不逾十七。她身形高䠷，容貌嬌美，舉動優雅，嫻靜可人。她來到這與世隔絕之地，原是為了幫著父親療養，不料反倒送母親遠行，父女倆便在高踞哈德遜河畔的小屋度日。在那裡消磨時光倒也不難，兩人為彼此朗讀，破解密語和謎題作消遣，在山巒間散長長的步（少女的體力相當充沛），生活大體上相當清靜。那姑娘倒也不至受不了這份清靜，她自己便相當少言寡語，任誰也沒法突破她的靜默。

父親深愛女兒。在他心中，他深信女兒是神賜予的慰藉。

然而，這世上可做的事並非只有慰藉。姑娘以她沉靜的姿態，開始盼起有人作伴。原本她的企盼說不定全是徒勞，只因她父親在紐約闖蕩多年後，如今一味避世隱居；但她亡母有個富裕表親，對她心生憐愛。這位年紀較長的婦人居住於鄰近的哈福斯托，是銀行家之妻，膝下無女，便把姑娘視作女兒。姑娘也討她喜歡，天生有股優雅，稍經雕琢定然更加高貴，足以為婦人增色。

＊　＊　＊

於是婦人不顧父親反對，帶姑娘乘馬車出遊，又在各個晚宴上逢人便替她引介。待時機成熟，她邀請姑娘參加生平第一場舞會。

舞會！太太小姐裹著層層絲綢、棉紗、毛料，紳士名流身披西裝大衣，頭頂羅馬皇帝似的髮型。滿桌的糕餅茶點，杯光斛影。和著提琴樂音跳社交舞！裙聲窸窣，摺扇輕搖；衣裝筆挺的公子哥兒情願獻出生命，只求共舞一曲。

那姑娘不曾渴求過這一切，也許是她從不知曉世上存在這些事物？但她依然興致高昂，一頭栽入禮服量身、儀態訓練，向法國教師學舞。每當父親因見她又穿了套新服飾而臉色不豫，她總會取笑父親一陣，裝作要撕毀禮服，然後在一日將盡之前，再次擔保父親仍是她生命中唯一的男子。

舞會之日來臨，女兒出落得如同紐約名門望族之花，父親心滿意足目送她踏上四輪敞篷馬車。她透過窗子向父親揮了下手，就此遠去，疾駛向表親位於哈福斯托的宅邸。其後一整夜，父親想像她旋轉著舞過拼花地板，跳得欣喜雀躍，口乾舌燥；父親想像等她返回家中，他會如何追根究柢，要她將所見所聞和盤托出，邊聽邊嗤之以鼻。父親想像自己用最不失禮的語調，問她這些傻事要折騰到什麼時候才肯消停。

幾個鐘頭過去了，她不曾回歸。午夜，一點，兩點。父親憂心如焚，提了燈往周遭的偏僻小路去找。遍尋不獲之下，父親正盤算著上馬直奔哈福斯托，一腳已踩上馬鐙，忽地見她沿著小徑，踩著鞋蹣跚走來，渾身飽受摧殘。

＊ ＊ ＊

盤成別致造型的捲髮此時鬆垮凌亂；襯裙上可見一條長縫線，是淺紫絲綢外裙扯下的痕跡；她喜孜孜量身訂製的羊腿袖，被整條自她肩上撕下。

血跡斑斑。血在她腕上，在她髮間，在她的……血量之多，她想必視其為自身羞恥的表徵。一連數日，她壓根不願說話。

父親因她沉默不言而懊喪受傷，心痛欲狂，找上妻子的表親（儘管他原本已與婦人斷絕往來），責問那夜的始末。於是，她說了三名男子的事。

那三人年紀輕輕，腰板挺直，儀表堂堂，不知從何而來，沒人記得邀請過他們，甚至沒印象見過他們。他們的談吐頗有素養，舉止有禮，衣著無可挑剔，儘管旁人看得出那些衣裳不大合身，估計不是他們自己的。有件事無庸置疑：置身於女人堆中，令他們喜不自勝。一名客人形容，他們簡直像剛從修道院放出來似的。

他們對一名女子格外注意，正是來自酪乳瀑布的年輕姑娘。她不如其他經驗較豐富的小姐那般精明世故，起初對三人的關注很是感激，可她漸漸察覺關注背後的意圖，便如平時那樣靜默下來。三名青年並不灰心，仍是興高采烈，時刻留心她在各個房間的動向。當那姑娘走出去透透氣，三人亦點頭作別，緊隨其後。

他們再也沒現身。姑娘也是。她沒拖著殘破淌血的模樣去見女主人，反倒走了遠路回家。

身體的傷不消多久便好全了。其他傷卻沒能痊癒，也可能單純是轉化為愈加深沉的緘默。她在緘默之餘也格外警醒，彷彿等著路上傳來車輪轆轆之聲。

＊　＊　＊

她額上不顯皺紋與憂愁，照顧父親總是盡心盡力，從無一絲懈怠，可她舉手投足之間經常流露正等待著什麼的神氣。她在期盼著什麼？父親三番兩次在不經意間瞥見，彷彿在人群中瞥見熟面孔一閃而逝，卻總沒法辨識個中含意。

有些日子，父親回家會撞見她在客廳雙膝跪地，兩眼緊閉，口中無聲念誦。她總會否認自己是在祈禱，深知父親對祖父的宗教多麼反感——然而每經過這麼一回，她便愈發寡言少語，父親總略感不自在，好似打斷了她與誰的對話。

一日下午，她出人意料地提議去野餐。父親暗忖，這正好，讓她別整天胡思亂想。那日是多麼風光明媚！晴朗無雲，香風自山巒吹來。他們帶上了火腿、牡蠣、玉米粉布丁、桃子、胡斯曼農夫種的一些覆盆子，清靜地享用。兩人坐在緊臨河水的斷崖之上，父親覺得籠罩他倆的陰霾稍稍退去。

她將餐盤銀具逐一擺回野餐籃，這孩子一向講求整潔。隨後她拉父親起身，凝視他的臉龐，接著擁抱了他。

他一時愕然，沒來得及回抱。父親目送她邁向崖邊，見她舉目凝望向北，向東，向南。她回過身，面露心無罣礙的笑容，說道：一**切都會好的。凡事都有好的安排**。

而後她雙臂高舉過頭，身子後仰，宛若跳水之姿，雙眸始終注視著父親，就這麼翻過斷崖。她看也不看身後，完全不瞧自己要去往哪裡。

河流沖走了屍身。後來他向左鄰右舍說，女兒跟人跑了。這謊話倒也有幾分真：她確實是跑了。她滿心寧靜投入祂懷中，彷彿那是她人生真正的歸宿。她走時，心底清楚祂會等著她。

起碼姑娘之死有那麼一個好處——她父親了無牽掛，終於能實踐不知不覺在他腦海成形的某個念頭。

某天早晨，他翻開一冊拜倫詩集。他之所以翻起這本書，全因為這是女兒生前的心頭好，孰料竟尋著一條鍊墜。自舞會歸來那日起，她手中便攥著這條鍊子，是她從糟蹋了她的其中一人身上扯下的，死死握住，在掌心留下一道圓印。儘管如此，這鍊子她卻從不離身，唯有在父親不注意時才肯放下。

為何她要留下這般醜惡的紀念物，又收藏在她最珍愛的詩集中？她想必是期望他找著這東西。善用這東西。

鍊子繫著一塊菱形銅片，上頭是個徽記的浮雕。工程兵團的徽記。

說到底，那些人是軍校生這事很合理，是吧？那三名青年憑空出現，穿著不合身的衣裳，對女子如飢似渴。若是有誰找過來問，他們也有無懈可擊的不在場證明——整夜都在營房裡呀！軍校生要想離開校地，非得經過批准不可……

這名軍校生的隨身之物，將置他自身於絕境。銅片上刻有姓名縮寫：勒．艾．弗。

要找到主人是輕而易舉。西點軍校學生名冊乃是公開紀錄，當中僅有一人的姓名縮寫吻合：勒羅伊．艾弗雷特．弗萊。

＊　＊　＊

就在同一週，父親碰巧在班尼．海溫斯的酒館附近聽人提起這名字。酒館女侍追求者眾，這個勒羅伊．弗萊亦名列其中，雖說他屬於最不起眼的幾個。父親夜夜造訪酒館，盼著能見到這人一眼。終於給他見著了。

是個體格瘦小的年輕人。脾氣溫和，膚色蒼白，紅頭髮，細長腿。任誰也料不到他有法子害人。

父親在酒館待了整夜，留心著不受人注目，盡可能細細窺察這名軍校生。回到家之際，他已明白自己該做什麼。

動手的過程中，每回他心生猶豫，每回他良心不安，他總會想通自己早就沒有什麼可憂懼的了。神帶走了她。他再也沒有什麼能被神奪走。

她名叫玫蒂達，小名玫蒂。她有一頭栗棕色頭髮，雙眸是極淺的藍，有時看來近乎灰色。

古斯・蘭德的陳述：四十二

上回來訪，四等學員坡儼然像個踏入藝廊之人，五感洞開，自百葉簾徑直步向鴕鳥蛋，再步向桃乾，逐一解讀每件物事……

這回，他以指揮官之姿前來。大步跨過地板，隨手將斗篷往衣帽架一拋，好似不在乎斗篷是否掛妥，轉身背向那幅從來不怎麼討他歡心的希臘版畫，雙臂交抱……向我發出挑戰，要我開口。

我的確開了口。出乎我意料地鎮靜。

「那好，」我道：「你曉得玫蒂的事了。那又有什麼相干？」

「喔，」他道：「一切都與這件事相干，你心底明白得很。」

他緩緩轉身環顧屋內，輪流掃視每樣物品，卻不多作停留。他清一清喉嚨，挺直腰桿道：

「蘭德，你想不想知道我是怎麼識破你的？我完整的推論經過，你可有興趣一聽？」

「那是自然。」

他細細打量我，似乎不大相信，接著重新踱起步來。

「瞧，令我起疑的是一件驚人的事實。冰庫裡頭只有一顆心臟。」

他頓住，我猜想是為了戲劇效果，也為了等我回答。見我不出聲，他便繼續往下說。

「起初，我想不起在那地獄之室發生了什麼，一切都處於——對我相當仁慈的失憶狀態。但日子一天天過去，我逐漸憶起那詭譎的儀式，細節無比明晰。即便我不願細想那——那件慘事，也就是那……」

他依然不願細想，收住話頭，穩住心緒。

「即便我沒法直面**那件事**，好歹我能像個遊客般在其四周遊走，全神貫注於我目睹的一切。在我如此考察的過程中，我發現自己反覆琢磨起這謎題，也就是……那一**顆**心臟。

「假設那正是勒羅伊．弗萊的心臟，那好，其他幾顆心臟何在？那些家畜的心臟呢？**巴林傑**的呢？巴林傑的——**另一個**器官何在？到處都沒見著。」

「也許存放於他處，」我拋出假設，「以備日後其他儀式之用。」

他慢慢揚起陰冷的笑意。他當教授想必合適。

「啊，可惜你瞧，我認為日後不會有其他儀式了。」他道：「那顯然就是最終儀式，不是嗎？因此這令人納悶的問題依然懸而未解。不見的心臟跑去哪裡了？接下來，我發現了第二件事，儘管乍看之下並無關聯。那是在我……」他停了停，喉頭一個吞嚥。「在我重讀麗雅的信時。由於我婉拒出席她的追思禮拜，以此追悼是我最能紀念她的方式。在我這般……滿腔愛意地緬懷時，我偶然讀了她寫給我的詩，那或許是她唯一留存於世的詩作。可能你還記得，蘭德，我當時抄給你看過。

「重讀之際，我發現——我得赧然招認，這是我頭一次察覺，那首詩不僅寫得佳妙，更是一首藏頭詩。你當初可曾看出來，蘭德？」

他自口袋掏出一捲紙，在桌上展開，一縷極輕極淡的鳶尾花根香味拂過我倆。我立時看見，當中幾行的頭一個字被反覆描畫，加以放大。

愛意滿腔，我心伴你至天涯海角——
只怕褪色分毫或牽掛心焦。
得償所願，雙棲於蓊鬱的長樂宮
相織相依如同繁茂蔦蘿松——
加倍繁茂，只因你屬於我。

「我自己的名字。」坡道：「明明白白在我眼前，我卻從不知曉。」

他一手撫在紙上，隨後輕輕將其再度捲起，收回心口的口袋。

「說不定你猜得著我之後做了什麼。想不想猜，蘭德？哎，我找出了**另一首詩**的抄本，那首——透過超自然力量傳達於我，而你百般挑剔的詩。這次我徹底換了個眼光去讀，蘭德，你自己瞧瞧。」

他取出長長一張紙，正是他在我旅店房間寫下的那張，足足是麗雅那張短箋的將近兩倍大。

「我沒有馬上看出來。」坡承認道：「我原本將行首留空的詩句也一併算了進去，但一把那幾行詩句排除在外，訊息便一覽無遺。**快看啊**，蘭德。」

「我想就不必了。」

「請你務必要看。」他道。

我垂首朝向那張紙，呼吸噴在紙上，若我想像力再豐富些，或許會說那紙也回以吐息。

身處充盈切爾克斯的繁茂林間，
　在那點綴暗夜的溪澗，
　在那天光遍灑、明月碎落的溪澗，
玫瑰般窈窕優雅的雅典娜之女
　輕吐嬌音，含羞敬拜。
在此我瞥見淒清柔弱的麗諾爾
　迸發撕裂雲霄的哭喊。
地崩山摧一般，我不由自主臣服於
　那姑娘的淺藍雙眼，
　那死靈的淺藍雙眼。
在那幻夢籠罩的河堤幽影，
　黑夜的可憎紗綢將我覆蓋，使我打顫。

「**瀾**澗中的麗諾爾，妳何故來此
　置身於一望無際的荒涼淺灘
　置身於令人厭棄的陰溼淺灘？」

「**我**怎敢述說？」她驚懼呼喊，
　「我怎敢低喃地獄那駭人的喪鐘？那些
「**得**逞邪物，每逢黎明我便於記憶中重返
　那些凌虐我靈魂的邪魔，
　那些蹂躪我靈魂的妖魔。」

墜落——墜落——墜落——雙翼無比激烈
　撲動翻騰，模糊難辨。
已然心焦如灼，我著急催促……
「麗諾爾！」——她默然不答。
濃漿似的無盡之夜捕獲了她——
　覆蓋一切，只留那淺藍雙眼。
死寂無比之夜，遭地獄怒焰燒得焦黑
　只留那槁木死灰的淺藍雙眼。

「玫蒂・蘭德已死。」坡低喃。

他任寂靜蔓延一會，接著補上一句：「清楚明確的訊息，我卻又一次視若無睹。」

我感到嘴角微微一勾。

「玫蒂一向喜歡藏頭詩。」我道。

此刻，我感覺得到他注視著我，聽得出他費了好一番氣力穩住嗓音。

「蘭德，你當時就瞧出來了，是不是？所以你才勸我修改，特別是其中幾句的開頭。你想趁別人讀到之前，讓我重寫這首——這首來自彼岸之詩。」

我雙手朝他一攤，默然以對。

「當然了，」他續道：「我手中不過是有個名字，以及一句敘述。但我旋即發現，我有的不止如此，還有另外兩篇文字呢，蘭德！容我展示給你瞧瞧。」

他從口袋掏出兩張紙條，並列於桌上。

「這個呢——這是勒羅伊．弗萊手中找到的字條。將它留給我是你大意了，蘭德。至於這個，唔，這是你寫給我的另一張字條，你可記得？」

就是那張，讀者。是我明知無法緩解良心不安，卻依舊寫來寬慰自己的字條。

莫失勇氣

「我前幾日才找到的，」坡道：「就在柯斯丘什科花園，我倆約定的石頭下。很是高尚的情操，蘭德，令人敬服。可惜最令我注意的是你的筆跡——這字條全以大寫寫成，如你所知，大寫筆跡之獨特不亞於小寫，同樣足以定人的罪。」

他的食指在兩張紙條之間游移。

「你瞧出來沒有？這些筆畫，和勒羅伊．弗萊字條上的幾乎如出一轍。」

他的額頭詫異地皺起，彷彿連他也是頭一遭發現這回事。

「你必定能想像我是多麼震驚。**難不成兩張短箋出自同一人之手？怎麼可能？蘭**

德有什麼理由與勒羅伊・弗萊通信往來？這種種又與蘭德的女兒有何關聯？」他搖搖頭，輕嘖了一聲。「這個嘛，事有湊巧，我那夜光顧了班尼・海溫斯的酒館。女神般的帕希照例在場，我深知她秉性實誠，因而推斷，向她打聽——打聽玫蒂一番，是合情合理的選擇。」

他在我椅邊站定，一手按在椅背上我肩膀旁的位置。

「蘭德，我只問那麼一句，她便一五一十全說了，至少是把她所知道的全交代了。那三個不知名姓的凶徒——如勒羅伊・弗萊所言，確是『一群惡友』。」他抽回手。「蘭德，你去找過她，對吧？就在玫蒂身亡那日。你要她立誓守密，接著將整樁慘事全盤托出。她始終替你把守著祕密，這點她功不可沒，蘭德。她會說出來，全是因為她認定守著祕密不過是在**折磨你**。」

這下我明白身為另一方的感受了——如馬奎斯醫生那般，聽別人層層揭開你不為人知的另一面。沒有我設想的那麼駭人，甚至有那麼一絲甜蜜。

坡坐進楓木長椅，盯著靴尖。

「你為何從不告訴我？」他問。

我聳肩，「我不愛提這件事。」

「但我也許能……也許能給你一些**安慰**，蘭德。也許我有法子幫上你，像你幫了我那樣。」

「在這件事上，我想沒人安慰得了我。但還是多謝你。」

這話傷了他，他原先軟下來的神態又回復剛硬。他站起身，雙手交握於背後，再度講起課來。

「你想必瞧得出，這事變得多麼奇異。一名年輕女子藉詩傳遞訊息，這女子更是**你**摯愛之人，蘭德。我自問，她是為了什麼？為何她要**我**知曉她的存在？難道是為了昭示罪行？一樁她親生父親涉入極深的罪行？

「於是，我採取了**你**會做的舉動。我重新檢驗我的每項假設，就從最初的第一個開始。蘭德，我想還是你說得最好。你是這麼問的：『兩組不同人馬挑在同一夜謀害同一名軍校生，這可能性多大？』」

他向我頷首，以無比的耐心靜候我作答。見我不吭聲，他嘆了口氣，當中隱隱流露一絲無奈，代我答了。

「**極小**，可能性微乎其微，這種巧合難以納入邏輯分析的範疇。除非……」他往天花板搖了搖手指，「除非其中一組人馬必定隨另一組連帶出現。」

「坡，你得說得清楚易懂些，我受的教育沒你這麼高。」

他微微一笑。「是了，你慣常的自暴自棄口吻。這招你用得挺毫不留情，是不是，蘭德？那容我換個說法吧。倘若其中一組人馬不過是留心著屍首而已呢？他們還不到迫在眉睫的地步，大有餘裕等待良機。然後，就在十月二十六日那夜，機會神奇地出現了。

「對第一組人馬而言，姑且稱之為艾提默斯與麗雅吧——對這組人馬而言，死者是誰都無所謂。勒羅伊．弗萊本人對他們毫無意義，哪怕他是遠房表親也無妨，只要死者有顆心，不管誰的屍身他們都會偷。他們唯一不願意幹的便是為此殺人。不，」他道：「是另一方肯殺人、準備好殺人，而且要殺的正是**這個人**。這是何故？

「難不成是為了復仇，蘭德？在殺人動機之中，復仇的歷史最是源遠流長，我還能提出可信的證言：光是過去數週以來，**我自己**便曾期盼至少**兩人**交出性命。」

他邁步在我身旁兜起圈子——以重重繩圈套住有罪之人。連他的語氣都與我相似起來：那輕快的抑揚頓挫，對某些陳述稍加強調。向我致敬來著！我思忖。

「接著來談談打算謀害勒羅伊・弗萊的**另一方**。」坡道：「唔，姑且稱他為奧古斯都吧。這**第二方**的殺人大計橫遭打斷，但仍成功取其性命，悄悄逃回他討人喜歡的小屋，姑且說那屋子位於酪乳瀑布好了。儘管他犯案期間受了驚嚇，他依然成功逃離，為此他稍感欣慰。不料他隔天便被找去西點，使他驚愕不已，說不定還基於常理推斷他已遭抓獲，是吧，蘭德？」

是，我想應道。**是**，他是如此認定。前往西點的途中，他不停禱告，說給他不相信的神聽。

坡續道：「這姑且稱為奧古斯都的第二方隨後聽聞，有人趁機毀壞死者屍首，屍狀慘不忍睹，他的驚駭自是殊難想像。這項附加的罪案為奧古斯都的犯行提供了絕佳的障眼法，甚至促使西點校方向他求助，要他揪出犯人。真是峰迴路轉！他必定堅信連神也站在他這一邊。」

「我想他還不至於有這等幻想。」

「唔，無論是神是魔，冥冥之中必然有什麼關照著他，畢竟塞萬努斯・薩耶爾就這麼找上門來了，是不是？我們這位奧古斯都即刻受命主持追查勒羅伊・弗萊一案，可任意在西點遊走，更獲得正式調查權、暗語、應答口令，想去哪便去哪，想問誰的話便問誰的話。如此一來，他即可在**其他**受害者頸項套上繩圈，伺機出擊。

「從頭至尾，這名為奧古斯都的第二方都扮演一名出色偵探，具備穩當可靠的直覺、與生俱來的才智，好破解**他親手犯下的罪案**。」

他停止兜圈，雙眸宛如魚鱗般閃爍光芒。

「多虧他的機靈狡詐，我們姑且稱為麗雅和艾提默斯·馬奎斯的第一組人馬便走了霉運，永遠背上了殺人犯的汙名。」

「哦，」我從容不迫道：「沒什麼事是永遠的。他倆總會受人遺忘，和我們其他人沒什麼兩樣。」

剎那間，什麼刻意文飾、拐彎抹角的姿態全煙消雲散，他雙拳緊握於兩側，直衝著我來，想必打算動手。然而在最後關頭，他卻選擇了一向最擅長運用的利器：言詞。他傾身朝向我，以言語猛攻我的雙耳。

「**我**絕不遺忘他們，」他怒聲道：「**我**絕不遺忘你是如何敗壞他倆的名譽。」

「他倆自己就敗壞得不錯了。」我答道。

他後退一步，手指抽動，好像方才當真揮了拳頭。「我也不會忘記你拿我們所有人當傻子耍，尤其是**我**。你肯定暗笑我是徹頭徹尾的傻瓜，是不是，蘭德？」

「不。」我直勾勾望著他道，「一開始我便打定主意向你交代一切，從你我相遇之初，我就這麼決定了。如今果然成真。」

坡無言以對，講課於是告一段落。他坐回長椅，雙臂垂在身側，兩眼呆看前方。

「哎呀，瞧我失禮的！」我嚷道：「坡，給你倒杯威士忌可好？」

他渾身微微一僵。

「無須擔憂，」我道：「你可以看著我倒，要我先喝一口也行，如何？」

「用不著。」

我替他斟了幾指高的酒，又給自己倒了更多一些。記得我饒有興趣地觀察自己，比方說，我留意到在我倒酒時，雙手顫也沒顫一下，連一滴都沒潑。

我把他那杯遞給他，拿著另一杯坐下，讓自己小小享受片刻寂靜。我倆在旅店偶爾會陷入這種靜默：話題已然說盡，酒瓶幾近全空，再無別的事可說可做。

然而這次我不能任其延續。我非打破沉默不可。

「坡，若你要我賠罪，我會賠罪。雖說我不認為一句『對不住』有辦法傳達其萬一。」

「我不要你的道歉。」他僵著說道。

他輕晃手中的玻璃杯，凝視窗外灑入的光反射、散落。

「你倒是可以替我解答幾個疑惑，」他道：「假如你不介意。」

「一點也不。」我道。

他以眼角餘光打量我，想是忖度著我的底線在哪。

「弗萊手裡那張字條。」他大膽開口，「弗萊以為是誰寫給他的？」

「自然是帕希。他對帕希一直相當戀慕。沒從他手上取回字條是我大意，但如你所言，當時我十分匆忙。」

「那幾隻牛羊也是你幹的？」

「那是當然。我心知若我想殺了另外兩人，便得剜去他們的心臟，布置成撒旦信徒的手筆。」

「好讓你不致受人懷疑。」他追加一句。

「正是，我不像艾提默斯那樣受過訓練，所以得拿其他動物練習。」我大口一灌，分幾次嚥下。「但我得說，要把與你相同物種的人開膛破肚，這種事的心理準備永遠沒辦法做好。」

好比鋸子切開人肉的聲音，骨骼碎裂的光景，死人血液緩慢流動的樣子，包覆於肋骨架中的那團肉又是多麼小。這事幹起來並不容易——並不乾淨俐落。

「把牛心放進艾提默斯箱子裡的自然也是你。」坡說道。

「是，」我招認：「但麗雅擺了我一道。你懂吧，她在艾提默斯門外放了那顆炸彈，給了她弟弟極佳的不在場證明。」

「啊，可是你到頭來依舊讓艾提默斯招了供，不是嗎？畢竟這麼一來你才會放過他姊姊。你不通報希區考克上尉，反倒孤身前往冰庫，想必正是為了這個；你要的不是真相，而是定罪。」

「這個嘛，」我道：「假如我花時間去找希區考克，或許就來不及救**你**。」

這話令他思量半晌，凝視酒杯，舔了舔牙齒。

「你打算讓艾提默斯替**你**頂下殺人罪，代你受絞刑？」他問道。

「喔，我想不會。等料理了史塔德之後，我總會想個法子。起碼我是這麼想。」

他喝乾最後幾口威士忌。我作勢要再給他倒一些，想不到他推辭了，我猜他難得想讓神智徹底保持清醒。

「你是從弗萊的日記得知巴林傑牽涉其中？」他問道。

「當然。」

「那你每天早上交給希區考克上尉的解譯內容……？」

「哦，內容全是真的。」我道：「不過是省略了幾樣東西罷了。」

「省去的東西中包括巴林傑的名字。以及史塔德。」

「是。」

「**巴林傑**，」他重複道，又一次面露不安。「他是否有……在你……他是否有向你認罪？」

「在施壓後認罪了，弗萊也是。他倆都記得她的名字，記得那晚的女主人叫什麼，甚至記得玫蒂穿的衣裳。他們告訴了我不少事，唯一不肯做的便是背叛同袍，無論用上什麼手段都不肯。」

「我不說。」他們如是說道，彷彿針對這個情境做過操練。「**我不說**。」

「這個嘛，」我冷哼一聲，驅散記憶。「他們肯說的話能省下我不少時間，但我猜那有違他們的——他們的**兄弟道義**。」

坡面色慘白，臉上擠出細小紋路。

「唯有史塔德。」他喃喃道：「看來唯有史塔德逃過了你的制裁。」

我本來想說「是我搞砸了」，但終究沒開口。讀者，說來你也許不信，然而在我以愛恨為名所行之事當中，在我追悔莫及、只盼重來的每件事當中，這一件最是令我感到**丟人**——我竟自掀底牌。我犯了個失誤，在弗萊的日記中找著史塔德的名字後，竟當即前往食堂，只為一睹我即將痛下殺手的那個人。我想我是為了觀察他，正如許久以前的那夜，我也在酒館中觀察著弗萊。差別在於這回我再也沒辦法像先前那樣壓住情緒，史塔德抬眼瞧見了我，看清了我眼中的殺意……恍然明白他死期將至。就此落荒而逃。

「你說得沒錯，」我道：「史塔德遠走高飛，我沒有心力追捕他，只盼他拖著一條狗命，擔驚受怕地度過餘生。」

此時他望向我。也許正試著尋找他曾認識的那個人。

「他們的行徑確實卑劣，」他道，一面說一面尋覓著話語，測試著每個字，有如踩在鬆脫的樓地板之上。「確實駭人聽聞、令人髮指，可是蘭德你……**你**是守法守紀之人。」

「去他的法紀。」我平靜道。「法紀救不了玫蒂，也沒能讓她復生。管他是神是人的法紀，如今對我都毫無意義。」

坡揚起雙手，劃過空氣，「但打從你女兒受傷的那一刻起，你原本可以馬上去找西點校方，可以說服薩耶爾，讓他們認罪……」

「我不要他們認罪，」我道：「我要他們以死謝罪。」

他將玻璃杯湊向口邊，發現杯裡空了，又將杯子放下，往椅上一靠。

「唔，」他語氣柔和，「多謝你替我釋疑，蘭德。假如你不介意，我只剩一件事想問。」

「請問。」

他沒馬上開口。從這一陣默然看來，我猜想我們來到了某個癥結。

「為何你要與**我**決裂？」他問，「為何偏偏是我？」

我皺眉凝視杯中的酒。

「只要你對我心有偏袒，」我道：「你永遠沒法看透真相。」

他點點頭，接連點了好幾次，每點一次，下巴便更低一些。

「現在我看透了，」他道：「接下來呢？」

「唔，那就看你有什麼盤算了，坡。既然你隻身前來，我推測你還沒告訴別人。」

「說了又能怎麼樣？」他問道，臉色如教堂一般陰森。「你做得太不留痕跡了。」

我手上只有兩張任誰都能寫的字條，以及一首荒唐的詩。」

那首荒唐的詩仍擱在桌上，上頭有深深的皺摺，描黑的字跡像要從紙上浮起。

我伸出手指，慢慢撫過紙張的四邊。

「假如我害你以為這詩寫得不好，那我很抱歉。」我道：「玫蒂一定會喜歡。」

他迸出酸澀的笑聲。

「她該喜歡才是，」他道：「是她自己寫的。」

我不禁莞爾。

「坡，你可知道，我常希望她在舞會那晚遇見的是你。她也鍾愛拜倫，想必很樂意聽你說個沒完。喔，說不定你的話會多到淹死她，這倒沒錯，但除此之外她在你身邊很安全。誰曉得呢，說不定我們真會成為一家人。」

「而不是現在這副樣子。」

「是啊。」

坡雙手按住額頭，鬆口冒出一個聲音。

「啊，蘭德，」他道：「我想在所有人之中，你——你傷我的心傷得最徹底。」

我點點頭，放下酒杯，站起身來。

「那你向我報仇吧。」我道。

我感覺得到他目光追隨著我，觀望我走向壁爐，伸手探入大理石紋花瓶，抽出那柄舊燧發手槍，撫過滑膛槍管。

坡作勢站起，隨即坐了回去。

「裡面沒上子彈，」他戒備地說道，「你說過那只能弄點聲響。」

「後來我填了幾顆西點彈藥庫的子彈進去，我很高興宣布，這把槍還能用。」

我朝他遞出槍，像遞出一件禮物。

「有勞你了。」我道。

他的眼珠在眼窩中亂顫。

「蘭德。」

「假裝你與我決鬥。」

「不。」

「我會動也不動地站著，」我道：「你用不著擔心。完事之後，你只消把槍一拋，然後——在離開時把門帶上。」

「蘭德，不。」

我把槍垂在身旁，強露笑容。

「我就實說吧，坡，我決計不會上絞架的。我在辦案生涯中見過太多次絞刑，下落的速度總是不夠快，繩子總是不夠牢靠，頸子總是沒法斷得俐落，一個人說不定得掛上好幾小時才會死。橫豎是死，那我寧願……」

我再度朝他遞出手槍。

「這是我最後的請求。」我道。

此時他與我相距不過數呎，伸手碰觸槍管下方的推彈桿……

彷彿已開始追想這一刻似的，他極其緩慢地搖了搖頭。

「蘭德，」他道：「你自己明白，這是懦夫之舉。」

「我**正是**個懦夫。」

「不，你有許多特質，但絕不是懦夫。」

我的嗓音愈趨低微無力，幾乎沒法從喉頭發出去。

「你若願意，等於是救了我。」我悄聲道。

他無比溫柔地凝視我，我永遠記得這光景。他不願見我失望。

「蘭德，你要知道，我不是天使，沒法拯救別人。你得另找其他人才行。」他一手撫上我的臂膀，「抱歉之至，蘭德。」

他腳步沉重，取下斗篷（肩膀處依然有個破洞），走向門口。他回頭，最後一次望向——望向我，我仍握著毫無用處的手槍，垂在身旁。他道：

「我會珍視……」

然而他說不下去。舌粲蓮花的坡，也有啞然無言的一日！最終，他只說了：

「再見，蘭德。」

古斯·蘭德的陳述：四十三

一八三〇年十二月至一八三一年四月

讀者，真相是：我就是個懦夫。若非如此，在坡闖上門的那一刻，我就該動手才是，追隨希臘羅馬古聖先賢的典範，在醜聞有萌芽跡象的剎那自我了斷。我卻做不到。

我開始思忖，我逃過一死會不會有什麼理由。於是我漸漸動了提筆寫下一切的念頭，盡我所能地記述，將關於我罪證的紀錄攤在陽光下，任憑公理正義裁決。

唔，動筆之後，我就停不下來。我恰似吉弗尼爾·坎伯爾的鑄造廠，日以繼夜書寫，也不再介意無人探訪。訪客只會干擾我罷了。

噢，我偶爾還是會外出，多半是去班尼的酒館，不過都選在白天，以免撞見軍校生。然而我總不免遇上帕希，她一如往常，在公開場合一向對我平淡有禮。基於發生的種種，我也沒法奢求更多了。

我從班尼的常客口中聽聞坡的消息，這些常客特別喜歡他。耶誕節假期過後不久，他們說坡發起了最後一場反軍校活動，這活動極其安靜低調，內容包括……不出席。不出席法語課或數學課，不出席教堂閱兵或年級閱兵，不出席早點名或衛兵交接，能蹺的全蹺了，對他下的每個命令全給他忽視了……堪稱抗命不從的最佳典範。

不出兩週，坡如願以償上了軍事法庭。他幾乎毫不辯駁，當日便遭美國軍隊撤職。

他告訴班尼說，他要動身前往巴黎，請求拉法葉侯爵引薦他加入波蘭軍。我想不通他要用什麼法子去巴黎——在離開西點之際，他名下財產不到二十四分錢，又把僅剩的被褥與多數衣裳給了班尼好抵酒帳。最後一回有人見到他，他正跟一輛駛向揚克斯的貨運馬車商量能否載他一程。

但他果真成功離開了，身後留下了幾樁令在地人傳頌的軼事奇談。有個故事是這樣的，雖說班尼的常客沒一個親眼見著，所以我也說不準是真是假。坡在西點軍校的最後幾日，上級命令他全副武裝、穿戴交叉肩帶出席操練。這個嘛，他確實這麼出席了：全副武裝，配上交叉肩帶……但除此之外一絲不掛，赤條條佇立在練兵原上。班尼說他不過是想炫耀他的**男點**罷了。我呢，我猜他的用意大概是批判粗陋草率的語言措辭。前提是這件事真的發生過，我是不大相信，畢竟坡一向怕冷。

此後我再也沒聽人提起他的消息。然而就在二月底，我收到一封來函，地址是他的筆跡，裡頭是張《紐約美國人報》的剪報，內容如下：

憾事一樁——上週四晚間，朱利斯・史塔德先生遭人發現於安東尼街的屋內上吊身亡。現場並未留有遺書，也無人目擊任何人士進出。然而根據消息，其鄰居瑞秋・葛萊夫人聽聞史塔德先生與一不明男子交談，談話間頗為激動。不幸身故的史塔德先生頗受敬重，部分遺物顯示他生前曾入美國軍事學院就讀。

其後我反覆閱讀剪報無數遍，每回展讀，便有更多疑問湧上心頭。拜訪他的不知名男子會是**坡**嗎？在史塔德臨死前，是不是坡與他談了那場激動的對話？是不是坡在他頸項繫上繩索，將他拉上大梁，趁無人之際悄悄逃走？即便是為了故友，我所認識的坡當真**下得了手**嗎？

我永遠無從知曉。

又過不久，我收到另一個寫有他筆跡的包裹，依舊連封信、連張短箋都沒附，只有一小本書，灰黃書皮上題著：**愛德加·愛倫·坡詩集**。

獻詞寫著此書獻給學生軍團，我原以為是個玩笑，沒想到瞎眼賈斯博告訴我，坡不知用了什麼法子，哄得半個軍團都預訂了他的詩集。換言之，約莫一百三十一名軍校生各掏出至少一元二十五分，只為一睹坡的詩結集出版。

唔，常言道軍校生花錢不手軟，果真不假。可我敢說他們定然大失所望，整本該死的詩集連首打趣洛克中士的詩也沒有，傑克·德溫特說他親眼目睹一群軍校生從吉角把詩集扔下去。數百年後，想必會有人在哈德遜河底發現這些詩冊，上頭滿是淤泥與水手的骨骸，依然等待著讀者。

我還留意到另一件事，也就是卷首題詞。那句話出自一個叫拉羅什福柯的人，

什麼 **Tout le mode a raison**（註32）。我四處翻找玫蒂的舊法語字典，不過一找著字典，翻譯起來就快了。

人人皆正確。

這究竟是我聽過最美好的一句話，抑或最可怖的一句話，我拿不定主意。越是琢磨推敲，我越是想不透這話的含意。可我禁不住覺得這是他特地寫給我的話，管他到底是什麼意思。

＊　＊　＊

三月的某個日子，我迎接了長久以來頭一個訪客，是個叫湯米・柯里根的傢伙。一八一八年的一夜，兩百名愛爾蘭人強闖坦慕尼會社總部，他也是其中一員；這些愛爾蘭人受夠了始終沒有投票權，一面吶喊著「打倒美國人！」「支持艾默特進國會！」一面砸毀家具，扯下擺設，鬧得現場一片狼藉。不幸的是，湯米意外遭自己人捅了一刀，天沒亮便嚥了氣。但我記得他用一張椅子敲碎窗戶，再用小指把碎玻璃一片片戳下，動作很是細緻。說來也怪，隔了這麼多年我竟忽地想起這回事，而他便尾隨這段回憶進到屋裡來，待了起碼三週，不停纏著我要薑汁啤酒。

註32　愛倫坡的詩集確實有此題詞，但愛倫坡所標示的出處有誤。此句實際上並非出自拉羅什福柯（François de La Rochefoucauld），而是出自拉蕭瑟（Pierre-Claude Nivelle de La Chaussée），全句為 Quand tout le monde a tort, tout le monde a raison，意即「人人皆錯誤，便等於人人皆正確」。

緊隨其後的是拿弗他利・猶大，是個印第安老酋長，靠著醫學彩券賺進上萬美金，有次送了我一件他不穿的羊毛大衣。這會子他想跟我要回去，說他妻子用得著，她那件的內襯磨破了。

又過一日，是死了七年的杭特市委；再過一日是我的亡母，她大步走進屋裡，好似這屋子是她的，從帕希中斷之處接手繼續打掃。隔天，是我那隻紐芬蘭獵犬；再隔天，是我自己的太太，她忙著打理鬱金香，無暇理睬我。

有這麼多客人得招待，我理應更感困擾才是，但你得明白，我對時間已有了新的看法。時間並非如我們所想，是那麼死板固定的東西，反倒柔軟而滿是皺摺，一旦承受極端的壓力便會塌縮……於是，不同世代的人物就這麼齊聚一堂，不得不踩著同一塊地、呼吸同樣的空氣，如此一來，區分什麼「生者」、「死者」已無意義，只因一個人再也不是非生即死。麗雅師從亨利・勒克萊爾，坡與玫蒂・蘭德相偕作詩，而我——我與杭特市委、拿弗他利・猶大、克勞狄・福特隨意漫談，福特仍要我記住他搶的是該死的**巴爾的摩**郵局，不是什麼**羅徹斯特**郵局。

我這些客人沒占去多少空間，而且大多時候都放任我伏案寫作。實話實說，眼見他們照舊做著生前會做的事，我頗感欣慰。他們既沒唱起天堂聖歌，也不受地獄烈火灼燒；可以忙的實在太多了。待我離去，不知他們是否仍會留在此地。說不定我能加入他們的行列，大家一道生生世世忙下去。

說不定屆時玫蒂也會在。總是有可能。好歹這念頭讓我在思考結局時，心底好過了些。此刻便是結局。

尾聲

一八三一年四月十九日

書寫已畢。我所能記述的皆已記述，只待論斷。

我放下筆，將手稿收進書桌抽屜深處，擋在一排墨水瓶後。不會被頭一個訪客找著，必須是更追根究柢的人才會發現。但終究會有人發現。

我朝在爐邊篩著灰的妻子揮手道別。我祝杭特市委、克勞狄・福特今日愉快。我搔了搔紐芬蘭獵犬的耳後。

外頭風和日麗，是今年第一個暖天。花粉染黃了冬日陽光，鵝掌楸蒸騰著粉色，草地上聚集了一群知更鳥。依我看，選在這世界的風光正明媚時離去最好，能讓你心思澄明。

我走了玫蒂和我走過的同一條路。我立在同一個斷崖上，低頭俯視河水。即便是從這麼高的地方，依然看得清哈德遜河滔滔流過，一掃冬日寒冰，水流自北方奔騰而來，噴吐白沫。

我想我得這麼離開——兩眼從頭到尾睜著，直視下方。因為我沒有妳的信念，玫蒂。我沒法就這麼飛入祂的懷抱，因為我不曉得祂是否等著我……不曉得究竟**有沒有誰**等著我。我從前不就老愛這麼說嗎？我們像商店一樣關門打烊，沒人會急著趕來叫停，甚至沒人會記得店開在哪條街。

於是我佇立於此。現在請告訴我，女兒啊，用妳的聲音告訴我。說妳也等著我。說一切都會好的。告訴我。

鳴謝

基於我對歷史的責任，我得指出：在塞萬努斯．薩耶爾任職期間，並無軍校生慘遭謀殺，也無人身受重傷。本書提及薩耶爾、希區考克、坎伯爾與其他真實人物，然而所寫的內容純屬虛構。愛德加．愛倫．坡亦是如此，據我所知，他只在紙上殺人。

我參考許多資料，其中讓我最有收穫的是詹姆士．安格紐撰寫的《蛋酒暴動》，這可能是除了本書之外，唯一以十九世紀西點軍校為背景的小說。（在此向安格紐上校的亡魂致意。）萬分感謝以下這些人的協助：國會圖書館的艾比．約克森、美國軍事學院史學家史提夫．格羅夫，以及陸軍史學家華特．布拉福；如有任何史實訛誤，責任全在我，與他們無涉。

特別感謝：出色的編輯瑪裘莉．布拉曼，她比我還要了解我的故事；我的公關麥可．麥肯西，影視行業沒人比他更辛勤努力；我的經紀人克里斯托弗．謝林，他每週至少會有一次害我笑到噴茶；我的哥哥保羅．貝雅德醫生，總是無償讓我諮詢關於醫學的細節；我母親愛瑟．貝雅德替我看稿，父親路易斯．貝雅德中校（已退伍，美國軍事學院一九四九年次）則給予我祝福。其餘全是唐的功勞。

路易斯·貝雅德對談錄

路易斯，你在哪裡出生？

新墨西哥州的阿布奎基。

是在那裡長大的嗎？

我算是……在各種地方長大。我爸是全職軍人，所以我童年時期是在海德堡、諾福克等地度過，但我大部分的回憶都發生在維吉尼亞州的春田，我們後來在那裡長住。在華盛頓特區，春田最出名的是這地方的高速公路交流道最危險。

你會怎麼描述自己的童年？

很小心地描述。

你父母是以什麼為業？

他們都退休很久了。我爸目前住在輔助生活中心，他那一層樓叫「追憶樓」，我覺得這個委婉詞挺不錯的。

你曾告訴匹茲堡論壇評論報：「坡在西點軍校度過了相當一事無成的七個月，我想每個人都會覺得這件事很不尋常，我很好奇他到底跑去那裡幹麼？當時的西點軍校基本上是美國第一所工學院，一個頗有抱負、性格浪漫的詩人在那裡做什麼？」從另一方面來說，你讀大學的經歷看來並沒有志向與學系脫節的情況，是嗎？

嗯，剛開始感覺是挺脫節的。我念的是公立學校，去了普林斯頓大學之後，周遭都是來自埃克塞特學院、菲利普斯學院、聖保羅學校的新生，每個都很成熟又嚇人，會抽菸、會恣意飆髒話，而且早就有性經驗了，我卻還穿著藍色 Converse All-Stars 鞋子，買了鄉村歌手琳達·朗絲黛的全套唱片。

你進入西北大學攻讀新聞碩士，當時你的職涯抱負是什麼？

喔，我的願景非常明確，也非常脫離現實：我想當個硬派的報社記者，在江湖上走跳、認識各種人、發掘醜聞、追根究柢進行調查，同時蒐集素材，創作出一鳴驚人的曠世小說巨作——就像德萊塞那樣。

但我並不曉得，新聞學院畢業生真正當上記者的人少之又少。到頭來，沒有一家自尊自愛的報社覺得我很會做新聞報導並且僱用我，於是我踏上了更多人走過的路：公關。

對，你當過文膽和國會新聞祕書。對於這些工作，你喜歡什麼？不喜歡什麼？

這個嘛，自尊心再高的人也得放下自尊，配合真正的老大，這一行就是這樣。你寫的任何東西，都會由另一個人來說。這也沒什麼關係，你可以藉此維持生計，可以推廣理念，但過了一段時間，你確實會想要發出自己的聲音，就算沒人想聽也罷。

你還做過哪些跟文學創作無關的工作？有什麼危險的或特別無趣的嗎？

我當過祕書，這算不算？我打字速度還滿快的，電話禮儀也很好，但我真的很痛恨整理文件。

你是什麼時候決定要當作家的？

大概在我七歲的時候，我跟朋友雷蒙決定要寫一部懸疑小說，那是我第一次跟別人共同創作，也是最後一次。我記得雷蒙想直接以謀殺案開頭，他顯然很有通俗小說的概念，但我堅持說：「不行，要先寫一些景。每本好書都會寫景。」於是我們的偵探在第一頁停下來，聞了聞一叢玫瑰……不錯吧？之後故事才進入謀殺案，好像是跟下毒有關吧。凶手至今仍逍遙法外，因為我們只寫了三頁就停了。

影響你最深的作家是誰？

我熱愛的作家太多了，很難弄清楚影響我的有誰。狄更斯是一定有的，再來就不太好說，馬克・吐溫？索爾・貝婁？亞瑟・柯南・道爾？亞米斯德・莫平？珍・奧斯汀？芭芭拉・皮姆？阿嘉莎・克莉絲蒂？太多作家讓我獲益良多了。

你之前上了問答電視節目《危險境地》，表現得很不錯。

只有你這麼覺得。我只贏了一局。

你對這次經驗有什麼想法？這樣的結果是讓你高興還是失望？

兩者都有。

為什麼會有這樣的結果？你在節目上最擅長的類別是什麼？

我可以告訴你我不擅長的類別是什麼：城堡。我會輸掉第二局，是因為我想不起「巴摩拉」這個城堡，這會是我死前掛在嘴邊念叨的名字。

你寫過不少書的書評，你的動力是什麼？

主要是這讓我有藉口看書。「哦，親愛的，我是很樂意幫忙處理壁紙，可惜我手上有一本書要交……」

身為書評，你印象最深刻的經歷是什麼？

我印象最深刻的經歷大概是有一次我大肆批評一個作家，結果對方的丈夫直接找上我，他搜到了我的電子郵件信箱，就各方面而言他都準備好要殺我了。我完全理解這種衝動，畢竟被嚴詞批判一點都不好玩。坦白說，隨著我年齡增長，我也越來越不想寫負評。必要的話我會提出批評，因為你得誠實說出你的感想；可是在我看來，別人耗費兩、三年甚至更久辛辛苦苦寫一本書，你卻用八百字朝它撒一泡尿，這樣有點不公平。我知道那是野獸的本能，我們每個人都經歷過這種階段，但我比較希望幫助別人，而不是扼殺創作。

說說你的寫作習慣吧。

我每天醒來第一個小時都花在創作小說上，然後才開始做接案工作。如果我有辦法擠出超過一小時，那很棒，不過頭一個小時是神聖不容侵犯的。而且一定要在每天一早，那時我頭腦清楚，也沒有電話吵我。

你二〇〇三年在華盛頓郵報發表過一篇文章，題為〈布置不是人人做得來〉，其中你描寫了你的居家衛生情況，還寫得很嚇人。你承認你家壁紙被撕得亂七八糟，牆壁上結了蜘蛛網，還有貓的騷臭味（「過去十年來，我有沒有換過那盆現在正薰得我鼻子發疼的貓砂？無疑是沒有。」）從那以後，你的生活習慣改善了嗎？

沒有。還好有我的伴侶，感謝老天，否則房子現在大概早就被判定為不宜居住了，畢竟有狗、有貓還有小孩。屋裡不怎麼整潔，地下室的地毯簡直像是皮膚科診間會掛的可怕皮膚特寫照。

你閒暇時的興趣是什麼？

我想加個「以前」可能會更貼切。我以前的興趣是看電影、旅行、打網球、騎單車。後來有了兒子，所以現在的興趣是玩數字賓果、入門版大富翁、主持室內星際大戰。一切都挺好的。

你人生的低谷在哪裡？

有一次在加州的死亡谷……哦，你不是指地理上的谷啊。有一次在越南的一個星期，我們以為沒辦法帶兒子回家了，那段時間我們非常傷心難過，還好最後有個好結果。更棒的是，這麼一來我就有素材可以讓我兒子內疚了——不過要等他年紀大到會內疚。現在還沒。

另外就是七年級的折返跑，我大概是折返跑最慢的小孩吧，但我甚至稱不上胖。

那人生的高潮呢？

第一次把出版的書拿在手上，那感覺難以言喻，還滿酷的。一直到第三次、第四次還是很酷。

列舉幾件你這輩子一定要做的事。

去非洲，跳傘，在草地球場打網球，和梅莉・史翠普見面，和茱莉雅・柴爾德共進晚餐。可惜最後一件有點來不及。

你正在讀什麼書？

巴爾札克。主要是因為我喜歡一直念這個字，巴爾札克、巴爾札克。也因為我正在研究他那個時代。

你前兩本小說的背景都設定在十九世紀。你正在寫的題材是什麼，接下來要讓讀者置身於哪個時代？

嗯，十九世紀挺好的，因為沒人能告你，所以我會繼續寫十九世紀。我下一本書是關於一個叫尤金・弗朗索瓦・維多克的真實人物，他原本是罪犯，後來成了巴黎最傳奇的警官，創立法國警隊，之後成了世上第一位私家偵探。他在那個年代非常出名，是尚萬強、賈維、杜賓、福爾摩斯等角色的靈感來源，不僅是史上第一個犯罪學家，也是變裝和跟蹤大師，是個不折不扣的惡徒，總之相當有趣。

夠瘋才能面對真實的愛倫坡：談寫作《淡藍之眸》

剛接觸愛德加・愛倫・坡這個題材時，用惶恐不安來形容我的心情也不為過。當時我剛寫完《提摩西先生》，內容是小提姆長大之後的故事，那就像是跟查爾斯・狄更斯的亡魂共同創作，他是我熱愛的作家之一。那次我寫得很愉快，所以我開始尋覓其他作家，想跟他們精神交流——也可以說是竊盜他們的作品，端看你用什麼角度。一個不斷引起我注意的作家就是愛倫坡，我想主因在於坡如今對我們的文化依然極具影響力，每個寫懸疑小說、驚悚小說、恐怖小說、科幻小說的作家，某方面來說都受惠於坡。坡一手建立了這些文類，也可以說是重塑了這些文類，創造一片我認為至今無人能夠超越的黑暗天地。

但這份黑暗一開始真的會讓人卻步。我記得我讀了肯尼斯・席佛曼為坡寫的精采傳記，震驚於這傢伙身上的「問題」（套用現代語彙）未免也太多了。戀母情結……處女情結……重度酗酒，生活貧困……幾乎一直在生病，妻子則患有結核病，在他們結婚那幾年，坡大部分時間都得照顧她。接著再看他寫的小說，會發現故事背後都有詭異的迷戀：過早下葬、折磨、性與死的連結……有個故事甚至把牙齒當作重要元素。所以，我想人的第一反應就是要離這傢伙遠遠的，你會說：「喔，你知道嗎？我腦袋很清楚、很理性、很明智，不想碰那麼瘋的東西，謝謝。」

但其實那就是坡展現才華之處。正因為他夠坦誠、夠勇敢，才有辦法把他所有的恐懼和痴狂攤在陽光下，讓每個人都看得見。透過他的作品體會這些恐懼之後，你也會稍稍更了解你心底的恐懼。

差不多在這段期間，我重讀《提摩西先生》，發現一件有趣的事。小說中最黑暗的段落是提摩西被困在著火的棺木中，我忽然醒悟到，這段情節很像從愛倫坡的故事中直接搬出來的。對密閉空間的恐懼，生理和精神上的極端壓力……我早已踏上了相同的道路，自己卻渾然不覺。於是我終於了解，其實我也已經夠瘋，足以面對真實的愛倫坡了。

以坡做為角色的小說為數不少，我選擇描寫早期的他，也就是他在西點軍校念書的時候（很多人不曉得他進過西點軍校）。這時他年僅二十，出版過幾本詩集，但一般讀者大多沒聽過他，他還在努力尋找自己的定位，還在試著改善他與養父約翰・愛倫之間頗為惡劣的關係。他有些缺乏人生目標。但他找到了一個奇特的新使命——有人出手殺害西點軍校生，還把這些死者的心臟挖出來；出乎坡的意料，他被找去協助辦案。換句話說，他置身於一部偵探小說的核心。當然，坡寫過〈莫爾格街凶殺案〉和〈失竊的信〉等作品，偵探小說這個文類原本就是他留給我們的遺產，把他安排在懸疑故事的核心讓他自謀生路，我覺得是非常適合用來向他致敬的方式。

除此之外，我覺得要是有人和他共同擔任主角會很有趣——這個人年紀較長，頭腦比較冷靜，歷練也比較豐富，對比極其年輕又性格浪漫的坡，說不定會產生一些溫情或衝突。於是我創造了這個叫古斯・蘭德的角色，他是紐約市的退休警察，後來遷居至哈德遜高原，妻子已逝，基本上只想待在那棟位於河邊的小屋，不要任何人打擾。可是他聲名遠播，在第一名軍校生遇害時，西點軍校便找上蘭德，請他查案。是他找坡擔任助手，也是由他敘述故事的主要部分，大多數事件都是透過他的視角來呈現。坡也會時不時冒出來從他的角度說故事，因為我真的很喜歡不同敘事者、不同聲音之間產生的張力，不過大致上都是蘭德的旅程，本書由他開始，由他結束。如果有讀者是為了看坡的故事而翻開這本書，希望他在讀完時對古斯·蘭德也產生了同樣的好奇心，也許甚至會想把整本小說重讀一遍，修正一些對他原有的誤解；畢竟，如果這個故事真有一個貫穿頭尾的要旨，那就是沒人像表面上看起來那麼簡單。而且，沒人比愛德加·愛倫·坡更深諳這個道理。

逆思流

淡藍之眸

（原名：The Pale Blue Eye）

著　者／路易斯．貝雅德（Louis Bayard）
執 行 長／陳君平　譯　者／陳思穎　國際版權／黃令歡、梁名儀
榮譽發行人／黃鎮隆　美術總監／沙雲佩　文字校對／施亞蒨
協　理／洪琇菁　美術編輯／李政儀　內文排版／謝青秀
總 編 輯／呂尚燁　主　編／劉銘廷

出　版／城邦文化事業股份有限公司　尖端出版
台北市中山區民生東路二段一四一號十樓
電話：（〇二）二五〇〇—七六〇〇
傳真：（〇二）二五〇〇—二六八三
E-mail：7novels@mail2.spp.com.tw

發　行／英屬蓋曼群島商家庭傳媒股份有限公司城邦分公司　尖端出版
台北市中山區民生東路二段一四一號十樓
電話：（〇二）二五〇〇—七六〇〇（代表號）
傳真：（〇二）二五〇〇—一九七九

中彰投以北經銷／楨彥有限公司（含宜花東）
電話：（〇二）八九一九—三三六九
傳真：（〇二）八九一四—五五二四

雲嘉經銷／威信圖書有限公司　嘉義公司
電話：（〇五）二三三—三八五二
傳真：（〇五）二三三—三八六三

南部經銷／威信圖書有限公司　高雄公司
電話：（〇七）三七三—〇〇七九
傳真：（〇七）三七三—〇〇八七

香港經銷／城邦（香港）出版集團有限公司
香港灣仔駱克道一九三號東超商業中心一樓
電話：（八五二）二五〇八—六二三一
傳真：（八五二）二五七八—九三三七
E-mail：hkcite@biznetvigator.com

新馬經銷／城邦（馬新）出版集團 Cite（M）Sdn. Bhd.
E-mail：cite@cite.com.my

法律顧問／王子文律師　元禾法律事務所
台北市羅斯福路三段三十七號十五樓

二〇二二年十二月一版一刷

郵購注意事項：
1.填妥劃撥單資料：帳號：50003021戶名：英屬蓋曼群島商家庭傳媒(股)公司城邦分公司。2.通信欄內註明訂購書名與冊數。3.劃撥金額低於500元，請加附掛號郵資50元。如劃撥日起 10～14日，仍未收到書時，請洽劃撥組。劃撥專線TEL：(03)312-4212 ・ FAX：(03)322-4621。E-mail：marketing@spp.com.tw

國家圖書館出版品預行編目資料

淡藍之眸 / 路易斯．貝雅德 (Louis Bayard) 作 ; 陳思穎譯 . -- 1 版 . -- [臺北市] : 城邦文化事業股份有限公司尖端出版 : 英屬蓋曼群島商家庭傳媒股份有限公司城邦分公司發行 , 2022.12

面 ; 公分

譯自 : The Pale Blue Eye.

ISBN 978-626-338-808-6 (平裝)

874.57 111017252